Gerlinde Friewald

Der kleine Buchladen in den Bergen

Weitere Titel der Autorin:

Das Schicksal der Medica

Über die Autorin

Das Schreiben begleitet Gerlinde Friewald seit ihrer Kindheit und hat sie auch in ihrer langjährigen Tätigkeit in der Werbung nicht losgelassen. Inzwischen schreibt sie vor allem Romane und Literatur für Kinder. Gerlinde Friewald lebt mit ihrer Familie in Mödling, Österreich.

Gerlinde Friewald

Der kleine Buchladen in den Bergen

be HEARTBEAT

beHEARTBEAT

Vollständige ePub-to-Print-Ausgabe des in der Bastei Lübbe AG
erschienenen eBooks »Der kleine Buchladen
in den Bergen« von Gerlinde Friewald

»be« – Das eBook-Imprint der Bastei Lübbe AG

Satz: 3w+p GmbH, Rimpar (www.3wplusp.de)
Druck: Books on Demand GmbH, Norderstedt

ISBN 978-3-7413-0188-9

www.be-ebooks.de
www.lesejury.de

MIX
Papier aus verantwortungsvollen Quellen
Paper from responsible sources
FSC® C105338

Prolog

Ernst Lindenborg stand vor seinem Buchladen und beobachtete das Treiben am Marktplatz. Die ersten wärmenden Sonnenstrahlen lockten die Einwohner Kirchbergens aus ihren Häusern. Kurz drehte er sich um und musterte die sonnengelbe Fassade seines Ladens. Sie hatte den Winter gut überstanden, dieses Jahr würde er sie nicht streichen lassen müssen.

Eine Gruppe von fünf Mädchen hatte es sich am Rand des Brunnens in der Mitte des Marktplatzes bequem gemacht. Er hörte ihr Lachen bis zu seinem Laden. Zwei Jungen überquerten den Platz und gesellten sich zu ihnen.

Ernst mochte diese jungen Menschen, aber eines der Mädchen lag ihm besonders am Herzen. Sie kam in seinen Buchladen, seit sie lesen konnte. Manche Kinder müssen von ihren Eltern gedrängt werden, einen Buchladen zu betreten, bei der kleinen Katrin war es genau umgekehrt. Bereits mit sieben Jahren hatte sie sich als Belohnung oder zu Anlässen wie Geburtstag und Weihnachten Bücher gewünscht.

Vor einem Monat war Katrin sechzehn Jahre alt geworden, und noch immer besuchte sie seinen Buchladen. Nun kam sie nicht mehr an der Hand ihrer Mutter zu ihm, sondern allein. Oft saßen sie dann ein oder zwei Stunden in der Leseecke und redeten über Bücher. Katrin wollte alles von ihm wissen, was Literatur betraf, und mittlerweile hatte sie bereits ihre eigene Meinung entwickelt. Ernst genoss die Gespräche mit ihr. Es war wunderbar für ihn, ein solch wissbegieriges und bücherbegeistertes Mädchen ein Stück ihres literarischen Weges begleiten zu können. Immerhin war auch er durch und durch von Büchern beseelt.

Ernst sah, wie ein Mädchen und ein Junge sich von der Gruppe entfernten. Hand in Hand schlenderten sie in seine Richtung. Sie blieben stehen und flüsterten miteinander. Der Junge zupfte etwas aus dem Haar des Mädchens und streichelte über ihre Wange, dann wandte er sich ab und ging in die entgegengesetzte Richtung davon.

Das Mädchen blieb einen Augenblick lang stehen, dann lief sie direkt auf ihn zu. Ernst begrüßte sie lächelnd. »Hallo, Katrin.«

»Hallo, Herr Lindenborg. Und, ist es da?«

Er schmunzelte. »Was meinst du denn?«

»Na, den neuen Harry Potter natürlich.«

»Dein Exemplar liegt sicher verwahrt unter dem Ladentisch.«

»Oh fein!« Katrin strahlte. »Ich bin schon gespannt, wie es weitergeht. Leider komme ich erst am Abend zum Lesen. Alexander musste jetzt nach Hause, aber dann kommt er zu mir und hilft mir bei Mathe.« Sie verdrehte die Augen. »Sie wissen ja, Mathe ist nicht so mein Ding.«

Gemeinsam betraten sie den Laden. Prüfend musterte Ernst sie von der Seite. »Du scheinst Alexander sehr zu mögen.«

Sofort wurden ihre Wangen rot. »Und wie.«

»Und er scheint dich sehr zu mögen.«

»Meinen Sie wirklich?«

Wäre Katrin bereits eine erwachsene Frau, hätte er ihr frei heraus gesagt, dass er in den Augen des jungen Mannes nichts anderes als Liebe sah, so antwortete er nur: »Ja, das tue ich«, und wechselte das Thema. »Hast du deine neue Kurzgeschichte schon fertig?« Vor etwa einem halben Jahr hatte Katrin begonnen, selbst zu schreiben. Und obwohl natürlich noch viel Arbeit vor ihr lag, hatte Ernst ihr Talent auf Anhieb erkannt.

»Noch nicht. Darf ich sie Ihnen wieder zeigen?«

»Aber ja. Ich will sie unbedingt lesen und freue mich

schon darauf.« Ernst lächelte. Katrin war wirklich ein erstaunliches Mädchen. Gerne würde er einen Blick in ihre Zukunft erhaschen können.

Kapitel 1

Katrin betrat das Foyer des Wohnhauses. Während sie in der Handtasche nach dem Schlüsselbund kramte, ging sie zum Briefkasten. Obwohl sie bereits einige Jahre mit Thomas zusammen in Berlin Mitte wohnte, erstaunte sie die meterlange und mannshohe Briefkastenreihe noch immer. Sie war auf dem Land in einem Dorf aufgewachsen, wo Häuser mit vier Parteien schon selten gewesen waren. Auch ihre Wohnungen in Wien und später in Berlin hatten in den Randbezirken gelegen und waren in kleinen Wohnhäusern untergebracht gewesen.

Sie öffnete ihr Fach und entnahm die Post, dann ging sie zum Fahrstuhl und fuhr hoch in den sechsten Stock. Sie musste sich gehörig ranhalten, um den Zeitplan einhalten zu können. Ein Arbeitskollege von Thomas feierte heute seinen Geburtstag. Die Party fand in einem eleganten Restaurant in Mitte statt.

Thomas und sie bewohnten eine große Wohnung in dem vor etwa zehn Jahren errichteten Hochhaus. Weitläufige Glasfronten vom Boden bis zur Decke, Marmorböden, viele Chromelemente. Die Farben Schwarz, Grau und Weiß herrschten vor und wurden nur von roten Akzenten aufgelockert. Thomas bevorzugte einen modernen, kühlen Einrichtungsstil, der sich in seiner Wohnung bis ins letzte Detail widerspiegelte.

Katrin hatte eine Weile lang gebraucht, um sich an diese kühle Atmosphäre zu gewöhnen. Sie mochte das moderne Interieur durchaus, doch es fehlte ihr ein wenig an Behaglichkeit. Hier eine kuschelige Decke und ein Zierkissen, dort einige Kerzen, und Vorhänge zumindest an den Seiten der vielen Fenster hätten schon gereicht – und vielleicht ein bisschen Unordnung, wie eine aufgeschlagene Zeitung und ein nicht wieder perfekt zurückgerückter Stuhl. Es ging um Kleinigkeiten, die aus ihrer Sicht *Leben* in die Wohnung gebracht hätten.

Ungeachtet ihres Gefühls hatte sie nie mit Thomas darüber gesprochen. Am Anfang ihrer Beziehung war sie der Meinung gewesen, sie hätte kein Recht darauf. Vorrangig, weil es sich um seine Wohnung handelte, aber auch weil Thomas als erfolgreicher Architekt in ihren Augen bestimmt das bessere Gespür für eine stimmige Einrichtung hatte. Später war es in Thomas' schnellem Lebensrhythmus, den sie rasch von ihm angenommen hatte, einfach untergegangen. Berlin hatte viel zu bieten: Veranstaltungen, Kunst, Kultur, Partys. Hinzu kamen Thomas' umfangreiche geschäftliche Verpflichtungen und sein großer Freundeskreis.

Katrin warf einen Blick auf die Armbanduhr und verdrehte die Augen. Eilig hängte sie ihre Jacke an die Garderobe und stellte ihre Schuhe in den Schrank, dann lief sie mit der Post ins Wohnzimmer. So viel Zeit musste noch sein. Es war Monatsanfang, und sie erwartete ihren neuen Artikel. Seit drei Jahren schrieb sie für die Frauenzeitschrift *Donna mia* eine Kolumne. Und auch wenn die Arbeit längst zur Routine geworden war, freute sie sich auf jede neue Ausgabe.

Die Werbesendungen und Thomas' Post legte sie beiseite. Die aktuelle *Donna mia* war noch nicht dabei, aber drei an sie adressierte Briefe und ihr Tiermagazin. Katrin liebte Tiere, vor allem Hunde. Sie war mit Hunden aufgewachsen und wünschte sich nichts sehnlicher, als selbst einmal einen zu besitzen. Während ihres Studiums hatte sie in winzigen Wohnungen gelebt, und ihre momentane Lebenssituation ließ ebenso wenig einen Hund zu, vor allem keinen großen, der viel Auslauf und die Natur brauchte.

Der erste Brief beinhaltete Werbung von ihrer Bank, der zweite den Spielplan eines kleinen Theaters in der Nähe ihrer Wohnung. Bevor sie den dritten Brief öffnete, hielt sie inne und betrachtete den Umschlag. Er war schwarz umrandet, der Poststempel stammte aus ihrem Heimatdorf Kirchbergen in Österreich. Seit vielen Jahren hatte sie dort zu niemandem mehr Kontakt. Wer schickte ihr also eine Todesanzeige? Ein mulmiges Gefühl machte sich in ihr breit.

Mit zittrigen Fingern öffnete sie den Umschlag, entfaltete das Blatt Papier und erstarrte, als sie den Namen las: Kristina Kleisner.

Fiebrig überflog Katrin den Text.

In inniger Liebe und mit tiefer Trauer nehmen wir Abschied von unserer Tochter Kristina Kleisner, die nach kurzer, schwerer Krankheit am 26. April von uns gegangen ist. Die Beisetzung mit anschließender Trauerfeier findet am 14. Mai um 14.00 Uhr in ihrem Heimatort Kirchbergen statt. Auf Blumenspenden bittet die Familie zu verzichten. Im Sinne der lieben Verstorbenen ersuchen wir um eine Spende für das Paralympische Committee.

Wie hypnotisiert fixierte Katrin den Namen. Kristina Kleisner. Kiki! Das konnte doch nicht möglich sein! Kiki war gestorben? Veronique, Sabrina, Isabella und Kiki waren ihre besten Freundinnen in ihrer Kindheit und Jugend gewesen.

Unvermittelt schossen Bilder aus der Vergangenheit durch ihren Kopf. Vor ihrem inneren Auge sah sie ihr Geheimversteck in der alten Scheune hinter Sabrinas Elternhaus. Sie hatten im Kreis gesessen und ihre kleinen Geheimnisse ausgetauscht, gespielt und sich Zöpfe geflochten. Später waren sie gemeinsam ausgegangen, hatten miteinander gelernt und sich bei allen Problemen unterstützt. Es war eine wunderbare, innige Freundschaft gewesen.

Der Monat Mai ließ in Katrin die Erinnerung an das traditionelle Maibaumaufstellen im Dorf wach werden. Kiki war die Mutigste von ihnen gewesen. Sie hatte es nicht nur geschafft, jedes Jahr den Maibaum hochzuklettern und den Kranz zu berühren, einmal war sie sogar mit den Jungen mitten in der Nacht ausgezogen, um den Maibaum des Nachbardorfes zu stehlen.

Katrin hatte diesen Brauch immer als gemein und unfair empfunden. Aber er gehörte zum Dorfleben, und jeder hatte einen Riesenspaß dabei. Nicht einmal Alexander war dabei auf sie eingegangen. Wie alle anderen hatte er mit Begeisterung beim alljährlichen Diebstahl mitgemacht. Den eigenen Maibaum in der Nacht zu bewachen, war weniger sein Ding gewesen.

Schnell schob sie die Erinnerung beiseite. Sie wollte nicht an Alexander denken. Selbst nach all den Jahren versetzte ihr der Gedanke an ihn noch immer einen schmerzhaften Stich. Die erste große Liebe vergisst man nicht. In ihrem Fall traf das vollends zu.

Katrin dachte wieder an Kiki und spürte, wie ihre Augen feucht wurden. Sie presste die flache Hand auf den Mund, um nicht laut aufzuschluchzen, aber es half nichts. Sie schlang die Arme um ihren Körper, krümmte sich zusammen und ließ den Tränen freien Lauf.

»Warum weinst du?«

Katrin schreckte hoch und blinzelte. Sie hatte Thomas nicht kommen gehört. Wie lange saß sie überhaupt bereits hier und weinte? »Jemand ist gestorben«, brachte sie mit belegter Stimme hervor.

Thomas setzte sich neben sie und nahm ihre Hand. »Wer ist es? Magda, Volker?«

Die beiden gehörten zu Thomas' engerem Freundeskreis. Katrin mochte vor allem Magda sehr gerne. Sie war vor einiger Zeit an Brustkrebs erkrankt, und Volker litt an starkem

Bluthochdruck, den er wegen seines ungezügelten Lebensstils nicht in den Griff bekam. Die Ärzte warnten ihn seit Jahren vor einem Schlaganfall.

Katrin schüttelte den Kopf. »Nein, es ist Kiki.«

»Wer ist Kiki?«

Katrin wischte sich die Tränen von den Wangen und atmete mehrmals tief durch. Endlich beruhigte sie sich ein wenig. »Eine meiner besten Jugendfreundinnen. Ich habe dir ein paarmal von ihr und den anderen erzählt.«

»Die Französin?«

»Die Draufgängerische.«

»Ich kann mich erinnern. Was ist passiert?«

»Ich weiß nicht. Ich habe sie vor zwölf Jahren das letzte Mal gesehen. Es steht *nach kurzer, schwerer Krankheit* in der Todesanzeige.« Wieder lösten sich einige Tränen aus den Augenwinkeln.

»Das tut mir leid.« Thomas musterte sie etwas befremdet. »Ich verstehe natürlich, dass du traurig bist, aber wie du selbst sagst, hast du sie seit zwölf Jahren nicht mehr gesehen.«

Thomas' Aussage verletzte Katrin. Empathie zählte wahrlich nicht zu seinen Stärken. Sie kannte seine nüchterne, pragmatische Art und hatte sich längst darauf eingestellt, aber manches Mal fiel es ihr noch immer extrem schwer, seine Gedankengänge zu verstehen. Gerade in Augenblicken wie diesem, wo sie anstatt Unverständnis einfach nur eine Umarmung gebraucht hätte. Es machte aber auch keinen Sinn, ihm ihre momentanen Gefühle zu erklären. Oft genug hatte sie es versucht und damit jedes Mal eine Diskussion heraufbeschworen. Seit einiger Zeit gab es ohnehin schon genug Unstimmigkeiten zwischen ihnen. Also sagte sie: »Ich werde zum Begräbnis fliegen. Kannst du mich vielleicht begleiten?«

Er warf einen Blick auf die Todesanzeige, die vor Katrin auf dem Couchtisch lag. »Vierzehnter Mai … Es tut mir leid, das schaffe ich nicht. Das Großprojekt Prenzlauer Berg steckt mitten in einer heißen Phase. Außerdem …« – er verzog den Mund zu einem verlegenen Grinsen – »du weißt, auf dem Land fühle ich mich nicht besonders wohl. Der Golfplatz ist mein absolutes Maß an Natur.«

Katrin war sich nicht sicher, ob sie auf sein unangebrachtes Grinsen oder den Seitenhieb auf ihre Heimat reagierte. Bevor sie eingehend darüber nachdachte, sprudelte es schon aus ihr heraus: »Ich könnte einen Urlaub anhängen. Zwei Wochen oder so. Vielleicht tut uns etwas Abstand sogar gut.«

Thomas zog die Brauen hoch. »Wenn du es so siehst, mach das! Ja, warum nicht? Ich finde die Idee in Ordnung.« Er stand auf. »Du solltest dich jetzt umziehen. Sonst kommen wir zu spät.«

Katrin sah irritiert zu ihm hoch. Zwei Menschen konnten nicht unterschiedlicher sein als sie und Thomas. »Ich wäre kein unterhaltsamer Gast heute. Stört es dich, wenn ich zu Hause bleibe?«

»Ich gehe zwar nicht gern allein, aber wenn du es nicht schaffst, bleib hier.«

Kapitel 2

Katrin sah dem Taxi nach, bis es vom Marktplatz in eine Seitenstraße bog und außer Sichtweite geriet. Ihr Blick schwenkte zum Hoteleingang. Immer wieder hatte sie sich in den letzten Tagen gefragt, ob es tatsächlich eine so gute Idee gewesen war, aus dem Nichts heraus zwei Wochen in Kirchbergen zu verbringen. Sie war ein besonnener Mensch, und eigentlich sahen ihr solche spontanen Aktionen gar nicht ähnlich. Aber sie hatte es ausgesprochen, und Thomas war unverzüglich darauf eingestiegen, damit war die Entscheidung gefallen. Mit einem Seufzer griff sie nach dem Bügel des Koffers und betrat das Hotel zur Post.

Die Frau hinter der kleinen Rezeption begrüßte sie freundlich: »Herzlich Willkommen im wunderschönen Kirchbergen im Waldviertel. Haben Sie reserviert?«

Am liebsten hätte Katrin sofort wieder kehrtgemacht. Die Rezeptionistin schätzte sie ohne Zweifel als Touristin ein. Aber was sollte die Frau sonst annehmen? Und im Grunde war sie es ja auch, nicht mehr als eine Touristin, eine Fremde in der eigenen Heimat. »Ja. Katrin Schreiber ist mein Name.«

Die Frau tippte auf der Tastatur ihres Computers und blickte wieder auf. »Zwei Wochen ein besonders schönes Zimmer mit Blick nach vorn auf unseren Marktplatz.« Sie legte das Anmeldeformular und einen Kugelschreiber auf den Tresen. »Darf ich Sie bitten …?«

Während Katrin das Formular ausfüllte, richtete die Frau die Zimmerkarte und einige Prospekte her. »Sie haben das Zimmer Nummer fünfundzwanzig im zweiten Stock. Und hier sind Informationen über das Waldviertel. Wenn Sie Ausflüge machen wollen, helfe ich Ihnen gerne weiter. Sind Sie Naturliebhaberin? Dann kann ich Ihnen die Blockheide mit den berühmten Wackelsteinen und das Heidenreichsteiner Moor empfehlen. Ein Tipp, wenn Sie dort sind, versäumen Sie keinesfalls die Wasserburg Heidenreichstein.«

»Danke, aber ich kenne die Gegend.«

Die Frau sah sie fragend an, und Katrin fühlte sich bemüßigt zu antworten: »Ich bin in Kirchbergen aufgewachsen.«

»Oh, dann kommen Sie zur …?«

»Ja, ich komme zur Beerdigung.«

»Es ist schrecklich. Auf so etwas ist man nie vorbereitet. Haben Sie sie besser gekannt?«

Katrin spürte den Knoten in ihrem Hals und schluckte. »Wir waren Jugendfreundinnen.«

»Ich kannte Frau Kleisner nur vom Grüß-Gott-Sagen.«

Wann hatte Katrin den Ausdruck *vom Grüß-Gott-Sagen* zuletzt gehört? Ihre Eltern hatten noch gelebt. Sie versuchte ein Lächeln. »Ich werde auf mein Zimmer gehen. Zweiter Stock?«

»Ja, im zweiten, Nummer fünfundzwanzig«, wiederholte die Frau. »Trotz der Umstände wünsche ich Ihnen einen schönen Aufenthalt in Kirchbergen.«

Katrin murmelte ein »Danke« und ging bereits in Richtung der Treppe, als die Frau ihr nachrief: »Wir haben jetzt einen Aufzug.« Sie zeigte auf eine Tür im hinteren Bereich des Foyers. »Sie müssen da durch.«

Noch einmal bedankte Katrin sich und trat durch die Tür. Wo früher ein kleiner Innenhof gewesen war, hatte man einen gläsernen Liftschacht eingebaut. Sie fuhr in den zweiten Stock hinauf und ging zu ihrem Zimmer. Die Schlüsselkarte funktionierte auf Anhieb.

Nicht nur ein Lift war errichtet worden und die Türschlösser modernisiert. Auch die Zimmer sahen frisch renoviert aus. Trotz des großen Bettes, eines Schreibtisches und zweier Polstersessel mit Armlehnen fühlte man sich nicht beengt, was vorrangig an der geschickten Positionierung der Möbel lag. Katrin fühlte sich auf Anhieb wohl. Hier würde sie es problemlos zwei Wochen aushalten.

Vielleicht brachte ihr impulsiver Entschluss doch Positives mit sich. Wären da nicht diese drei ungewissen Faktoren: Würde sie der Kummer über den Tod ihrer Eltern wieder einholen? Wie reagierten ihre Jugendfreundinnen auf sie? Was war mit Alexander?

Nach dem Autounfall ihrer Eltern hatte sie der Heimat den Rücken gekehrt. Sie war regelrecht geflohen vor den schmerzlichen Erinnerungen und hatte jeglichen Kontakt abgebrochen. Selbst die Anrufe und Nachrichten ihrer besten Freundinnen hatte sie nur spärlich beantwortet und später komplett ignoriert, bis sie schließlich aufgehört hatten, sich zu melden.

Katrin ging zum Fenster und sah auf den Marktplatz hinunter. Obwohl sich einiges verändert hatte, war ihr der Anblick zutiefst vertraut – die gedrungen wirkenden alten Häuser mit ihren recht schnörkellosen Fassaden, in der Mitte die liebevoll gestaltete Grünanlage mit den noch leeren Blumenbeeten, der Brunnen und die Holzbänke rundherum, der gepflasterte Bereich, wo sicherlich auch jetzt noch jeden Samstag der Markt stattfand. Gegenwärtig zierte ein Maibaum mit einem riesigen Kranz an der Spitze und wehenden bunten Schleifen den Platz.

Der schmale Weg zur Dorfkirche, die auf einer Anhöhe stand, war verbreitert worden und mit Blumenkästen gesäumt. Auf einem Haus prangte ein nicht zu übersehender Dachausbau aus Glas und Metall. Thomas hätte dafür bestimmt eine abfällige Bemerkung parat. Die Disharmonie zwischen der alten Bausubstanz und dem Ausbau fiel selbst ihr auf. Thomas war ein ausgezeichneter Architekt. Nicht umsonst arbeitete er für eines der renommiertesten Architekturbüros in Berlin. Seine Befähigung war ihm durchaus bewusst, mit weniger talentierten Kollegen ging er hart ins Gericht.

Was wohl aus dem Buchladen geworden war? Sie war schon immer eine eifrige Leserin gewesen, und sie hatte viel Zeit im Buchladen von Herrn Lindenborg verbracht. Ihre Begeisterung für Literatur hatte sie nicht zuletzt ihm zu verdanken. Stets hatte er sich für sie Zeit genommen, ihr bestimmte Bücher ans Herz gelegt und sich danach mit ihr darüber unterhalten. Ihre vielen Fragen hatte er mit Geduld beantwortet, und später waren aus ihren Gesprächen oft richtige Fachdiskussionen geworden. Herr Lindenborg war es auch gewesen, der sie darauf gebracht hatte, Germanistik zu studieren. Damals hätte sie den Begriff zwar nicht verwendet, aber aus heutiger Sicht war er ihr Mentor gewesen.

Katrin presste die Lippen aufeinander. Ihren großen Traum hatte sie allerdings nicht verwirklichen können. Dabei hatte sie sich so sehr gewünscht, Schriftstellerin zu werden. Anstatt Romane zu schreiben, verfasste sie Lifestyle-Artikel. Aber sie wollte auch nicht undankbar sein, der Job machte ihr Spaß und war gut bezahlt.

Wie kam sie jetzt überhaupt darauf? Bereits vor Jahren hatte sie das Thema abgehakt. Es brachte nichts, der Vergangenheit nachzuweinen – nicht einem unerreichten Traumberuf, nicht der verlorenen großen Liebe, nicht dem Erlebten oder Versäumten. Es galt, nach vorn zu blicken und das Unveränderbare anzunehmen.

Sie trat zurück vom Fenster und sah sich noch einmal im Zimmer um. Wie sollte sie den restlichen Nachmittag verbringen? So ansprechend das Zimmer war, wollte sie sich doch nicht einschließen. Ein Spaziergang würde ihr sicherlich guttun, überlegte sie, aber erst wollte sie den Koffer auspacken.

Kapitel 3

Nachdem Katrin ihre Kleidung im Schrank verstaut hatte, duschte sie und zog sich um. Sie war froh, genug Freizeitkleidung eingepackt zu haben. Mit ihrer Berliner Standardgarderobe würde sie sich hier fühlen wie ein bunter Hund. Dank ihres Jobs bekam sie oft Designerware zu einem günstigen Preis oder sogar umsonst; perfekt für das Flanieren im Zentrum einer Großstadt, völlig übertrieben für einen Spaziergang im Waldviertel. Dementsprechend wählte sie Jeans, einen leichten Pulli und Stiefeletten mit flachem Absatz.

Nach einer prüfenden Drehung vor dem mannshohen Spiegel im Eingangsbereich verließ sie das Hotelzimmer. Sie nahm die Treppe und winkte der Frau an der Rezeption beim Vorbeigehen zu. Nicht noch einmal wollte sie in ein Gespräch verwickelt werden, aber doch höflich sein.

Vor dem Hoteleingang blieb sie stehen, schloss kurz die Augen und sprach sich Mut zu. Sie befand sich in der Gegenwart, der Autounfall ihrer Eltern war vor zwölf Jahren geschehen. Hinter jedem Stein Kirchbergens eine Erinnerung hervorzuziehen und daran zu verzweifeln, war der falsche Weg. Sie musste es schaffen, diese Erinnerungen als Andenken zu sehen. Nicht zu vergessen war gut, deshalb ewig zu leiden war schlecht. Es handelte sich um eine einfache Formel, die rundum Sinn machte.

Katrin schlenderte am Brunnen vorbei, und eine andere Erinnerung schob sich in den Vordergrund. Dort hatte Alexander sie zum ersten Mal geküsst. Es war Sommer gewesen, und sie hatte am Brunnenrand gesessen. Während die anderen schon zum Weiher gegangen waren, um zu baden, hatten sie sich unterhalten, gelacht und sich gegenseitig mit dem Wasser aus dem Brunnen nassgespritzt. Alexander hatte ihr eine volle Ladung mitten ins Gesicht verpasst. Schuldbewusst hatte er versucht, sie mit seinen nassen Händen abzutrocknen. Nie würde sie das Gefühl vergessen, als er mit seinen Fingerspitzen über ihre Wangen gestrichen hatte. Dann war sein Gesicht immer näher gekommen und schließlich hatte sie seine Lippen auf ihren gespürt. Es war kein Erwachsenenkuss gewesen, vielmehr ein vorsichtiges Herantasten in eine neue, unbekannte Welt.

Was wohl aus ihm geworden war? Welchen Beruf hatte er ergriffen? War er verheiratet und hatte Kinder? Wo lebte er? Nach dem Abitur waren Alexander und sie getrennte Wege gegangen und hatten einander nie mehr wiedergesehen. Nicht einmal zum Begräbnis ihrer Eltern war er gekommen. Wahrscheinlich hatte er gerade den Mount Everest bestiegen oder war im Indischen Ozean geschwommen. Katrin spürte, wie die alte Wut in ihr hochstieg.

Alexander hatte vor einem Studium unbedingt die Welt erkunden wollen, sie hingegen hatte sich nichts sehnlicher gewünscht, als sofort mit dem Germanistikstudium zu beginnen. Ihre Ziele waren unterschiedlich gewesen, eine Trennung demnach unvermeidlich. So viel zur sachlichen Seite, die emotionale war eine gänzlich andere gewesen. Sie hatten unzählige Diskussionen geführt, und bis heute konnte sie ihm seine Sturheit und das Unverständnis für ihre Wünsche nicht verzeihen.

Bereits mit sechzehn Jahren hatte sie gewusst, was sie wollte, und dementsprechend darauf hingearbeitet. Ins Blaue zu leben war einfach nicht ihr Ding. Von jeher liebte sie Ordnung, und dazu gehörten eine angemessene Planung genauso wie eine strukturierte Vorgehensweise. Nur weil Alexander keine Ahnung gehabt hatte, was er studieren und überhaupt aus seinem Leben machen wollte, hätte sie alles über den

Haufen werfen sollen? Ihr Plan war zwei Jahre lang gediehen, und er hatte jede ihrer Überlegungen hautnah miterlebt. Sein Geistesblitz hingegen war drei Monate vor dem Abschluss aus dem Nichts gekommen. Wie hätte sie anders reagieren sollen?

Katrins Gedanken glitten weiter. Der Brunnen war vor allem im Sommer auch ein Treffpunkt ihrer Freundinnen gewesen. Über sie wusste sie genauso viel wie über Alexander: nämlich nichts. Waren Veronique und Stephan noch ein Paar? Hatten Sabrina und Tobias geheiratet und ihre drei Kinder bekommen? Bestimmt, dachte Katrin, wenn eine Beziehung gehalten hatte, dann diese. Die beiden waren schon damals ein Herz und eine Seele gewesen. Und welchen Weg hatte Isabella beschritten? Ihr größter Wunsch war es gewesen, einmal im Ausland zu leben. Ob in Singapur oder Miami war ihr egal gewesen, das Ziel hatte nur weit weg liegen müssen.

Die Einzige, deren Schicksal sie kannte, war Kiki.

Katrin erschauerte. Lag es an der traurigen Endgültigkeit dieses Gedankens oder an der Wolke, die sich soeben vor die Sonne geschoben hatte?

So oder so, sie musste endlich in die Gänge kommen. Sie war gerade einmal ein paar Meter gegangen. Auf diese Weise würde sie nicht zu ihrem Spaziergang kommen. Sie wollte den Bach entlang zur alten Mühle marschieren. Es war ein schöner Weg, und sie würde in etwa einer Stunde wieder zurück sein. Vorher musste sie aber unbedingt ihre Neugierde befriedigen und nachsehen, ob es den Buchladen noch gab. Sie hatte wenig Hoffnung, Herr Lindenborg war damals schon nicht mehr jung gewesen.

Zügig überquerte sie den Marktplatz; der Buchladen war genau am anderen Ende in einem Haus mit sonnengelber Fassade untergebracht gewesen. Auf die sonnengelbe Farbe hatte Herr Lindenborg bestanden. »Ein Buchladen ist ein Ort der

Fröhlichkeit und Inspiration. Dementsprechend muss er strahlen«, hatte er immer zu sagen gepflegt.

Aus dem Augenwinkel nahm Katrin die einladende Auslage eines für sie neuen Ladens wahr. *La boulangerie* und darunter *französische Bäckerei* stand in geschwungener Schrift über dem Eingang. Katrin hatte heute noch nichts gegessen. Die Vorstellung, nach dem Spaziergang mit Croissants und einem Film im Hotelzimmer auszuspannen, gefiel ihr. Nun hatte sie bereits drei Vorhaben.

Sie sah das Schaufenster und die Aufschrift *Lindenborgs Bücher* schon von Weitem. Auf den ersten Blick hatte sich nichts verändert. Die sonnengelbe Fassade des Gebäudes strahlte ihr entgegen, das Schaufenster war voller Bücher, die weiße Tür mit dem geschwungenen Metallgriff lud zum Öffnen ein. Ein freudiges Kribbeln machte sich in Katrins Magengegend breit. Automatisch beschleunigte sie ihre Schritte. Auf einmal konnte sie es nicht mehr erwarten, an ihr Ziel zu gelangen.

Energisch zog sie an der Tür, spürte den leichten Widerstand und vernahm das ihr noch immer vertraute *Klack*. Sie trat ein. Sofort drang ihr der altbekannte Duft von Weihrauch in die Nase. Früher hatte Herr Lindenborg auf dem Kassenpult in einem orientalisch anmutenden Gefäß immer Weihrauchstäbchen verbrannt. Offenbar tat er das noch heute. »Weihrauch vertreibt schlechte Energie. Neid, Hass und Gram haben in einem Buchgeschäft nichts verloren. Hier lesen wir nur über diese Gemütszustände«, hatte er Katrin seinerzeit erklärt. Seitdem war der Duft von Weihrauch für sie untrennbar mit diesem Buchladen und seiner positiven Energie verbunden.

»Ich komme gleich zu Ihnen, bitte einen Moment Geduld«, rief jemand hinter einem Regal.

Katrin erkannte Herrn Lindenborgs Stimme sofort wieder. Sie hörte ein Rascheln und Schritte. Er kam auf sie zu. Sein

Haar war gänzlich weiß und schütter geworden, aber nach wie vor hatte er es im Nacken zu einem Zopf gebunden. Er trug dieselbe runde Brillenform, und seine hellblauen Augen strahlten. Vielleicht ging er ein wenig gebückter als früher. Auf jeden Fall hatte er kein Kilo zugenommen.

Herr Lindenborg verharrte und starrte Katrin an. »Du liebe Güte! Ich glaub es nicht, die kleine Katrin.« Er machte einige große Schritte auf sie zu, ergriff ihre Hand und drückte sie herzlich. »Richtig erwachsen bist du geworden. Und, als alter Mann darf ich das sagen, eine schöne Frau noch dazu. Deine Haare sind heller, färbst du sie?«

Katrin lachte auf. »Herr Lindenborg, ich freue mich so sehr, Sie zu sehen. Und ja, ich färbe meine Haare.« Sie freute sich wirklich über alle Maßen. Welch wunderbare und besondere Erinnerungen sie mit Herrn Lindenborg und dem Buchladen verband!

»Komm, Katrin, setzen wir uns in die Leseecke. Magst du einen Tee oder Kaffee?« Er legte den Kopf schief und lächelte. »Wie alt bist du jetzt?«

»Zweiunddreißig.«

»Dann verträgst du auch ein Glas Weißwein um diese Uhrzeit.«

»Allemal.«

Er verschwand in den hinteren Bereich des Geschäftes, wo sich, wie Katrin wusste, der Aufenthaltsraum mit einer kleinen Küche befand. Sie nahm in der Leseecke Platz und wartete.

Herr Lindenborg kam mit zwei gut gefüllten Weingläsern zurück und setzte sich neben Katrin. Ohne Umschweife fragte er: »Erzähl mir, wie ist es dir ergangen? Als du nach Berlin gezogen bist, habe ich weitgehend den Faden verloren. Deine Mutter hat mich zwar oft besucht und mir von deinen Erfolgen beim Studium erzählt, aber als sie dann kurz darauf …

Entschuldige, wie unpassend von mir. Das wollte ich nicht. Es liegt an der Aufregung, dich wiederzusehen.«

»Es ist in Ordnung. Wirklich.« Kurz schwieg sie. »Ich lebe noch immer in Berlin.«

»Soso, noch immer Berlin«, wiederholte er versonnen. »Du bist wegen Kristina hier, nehme ich an.«

Katrin nickte. »Ja. Die Nachricht hat mich sehr getroffen.«

»Alle im Ort. Ich habe sie nicht sonderlich gut gekannt. Sie war keine große Leserin. Aber stirbt ein junger Mensch, ist es immer besonders tragisch.«

»Ich kann es mir gar nicht vorstellen. Sie war so alt wie ich, wir sind in dieselbe Klasse gegangen.«

»Ich weiß.« Herr Lindenborg tätschelte Katrins Hand. »Schreibst du noch? Nach *Die roten Rosen der Mary Ann* habe ich eine Zeit lang immer wieder nachgesehen, ob dein Name gelistet ist, aber nichts von dir entdeckt.«

Die roten Rosen der Mary Ann war ihr erster und zugleich letzter Roman gewesen. Vorhin im Hotelzimmer hatte sie die Erinnerung daran noch erfolgreich verdrängen können, jetzt allerdings kam sie ungebremst zurück.

Noch in ihrem ersten Studienjahr hatte sie den Roman geschrieben, der auch tatsächlich verlegt worden war. Sie hatte ihr Glück nicht fassen können und unbedingt Schriftstellerin werden wollen. Dieser Traum, dem sie voller Enthusiasmus sehr viel Zeit geopfert hatte, war wenige Jahre später endgültig geplatzt, als sie keinen Verlag für ein zweites Buch gefunden hatte.

»Ich schreibe Artikel für eine Zeitschrift.«

Herr Lindenborg nickte bedächtig. »Schön, dass du noch immer schreibst, schade allerdings, dass es keine Romane sind. Du bist ein Naturtalent. Nur wenige Menschen verfügen über diese Gabe.« Er wischte die Bemerkung mit einer Handbewegung fort. »Was für Artikel schreibst du denn?«

»Sie dürfen aber nicht lachen … für eine Frauenzeitschrift,

ein richtiges Boulevardblatt, über Lifestyle und alle möglichen sonstigen Frauenthemen.«

»Ich lache keineswegs. Gefällt dir die Arbeit?« Er schenkte Katrin seinen typischen prüfenden Blick. Auch an ihn erinnerte sie sich gut.

»Sie ernährt mich. Ich bin zufrieden, weil ich versuche, das Maximum herauszuholen. Ich recherchiere eingehend und liefere den Leserinnen fundierte Informationen, sei es bei Mode oder Gesundheitsthemen. Es ist nicht mehr, aber auch nicht weniger.« Katrin wollte ihn nicht anlügen. Der Job machte ihr zwar Spaß, jedoch erfüllte er sie nicht.

»Und die Liebe?«

»Ich lebe mit einem Architekten zusammen. Er heißt Thomas.«

»Bei der Beschreibung deiner Arbeit habe ich noch einen Funken Euphorie wahrnehmen können. Aber nun …?«

Katrin hob die Schultern. »Ach, wissen Sie –«

Herr Lindenborg hob sein Glas und prostete ihr zu. »Du musst mir nichts erklären.« Er nahm einen kräftigen Schluck und stellte das Glas ab.

Katrin lächelte. Herr Lindenborg hatte sich wirklich nicht verändert. Er stellte interessiert Fragen, drang jedoch nie weiter vor, als man es wünschte. Seine Feinfühligkeit hatte sie bereits früher beeindruckt.

Nach einem Moment der Stille sagte Herr Lindenborg leise: »Es wird Zeit für mich, die Welt der Bücher zu verlassen, dafür öfter durch den Wald zu spazieren.« Katrin spürte die Verzagtheit in seinen Worten.

»Ich habe so sehr gehofft, dass es Ihren Buchladen noch gibt. Mein erster Weg war zu Ihnen.«

»Ach Kindchen, vieles hat sich verändert. Das Rad dreht sich immer schneller, und die Geschäfte gehen zusehends schlechter. Es ist längst Zeit für den verdienten Ruhestand. Ich bin zweiundsiebzig Jahre alt.«

Katrin verkniff sich eine Antwort und nippte an ihrem Glas. Auch sie wollte im Gegenzug nicht nachbohren, zumal sie seine Beweggründe verstehen konnte.

Kapitel 4

Nach einem weiteren Glas Wein verließ Katrin durchaus beschwingt den Buchladen. Das Wiedersehen mit Herrn Lindenborg stimmte sie trotz der Umstände fröhlich, und der Alkohol tat das seine dazu, sie in schönen Erinnerungen schwelgen zu lassen.

Den Gedanken an den Spaziergang verwarf sie spontan, die französische Bäckerei war einfach zu verlockend. Zielstrebig schritt sie auf das Geschäft zu.

Die Tür stand einen Spaltbreit offen; Katrin zog sie auf und betrat den Laden. Sofort stieg ihr der typische Geruch frischen Gebäcks gepaart mit einem Hauch von Süße in die Nase. Es duftete wunderbar, überhaupt alles hier in Kirchbergen roch fantastisch: die Natur, der Weihrauch im Buchladen und nun das Gebäck.

Eine Frau stand mit dem Rücken zu ihr hinter der Theke. Sie trug ein einfaches schwarzes Shirt, ihr schwarzes Haar war zu einem Pagenkopf geschnitten. »Bonjour! Was kann ich für Sie–« Noch in der Drehung hielt die Frau inne. »Mein Gott, du?«

Katrin brauchte ebenfalls einen Moment, um sich zu fassen. »Veronique!«

Die Frau machte einen Schritt zur Seite, als wollte sie den Tresen umrunden, blieb dann jedoch abrupt stehen und sagte: »Ich hätte nicht gedacht, dass du kommst.«

Sofort registrierte Katrin die Reserviertheit. Aber natürlich, was hatte sie anderes erwartet? Dass man sie mit offenen Armen empfing? Trotzdem hätte sie Veronique am liebsten umarmt. »Natürlich bin ich hier. Es geht um Kiki.« Katrin empfand ihre Antwort als dürftig. Aber was hätte sie sonst erwidern können?

Veroniques Mundwinkel begannen sofort zu zucken. »Es ist furchtbar. Ich kann es noch immer nicht fassen.«

»Mir geht es genauso. Als ich die Todesanzeige erhalten habe, war ich wie …« Katrin zuckte mit den Schultern und schüttelte den Kopf. Dafür die richtigen Worte zu finden, war fast unmöglich. »Wie geht es ihren Eltern?«

»Ihre Mutter ist sehr gläubig, wie du dich vielleicht erinnern kannst. Sie dürfte viel Zeit in der Kirche verbringen, zumindest sehe ich sie von hier aus oft hingehen. Der Vater wirkt traurig, aber gefasst. Du kennst ja den alten Männerschlag. Die zeigen ihre Gefühle nicht offen.«

Katrin nickte. Ja, sie kannte diesen *alten Schlag*. Ihr Vater war genauso gewesen. Er hatte alles für seine Familie getan und war ein herzensguter Mann gewesen, aber nach außen hin hatte er keine Emotionen verraten. Wenn etwa ein Hund gestorben war, war er stundenlang spazieren gegangen, um für sich allein zu sein. »Darf ich dich fragen, was Kiki genau hatte? Ich meine, woran sie … gestorben ist?«

»Sie hatte eine seltene Form eines Gehirntumors. Es nennt sich Glioblastom. Von der Diagnose bis zu ihrem Tod hat es gerade mal sechs Monate gedauert.«

»Hat sie starke Schmerzen gehabt?«

»Anfänglich hat sie nur über Kopfweh in der Nacht geklagt, normale Schmerzmittel haben ihr aber nicht geholfen. Deshalb ist sie auch zum Arzt gegangen. Dann ist es rasant schlimmer geworden. Dieses Glioblastom wächst extrem schnell. Im Krankenhaus haben sie uns erklärt, dass sich ihr Gehirn nicht so rasch an die Druckverhältnisse anpassen kann. Am Schluss war sie dann gar nicht mehr bei Sinnen. Sie mussten ihr sehr starke Medikamente geben. So hart es klingt, das Ende war eine Erlösung für sie.« Veronique griff sich an die Schläfe. »Reden wir von etwas anderem. Wie geht es dir? Was tut sich in Berlin? Du lebst doch noch dort?«

Katrin nahm die schlagartige Veränderung in Veroniques Verhalten wahr. Als würde die Jugendfreundin in jeder Hinsicht einen Schritt zurück machen. »Ja, nach wie vor. Gut. Alles fein.« Sie wusste nicht, was sie sagen sollte. Sie war verunsichert. Veronique erweckte nicht den Eindruck, als wäre sie an einer ausführlichen Antwort interessiert. »Und … wie geht es dir?« Sie versuchte das Gespräch am Laufen zu halten.

»Auch gut.«

»Ist das dein Geschäft?«

Endlich zeigte sich ein Lächeln auf Veroniques Gesicht. »Ja, ich habe mir meinen Traum erfüllt. Wie gefällt es dir?«

»Ich finde es toll. Gleich nachdem ich angekommen war, wollte ich nachsehen, ob es den Buchladen noch gibt. Beim Vorbeigehen ist mir dein Laden sofort aufgefallen. Ich habe sogar meinen geplanten Spaziergang zur Mühle verschoben, um Croissants zu kaufen. Na ja, ein bisschen ist Herr Lindenborg auch daran schuld. Wir haben uns verquatscht.«

»Ich habe ganz frische, und die Minibaguettes sind noch warm, falls du welche willst.«

»Dann nehme ich vier Croissants und ein Minibaguette.«

Während Veronique eine Papiertüte öffnete und die Croissants darin verstaute, fragte Katrin: »Weißt du etwas von Sabrina und Isabella?«

Veronique griff nach einer zweiten Tüte und steckte ein Baguette hinein. »Sie leben beide noch hier. Du bist die Einzige, die fortgezogen ist.«

Schwang ein Vorwurf oder gar ein Funken Neid in ihrer Stimme mit? Katrin beschloss, den Unterton zu überhören. »Wie geht es den beiden?«

»Sabrina hat Tobias geheiratet. Er führt ein kleines Bauunternehmen, sie hilft ihm im Büro.«

»Ach, wie schön. Sie waren schon damals ein Traumpaar.

Haben sie Kinder? Ich weiß noch, sie haben sich drei gewünscht.«

»Noch nicht«, entgegnete Veronique ausweichend.

Katrin fragte nicht weiter. Offenkundig wollte Veronique keine Details preisgeben. »Und Isabella? Sie ist also doch nicht ins Ausland gegangen.«

»Das hat sich anders ergeben. Sie ist Lehrerin in Kirchbergen.«

»Lehrerin! Das hätte ich jetzt nicht erwartet. Hat sie einen Freund oder ist verheiratet?«

»Weder, noch. Isabella lebt … ihr Leben.«

Auch hier stieß Katrin auf eine Mauer. Sie versuchte einen dritten Anlauf. Er fiel ihr besonders schwer. »Hast du vielleicht etwas … von Alexander gehört?«, fragte sie leise und zögerlich.

Diesmal lächelte Veronique. »Du hast keine Ahnung, oder?«

»Ich habe ewig nichts von ihm oder über ihn gehört.«

Veronique neigte den Kopf, als würde sie überlegen, dann sagte sie: »Wenn du Lust hast, mache ich uns zwei Café au Lait und wir setzen uns.« Sie deutete zuerst auf einen kleinen Stehtisch mit vier Barhockern im vorderen Teil des Ladens und dann auf eine riesige Kaffeemaschine, die die komplette Breitseite vom Tresen bis zur Wand einnahm.

»Oh ja, liebend gern. Herr Lindenborg hat mir auf nüchternen Magen zwei Gläser Wein eingeflößt. Ein Kaffee ist da genau das Richtige.«

Während Veronique den Kaffee zubereitete, setzte Katrin sich und wartete. Erst als Veronique mit zwei dampfenden Kaffeetassen in der Hand ebenfalls Platz genommen hatte und ihr eine Tasse zuschob, sagte sie: »Nachdem Alexander damals nach London geflogen ist, haben wir uns noch ein paar Nachrichten geschrieben, dann ist der Kontakt eingeschlafen. Einfach so.« *Einfach so* war es natürlich ganz und gar nicht passiert. Seine fröhlichen Mitteilungen hatten sie verletzt und geärgert. Um dieser Endlosschleife aus Schmerz und Zorn zu entkommen, hatte sie den Kontakt bewusst abgebrochen. »Es ist vierzehn Jahre her und ich weiß es noch wie heute. Verrückt, nicht wahr?«, fügte Katrin hinzu.

»Ich überlege gerade, in welchem Jahr Alexander zurückgekommen ist … auf jeden Fall war es nach seinem Studium.« Veronique trommelte mit dem Zeigefinger auf ihre Lippen.

»Hierher, nach Kirchbergen?« Die Information bescherte Katrin eine Bandbreite an widersprüchlichen Gefühlen, von Angst bis Hoffnung.

Veronique nickte. »Er ist ein äußerst erfolgreicher Unternehmer.«

»Was macht er?« Katrin spürte, wie sich alles in ihr anspannte.

»Er hat eine kleine erfolgreiche Whisky-Brennerei. Ständig gewinnt er Preise und beliefert Toprestaurants und Whisky-Liebhaber auf der ganzen Welt.« Veronique schob die Unterlippe vor. »Ich kann die Qualität nicht beurteilen, Whisky ist weniger mein Ding. Ich habe lieber ein Schlückchen Pastis.«

Katrin war bereits am Wort Whisky-Brennerei hängen geblieben. »Eine Whisky-Brennerei? Hier im Waldviertel? Wie ist er bloß darauf gekommen?«

»Alexander hat eine Zeit lang in Schottland gelebt und dort in einer Whisky-Brennerei gearbeitet.«

»Auf seiner Weltreise?«

Veronique zog die Brauen hoch. »Seine *große* Weltreise war in Schottland zu Ende. Genau die zweite Station nach London. Der Besitzer der Brennerei hat ihn wohl wie einen Sohn aufgenommen und ihm alles beigebracht.« Unvermittelt erschien Veroniques Zornesfalte zwischen den Brauen. »Stephan hat mir damals einiges darüber erzählt. Er und Alexander sind nach wie vor dicke Freunde.«

Einen Moment lang hielt Katrin den Atem an. Schon wieder stiegen diese alten Gefühle in ihr hoch: Schmerz und Zorn. Sie runzelte die Stirn und presste die Lippen aufeinander. Für sie hatte Alexander seine Pläne nicht aufgegeben, offenkundig aber für Whisky.

Sie musterte Veronique. Auch die Miene ihrer Jugendfreundin hatte sich verändert. Bei Stephans Erwähnung war nicht nur die steile Falte erschienen, ihr ganzer Ausdruck hatte sich verhärtet, und die Stimme war tiefer geworden.

Katrin räusperte sich und fragte leise: »Seid ihr noch zusammen, du und Stephan?«

Veronique stieß einen missbilligenden Laut aus. »Wir sind Geschichte. Stephan hat sich voll und ganz in die Politik gestürzt. Ich habe diesen Zirkus einfach nicht ausgehalten. Er ist übrigens Bürgermeister von Kirchbergen.«

»Bürgermeister? Echt jetzt? Ich kann es nicht glauben!«

»Ich auch nicht, obwohl ich es hautnah miterlebt habe. Zu seiner Ehrenrettung muss ich sagen, er tut viel für Kirchbergen und ist sehr beliebt. Wie übrigens auch Alexander. Sie sind beinahe so etwas wie Vorzeigebürger. Vielleicht werden sogar einmal Statuen von ihnen errichtet. Mit meinem Glück steht Stephans dann genau vor meiner Ladentür.«

Kurz schwieg Katrin. Noch war sie mit den neuen Informationen zu beschäftigt, um passend auf Veroniques sarkastische Äußerung reagieren zu können. Schließlich fragte sie: »Würdest du mir von Kiki erzählen? Ich meine, bevor sie krank geworden ist.«

Veronique seufzte. »Kiki … Ach, weißt du, sie hatte sich nicht großartig verändert. Schneller, höher, weiter. Wie meine *maman* immer gesagt hat: An ihr ist ein wilder Junge verloren gegangen. Sie hat ziemlich auf der Überholspur gelebt. Schon vor Jahren ist sie nach Waidhofen gezogen, um näher an ihrem Arbeitsplatz zu sein. Sie hat in einer Werbeagentur gearbeitet. Ich glaube, sie hat aber auch rausgewollt aus Kirchbergen. Auf jeden Fall haben wir uns deshalb nicht mehr so oft gesehen.«

»Hatte sie Familie?«

»Einen Freund, aber nichts wirklich Ernsthaftes. Im Job war sie total engagiert, und ihre karge Freizeit hat sie mit Rafting, Klettern und anderen waghalsigen Sportarten gefüllt. Seit ihrem Umzug war es ein bisschen wie *aus den Augen, aus dem Sinn*. Weißt du, was ich meine?«

Katrin senkte den Kopf. »Ja. Ich habe es nicht anders gemacht.«

»Das stimmt wohl.« Veronique blinzelte eine Träne fort.

Katrin spürte, wie auch ihr Tränen in die Augen stiegen. Sie rutschte vom Barhocker und zeigte auf die beiden Papiertüten. »Ich werde mal zurück ins Hotel gehen und mich etwas hinlegen. Das ist alles ganz schön viel für mich. Was bekommst du?«

»Nichts. Es ist ein kleines Willkommensgeschenk. Lass es dir schmecken. Und probiere auf jeden Fall das Baguette, solang es ganz frisch ist. Es ist eines meiner Spezialitäten.«

»Das ist lieb. Danke. Wir sehen uns morgen um vierzehn Uhr?«

Veroniques Augen glänzten schon wieder verdächtig, sie konnte nur noch nicken.

Kapitel 5

Katrin durchquerte das Hotelzimmer mit großen Schritten, warf die beiden Papiertüten von Veronique achtlos auf den Schreibtisch und ließ sich aufs Bett fallen. Endlich konnte sie ihren Tränen freien Lauf lassen. Erst rannen sie einzeln über ihre Wangen, dann bildeten sich Rinnsale und tropften auf ihren Pulli. Seit Jahren hatte sie nicht mehr so geweint. Selbst als sie Kikis Todesanzeige bekommen hatte, war es nicht so schlimm gewesen. Doch nun weinte sie um Kiki, um ihre Eltern, wegen Thomas, wegen all der versäumten Jahre mit ihren Freundinnen und um Alexander. Alles kam zusammen.

Als die Tränen schließlich versiegten, fühlte sie sich schwach, aber deutlich besser. Sie schaltete den Fernseher ein und blieb gleich beim ersten Sender hängen. Es ging nur um eine Geräuschkulisse. Sie konnte sich sowieso nicht darauf konzentrieren. Die letzten Stunden hatten sie zu sehr bewegt. Das Wiedersehen mit Herrn Lindenborg war voller Herzlichkeit verlaufen, deutlich zurückhaltender die Begegnung mit Veronique. Obwohl sie beide während des Gesprächs etwas aufgetaut waren, lagen Lichtjahre zwischen der früheren Innigkeit und heute.

Wie wohl die anderen auf sie reagieren würden? Sie hatte so vieles im Leben ihrer Freundinnen verpasst. Mit Sabrinas Familienplanung stimmte offensichtlich etwas nicht. Auch bei Isabella schien einiges nicht in Ordnung zu sein. Veronique und Stephan lebten getrennt, und er war Bürgermeister geworden. Alexander besaß eine Whisky-Brennerei … Und schon wieder blieben ihre Gedanken bei ihm hängen. Sie ärgerte sich über sich selbst.

Alexander und sie waren ineinander verliebt gewesen, wie zwei Menschen es nur sein konnten. Dann hatte er sie verlassen für einen Weg, den er, wie sie eben hatte erfahren müssen, nie gegangen war. Oder hatte in Wahrheit sie ihn verlassen? Es tat nichts zur Sache. Er hatte ihren Plan lange gekannt und war aus heiterem Himmel mit der Weltreiseidee dahergekommen. Hätte sie alles über den Haufen werfen sollen für solch ein Hirngespinst? Katrin stöhnte laut auf. Sie drehte sich ständig im Kreis. Das musste aufhören. Sie durfte sich nicht andauernd dieselben Fragen stellen. Vierzehn lange Jahre waren vergangen. Es konnte doch nicht möglich sein, dass das alles noch immer ihr Leben beeinflusste.

Plötzlich verkrampfte sich ihr Magen. Katrin schluchzte auf und krümmte sich zusammen. Sie atmete langsam und flach, bis der Krampf sich löste.

Mit einem Stöhnen ließ sie sich in das Kissen zurückfallen. Was hatte sie sich nur dabei gedacht zurückzukommen? In Berlin wusste sie wenigstens, was sie erwartete. Thomas baute keine Luftschlösser und stand mit beiden Beinen fest im Leben. Er war ein durch und durch rationaler Mensch. Romantik und liebevolle Gesten waren nicht so seins. Selbst in ihrer gemeinsamen Anfangszeit hatte es weder eine *Wolke sieben* noch *Schmetterlinge im Bauch* gegeben. Dafür konnte sie sich auf ihn verlassen. Er bot ihr ein schönes Leben und würde sich nie freiwillig von ihr trennen. Aber konnte sie ihm auch vertrauen?

Sie hatte Angst, dass er es mit der Treue nicht allzu genau nahm. Gelegenheiten hatte er allein durch seinen Beruf genug, aber daran lag es nicht. Immer wieder ließ er bei Freunden abfällige Bemerkungen über Treue fallen, die sie unweigerlich aufhorchen ließen. Als sie ihn einmal danach gefragt hatte, war er unruhig geworden und hatte ausweichend geantwortet. »Ich sage das doch nur, weil ich das scheinheilige Getue nicht leiden kann. Außerdem gibt es wirklich Wichtigeres, Loyalität zum Beispiel. Wir sind alle keine Kinder mehr. Jeder Mensch kann in Situationen geraten, die ihn verleiten.« Ihre Frage hatte – natürlich – wieder zu einem Streit geführt. Für sie war nämlich beides gleich wichtig: Treue und Loyalität.

Ruckartig setzte Katrin sich auf. Was versuchte sie sich einzureden? Ihr perfektes Leben in Berlin war doch eine Farce! Sie mochte die Arbeit bei der Zeitschrift, ging aber ihrer wahren Leidenschaft nicht nach. Ihre Beziehung war von gegenseitigen Vorteilen geprägt und sie verstanden sich gut, echte Innigkeit und Wärme fehlten allerdings gänzlich. Seit einiger Zeit stritten sie auch ständig. Und wenn sie ehrlich zu sich selbst war, mangelte es außerdem an Leidenschaft. Bei jedem Kuss von Alexander hatte sie weiche Knie bekommen und gedacht, sie müsste zerschmelzen, Thomas' Küsse waren *angenehm.*

Zu allem Überfluss war sie in ihrer Heimat zur Fremden geworden. Sogar die Rezeptionistin hielt sie ohne Wenn und Aber für eine Touristin.

Plötzlich fühlte Katrin sich unfassbar einsam.

Sie blickte zum Schreibtisch. Obwohl ihr der Appetit vergangen war, musste sie zumindest ein Croissant probieren. Immerhin war es ein Geschenk von Veronique.

Kapitel 6

Ein kühler Wind wehte, und die Sonne verbarg sich hinter dunklen Wolken. Als würde das Wetter ebenfalls trauern, dachte Katrin. Sie zog den schwarzen Trenchcoat enger um ihren Körper und ging weiter in Richtung Kirche. Von allen Seiten kamen dunkel gekleidete Menschen.

Vor der Kirche standen die Trauergäste in kleinen Gruppen zusammen. Katrin blieb in einigem Abstand stehen und warf aus der Entfernung einen Blick durch das geöffnete Kirchentor. Die Sitzreihen waren bereits vollständig belegt.

Sie nickte einigen Personen zu, blieb aber weiter auf Distanz. Es war ja durchaus üblich, sich bei einem Begräbnis diskret zu verhalten. Niemand würde es ihr übel nehmen, selbst ihre Mutter hätte dem zugestimmt. Und das bedeutete viel. Ihre Mutter war eine fröhliche Frau voller Wärme gewesen, doch sie hatte strikte Regeln gehabt, die sie durchzusetzen gewusst hatte. Gutes und richtiges Benehmen war ihr überaus wichtig gewesen.

Als die Kirchenglocke läutete, rann Katrin ein Schauer über den Rücken. Sie wartete, bis alle eingetreten waren, und ging als Letzte in die Kirche. Gleich neben der Tür fand sie einen Platz. Sie lehnte sich an die Wand und versuchte, sich auf ihre Erinnerung an Kiki zu konzentrieren.

Kiki hatte ein eigenwilliges, ungemein ansteckendes Lachen gehabt. Wie das helle Läuten eines Glöckchens unterbrochen von Kicheranfällen. Ihr ganzer Körper hatte dabei gebebt und man hatte einfach nicht anders gekonnt, als mitzulachen. Sie war ein Mensch so voller Energie gewesen. Katrin konnte sich nicht erinnern, sie jemals müde oder untätig erlebt zu haben.

Was sie wohl gefühlt haben musste, als sie die Diagnose erhalten hatte? Mehr oder weniger war sie von einem Tag auf den anderen unter starken Schmerzen zur Untätigkeit verdammt gewesen. Schaffte man es überhaupt, die Tragweite eines solchen Befundes zu begreifen?

Weiter kam Katrin in ihren Gedanken nicht. In der zweiten Reihe entdeckte sie unverkennbar Alexanders Hinterkopf. Das dunkle Haar trug er kürzer, wie früher hielt er sich betont aufrecht.

Ihre Hände begannen zu zittern. Schnell steckte Katrin sie in die Manteltaschen und starrte Alexander wie hypnotisiert an. Obwohl sie sein Gesicht nicht sehen konnte, hatte sie es in ihrer Vorstellung vor sich. Seine braunen Augen mit den grünen Sprenkeln, das energische Kinn, die kerzengerade Nase. Wenn er lächelte, erschienen kleine Grübchen auf seinen Wangen. Und sie erinnerte sich an all seine typischen Bewegungen. Wie er sich am Ende eines besonders wichtigen Satzes übers Haar strich, seine Augen angestrengt zusammenkniff, wenn er über ein Problem nachdachte, den Kopf leicht zur Seite neigte, wenn er einen Scherz machte.

Sie riss sich von Alexander los und versuchte, den Worten des Priesters zu lauschen. Alles erschien ihr so unwirklich, und sie hatte das Gefühl, als befände sie sich in Trance. Sie konnte sich einfach nicht vorstellen, dass Kiki in dem Sarg da vorn lag. Dass sie nie wieder lachen und etwas Waghalsiges tun würde. Dass sie für immer fort war.

Endlich erklang die Glocke, und die Sargträger brachten sich in Position. Der Mann neben Alexander erhob sich und ging zu Kikis Eltern. Es war Stephan. Er beugte sich vor und sagte etwas zu ihnen. Sie standen auf und stellten sich hinter den Sarg. Dann setzten die Träger sich in Bewegung. Reihe für Reihe leerte sich, und die Menschen folgten dem Sarg. Als

Alexander an Katrin vorbeischritt, drehte sie rasch den Kopf zur Seite. Bald darauf kamen Sabrina und Tobias, dahinter Veronique und Isabella. Sie hielten ihre Blicke zum Boden gerichtet.

Als eine der Letzten schloss Katrin sich dem Trauerzug an.

Der Weg zum Friedhof war kurz. Kikis Grab lag im vorderen Bereich in einem Seitengang. Die Trauergäste standen bis in den nächsten Weg hinein, weswegen Katrin die Grabrede des Pfarrers nicht hören und auch weder ihre Jugendfreundinnen noch Alexander sehen konnte. Sie nutzte den Moment, um sich ein bisschen zu sammeln.

Schließlich stellten die Trauergäste sich an, um den Angehörigen ihr Beileid auszusprechen. Es dauerte fünfzehn Minuten, bis Katrin vor Kikis Eltern stand. Sie reichte zuerst der Mutter, dann dem Vater die Hand. »Mein tiefstes Mitgefühl«, murmelte sie.

»Danke. Es ist schön, dass du gekommen bist, Katrin«, antwortete Kikis Mutter. Sie stand gebückt und hielt in der Hand einen Rosenkranz, aber sie wirkte gefasst.

»Selbstverständlich.«

»Du lebst in … Frankfurt?«

»In Berlin.«

»Wir gehen jetzt alle ins Hotel zur Post. Du begleitest uns doch?«

Eine solche Einladung wollte sie nicht ausschlagen. »Sehr gerne, Frau Kleisner. Vielen Dank.« Katrin wandte sich ab und machte dem nächsten Kondolierenden Platz. Mit vor dem Körper gefalteten Händen ging sie langsam auf den Ausgang des Friedhofs zu.

»Katrin!«

Sie drehte sich um. »Herr Lindenborg. Wie schön, Sie zu sehen.«

»Ich habe hinter dir gestanden. Zur Trauerfeier in der Kirche konnte ich leider noch nicht kommen. Ich wollte den Laden nicht so früh schließen.« Er zuckte mit den Schultern. »Eine alte, dumme Angewohnheit von mir. Ich schließe selbst in Ausnahmefällen nie vor fünfzehn Uhr. Als ob das noch von Bedeutung wäre.«

»Müssen Sie jetzt gleich zurück ins Geschäft?«

»Nein, ich gehe zum Leichenschmaus. Es wäre unhöflich, dem auch noch fernzubleiben. In den Laden kommt ohnehin heute keiner mehr. Bist du auch dabei?«

Katrin nickte.

»Wollen wir vielleicht zusammen hingehen?«

»Liebend gern, Herr Lindenborg. Danke.«

»Ich denke, du solltest endlich *Du* sagen und mich *Ernst* nennen. Tu es für mich, dann fühle ich mich jünger. Besonders an diesem Ort möchte ich nicht an mein Alter denken.«

Kapitel 7

Die Trauergäste waren auf die drei Gasträume des Hotels verteilt worden. Katrin saß gemeinsam mit Ernst, einigen anderen Ladenbesitzern aus der Gegend und Kikis ehemaligen Arbeitskollegen im letzten, kleinsten Raum.

Obwohl sie bei der Ankunft in die anderen beiden Räume gespäht und sowohl ihre Jugendfreundinnen als auch Alexander erblickt hatte, war sie froh, weitgehend unter Fremden zu sitzen. Liebend gern hätte sie ihre Freundinnen begrüßt und mit ihnen gesprochen, doch wollte sie sich gerade in dieser Situation nicht aufdrängen. Der Zeitpunkt war denkbar ungünstig für ein Wiedersehen. Vielleicht ergab es sich etwas später, wenn die Eindrücke des Begräbnisses etwas abgeklungen waren. Die Zeremonie hatte ihr zugesetzt. Sie war bedrückt und fühlte sich niedergeschlagen. Veronique, Isabella und Sabrina erging es sicherlich ähnlich.

Hauptsächlich unterhielt sie sich mit Ernst und Herrn Schiffregger, dem alten Uhrmacher. Das Geschäft hatte er längst seinem Sohn übergeben, er arbeitete aber noch immer mit, wie er erzählte. Er hatte Katrins Eltern gut gekannt und gab einige Geschichten aus der gemeinsamen Schulzeit zum Besten. Katrin hörte ihm gern zu.

Als die ersten Gäste aufbrachen, schloss auch Ernst sich an.

Katrin beeilte sich, ebenfalls aufzustehen. »Ich gehe noch kurz an die Bar. Allein mag ich hier nicht sitzen bleiben, aber aufs Zimmer will ich auch noch nicht«, flüsterte sie ihm zu.

Sie verabschiedeten sich von ihren Sitznachbarn und verließen den Raum.

»Ich begleite dich«, bot Ernst Katrin an und reichte ihr seinen Arm.

Katrin hakte sich unter. »Müssen wir uns nicht noch von Kikis Eltern verabschieden?«, fragte sie.

»Sie sind schon vor einer halben Stunde gegangen. Sie haben sich ganz still fortgeschlichen.«

»Ich kann sie gut verstehen.«

»Ich auch. Nochmals alle Hände zu schütteln und Beileidsbekundungen zu hören, muss furchtbar sein«, bestätigte er.

Als sie zur Bar kamen, reichte Ernst Katrin die Hand. »Wann reist du ab?«

»Eigentlich hatte ich geplant, zwei Wochen hierzubleiben.«

»Wie schön! Dann besuchst du mich noch einmal?«

»Ganz bestimmt, sofern ich nicht doch früher zurück nach Berlin fliege.«

Er behielt ihre Hand in seiner. »Lauf nicht gleich davon, meine Kleine. Du wirst sehen, wie schnell die Verbundenheit zu Kirchbergen und zu den Menschen zurückkehrt. Vertrau mir.« Er lächelte hintergründig. »Ich freue mich schon jetzt auf deine zahlreichen Besuche. Gute Nacht und Kopf hoch.«

Versonnen blickte Katrin ihm nach.

Eine junge Kellnerin riss sie aus ihrer Apathie. »Darf ich Ihnen etwas bringen?«

»Ein Glas Weißwein, bitte.«

»Möchten Sie einen Chardonnay oder lieber Grünen Veltliner? Offen haben wir außerdem einen Riesling, der ist aus dem Kamptal.«

Früher hatte es Rot und Weiß gegeben. »Den Riesling bitte.«

»Für mich auch.«

Katrin drehte sich um. »Stephan!«

Er kam zu ihr und küsste sie auf beide Wangen. »Ich habe dich bereits auf dem Friedhof gesehen.« Er zog eine Packung

Zigaretten aus seiner Sakkoinnentasche. »Ich gehe vor die Tür eine rauchen. Möchtest du auch eine?«

»Nein, danke. Ich habe vor über sieben Jahren aufgehört.«

»Du Glückliche. Nach fünf missglückten Versuchen aufzuhören, habe ich es aufgegeben. Was soll's, ein Laster braucht jeder Mensch.« Er steckte sich eine Zigarette zwischen die Lippen, zündete sie jedoch nicht an. »Ich bleibe bei dir und mache es wie Columbo. Der hat seine Zigarillo in späteren Folgen auch nicht mehr angesteckt. Aber sag, wie geht es dir? Wir haben uns seit einer Ewigkeit nicht mehr gesehen. Was macht die Schreiberei? Nebenbei bemerkt, du siehst blendend aus, wenn ich das sagen darf. Ich hätte nicht gedacht, dass du noch hübscher werden kannst.«

Stephans offene, freundliche Art und sein Kompliment taten Katrin gut. »Danke, auch wenn ich mich gerade weniger gut fühle. Ich schreibe eine monatliche Kolumne bei einer Zeitschrift. Das Bücherschreiben liegt auf Eis«, fasste sie zusammen. »Ich habe gehört, du bist Bürgermeister von Kirchbergen.«

»Kaum zu glauben, nicht wahr? Wer hat es dir erzählt?«

»Veronique.«

»Dann weißt du sicherlich auch, dass wir uns getrennt haben.«

Katrin nickte. »Sie ist zwar sehr zurückhaltend mit Informationen umgegangen, aber das hat sie mir erzählt.«

»Es ist kein Geheimnis. Wir sind auseinandergedriftet. Ihr Frankreich-Wahn hat mich zur Verzweiflung gebracht. Wenn sie dieses Land so sehr liebt, soll sie doch dorthin auswandern, anstatt sich hier über alles und jeden zu beschweren. Als ob die Franzosen wirklich eleganter wären und ein besseres Benehmen hätten!«

»Die große Liebe zu Frankreich hatte sie schon früher. Du wusstest doch, worauf du dich einlässt«, warf Katrin ein.

»Tja … Mit sechzehn ist ein Mädchen mit französischer

Mutter interessant und exotisch, mit fünfundzwanzig wird es lästig, und mit siebenundzwanzig kannst du es nicht mehr hören.«

Katrin hatte das Gefühl, ihre Jugendfreundin verteidigen zu müssen. Stephan nahm kein Blatt vor den Mund, dabei schoss er für ihr Empfinden weit über das Ziel hinaus. »Ich fand Veroniques frankophile Art immer sehr charmant.«

»Der Zauber vergeht, das kannst du mir glauben.«

»Ich habe gehört, Sabrina und Tobias sind verheiratet«, versuchte Katrin das Gespräch auf ein anderes Thema zu lenken. Sie wollte sich nicht in eine Zwickmühle bringen lassen und auch keine Diskussion vom Zaun brechen. Unbedingt gehörte ihre Loyalität Veronique, wenn sie sich zwischen Stephan und Veronique entscheiden musste. Sie waren zwar alle miteinander befreundet gewesen, doch die Freundinnen untereinander hatten sich am Nächsten gestanden.

»Das stimmt, und sie sind wirklich glücklich miteinander. Nur mit einem Kind klappt es nicht. Sabrina unterzieht sich ständig irgendwelchen Behandlungen, die aber nichts nutzen.«

Das war es also, was Veronique nicht hatte erzählen wollen. Auch wenn sie sich mehr Offenheit gewünscht hätte, verstand sie Veronique. Es handelte sich definitiv um kein Thema, über das man einfach so redete. Stephan schien es lockerer zu nehmen, was Katrin veranlasste, auch darauf nicht weiter einzugehen. Wenn, sollte Sabrina ihr selbst davon erzählen. »Und Isabella ist Lehrerin geworden«, sagte sie deshalb.

»Ja, aber es ist nicht leicht mit Isabella. Immer wieder bekomme ich Beschwerden, obwohl ich nicht einmal die richtige Ansprechperson bin.«

»Wieso?«

»Sie ist eine hervorragende Lehrerin, lieb und geduldig, mit genau der richtigen Portion Autorität für die Kleinen. Die

Kinder lieben sie. Es sind manche Eltern, die sie für untragbar halten.«

Stephan wollte um Details gebeten werden. Katrin war neugierig genug, tatsächlich nachzufragen. »Warum beschweren sich Eltern, wenn sie so toll unterrichtet?«

»Isabella führt ein … moralisch nicht einwandfreies Leben.« Er verzog die Lippen. »Wir leben in einem Dorf auf dem Land. Es ist fast unmöglich, sein Privatleben völlig geheim zu halten. Und wahrscheinlich ticken die Uhren hier noch immer ein wenig langsamer als in einer Großstadt. Eine Frau, gerade eine Lehrerin, mit wechselnden Partnern wird schief angeschaut.«

Katrin dachte an die junge Isabella, die eher schüchtern und zurückhaltend gewesen war. »Hat Isabella sich verändert?«

»Das kann man wohl sagen.«

Stephan hielt wirklich mit nichts hinterm Berg. Seine demonstrative Offenheit verwunderte Katrin immer mehr. Allerdings, als Bürgermeister war Stephan zugleich Politiker. Und Politiker egal welcher Ebene redeten gern über andere, fand sie. Wie es sich wohl verhielt, wenn es um seine eigenen Angelegenheiten ging? »Und, wie ist es bei dir so?«, fragte sie deshalb.

»Der positive Teil: Die Arbeit bereitet mir Freude. Die Menschen mögen mich und kommen mit ihren Sorgen zu mir. Ich habe das Gefühl, etwas bewirken zu können.« Er drehte die Augen zur Decke. »Privat läuft es weniger gut. Nach Veronique habe ich eine Wienerin geheiratet. Sie ist zu mir gezogen, hat sich in Kirchbergen aber überhaupt nicht wohl gefühlt. Eigentlich war es von Anfang an eine verkorkste Angelegenheit. Nach zwei Jahren haben wir uns scheiden lassen, und sie ist mit unserer Tochter nach Wien abgehauen. Ich sehe meine Kleine kaum.« Jäh wirkte er traurig.

Er sprach also auch freimütig über sich. Das gefiel Katrin.

Menschen, die allzu gern über andere redeten, über sich selbst aber nichts preisgaben, konnte sie nicht einschätzen und empfand sie als unangenehm. Sie legte ihre Hand auf seinen Arm. »Das muss schwer für dich sein.«

»Ja, es tut weh. Aber ich kann es leider nicht ändern. Jede Unternehmung meinerseits ginge zulasten meiner Kleinen. Also lasse ich alles, wie es ist, und freue mich, wenn ich sie zumindest ab und zu sehen kann. Ich hoffe, es wird besser, wenn sie einmal selbst entscheiden kann. Wie lange bleibst du?«, fragte er ohne Übergang.

»Voraussichtlich zwei Wochen.« Ernsts Worte kamen ihr in den Sinn. Vermutlich hatte er recht. Sie musste sich nur ein wenig gedulden, dann würde die alte Vertrautheit von selbst zurückkehren. Außerdem konnte sie nur herausfinden, wie Veronique, Sabrina und Isabella zu ihr standen, wenn sie nicht gleich wieder davonlief.

»Hast du Lust, essen zu gehen? Samstag? Dann können wir uns in Ruhe über alte und neue Zeiten unterhalten.«

»Ja, warum nicht. Ich wohne hier im –«

Eine kleine Gruppe kam auf die Bar zu und unterbrach Katrin mitten im Satz. Es waren Sabrina und Tobias, Veronique, Isabella und ein fremder Mann.

Isabella begrüßte Katrin als Erste mit einem Kuss auf die Wange. »Schön, dich wiederzusehen«, sagte sie. Die anderen folgten ihrem Beispiel. Der fremde Mann reichte ihr die Hand und stellte sich mit unverkennbar bayrischem Akzent als Christian vor.

War die Begrüßung eben wirklich von Herzen gekommen? Katrin hatte nicht den Eindruck. Aber was sollten ihre Jugendfreundinnen tun? Sie lachend umarmen und herumtanzen am Begräbnis einer von ihnen? Sie durfte einfach nicht immer alles bewerten und gleich negativ sehen. Immerhin hatten sie sie mit einem Küsschen auf die Wange begrüßt. In Anbetracht der Umstände war das durchaus eine herzliche

Geste. Es ging ja nicht nur um das Begräbnis. Sie war vor vierzehn Jahren nach Wien gezogen, da hatte der Kontakt naturgemäß schon abgenommen. Als ihre Eltern zwei Jahre darauf verunglückt waren, hatte sie einen klaren Schnitt gemacht und der Heimat den Rücken gekehrt. Eine Zeit lang alles zu ignorieren wäre sicherlich für jeden in Ordnung gewesen, aber zwischen *eine Zeit lang* und zwölf Jahren lagen Welten.

Bewusst zog Katrin die Schultern einen Tick zurück, streckte ihr Kinn vor und lächelte verhalten. Wenn sie sich wie eine Schnecke in ihrem Haus verkroch, würde das Eis nicht schmelzen.

Nachdem alle sich etwas zu trinken bestellt und ein paar neutrale Worte gewechselt hatten, fragte Sabrina: »Wir fahren dann noch in den Roseclub. Das ist eine recht nette Bar in Waidhofen. Wir müssen alle den Kopf freibekommen. Hast du nicht Lust mitzufahren, Katrin?«

Veronique nickte zustimmend, und Isabella sagte: »Ja, komm doch mit.«

Katrin brauchte nicht zu überlegen. Sie freute sich aufrichtig über die Einladung, und ein Gefühl der Wärme durchströmte sie. »Oh ja, total gern.«

Veronique warf einen geringschätzigen Blick auf Stephan. »Für dich gilt das nicht.«

»Tobias geht auch nach Hause«, warf Sabrina schnell ein, als sie Stephans Gesichtsausdruck sah. »Nur wir vier …«

Kapitel 8

»Für mich nichts mehr.« Sabrina hielt die flache Hand über ihr Glas.

»Ach, komm schon, sei nicht so langweilig. Wollten wir nicht auf andere Gedanken kommen?« Entschieden schob Isabella Sabrinas Hand weg und schenkte nach. »Du musst ja nicht austrinken.«

»Geht es dir nicht gut?«, fragte Katrin. Ihr war der Alkohol bereits zu Kopf gestiegen. In nüchternem Zustand hätte sie die Frage aus Rücksicht auf die Umstände niemals gestellt.

Obwohl sie sich angeregt unterhielten, stand eine Barriere zwischen ihr und den anderen. Es schien ihr, als wüssten Sabrina, Isabella und Veronique nicht recht, wie sie mit ihr umgehen sollten. Womöglich lag es aber auch an ihr. Sie merke selbst, wie hölzern sie sich verhielt und wie überbemüht sie war. Sie wollte besonders höflich sein und sich bloß nicht falsch verhalten. Es war schon ganz gut, dass sie langsam einen Schwips bekam und lockerer wurde.

»Ich habe seit einiger Zeit Kreislaufprobleme. Nichts Schlimmes, ich passe nur auf«, antwortete Sabrina.

»Machst du schon wieder eine Kur?«, erkundigte Isabella sich.

»Nein. Dann dürfte ich keinen einzigen Tropfen trinken und würde längst im Bett liegen.«

»Kur?« Katrin ahnte, worauf Isabella anspielte. Auch hier hätte sie im Normalfall nichts gesagt, aber ihre Zunge war bereits mehr als gelockert.

Sabrina griff nach ihrem Glas und trank. »Es wird mich schon nicht umhauen. Und wenn doch, Füße hoch und ein feuchtes Tuch auf die Stirn.« Sie schmunzelte und stieß zugleich einen Seufzer aus. »Ach, Katrin. Tobi und ich wünschen uns so sehr eine Familie. Wir versuchen alles. Ich habe drei Hormonbehandlungen hinter mich gebracht, leider ohne Erfolg.«

»Woran liegt es?«

Sabrina antwortete freimütig: »Ich habe eine Hormonstörung, wodurch mein Zyklus unentwegt durcheinandergerät. Meine Eier reifen deshalb meistens nicht aus.«

»Die einen wünschen sich nichts sehnlicher als ein Kind, die anderen werden ungewollt schwanger. Es ist nicht gerecht.« Auf Katrins fragenden Blick hin sprach Veronique zögerlich weiter. »Stephan und ich … waren in der anderen Situation.«

»Du hast ab–« Noch im Satz schlug Katrin die Hand vor den Mund. »Bitte entschuldige. Der Prosecco ist schuld.«

Veronique vollführte eine wegwerfende Handbewegung. »Was soll's. Es stimmt. Wir waren nicht bereit dafür, jeder hatte seine Träume. Er die Politik, ich die Bäckerei.« Sie senkte den Blick. Auf einmal wirkte sie niedergeschlagen. »Kaum zwölf Monate nach dem Eingriff hat er eine andere kennengelernt. Ein halbes Jahr später war sie schwanger. Plötzlich gab es kein Problem mehr. Das Kind wurde begrüßt wie das achte Weltwunder. Ständig habe ich sie gesehen, wie sie mit dem Kinderwagen herumspaziert sind. Weißt du, was das für ein Gefühl hervorruft?«

»Du musst endlich loslassen, Veronique. Das Leben ist zu kurz, um in der Vergangenheit herumzuhängen«, ermahnte Isabella sie.

»Dein Leben möchte ich aber auch nicht führen«, konterte Veronique, doch es lag kein Groll in ihrer Stimme.

»Auf diese Weise kann mich wenigstens keiner verletzen, und ich habe Spaß dabei, sehr viel Spaß.« Isabella grinste.

Katrin sah von einer zur anderen. »Ich komme nicht mehr mit.«

Sabrina lachte auf. »Ganz einfach: Ich habe eine gute Beziehung, bekomme aber kein Kind. Veronique kann ihren Ex selbst nach Jahren nicht vergessen, Isabella kennt dafür oft nicht einmal den Namen des Mannes, mit dem sie gerade im Bett liegt.«

»So schlimm bin ich nun auch wieder nicht. Ich schwöre.« Isabella hob die Hand und streckte zwei Finger hoch. Sie wiegte den Kopf, als würde sie überlegen, dann kreuzte sie die beiden Finger. »Na ja, alles ist relativ. Hin und wieder habe ich halt eine Affäre, oder zwei … zur selben Zeit.«

Veronique beugte sich vor und flüsterte Katrin verschwörerisch zu. »Selbst wir kennen die Namen ihrer Liebhaber nicht.«

»Das stimmt nicht ganz. Der eine ist mein Kollege Raphael, das wisst ihr, und der andere will nicht, dass ich seinen Namen preisgebe.«

»Das heißt, den zweiten würdest du uns verraten, hättest du keine Schweigepflicht auferlegt bekommen?«, fragte Katrin. Mittlerweile stellte sie ihre Fragen, ohne abzuwägen.

Isabella nickte. »Ich würde euch seinen Namen sagen, mich mit ihm in der Öffentlichkeit zeigen, am liebsten Händchen haltend mit ihm durch Kirchbergen spazieren. Ja, zugegeben, bei ihm könnte ich schwach werden. Ich habe wirklich viel Spaß, das ist nicht gelogen, eine Beziehung würde aber keiner mit mir eingehen.« Sie schürzte die Lippen. »Außer Raphael, er mag mich – glaube ich – auf die eigentlich richtige Art. Aber er ist viel zu lieb und viel zu gut für mich. Leider auch ein wenig … zu zahm.«

Kurz herrschte Schweigen, dann fragte Veronique: »Katrin, was ist eigentlich bei dir so geschehen in den letzten dreizehn, vierzehn Jahren?«

Katrin sah ihre Jugendfreundinnen reihum an. Früher hatten sie sich alles anvertraut. Die Themen hatten sich verändert, aber die Verbundenheit dahinter war geblieben. Deutlich spürte sie die Erleichterung, nicht alles allein bewältigen zu müssen. Es ging nicht darum, anderen die Lösung eines Problems zu überlassen. Jemanden freimütig alles offenbaren zu können bedeutete zu teilen und brachte eine Geborgenheit mit sich, die man allein niemals erlangen konnte.

»Wo soll ich anfangen?«, fragte sie.

»Das ist einfach: achtzehn Jahre alt, Umzug nach Wien. An einiges können wir uns noch erinnern, aber eine Zusammenfassung ab da wäre nicht schlecht. Picke die Highlights für uns heraus.«

»Puh, na gut. Im Grunde ist bis zum Umzug nach Berlin nichts Aufregendes geschehen. Ich hatte eine echt schöne Zeit in Wien, obwohl es viel zu tun gab. Das Studium ist auf Anhieb super gelaufen, und nebenbei habe ich den Roman geschrieben. Könnt ihr euch daran erinnern?« Das Verarbeiten der Trennung von Alexander und den Unfall ihrer Eltern klammerte Katrin bewusst aus. Ersteres war schwer gewesen, das Zweite nicht in Worte zu fassen.

Sabrina antwortete stellvertretend für alle. »Natürlich können wir das … *Die roten Rosen der Mary Ann.* Wir waren mächtig stolz auf dich.«

»Tja, aus der Schriftstellerei ist leider nichts geworden, aber dem Schreiben bin ich treu geblieben. Ich habe eine monatliche Kolumne in einem Magazin; *Donna mia* heißt es.«

»Reicht das denn zum Leben oder hast du noch einen zweiten Job?«, fragte Isabella.

»Das Gehalt ist durchaus in Ordnung. Außerdem ist da noch Thomas. Ich wohne bei ihm in Berlin Mitte, und er lässt mich keinen Cent dafür bezahlen.«

Veronique schnippte mit den Fingern. »Oh, là, là! Es gibt also einen Thomas?«

»Er ist ein ziemlich erfolgreicher Architekt. Wir gehen oft

aus und genießen das Stadtleben. In Berlin kann man ja auch echt viel machen.«

»Wow. Das klingt doch toll.«

»Oh ja, toller Mann, tolle Wohnung, tolles Leben.« Katrin atmete tief durch, dann sprudelte es aus ihr heraus: »Er ist ein sehr kühler Mensch. Wisst ihr, wie er reagiert hat, als ich Kikis Todesanzeige bekommen habe?« Katrin wartete keine Antwort ab. »Er konnte meine Trauer nicht verstehen, weil ich sie seit einer Ewigkeit nicht mehr gesehen habe. Thomas und ich sind wie Tag und Nacht. Mittlerweile vergeht auch kaum eine Woche ohne Diskussion. Ich verdränge das alles und rede es mir schön, weil … ach, ich weiß auch nicht, warum. Außerdem glaube ich, dass er mich … betrügt.«

»Shit«, kam es von Veronique, Sabrina und Isabella wie aus einem Mund.

»Das bringt es auf den Punkt«, bestätigte Katrin.

Isabella hob den Arm. »Ich bestelle noch eine Flasche. Die brauchen wir jetzt. Ich will keine Widerworte hören.«

Katrin lächelte. »Ich fühle mich gerade wie D'Artagnan von den *drei Musketieren.* Am liebsten würde ich hier bei euch bleiben können.«

»Wie meinst du das?«, fragte Sabrina.

»Ach, ich weiß nicht. Ich habe nur laut gedacht. Wir haben uns so lange nicht gesehen, trotzdem fühle ich mich bei euch wohler und sicherer als unter all meinen Berliner Freunden zusammen. Genau genommen habe ich gar keine, sie sind alle Thomas' Freunde. Mit meinem kleinen Freundeskreis hat er nicht viel anfangen können, und auch mein Kontakt mit ihnen ist dann, eigentlich aus reinem Zeitmangel, eingeschlafen. Ich bin in Berlin einfach nicht zu Hause.« Katrin ließ die Schultern fallen. »Wieder in Kirchbergen zu leben, zumindest eine Weile lang …« Sie formulierte den Gedanken nicht weiter aus. Warum hatte sie eigentlich nie daran gedacht, sich eine Auszeit von ihrem Leben in Berlin zu nehmen? Jahrelang hatte sie ihre Heimat gemieden und gemeint, die Erinnerungen würden sie erdrücken. Auf einmal erschien ihr der Einfall aber wie ein Rettungsanker, das berühmte Licht am Ende des Tunnels.

»Würde dein Job das denn zulassen?«, fragte Sabrina weiter. Sie ließ nicht locker.

Katrin blies die Backen auf. »Keine Ahnung. Die Frage hat sich noch nie gestellt. Aber eigentlich … ja. Die Artikel kann ich überall schreiben und zur Jahresbesprechung müsste ich halt nach Berlin fliegen. Der Rest ließe sich per Mail und Videoanruf lösen. Grundsätzlich läuft es jetzt auch nicht so viel anders ab.«

Isabella lächelte geheimnisvoll. »Ich wüsste sogar noch eine zusätzliche Aufgabe für dich.«

»Und welche?«

Isabella richtete sich auf und legte die Hände auf den Tisch. »Ich spreche aus purem Eigennutz. Unser lieber Herr Lindenborg wird nicht mehr lange durchhalten. Als Lehrerin mit Leib und Seele – glaubt mir das – will ich seinen Buchladen nicht verlieren. Du könntest ihm zur Hand gehen, ihm helfen. Mit dir an seiner Seite wäre Herr Lindenborg ein neuer Mensch. Und dem Laden würde der frische Wind guttun.«

Katrin brauchte einen Augenblick, um Isabellas Worte zu verarbeiten. Unvermittelt prasselte ein Potpourri aus Fragen und Pro und Kontras auf sie ein: *Ist das die Lösung all meiner Probleme? So eine schwachsinnige Idee! Was würde Herr Lindenborg dazu sagen? Könnte ich verhindern, dass er den Laden schließt? Das geht alles viel zu schnell. Daran ist nur der Alkohol schuld. Ich kann doch Berlin nicht so einfach verlassen. Wäre ich dem überhaupt gewachsen? Was ist mit –?*

Sabrina unterbrach Katrins Gedankensturm. Sie hob ihr Glas und prostete Katrin zu. »Darauf trinken wir jetzt!«

Veronique und Isabella griffen ebenfalls nach ihren Gläsern.

Katrin folgte dem Beispiel. Reihum sah sie in die Gesichter ihrer Jugendfreundinnen und entdeckte nichts als ehrliche Freude und Warmherzigkeit. Sie fühlte sich so wohl und gut aufgehoben. Es war eine Ewigkeit her, dass sie genau diese Empfindungen verspürt hatte. Eine Woge des Glücks erfasste sie. Sie trugen ihr nichts nach, und die anfängliche Distanz hatte sie sich entweder nur eingebildet oder beruhte schlicht auf der Tatsache, dass sie sich lange nicht mehr gesehen hatten. Nun brauchte sie nicht mehr darüber nachzudenken, ob sie die zwei Wochen noch in Kirchbergen bleiben wollte. Und wer konnte heute schon wissen, was danach geschehen würde?

Auf einmal erschien Katrin alles so einfach. Wahre Freundschaft vergeht nie, dachte sie.

Kapitel 9

Katrin erwachte mit unbändigen Kopfschmerzen. Sie musste mehrmals blinzeln, bis sie es schaffte, die Augen vollständig zu öffnen. Wann war sie ins Hotelzimmer zurückgekehrt? Es musste nach drei Uhr nachts gewesen sein. Sie drehte sich zur Seite, streckte den Arm aus und tippte auf das Display ihres Handys, das auf dem Schränkchen neben dem Bett lag. Es war elf Uhr fünfzehn! Thomas hatte zwei Nachrichten hinterlassen.

Zu spät für das Frühstück, dachte Katrin und setzte sich auf. Sie fühlte sich wie nach einer stundenlangen Fahrt in einer Achterbahn. Eine Dusche würde ihr bestimmt guttun. Sie schwang die Beine über den Bettrand, stand auf und tappte ins Badezimmer.

Zu ihrem Erstaunen zeigte der Spiegel eine durchaus frisch wirkende Version ihres Gesichts, ganz anders, als sie sich fühlte. Nur ihr blondes Haar stand im wahrsten Sinne des Wortes zu Berge. Sie drehte die Dusche auf und ließ das warme Wasser lange über ihren Körper laufen. Die verspannten Glieder lockerten sich, und auch die Kopfschmerzen wurden etwas besser. Langsam kehrte die Erinnerung an den gestrigen Abend zurück.

Viele Male hatten sie auf ihre Rückkehr angestoßen. Auf ihre Rückkehr? Ein Wort hatte das andere ergeben, und irgendwann war es fix gewesen: Sie zog wieder nach Kirchbergen, arbeitete im Buchladen und schrieb weiter ihre Kolumne. Alle Vorbehalte hatten sie ihn einfach vom Tisch gefegt. In der Nacht war ihr alles so simpel erschienen. Es hatte logisch und folgerichtig geklungen, jetzt fielen ihr auf Anhieb fünf Gegenargumente ein.

Die Arbeit aus der Entfernung zu erledigen war zwar möglich, würde sich aber unweigerlich schwieriger gestalten, egal, was sie gestern von sich gegeben hatte. Der Buchladen gehörte Herrn Lindenborg, sie konnte nicht einfach bei ihm auftauchen, bestimmen und loslegen. Dazu kam, dass sie keine Ahnung vom Buchhandel hatte, passionierte Leserin hin oder her. Wo sollte sie überhaupt wohnen? Und nicht zuletzt, was würde Thomas dazu sagen?

Andererseits hatte sie sich seit Langem nicht mehr so wohl gefühlt wie gestern Abend, als sie sich vorgestellt hatte, in Kirchbergen zu bleiben. Was sie spontan auf der Minus-Seite verwendet hatte, konnte sie genauso als Pluspunkte einsetzen.

Für ihre Artikel würde sie durch das neue Umfeld möglicherweise inspiriert werden. Herr Lindenborg freute sich unter Umständen über ihr Eingreifen und lehrte sie die Feinheiten des Geschäfts. Eine kleine, nette Wohnung ließ sich sicherlich finden, und Thomas begrüßte die Idee vielleicht sogar. Eine richtige Auszeit konnte ihre Beziehung eventuell sogar retten.

Sie stieg aus der Dusche und schlang ein Badetuch um ihren Körper, mit einem zweiten kleineren band sie sich einen Turban. Dann ging sie zurück zum Bett und las Thomas' Nachrichten. Er fragte, wie das Begräbnis gewesen war, und informierte sie, dass er mit seinen Kollegen Benjamin und Frank kurzfristig von heute Mittag bis Sonntag zum Golfen fahren würde. »Ich melde mich abends«, schloss er die zweite Nachricht mit einem Kuss-Smiley.

Kurz überlegte Katrin, Thomas anzurufen, verwarf den Gedanken jedoch wieder. Sicherlich war er mit seinen Kollegen bereits auf dem Weg zum Golfressort. Es war Freitag, und wenn Thomas nichts Dringendes zu bearbeiten hatte, verließ er das Büro manchmal schon vor zwölf Uhr mittags. Dafür arbeitete er oft bis in die Nacht hinein.

»Das Begräbnis war sehr traurig. Ich bin froh, dass es vorbei ist. Wohin fährst du? Kuss«, tippte Katrin und schickte die Nachricht ab. Warum konnte Thomas nicht einmal von sich aus Informationen preisgeben? Erteilten Lebenspartner sich nicht freiwillig Auskunft über ihr Tun und Handeln?

Energisch schüttelte Katrin den Gedanken ab. Sie wollte nicht schon wieder darüber sinnieren, warum ihre Beziehung mit Thomas in dieser Weise verlief. War sie ehrlich zu sich selbst, musste sie zugeben, dass sie allein die Veränderung heraufbeschworen hatte. Thomas war immer gleich, sie hingegen hatte die Partnerschaft lange Zeit idealisiert und ihre eigenen Bedürfnisse zurückgestellt. Auf Dauer ohne Wärme und Nähe eine Beziehung zu führen, hatte sie aber nicht durchgehalten und begonnen, mit ihm darüber zu sprechen. Das war der Beginn ihrer Schwierigkeiten gewesen. Ein Zurück gab es nicht, seit sie ihre Scheuklappen erst einmal abgelegt hatte.

Mit einem Seufzer ging sie zurück ins Bad und föhnte ihre Haare. Nun brummte anstatt ihres Kopfes der Magen. Sie brauchte dringend etwas zu essen, auch verlangte ihr Körper nach Kaffee. Außerdem wollte sie mit ihren Freundinnen sprechen.

Isabella war bestimmt noch in der Schule, und sie wusste nicht, wo sie Sabrina antreffen konnte. Hoffentlich hatte Veronique ihr Geschäft mittags geöffnet, dann konnte sie drei Fliegen mit einer Klappe schlagen: essen, trinken, reden.

Nach einem Blick aus dem Fenster schlüpfte Katrin in weiße Jeans, eine schwarze, lockere Seidenbluse und schwarz-weiße Sneakers. Auf Make-up verzichtete sie. Sie schnappte ihre Handtasche und verließ das Zimmer.

Als sie das Hotelfoyer erreichte, winkte die Rezeptionistin ihr zu. »Frau Schreiber! Ich habe einen Brief für Sie.«

Katrin zog die Augenbrauen hoch und ging zu ihr. Wer sollte einen Brief für sie hinterlassen?

»Der Herr Bürgermeister hat ihn für Sie abgegeben.« Sie wirkte beinahe ehrfürchtig, vor allem aber neugierig.

Katrin nahm den Brief entgegen. »Danke.« Mittlerweile hatte ihr Magen richtig zu rebellieren begonnen. Sie wollte sich keine Minute länger aufhalten lassen als notwendig. Mit einem verbindlichen Lächeln wandte sie sich dem Eingang zu.

»Ich wünsche Ihnen einen schönen Tag!«

»Ich Ihnen auch!«, entgegnete Katrin über die Schulter hinweg und eilte ins Freie. Den Brief steckte sie in ihre Tasche.

Sie überquerte den Marktplatz und steuerte auf Veroniques Bäckerei zu. Wieder stand die Tür einen Spaltbreit offen. Gott sei Dank, keine Mittagspause, dachte Katrin und betrat den Laden. Das mulmige Gefühl, das sich plötzlich in ihr breitmachte, dauerte nur einen Augenblick lang an. Veronique bediente gerade eine Kundin, lächelte ihr aber sofort freudig zu und gab ihr ein Zeichen zu warten. Katrin hätte sich sowieso keinen Meter vom Laden wegbewegt. Der Geruch beruhigte ihren Magen zumindest ein kleines bisschen.

Als die Kundin den Laden verlassen hatte, stöhnte Veronique auf. »Sag nicht, du hast bis jetzt geschlafen. Ich habe es fast nicht aus dem Bett geschafft. Kaum war ich drinnen, musste ich schon wieder raus.« Sie musterte Katrin. »Du hast tolle Klamotten. Das ist mir schon bei deinem ersten Besuch aufgefallen.«

»Ich schreibe oft über Mode, dafür bekomme ich von den Unternehmen vieles gratis zum Testen.«

»Das hätte ich auch gern.«

Katrin trat von einem Bein auf das andere. »Du hast etwas viel Besseres, nämlich Kaffee und Croissants. Bitte, bitte …«

Veronique lachte auf. »Ich habe schon drei Kaffee in mir und ein Baguette mit Salami und Dijon Senf. Es geht nichts über Salami und Dijon Senf nach zu viel Alkohol.« Sie drehte sich zur Kaffeemaschine um.

Katrin setzte sich an den Stehtisch und wartete, bis Veronique mit zwei Tassen zurückkehrte.

»Stark, mit Milch und viel Zucker.« Sie ging noch einmal zurück und schichtete einige Croissants in ein Körbchen. »Hier, damit du nicht verhungerst.«

»Danke! Du rettest mein Leben.« Katrin trank einen Schluck Kaffee, dann biss sie in ein Croissant.

Veronique geduldete sich, bis Katrin das erste Croissant aufgegessen hatte. »Und, hast du dir die Sache mit dem Umzug überlegt?«, fragte sie.

»Überlegt ist zu viel gesagt. In meinem Gehirn herrscht gerade ein ziemliches Wirrwarr. Ich bin dabei, das Für und Wider abzuwägen. Was deutlich einfacher wäre, hätte ich einen klaren Kopf. Was haben wir gestern alles getrunken?« Sie strich sich über die Stirn.

»Ziemlich viel. Aber wir waren schlau und haben nicht gemixt. Sonst könnte ich jetzt wahrscheinlich nicht hier stehen.« Veronique lachte, dann nahm ihr Gesicht einen sanften Ausdruck an. »Ich würde mich wirklich sehr freuen. Wir haben heute schon telefoniert, Sabrina, Isabella und ich, und sind einer Meinung: Wir würden es echt super finden. Die alte Clique wieder zusammen … bis auf Kiki.«

»Irgendwie habe ich ein schlechtes Gewissen, dass wir gestern nach ihrem Begräbnis Spaß hatten«, antwortete Katrin kleinlaut.

»Aber es wäre ganz in ihrem Sinn gewesen. Mit einem nächtlichen Autorennen oder sonst einer verrückten Tat zum Abschluss hätte sie uns von oben applaudiert.« Veronique schlug das Kreuzzeichen.

Katrin erinnerte sich, dass Veronique als Mädchen gern in die Kirche gegangen war. »Du hast wohl recht.« Sie trank noch einen Schluck Kaffee. »Veronique, was soll ich machen?«

»Ist das eine rhetorische Frage oder eine echte?«

»Eine echte.«

»Isabellas Idee mit dem Buchladen finde ich großartig. Es wäre schade, würde Herr Lindenborgs Geschäft verschwinden. Wie ich gehört habe, hat er sich vor einiger Zeit wegen eines Nachfolgers umgehört, aber niemanden gefunden.« Veronique neigte den Kopf. »Nach dem, was du uns gestern erzählt hast, würden dir ein Tapetenwechsel und eine neue Aufgabe sicherlich guttun. Du musst ja nicht gleich alle Brücken nach Berlin abbrechen. Vielleicht stimmt dein Freund einer Fernbeziehung auf Zeit zu.«

»Mein Bauchgefühl sagt mir so ziemlich dasselbe. Mir fällt nur der erste Schritt so schwer.«

»Red zuallererst mit Herrn Lindenborg. Wenn er Ja sagt, kannst du ernsthaft darüber nachdenken. Dann frag deinen Thomas und die Zeitschrift, bei der du arbeitest.«

»Und wo soll ich wohnen?«

»Also, das kann deine letzte Sorge sein. Wir finden etwas. So klein ist Kirchbergen nun auch wieder nicht. Schade, dass du das Haus deiner Eltern verkauft hast.«

»Ich habe es nicht verkauft. Eine Vermietungsagentur kümmert sich darum. Sie verwaltet es für Urlaubsgäste.« Katrin hatte es nicht übers Herz gebracht, das Haus nach dem Tod ihrer Eltern zu verkaufen. Nachdem sie keinen ständigen Mieter gefunden hatte, war die Agentur die beste Alternative gewesen. Und es brachte sogar etwas Geld ein.

»Na also. Wie sieht es denn mit der vertraglichen Bindung aus?«

»Das ist wahrscheinlich kein so großes Problem, ich kenne die Inhaber der Agentur privat.« Katrins Gesicht nahm einen versonnenen Ausdruck an. »Damals hat mich jeder Stein in Kirchbergen an meine Eltern erinnert, und es hat schrecklich wehgetan. Ich konnte keine einzige Gasse entlanggehen, ohne dass sich alles in mir verkrampft hat. Auch jetzt erinnert mich noch vieles an sie, aber ich betrachte es plötzlich mit anderen Augen. Ich sehe es mehr wie ein Andenken, und so bleiben sie bei mir. Ich weiß nicht, warum ich es all die Jahre anders gefühlt habe. Sogar als ich ankam, hatte ich noch Angst, wie ich reagieren würde.«

»Das hat vermutlich mehrere Gründe. Allen voran die Zeit. Dann hast du deine Eltern aus heiterem Himmel beide auf einmal verloren. Krankheiten sind schlimm, aber man kann sich zumindest auf das Ende einstellen. Und du bist nicht hier gewesen, als es passiert ist. Sie waren bereits … entschuldige, ich rede so frei vor mich hin, obwohl ich doch weiß, wie sehr dich das Thema belastet.«

»Nein, sprich ruhig darüber. Ich habe es wirklich verarbeitet. Es erstaunt mich selbst.«

»Das freut mich sehr für dich.«

Katrin lächelte dankbar. Sie wusste, Veronique meinte es von ganzem Herzen. »In mein Elternhaus zu ziehen, ist vielleicht echt keine schlechte Idee. Warum sollte ich mir eine Wohnung suchen, wenn ich ein Haus besitze?« Sie schüttelte den Kopf. »Ich rede schon so, als würde ich tatsächlich bleiben.«

Veronique tippte mit dem Zeigefinger mehrmals auf die Tischplatte. »Ich habe einen Vorschlag für dich: Iss ein zweites Croissant, trink in Ruhe deinen Kaffee aus, und dann geh zu Herrn Lindenborg. Worauf willst du warten?«

Kapitel 10

Zaghaft öffnete Katrin die Tür des Buchladens und trat ein. An der Uni hatte sie vor wichtigen Prüfungen immer extremes Lampenfieber gehabt. Jetzt fühlte sie sich genauso. Ihr war zugleich heiß und kalt, die Fingerspitzen kribbelten, und ihr Magen zog sich zusammen, was sicherlich zum Teil auch an der vergangenen Nacht lag.

Ernst zu fragen, bedeutete noch lange nicht, die Idee auch wirklich in die Tat umzusetzen. Überhaupt konnte sie jetzt noch einen kompletten Rückzieher machen.

Katrin schüttelte den Kopf. Es war unnötig, sich ein Hintertürchen offen zu halten. Sie wollte und würde ihn fragen. Ließe sie sich jetzt durch eine plötzliche Unsicherheit davon abbringen, würde sie es ihr restliches Leben bereuen.

Ernst saß in der Leseecke und blätterte in einem Buch. Als er sie sah, legte er das Buch zur Seite. »Hallo, Katrin! Ich hoffe inständig, du kommst nicht, um dich zu verabschieden.« Er klopfte auf den Platz neben sich. »Setz dich doch.«

Katrin nahm Platz. »Ich bleibe.«

»Das ist schön.« Er musterte sie mit seinem prüfenden Blick. »Dein *ich bleibe* klingt bedeutungsvoll.«

Katrin streckte die Wirbelsäule durch und räusperte sich. »Darf ich dich etwas fragen?«

»Immer alles. Nur heraus mit der Sprache.«

»Nach dem Begräbnis haben wir noch lange zusammengesessen, Veronique, Sabrina, Isabella und ich. Du hast übrigens recht gehabt, die alte Vertrautheit ist wie von selbst wiedergekommen.«

Er lächelte, erwiderte jedoch nichts.

Katrin sprach weiter. »Ich weiß nicht genau, wie ich beginnen soll …«

»Der Anfang würde sich hervorragend anbieten«, half Ernst ihr mit einem Augenzwinkern auf die Sprünge.

Katrin sammelte sich und setzte ein bisschen vor dem großen Moment ein. So fiel ihr der Einstieg leichter. »Nun, jede hat von sich erzählt … die Höhepunkte und die Tiefpunkte der letzten Jahre. Wir hatten einiges nachzuholen, wie du dir vorstellen kannst. Offen gestanden war auch viel zu viel Alkohol im Spiel – und dann ist plötzlich eine Idee entstanden, die …«

»Ja?«

»Die … mit dir und dem Buchladen zu tun hat.«

»Ich bin ganz Ohr.«

»Ich komme für ein Jahr zurück nach Kirchbergen und helfe dir im Buchladen«, platzte Katrin heraus. Leise fügte sie hinzu: »Es ist nur eine Idee.«

Ernst reagierte sofort: »Hast du eingehend darüber nachgedacht? Und wie stellst du es dir vor?«

»Ich habe keine Ahnung.« Unwillkürlich musste Katrin lachen. »Das klingt alles ziemlich dumm, nicht wahr? Es passt überhaupt nicht zu mir.«

»Es klingt keineswegs dumm.« Ernst ergriff Katrins Hand. »Ich fände es wunderbar. Dann müsste ich nicht schließen, zumindest nicht sofort.« Er seufzte. »Ich könnte dir aber nicht viel bezahlen.«

»Meine Kolumne würde ich behalten. Ich sitze auch jetzt nicht im Verlag am Schreibtisch. Das meiste läuft via Mail. Ich glaube nicht, dass mir mein Arbeitgeber wegen des Ortswechsels kündigen würde. Wobei ich natürlich im Vorfeld mit ihnen reden müsste. Am Geld liegt es also nicht.«

»Und was sagt dein Lebensgefährte dazu?«

»Du bist der Erste, den ich frage.«

Ernst nickte bedächtig und rückte seine Brille zurecht.

»Schritt für Schritt. Zuallererst musst du deine bestehende Arbeit und das Private abklären. Dann sehen wir weiter. Was ich dir im Vorfeld gerne sagen kann: Meinen Zuschlag hast du auf alle Fälle.« Er hob seine Hand. »Und selbst wenn dein Arbeitgeber und dein Freund zustimmen, kannst du dich noch immer dagegen entscheiden. Ich werde es dir nicht nachtragen. Immerhin ist es ein riesengroßer Schritt.«

»Danke. Deine Worte bedeuten mir sehr viel.« Katrin machte eine kurze Pause, um das Gewicht ihrer Aussage zu bekräftigen. »Veronique hat übrigens fast genau dasselbe zu mir gesagt.«

Abermals drückte Ernst ihre Hand.

Kapitel 11

Nachdem Katrin den Buchladen verlassen hatte, beschloss sie, durch Kirchbergen zu spazieren. Sie musste ihre Gedanken ordnen. Den ersten Schritt hatte sie gemacht. Aber sie dachte anders als Ernst und Veronique: Die endgültige Entscheidung fällte sie nicht am Ende des Prozesses, sondern mit der Nachricht an ihren Arbeitgeber. Entschied man sich für etwas beruflich, zog man es auch durch. War die Information also erst an den Verlag gegangen, gab es aus ihrer Sicht kein Zurück mehr.

In Gedanken verglich sie die anstehende Entscheidung mit jenen, die sie während ihres Studiums getroffen hatte. Obwohl sie damals von Kirchbergen nach Wien und von Wien nach Berlin gezogen war, hatte sie in beiden Fällen weder aus dem Augenblick heraus gehandelt, noch war sie risikobereit gewesen. Ihr Studium und den damit verbundenen Umzug nach Wien hatte sie lange und gewissenhaft geplant. Auch Berlin war nicht einfach so vonstattengegangen gegangen. Sie hatte den Aushang an der Uni gesehen, reiflich überlegt und sich schließlich für den Austauschplatz an der Uni Berlin beworben. Nicht viel anders verhielt es sich jetzt. Wieder hatte sie quasi einen Aushang entdeckt, und musste jetzt für sich klären, ob sie sich darum bemühen wollte.

Ohne auf den Weg zu achten, hatte sie den Marktplatz überquert, war in die erste Seitengasse nach dem Kirchenweg eingebogen und den kleinen Hügel hinaufgewandert. Sie musste nur noch den Hügel hinunter und nach rechts gehen, dann würde sie vor ihrem Elternhaus stehen.

Das Haus war nicht groß, doch hatte es für eine dreiköpfige Familie und die Hunde ausgereicht. Auch der Garten war klein für hiesige Verhältnisse: ein Vorgarten und hinter dem Haus eine Wiese.

Allein hätte sie mehr als genug Platz. Aus ihrem ehemaligen Zimmer könnte sie einen Ankleideraum machen. Und das kleine Nähzimmer ihrer Mutter würde ein hervorragendes Büro abgeben. Beide Räume waren von der Agentur als Schlafzimmer eingerichtet worden. Vielleicht bräuchte sie auch gar keinen Ankleideraum, dann konnte sie ein Zimmer als Gästezimmer belassen, wie es gerade war.

Während sie über etwaige Änderungen nachdachte, ging sie den Hügel hinunter und bog in die Wiesengasse ein. Es war das dritte Haus auf der linken Seite.

Als Katrin endlich vor dem niedrigen weißen Holzzaun stand und zum Giebel des spitzen Dachs hochblickte, hielt sie einen Moment lang den Atem an und achtete auf ihr Empfinden. Förmlich wartete sie auf eine Gefühlswallung wie Panik, Angst oder Schmerz, doch sie spürte nur Frieden und Ruhe in sich. »Ich werde es tun«, flüsterte sie, und erschrak über ihre eigene Stimme. So leise sie sprach, klang sie doch entschlossen und sicher.

Langsam ließ sie die Luft aus den Lungen und konzentrierte sich auf das Haus. Von außen sah es gut in Schuss aus. Im Vorgarten standen wie eh und je die beiden Buchsbäume, sie waren ordentlich in eine runde Form geschnitten. Den Rasen hatte man sicherlich nicht länger als vor zwei Wochen gemäht.

Unwillkürlich musste sie schmunzeln. Natürlich hatte sie vorgehabt, bei ihrem Aufenthalt nach dem Rechten zu sehen. Dass sie allerdings vielleicht schon bald hier einziehen würde, hätte sie sich nicht im wildesten Traum vorstellen können.

Auf einmal konnte sie es kaum erwarten, die nächsten Schritte einzuleiten. Es kribbelte in ihr, und das Bedürfnis in der Sekunde loszulegen, ergriff sie wie ein Tornado. Am liebsten würde sie auf der Stelle zurück ins Hotel laufen und sofort eine Nachricht an den Verlag schicken. Aber sie ermahnte sich zur Ruhe. Sie musste einen Gang zurückschalten. Also entschied sie sich bewusst, den längeren Weg um den Hügel herum am Rande der Siedlung vorbei zu nehmen.

Sie hatte den Anblick der endlos scheinenden Felder, die nur durch die Umfahrungsstraße getrennt an die Häuser grenzten, immer gemocht. Es wäre schade, ihn in diesem wahrlich besonderen Moment zu versäumen. Schritt für Schritt, hatte Ernst gesagt.

Zwei Gassen weiter war Isabella aufgewachsen. Sabrina hatte auf einem Bauernhof etwas außerhalb des Dorfes gelebt, Veronique war auf der anderen Seite Kirchbergens in einem prächtigen Landhaus groß geworden. Ihr Vater hatte für eine internationale Bank gearbeitet und war oft auf Reisen gewesen. Bei einem seiner Aufenthalte in Frankreich hatte er auch ihre Mutter kennengelernt. Und Kiki hatte direkt am Marktplatz oberhalb der Apotheke gewohnt. Ihr Vater war der Apotheker gewesen.

Alexander war in einer Seitenstraße des Marktplatzes aufgewachsen. Obwohl sein Elternhaus weitaus größer gewesen war als ihres, hatte sie sich nie wohl darin gefühlt. Der dunkle, enge Aufgang, die kleinen, niedrigen Räume mit den winzigen Fenstern, die kaum Licht in die Zimmer ließen, selbst der Innenhof war ihr beklemmend, fast unheimlich erschienen. Dabei handelte es sich um eines der ältesten und damit berühmtesten Häuser des Dorfes. Die Front war in ihrer Jugend sogar unter Denkmalschutz gestellt worden.

Warum dachte sie jetzt bloß an Alexanders Elternhaus? Sie würde es nie mehr betreten müssen.

Ihre Gedanken glitten wieder zu den anstehenden Aufgaben. Zuallererst musste sie den Zeitschriftenverlag kontaktieren, dann die Vermietungsagentur wegen des Hauses ansprechen. Sie wusste, es gab eine zweiwöchige Buchung im August sowie einige Anfragen. Der Inhaber der Agentur gehörte zum weiteren Bekanntenkreis in Berlin. Seine Frau arbeitete ebenfalls in dem Unternehmen. Katrin verstand sich gut mit ihr. Es sollte nicht schwierig sein, eine gute Lösung für alle Betroffenen zu finden.

Und sie musste mit Thomas reden! Sie fürchtete sich davor, wie er reagieren würde. Sie wusste, wäre er vollends gegen ihr Vorhaben, würde sie alles verwerfen und nach Berlin zurückkehren. Schon einmal hatte sie ihren Plan der Partnerschaft vorgezogen und die Konsequenz daraus kaum ertragen können. Ihr Weg war richtig gewesen, aber der Schmerz über den Verlust war nie ganz verschwunden.

Damals war sie achtzehn Jahre alt gewesen, im Grunde noch ein unerfahrener Teenager. Sie hatte mit Sturheit und Entsetzen reagiert, diesen Fehler würde sie heute nicht mehr begehen. Sie war eine erwachsene Frau, die ihr Vorhaben und ihre Wünsche artikulieren und sachlich vertreten konnte.

Sobald sie im Hotelzimmer angekommen war, würde sie zum Handy greifen und versuchen, Thomas anzurufen, beschloss sie. Vielleicht erwischte sie ihn. Ihn via WhatsApp zu informieren, war für sie keine Option. Schließlich ging es um eine wichtige Entscheidung und nicht um den anstehenden Einkauf für das Abendessen.

Mittlerweile hatte Katrin den Marktplatz erreicht und steuerte zielstrebig auf das Hotel zu. Sie hielt den Blick gesenkt und betrat die Lobby.

»Servus Katrin.«

Ihr Kopf ruckte hoch. Im Abstand von etwa drei Metern stand Alexander. Natürlich hatte sie irgendwann auf ihn treffen müssen. Aber warum ausgerecht jetzt? »Hallo.«

Er kam auf sie zu und streckte seine Hand aus. »Ich habe schon gehört, dass du zu Besuch bist.«

Sie ergriff seine Hand. Ein kurzer Druck, einmal Schütteln, dann ließen sie wieder los. »Kikis Begräbnis …«

»Ein trauriger Anlass.«

Katrin nickte.

Alexander deutete zur Rezeption. »Ich quartiere oft Firmengäste in der Post ein. Nun, dann …«

Als wollte er herausstreichen, nicht wegen ihr im Hotel zu sein, dachte sie. Sie antwortete das Erstbeste, das ihr einfiel. »Die Zimmer sind sehr schön.«

»Ja, die Renovierung war gut für das Hotel.«

Was sollte sie sagen? Sie wagte einen Vorstoß. »Veronique hat mir erzählt, du führst ein erfolgreiches Unternehmen, eine Whisky-Brennerei.«

»Dann seid ihr also wieder in Kontakt? Veronique, Sabrina, Isabella und du.«

»Ja, wir haben uns viel zu erzählen.« Jeder Satz, den sie sagte, kam ihr gestelzt vor. Sie fand einfach nicht in die Unterhaltung. Alexander war aber auch so anders, als sie ihn kannte. Sie fühlte sich richtiggehend unwohl in seiner Gegenwart.

»Das kann ich mir vorstellen. Dann bist du auf jeden Fall über alles bestens informiert, was sich in den letzten Jahren hier zugetragen hat.« Er zog die Mundwinkel hoch, auf seinen Wangen erschienen die unwiderstehlichen Grübchen. »Okay … Ich muss wieder weiter. Verbringe eine schöne Zeit in Kirchbergen.«

»Danke.« Völlig verwirrt starrte Katrin ihm nach. Hatte er sie gerade tatsächlich einfach stehen gelassen? Sie abgefertigt wie jemanden, den man durch Zufall traf und mit dem man anstandshalber einige höfliche Worte wechseln musste, bevor man eilig das Weite suchte?

Katrin hatte sich das Wiedersehen mit Alexander nicht im Detail ausgemalt, doch bestand es in ihrer Vorstellung zumindest aus einem herzlichen Gespräch, das zeigte, wie innig sie einst miteinander gewesen waren. Sie hätte sich eine Umarmung gewünscht, wäre sie noch so kurz gewesen, oder einen

Kuss auf die Wange. Aber er hatte ihr die Hand gereicht. Das war fast schlimmer, als nur »Hallo« zu sagen.

Sie ging zum Lift und fuhr hoch in ihr Zimmer. Sie fühlte sich wie eine Marionette, an deren Fäden jemand zog, damit sie sich bewegte. Mit Thomas konnte sie jetzt auf keinen Fall telefonieren. Sie war zu aufgewühlt und würde nur falsche Worte finden. Ihr ganzes Denken drehte sich um die Begegnung mit Alexander.

Sie musste sich irgendwie ablenken. Um sich aufs Bett zu legen und ein Buch zu lesen, war sie zu aufgeregt. Sie schaltete den Fernseher ein und ging an die zwanzig Sender durch, dann gab sie es auf. Sie wollte keine Talkshow sehen, auch keine Sitcom und schon gar keine Pseudo-Realityserie.

Warum ließ sie sich von Alexander derart aus der Bahn werfen? Sie hatte doch einen Plan gehabt! In diesem Zustand nicht mit Thomas zu telefonieren war eine Sache, aber die anstehenden E-Mails würde sie doch verfassen können. Also setzte sie sich an ihren Laptop, öffnete Outlook und tippte auf den Button für eine neue E-Mail. Zuerst schrieb sie ihrer Chefredakteurin, Lilly Lechner.

Hi, Lilly, wie du weißt, bin ich nach Österreich zur Beerdigung einer Jugendfreundin geflogen. Es hat sich ergeben, dass ich ein Jahr lang hierbleiben könnte. Ich denke, die neue Umgebung würde auch für die Kolumne von Vorteil sein. Es gibt einiges an Inspiration und neuen Themen hier. Die Natur steigt mir positiv zu Kopf ;-). Am Ablauf würde sich nichts ändern. Gib mir bitte Bescheid, ob der Ortswechsel für dich und den Verlag in Ordnung geht. lg Katrin

Dann verfasste sie die Mail an die Vermietungsagentur. Sie las beide Texte nochmals durch und drückte nacheinander auf Absenden. Der nächste Schritt war getan.

Mit einem Seufzer lehnte sie sich zurück und schloss die

Augen. Es fühlte sich gut und richtig an. Dieses Gefühl durfte sie sich nicht zerstören lassen, von nichts und niemandem.

Der Ton einer eingehenden WhatsApp-Nachricht riss sie aus ihren Gedanken. Sie zog das Handy aus der Tasche, dabei fiel ihr Stephans Brief in die Hände. Den hatte sie völlig vergessen.

Die Nachricht kam von Thomas.

Komme heute nicht mehr dazu dich anzurufen. Morgen dann. Bin gut angekommen und mitten in eine Whisky-Verkostung geplatzt im Hotel. Bombige Whiskys, leider aber zu viel erwischt. Kuss.

Whiskyverkostung! Die blanke Ironie, dachte Katrin und legte das Handy zur Seite. Dann öffnete sie den Brief.

Liebe Katrin, wir haben leider keine Handynummern ausgetauscht. Aber ich weiß ja Gott sei Dank, wo du zu finden bist. Ich hole dich morgen um neunzehn Uhr vom Hotel ab. Wir fahren nach Zwettl. Ich hoffe, du magst italienische Küche. Ich freu mich! Stephan

Katrin faltete den Brief zusammen und legte ihn neben ihren Laptop. Wie gern würde sie ihren Freundinnen jetzt von dem ereignisreichen Tag erzählen. Doch sie widerstand dem Drang, einen Rundruf zu starten. Noch war die frühere Selbstverständlichkeit nicht wieder eingekehrt, was ihr allerdings keine Sorgen bereitete. Sie wusste, sie konnte sich auf ihre Freundinnen verlassen, es musste sich alles nur erst wieder einpendeln. Das ging nicht von einem Tag auf den anderen.

Sie legte sich aufs Bett und ließ den Tag Revue passieren. In den vergangenen Stunden war enorm viel geschehen. Ernst hatte ihrer Idee zugestimmt und war voller Freude darüber. Sie selbst hatte sich endgültig entschieden und die notwendigen ersten Schritte eingeleitet, indem sie ihrem Arbeitgeber und der Hausvermietungsagentur geschrieben hatte.

Diesen wunderbaren Geschehnissen standen Thomas und Alexander gegenüber. Wie schafften Männer es immer wieder, einen selbst ohne ihr direktes Zutun zu verunsichern und aus dem Konzept zu bringen?

Katrin schloss die Augen und gähnte. Diese Frage würde sie weder heute noch in dreißig Jahren beantworten können. Aus dem Film *Vom Winde verweht* fiel ihr der berühmte Ausspruch von Scarlett O'Hara auf der Treppe ein: Morgen ist auch noch ein Tag.

Ja, morgen war ein anderer, neuer Tag, und die Dinge würden geschehen, wie sie geschehen sollten. Vieles konnte sie beeinflussen, manches nicht. Sie musste nur die Grübelei sein lassen und sich auf das Wesentliche konzentrieren.

Kapitel 12

Als Katrin vom Frühstück zurück ins Zimmer kam, warf sie zuerst einen Blick auf ihr Telefon. Thomas hatte angerufen. Es war doch wirklich wie verhext, dachte sie. Normalerweise war sie fast nie ohne Handy unterwegs. Ausgerechnet heute hatte sie es nicht zum Frühstück mitgenommen. Als sie das Versäumnis bemerkt hatte, war ihr der Duft von Kaffee bereits in die Nase gestiegen, und sie hatte nicht mehr zurück zum Zimmer laufen wollen.

Für gewöhnlich las sie in der Früh am Handy die täglichen Nachrichten und warf einen Blick auf Facebook und Instagram. Heute hatte sie auf Social Media verzichten und für die Nachrichten zu einer Zeitung greifen müssen. Es hatte etwas Nostalgisches und zugleich Entspannendes an sich gehabt, in einer echten Zeitung zu blättern und dabei seinen Kaffee zu schlürfen.

Dass sie allerdings Thomas' Anruf verpasst hatte, ärgerte sie und bescherte ihr ein unangenehmes Gefühl. Hoffentlich konnte sie ihn jetzt noch erreichen, bevor er auf den Golfplatz ging. Hastig tippte sie am Display auf seine Nummer. Mit jedem Läuten stieg ihre Anspannung.

Erst als die Mobilbox sich einschaltete, legte Katrin auf, ohne etwas darauf zu sprechen. Thomas hasste Nachrichten auf der Mobilbox. »Dann muss ich extra anrufen und kann mir auch noch das Gelaber der Computerstimme anhören. Wozu gibt es WhatsApp, Viber, Threema und wie sie alle heißen. Erreicht man jemanden nicht und es ist wichtig, schreibt man«, war seine Meinung. Genauso wenig konnte er es leiden, zweimal hintereinander angerufen zu werden. »Selbst wenn man es zehnmal bei mir versucht, rufe ich nur einmal zurück. Und das erst, wenn ich kann.«

Sie unterließ es also auch, ihn nochmals anzurufen. Aber sie schrieb ihm eine Nachricht.

Hi Schatz! Ich muss mit dir reden. Wann können wir telefonieren? Dicken Kuss!

Damit wusste er, dass etwas Wichtiges anstand. Bestimmt würde er sie bald anrufen.

Sie ging zum Fenster und blickte hinaus, ohne tatsächlich etwas wahrzunehmen. Das mulmige Gefühl wollte nicht weggehen. Aber ihr waren die Hände gebunden. Sie hatte versucht zurückzurufen und Thomas eine Nachricht geschickt, exakt wie er es wollte. Nun musste sie warten, bis er sich meldete.

Der Signalton ihres Handys kündigte eine Nachricht an. Mit zwei schnellen Schritten war sie bei ihrem Handy. Thomas hatte zurückgeschrieben! Warum war sie plötzlich so nervös? Sie öffnete WhatsApp und las:

Noch keine Ahnung. Am späten Nachmittag vielleicht?! Abends sind wir unterwegs. Bin gerade am Abschlag. Melde mich, wenn ich kann …

Katrin starrte auf den Text. War ihre Nachricht zu neutral gewesen? Sie hatte doch deutlich gemacht, dass sie mit ihm reden musste. Was hätte sie anderes schreiben sollen? »Hallo Schatz! Ich möchte ein Jahr in Kirchbergen bleiben und im hiesigen Buchladen mitarbeiten. Ist das okay für dich? Ruf doch bitte kurz an und lass uns darüber reden.« Nein, das brachte sie nicht fertig. Sie würden es doch schaffen, bis Sonntag zumindest einmal miteinander zu telefonieren.

Die Antworten des Verlags und der Vermietungsagentur würden frühestens am Montag eintreffen. Niemand arbeitete dort am Wochenende. Es lag also alles noch im grünen Bereich, sie musste sich nur endlich beruhigen.

Am besten runterkommen konnte sie beim Schreiben. Ohnehin hatte sie vorgehabt, am Wochenende an ihrem aktuellen Artikel für die *Donna mia* zu arbeiten. Bis zum Abendessen mit Stephan war genug Zeit, um den nächsten Abschnitt fertigzustellen.

In dem Bericht ging es um einen Saison-Klassiker, den der Verlag ihr mehr oder weniger aufs Auge gedrückt hatte: Sonnenbaden und alles was dazugehörte. Vorteile, Nachteile, Sonnenschutzprodukte, Bräunungsalternativen und so weiter. Um dem Artikel einen vernünftigen Sinn zu geben, hatte sie sich in Berlin mit einer renommierten Hautärztin getroffen und sich über die Auswirkungen von zu viel Sonne schlau gemacht. Oberflächlich wusste jeder Bescheid, doch sie wollte nicht nur gängige Schlagworte benutzen und eine Typustabelle anführen, sondern wirklich in die Tiefe gehen. Den Bereich der Faltenbildung streifte sie dafür nur am Rande, darüber waren die meisten ohnedies besser informiert als über Hautkrebs.

Auch hatte sie sich vor einigen Wochen einem sogenannten Spray-Tanning unterzogen. Grundsätzlich war sie von dieser hautfreundlichen Art der Bräunung begeistert gewesen, hätte es nur länger angehalten. Nach zwei Wochen war es vorbei gewesen mit dem tollen Teint. Wiederum gingen viele Menschen einmal pro Woche oder sogar öfter ins Solarium. Unter diesem Blickpunkt und der Gesundheit wegen würde sie das Spray-Tanning durchaus positiv bewerten.

Sie las sich den bisherigen Text durch, korrigierte zwei stilistische Kleinigkeiten und schrieb weiter.

Wenige Minuten später befand sie sich inmitten der Welt des Sonnenbadens.

Kapitel 13

In knapp einer halben Stunde würde Stephan sie abholen. Katrin war so in die Arbeit vertieft gewesen, dass sie die Zeit völlig vergessen hatte. Dafür war der Artikel weitgehend fertig.

Immerhin hatte sie in einer kurzen Pause geduscht und ihr Haar gewaschen. Was sie anziehen sollte, hatte sie sich allerdings noch nicht überlegt. Sie ging zum Kleiderschrank. Mit einer schwarzen Hose und dem anthrazitfarbenen Pulli mit Carmen-Ausschnitt war sie auf der sicheren Seite. Damit passte sie sowohl in ein einfaches Wirtshaus wie in ein gehobenes Restaurant. Es durfte nur nicht *zu einfach* oder *zu gehoben* sein, aber davon ging sie nicht aus.

Bevor sie in das ausgewählte Outfit schlüpfte, eilte sie ins Bad, um sich zu schminken. Sie trug eine getönte Hautcreme auf, tuschte ihre Wimpern und wählte einen dunkelroten Lippenstift. Ihr Haar band sie zu einem lockeren Zopf zusammen und zog von den Schläfen bis zu den Ohren einige Strähnen heraus. Dann lockerte sie den Schweif mit der Bürste auf.

Gerade als die fertig war, klingelte ihr Handy. Sofort dachte Katrin an Thomas und spürte, wie das Adrenalin durch ihren Körper schoss. Sie warf die Bürste in das Waschbecken und stürmte ins Zimmer.

Auf dem Handydisplay stand: *Livia Blaunstein (Hausvermietung).* Schon vor Jahren hatte sie sich angewöhnt, neben dem Namen einen Bezug in Klammern hinzuzufügen.

Sie nahm ab. »Hallo, Livia.«

»Hi, Katrin. Entschuldige die Störung am Samstagabend. Ich hatte im Büro zu tun und habe eben deine Mail gelesen.«

»Du störst überhaupt nicht«, antwortete Katrin mit einem schnellen Blick auf ihre Armbanduhr. Noch hatte sie Zeit. »Danke, dass du dich so rasch meldest.«

»Du willst die Vermietung zurückziehen?«

»Ginge das von eurer Seite denn in Ordnung? Ich weiß, wir haben einen Vertrag, aber bei mir wird sich vielleicht etwas ändern, und dann bräuchte ich das Haus.«

»Möchtest du verkaufen? Das übernehme ich gern. Wir haben ein gutes Immonetzwerk und fast allerorts Zugriff.«

Die Fragen kamen Katrin zu schnell. Sie hatte mit einer Antwortmail gerechnet, aber nicht mit einem Anruf. Fast bereute sie, das Gespräch angenommen zu haben. Sie atmete tief durch. »Ich habe vor, länger in Kirchbergen zu bleiben. Sollte alles wie geplant vonstattengehen, möchte ich in meinem Elternhaus wohnen.«

»Warte, ich sehe mir die Buchungen an, damit ich –«

»Das habe ich im Kopf. Es gibt eine Reservierung im August für zwei Wochen«, unterbrach Katrin.

»Ich verstehe …« Kurz schwieg Livia. Sicherlich prüfte sie in Windeseile die Angabe. Schließlich sagte sie: »Die Reservierung lässt sich sicherlich ohne Probleme umlegen. Ich habe ein ähnliches Haus in der Nähe, das ist zu dieser Zeit frei, wie ich gerade sehe. Und wegen des Vertrages mach dir keine Sorgen. Ich nehme das Haus aus dem Angebot und fertig. Ist ja nicht so, als wären wir Fremde.«

»Oh, das ist toll, vielen Dank, Livia!« Wegen Livias freundschaftlichem Umgang mit der Angelegenheit bekam Katrin das Gefühl, etwas Persönliches sagen zu müssen. Das Gespräch verlief sonst gar so sachlich. »Ich möchte ein bisschen hier im Buchladen mithelfen, nur auf Zeit. In dem Laden habe ich meine halbe Jugend verbracht.«

»Nostalgie und Auszeit in einem.«

»So ähnlich«, antwortete Katrin zurückhaltender. Zum Glück war Livia bis jetzt nicht auf Thomas eingegangen.

Auch bei der nächsten Frage sparte sie ihn aus. »Bis wann wirst du dich endgültig entscheiden, oder ist es bereits fix?«

»Grundsätzlich ist es fix, ich warte nur noch auf das Okay meines Arbeitgebers in Berlin, du weißt, der Verlag. Darf ich dir im Laufe der kommenden Woche Bescheid geben?«

»Das reicht natürlich. Ich möchte nur den Kunden nicht eine Woche vor seinem Urlaubsbeginn umbuchen müssen. Sag mir Bescheid.«

»Das mache ich. Nochmals vielen Dank.«

»Keine Ursache. Ich wünsche dir auf jeden Fall alles Gute.«

Sie verabschiedeten sich voneinander. Jetzt war es aber allerhöchste Zeit, sich fertig zu machen!

Katrin eilte zum Schrank im Vorraum und zog sich an. Aus dem kleinen Tresor holte sie eine zarte Weißgoldkette mit tropfenförmigem Anhänger und legte sie um ihren Hals. Thomas hatte sie ihr zu Weihnachten geschenkt.

Thomas! Warum hatte er noch nicht angerufen? Der späte Nachmittag war längst vorbei. Normalerweise hätte sie sich keine Gedanken darüber gemacht, zumal er *vielleicht* dazugeschrieben hatte. Das Spiel konnte länger gedauert haben, und nun saßen sie bereits beim Abendessen. Jetzt allerdings bereitete es ihr sehr wohl Sorgen. Das ausstehende Gespräch hing wie ein Damoklesschwert über ihr. Aber was konnte sie anderes tun, außer weiter zu warten? Auf jeden Fall würde sie sich den Abend deshalb nicht verderben lassen.

Sie warf einen schnellen prüfenden Blick in den Spiegel und verließ das Zimmer. Auf dem Weg hinunter flammte in ihrem Kopf kurz die Frage auf, warum Livia sie extra am Samstagabend deshalb angerufen hatte. Sie kannten und mochten einander, waren aber keine Freunde im eigentlichen Sinn. Wenn es hoch kam, sahen sie sich dreimal oder viermal im Jahr, nicht öfter, und das auch nur, weil sie zur selben Party eingeladen waren. Eine Mail am Montag hätte doch allemal gereicht.

Stephan wartete bereits in der Lobby und unterhielt sich mit der Rezeptionistin.

»War keine schlechte Idee, dir einen Brief zu schicken, nicht wahr?« Er zwinkerte Katrin zu und verabschiedete sich von der Rezeptionistin mit einem Händedruck. »Mein Auto steht vor der Tür. Ich habe bei meinem Lieblingsitaliener reserviert, Franco, um gleich zu Beginn das große Geheimnis zu lüften.«

Katrin lächelte, ging jedoch nicht auf Stephans Worte ein. Noch kreisten ihre Gedanken um Thomas und Livias Anruf.

Sie verließen das Hotel, und Stephan öffnete ihr die Beifahrertür seines Wagens.

Als auch er eingestiegen war und startete, fragte er: »Kannst du dich an das Boleros in Zwettl erinnern?«

»Die kleine Pseudodisco?«

»Genau die. Vor etwa fünf Jahren hat ein Italiener – ein waschechter Sizilianer übrigens – das Lokal umgebaut und ein Restaurant daraus gemacht.«

»Ich habe seit einer Ewigkeit keine Pizza mehr gegessen.«

»So leid es mir tut, aber auch heute wirst du keine bekommen.«

Katrin musterte ihn von der Seite. »Warum nicht?«

»Pasta, wunderbare Risottos, Fisch und Fleisch. Keine Pizza Quattro Stagioni.«

»Du kannst dich an meine Lieblingspizza erinnern?«

»Ich habe zwei Antworten parat. Welche willst du hören?«

Katrin lachte auf. »Beide natürlich.« Dank Stephans fröhlicher Art verschwanden Thomas und Livia langsam von der Bildfläche.

»Antwort eins, ich besitze ein sogenanntes Elefantengedächtnis. Im Übrigen äußerst förderlich für mein Amt.«

»Und die zweite?«

»Ich weiß alles, was dich betrifft.«

Katrin öffnete den Mund, um etwas zu erwidern, schloss ihn aber sofort wieder. Was meinte Stephan damit? Veronique fiel ihr ein, und ein unangenehmes Gefühl überkam sie. Zumindest hätte sie ihre Freundin über das Abendessen mit Stephan informieren müssen. Es war Samstag, und Veronique hatte die Bäckerei auf jeden Fall bis zwölf Uhr mittags geöffnet gehabt. Sie hätte sie besuchen sollen. Die beiden waren zwar kein Paar mehr, dennoch zählte der Ehrenkodex. Vor allem auch, weil Veronique noch immer nicht über Stephan hinweg war. Gleich Montag würde sie mit ihr sprechen.

Kurz drehte Stephan ihr den Kopf zu. »Nun schau nicht so entsetzt. Ich habe nur Spaß gemacht. Kannst du dich nicht an meinen Hang zu Spionagefilmen erinnern? Egal. Wie ist dein Tag verlaufen?«

»Ruhig und arbeitsam. Ich habe einen Artikel fertigstellen müssen.«

»Ein interessantes Thema?«

»Na, ich weiß nicht. Willst du mehr über die Gefahren von Sonnenbrand wissen?«

Stephan hob die rechte Hand. »Ich glaube, ich lebe entspannter ohne diese bestimmten Fachkenntnisse. Mit zunehmendem Alter tendiere ich nämlich immer mehr zum Hypochonder.«

»Echt jetzt?«

»Ich schwöre, *ohne Schmäh*. Frag Doktor Freiber. Ich sitze ständig bei ihm. Er lacht mittlerweile über mich, wenn ich mit meinen Pseudokrankheiten bei ihm auftauche.«

»Doktor Freiber ist …?«

»Der Hausarzt von Kirchbergen.«

»Immerhin kein Psychologe.«

»Du darfst dich aber nicht über mich lustig machen. Erst unlängst hat er mir durch die Blume einen empfohlen. Ich denke aber nicht mal im Traum daran, dort hinzugehen. Ich weiß ja, woher es kommt und wann es angefangen hat.«

»Nämlich?«

»Es hat mit der Scheidung von Maria und der anschließenden Trennung von meiner Tochter begonnen. Ich muss nur wieder ein normales Beziehungsleben führen, dann bin auch nicht mehr der eingebildete Kranke.«

Katrin betrachtete Stephan von der Seite. Durch seine offene Art angespornt, fragte sie: »Sag mal, Stephan, es ist mir bereits bei unserem Wiedersehen aufgefallen … warst du früher auch schon so … direkt?«

»Klar doch. Kannst du dich echt nicht mehr erinnern? *Der Goscherte* vom Dienst. Deshalb konnte mich Veroniques Mutter auch nicht besonders gut leiden.«

Langsam fiel es Katrin wieder ein. »Du bist auch immer der Klassensprecher gewesen und Alexander dein Stellvertreter. Wir Mädchen waren in der A-Klasse und ihr in der B … B wie *Burschen bringen's besser*. Ich weiß bis heute nicht, was das zu bedeuten hatte.«

»Ich auch nicht, aber der Spruch hat uns damals total getaugt.« Stephan lachte auf. »Was haben Alex und ich mit unserer großen Klappe die Lehrer gepiesackt. Vergiss nicht, wir waren schon zwei Jahre älter. Einmal wegen unserer Geburtstage im Winter, und dann haben wir ja auch gemeinsam eine Ehrenrunde gedreht.« Stephan hob den Arm und zeigte nach vorn. »Wir sind da!« Er betätigte den Blinker und parkte gegenüber dem Restaurant ein.

»Nicht wiederzuerkennen.« Katrin stieg aus dem Wagen und sah sich um. Nicht nur das Lokal erschien ihr fremd, auch die Umgebung hatte sich verändert. Wo einst zwei Einfamilienhäuser gestanden hatten, prangte nun ein mehrstöckiges Wohnhaus. Daneben befand sich eine Grünanlage mit einem Spielplatz. In der folgenden Häuserreihe erkannte Katrin den Altbestand wieder, allerdings waren die Gebäude, anders als früher, einheitlich in einem blassen Gelb gestrichen, die Fenster weiß, die doppelflügeligen Eingangstore dunkelbraun.

»Ja, in Zwettl hat sich einiges verändert. Du müsstest erst die Fußgängerzone sehen, ein richtiges kleines Einkaufsparadies. Es haben sich viele Geschäfte angesiedelt.« Stephan öffnete die Tür des Restaurants und ließ Katrin den Vortritt.

Ein großer, kräftiger Mann trat auf sie zu. »Buonasera! Herr Mayerhofer, iche haben Lieblingstische für Sie riservato. Bitte, prego!« Er verbeugte sich vor Katrin und zeigte in derselben Bewegung auf eine Nische.

»Danke, Franco.«

Während sie sich setzten, sagte Katrin: »Du scheinst wirklich oft hier zu sein.«

»Das stimmt. Ich mag die heimelige Atmosphäre, und das Essen ist hervorragend. Außerdem weiß Franco als Sizilianer das Amt eines Bürgermeisters zu würdigen. Ich genieße gewisse Vorteile.«

»Ist das so?«

Stephan lachte. »Was Franco betrifft, ist es ein Scherz. Ich werde bevorzugt behandelt, weil ich ein Stammgast bin. Jeder Wirt, ob Sizilianer oder Schwede, schaut auf seine besten Gäste. Aber sonst kannst du sehr wohl davon ausgehen. Ich nutze es nicht aus, aber automatisch erhält man als Bürgermeister eine Art Prominentenstatus im Kleinen. Anfänglich fand ich es witzig und teilweise sogar unangenehm. Aber man gewöhnt sich daran.«

»Ich habe schon fast darauf vergessen, wie es hier läuft: der Bürgermeister, der Arzt, der Pfarrer, der Lehrer. In einer Stadt wie Berlin lebt es sich anders.«

Franco trat an den Tisch, und Stephan bestellte eine Flasche Wein und Wasser. Nachdem sie auch die Speisen gewählt hatten, antwortete Stephan auf ihre Bemerkung. »Du meinst eher die Zeit unserer Großeltern und davor, da war es echt noch so. Meine Oma hat mir Geschichten erzählt …

Fehlt dir eigentlich das Dorfleben, oder zieht es dich schon wieder zurück in die Großstadt?«

»Es ist eigenartig, aber irgendwie fühlt es sich so an, als würde ich hierhin gehören«, antwortete Katrin ausweichend. Sollte sie Stephan von ihrem Vorhaben erzählen? Funktionierte der Plan tatsächlich, würde er es ohnehin erfahren. Und wenn nicht, störte es genauso wenig. »Ich überlege ernsthaft, eine Weile lang hierzubleiben.«

Seine Augen weiteten sich. »Wow. Das nenne ich eine Neuigkeit! Was hast du vor? Und wie bist du darauf gekommen?«

Katrin wollte nicht auf den Ursprung der Idee eingehen. Sie setzte bei dem Gespräch mit Herrn Lindenborg ein.

Stephan hörte aufmerksam zu. »Ich finde es toll, in jeder Hinsicht. Kann ich dich in irgendeiner Weise unterstützen?«

»Danke, aber noch befindet sich alles in der Schwebe. Außerdem will ich dir nicht zur Last fallen.«

»Oh, du fällst mir überhaupt nicht zur Last. Um ehrlich zu sein, bin ich bestrebt, Kirchbergen zu beleben. Der Buchladen ist eine Institution, ich hatte schon Angst, wir würden ihn verlieren. Jedes Geschäft hat für die Gemeinde einen immensen Wert.«

»Ich dachte, mit Veroniques Bäckerei warst du nicht –« Sie brach mitten im Satz ab und legte die Fingerspitzen auf den Mund. »Entschuldige, ich wollte nicht nachbohren. Es geht mich auch gar nichts an. Ich habe mich nur an deine Aussage nach dem Begräbnis erinnert.«

Stephan winkte ab. »Passt schon. Ich genieße ein offenes Gespräch.« Er hob den Arm und deutete mit den Fingern einen Kreis an.

Sofort kam Franco mit einem Aschenbecher herbeigeeilt. »Prego, Signore Mayerhofer.«

»Wenn ich rauche, kann ich besser erzählen. Deshalb ist es übrigens auch mein Lieblingsrestaurant und dieser Tisch hier mein Lieblingsplatz. Franco lässt die Gäste im Schankbereich rauchen. Keiner sagt etwas, keiner regt sich darüber auf. Für mich zählt er diesen Tisch zum Schankbereich. Es stört dich doch nicht?«

»Überhaupt nicht.«

Stephan zündete sich eine Zigarette an. »Veronique und ich … Weißt du, das ist alles nicht so einfach. Für Kirchbergen ist ihre Bäckerei ein kleiner wahrgewordener Traum. Die Leute kommen aus der ganzen Umgebung, um bei ihr einzukaufen. Als Bürgermeister wünsche ich mir viele solche Gewerbetreibenden.« Er zuckte mit den Schultern. »Vor dem Begräbnis hatten Veronique und ich eine sehr kurze, dafür umso heftigere Auseinandersetzung. Es war bei Weitem nicht die erste. Deshalb war sie wohl besonders biestig, der Streit hat nachgewirkt bei ihr … und bei mir auch. Aber es stimmt, was ich dir erzählt habe. Okay, dass ich das Frankophile hasse, war vielleicht etwas übertrieben. Ich habe diesen Zug an ihr entzückend gefunden, dann hat es sich aber immer mehr hochgeschaukelt. Meine Marotten sicherlich genauso.« Er lachte. »Bin ich wütend auf sie, wirst du so etwas nicht zu hören bekommen.«

Katrin nickte und machte eine verständnisvolle Miene. Keinesfalls wollte sie ihn im Redefluss unterbrechen.

Stephan sprach auch schon weiter: »Ich glaube, es hat an unseren Ambitionen gelegen; Veronique und ihre Bäckerei, ich und die Politik. Wir haben uns jeder in seines verbissen, bis wir uns damit vollends auf die Nerven gegangen sind.« Noch einmal zuckten seine Schultern hoch. »Die zwei Seiten einer Medaille.«

»Mittlerweile habt ihr beide eure Ziele erreicht.«

Stephan seufzte. »Katrin, wir kennen uns sehr lange. Ich habe das Gefühl, freiheraus mit dir reden zu können. Auch wenn es eigenartig klingt, möglicherweise sogar gerade deshalb, weil du die letzten Jahre nicht live miterlebt hast. Wärest du hier gewesen, würdest du womöglich nur noch das Nötigste mit mir sprechen, weil du an Veroniques Leid Anteil genommen hättest.«

»Das kann ich dir nicht sagen«, entgegnete Katrin ausweichend und dachte: Höchstwahrscheinlich hat er recht.

»Ich will nur nicht, dass meine Aussagen eins zu eins weitergehen. Das musst du mir versprechen. Ich kenne euch ja.« Er schmunzelte und griff sich an die Stirn. »Herrgott! Ich klinge wie ein Teenager.«

»Keine Sorge. Ich kann meinen Mund halten.«

»Das weiß ich eigentlich. Kannst du dich an das Feuerwehrfest erinnern? Wärest du nicht gewesen, hätte Veronique Kiki vermutlich die Augen ausgekratzt.«

Unwillkürlich musste Katrin lächeln. »Natürlich. Und wie ich mich erinnern kann.«

»Da ist wirklich nichts gewesen. Kiki war wie ein Kumpel für mich. Und sie hat sich nicht mal im Ansatz für mich interessiert.« Stephan steckte sich eine neue Zigarette an. »Jemand wie du hat uns später gefehlt. Veronique und ich hatten eine schwere Zeit. Es gab etwas, das uns beide ziemlich aus der Bahn geworfen hat. Wobei es sie deutlich schwerer getroffen hat als mich. Ich meine übrigens nicht unsere beruflichen Ambitionen, die sind bestimmt zum Teil nur vorgeschoben. Auf jeden Fall können wir seitdem kein normales Gespräch mehr führen.«

Katrin ahnte, worauf Stephan anspielte. Aber sie wollte Veronique nicht verraten. »Und ihr habt euch nie ausgesprochen?«

»Wir haben uns ausgestritten und ausgeschrien – wenn es diese beiden Wörter überhaupt gibt –, aber nie ausgesprochen. Dabei hätte ich ihr gern vieles erklärt.« Er fixierte einen imaginären Punkt. »Wir waren ein gutes Team, Veronique und ich. Ich vermisse sie.« Energisch schüttelte er den Kopf.

»Was soll's. Damals ist damals, und jetzt ist jetzt. Apropos jetzt, ich würde dich gerne wiedersehen.«

Automatisch ging Katrin mit dem Oberkörper ein Stück zurück. »Ähm, Stephan, solltest du auf *etwas Spezielles* anspielen … Ich habe eine Beziehung, und Veronique ist eine meiner besten Jugendfreundinnen. Ich glaube nicht, dass wir …«

Stephan hob abwehrend die Hände. »Oh nein, entschuldige! Ich habe mich falsch ausgedrückt, ehrlich. Ich meine wiedersehen als Freunde, kein Rendezvous.« Er verdrehte die Augen. »Oje, das nächste Fettnäpfchen. Du bist eine überaus attraktive und interessante Frau. Nicht dass du denkst, ich würde das nicht sehen.«

Katrin fiel ein Stein vom Herzen. Sie lachte. »Ist schon okay, Freunde, sehr gern.«

»Dann haben wir einen Deal.« Er hob sein Glas und prostete Katrin zu.

Sie ergriff ihres. »Deal.«

Als Stephan gerade von Veronique gesprochen hatte, war etwas in seinen Augen aufgeflammt. Konnte es sein, dass er tief im Verborgenen noch immer Gefühle für sie hatte? Während in Veroniques Worten über Stephan Verbitterung lag, meinte sie, bei Stephan eine gewisse Traurigkeit bemerkt zu haben. Wenn sie wirklich in Kirchbergen blieb, würde sie der Angelegenheit auf den Grund gehen.

Wie gern würde sie Amor spielen!

Kapitel 14

Den Sonntag hatte Katrin mit der Schlusskontrolle ihres Artikels und einem ausgedehnten Spaziergang verbracht. In Berlin war ihr nicht bewusst gewesen, wie sehr sie die Natur vermisst hatte. Sie war früh eingeschlafen und jetzt putzmunter. Es war gerade sieben Uhr, als sie frühstücken ging.

Thomas hatte sich den ganzen Sonntag über nicht gemeldet. Entgegen seinen Wünschen hatte sie sogar zweimal versucht, ihn anzurufen, aber ohne Erfolg. Erst abends war eine längere Nachricht von ihm gekommen. Er und seine beiden Kollegen wollten bis Montag verlängern. Sie hatten sich mit einer zweiten Gruppe zusammengeschlossen und spielten offenbar voller Enthusiasmus. Katrin hatte im Text dreimal das Wort Handicap gefunden, dafür war weit und breit nichts von einer Entschuldigung zu lesen gewesen. Aber er hatte versprochen, sie Montagabend nach seiner Heimkehr sofort anrufen.

So viel zur heißen Phase beim Projekt Prenzlauer Berg, hatte Katrin gedacht und ihm viel Spaß gewünscht. Je mehr Zeit verging, desto weniger stand seine Meinung im Vordergrund. Hätte sie am Freitag noch alles über den Haufen geworfen, wenn er gegen ihren Umzug gewesen wäre, fühlte sie sich jetzt stark genug, einem Nein von ihm zu widerstehen.

Ein ganzes Wochenende hatte er es nicht der Mühe wert gefunden, sie anzurufen, obwohl er wusste, dass sie mit ihm reden wollte. Bis auf das eine Mal beim Frühstück hatte sie ihr Handy immer mit dabeigehabt. Er hätte sie rund um die Uhr erreichen können. Welchen Stellenwert ihre Beziehung bei ihm bekleidete, lag auf der Hand. Golf, Freunde und Vergnügen waren ohne Zweifel wichtiger. Aber sie durfte wegen ihres

Unmutes nicht ungerecht sein. Schließlich konnte er nicht wissen, worum es ging. Wahrscheinlich dachte er, sie wollte nur Klatsch und Tratsch über Kirchbergen loswerden. Also nichts, was für ihn von Belang war.

Zurück auf dem Hotelzimmer kontrollierte sie ihre Mails. Der Verlag hatte noch nicht geantwortet. Es bereitete ihr keine Sorgen, dennoch wollte sie die Bestätigung gern schwarz auf weiß haben. Sie warf einen Blick auf die Uhr am Computer. Um acht Uhr fünfzig war Lilly noch nie ohne guten Grund im Büro gewesen. Sie kam immer erst frühestens um neun.

Katrin klappte den Laptop zu und stand auf. Gleich jetzt würde sie zu Ernst gehen und Nägel mit Köpfen machen. Sie wollte und konnte nicht mehr zurück. Es war so weit!

Entschieden griff sie nach der Handtasche und verließ das Zimmer. In der Lobby winkte sie – wie immer – der Rezeptionistin zu, verließ das Hotel und überquerte den Marktplatz. Je näher sie dem Buchladen kam, desto mehr freute sie sich auf den großen Augenblick. Ohne innezuhalten, öffnete sie die Tür des Buchladens und trat ein.

Ernst stand hinter dem Kassenpult und entzündete gerade Weihrauch in der Schale. Sein Gesicht erhellte sich, als er Katrin sah. »Guten Morgen, meine Kleine. So früh? Ist der Moment der Wahrheit bereits gekommen?«

Katrin nickte.

»Nehmen wir Platz und reden.« Er zeigte auf die Leseecke. »Passender wäre das Büro als Besprechungsort, aber dann verpasse ich am Ende einen Kunden.«

Katrin bemerkte, wie seine Hände zitterten. Es war ihr bis jetzt nicht aufgefallen. Rief sein Alter das Zittern hervor, oder war er aufgeregt?

»Ich mag die Leseecke. Sie ist viel besser und gemütlicher als die alte drüben im Eck. Es fühlt sich beinahe schon wie ein

Ritual an, sich hierherzusetzen«, sagte Katrin, als sie Platz nahmen.

»Das kann es in der Tat werden.« Er knetete seine Finger. »Ich bin neugierig. Hast du dich schon entschieden, Katrin?«

»Erstens: Meinem Arbeitgeber habe ich geschrieben, aber noch keine Antwort erhalten. Zweitens: Ich kann in das Haus meiner Eltern ziehen. Drittens: Die Lage mit Thomas muss ich noch klären. Viertens: Ich möchte bleiben und würde mich außerordentlich freuen, bei dir zu arbeiten.« Sie klatschte in die Hände und lehnte sich zurück. Es war heraus!

»Meine liebe Katrin, ich freue mich sehr. Ich hatte es so gehofft.«

»Dann haben wir eine mündliche Vereinbarung?«

»Nicht nur eine mündliche Vereinbarung, ich habe mir etwas überlegt und sicherheitshalber einen Vertrag aufsetzen lassen.« Auf dem niedrigen Tisch vor der Couch lagen zwei gleich aussehende Flügelmappen. Er deutete darauf. »Der alte, ungeduldige Mann in mir hat alles bereitgelegt, bereits in zweifacher Ausfertigung. Lies!«

»Wie hast du das so schnell, noch dazu am Wochenende, geschafft?«

»Ein lieber alter Freund von mir ist Anwalt. Er lebt zwar in Salzburg, aber dank der modernen Technik muss man sich nicht mehr persönlich begegnen. Segen und Fluch in einem, wie ich meine.« Ein versonnenes Lächeln umspielte seine Lippen. »In unserer Jugend sind wir gemeinsam … umhergezogen. Heute schreiben wir uns E-Mails.«

Seit Katrin heute früh erwacht war, spürte sie diese besondere, positive Spannung in sich. Jetzt nahm die Aufregung schlagartig zu. Sie öffnete eine Mappe. Darin lag ein dreiseitiges Schriftstück. Sie begann zu lesen. Als sie endete, blätterte sie zurück und las die erste Seite noch einmal. »Herr Lindenborg, Ernst … das ist … ich finde keine Worte.«

»Gefällt dir mein Vorschlag?«

Katrins Antwort kam prompt. »Wo unterschreibe ich?«

»Du musst nicht sofort unterzeichnen. Lass dir Zeit und überdenke alles.«

»Ich habe genug darüber nachgedacht. Mein Entschluss steht fest, und dein Angebot ist mehr als großzügig.«

»Nun, dann … Die Feder ist mächtiger als das Schwert.« Ernst reichte Katrin einen Kugelschreiber und fügte hinzu: »Ich habe hin und her überlegt, was ich dir bieten kann. Mehr vermag ich leider nicht aufzubringen, aber du sollst nicht leer ausgehen.«

Katrin schlug die letzte Seite des Vertrages auf und unterschrieb. Dasselbe tat sie mit dem zweiten Exemplar.

Kapitel 15

Eine Stunde später verließ Katrin den Buchladen. Sowohl sie als auch Herr Lindenborg waren dermaßen ergriffen und zugleich euphorisch gewesen, dass sie kein vernünftiges Gespräch zustande gebracht hatten. Sprunghaft schwelgten sie in Erinnerungen, malten sich die gemeinsame Arbeit aus und sprachen über dieses und jenes Buch. Beim Gehen hatten sie sich innig umarmt. Das Glück des alten Mannes war nahezu greifbar. Und sie selbst lief wie auf Wolken. Es schien ihr, als würde sie gerade aus einem Traum erwachen. Aber sie befand sich mitten in der realen Welt. Innerhalb weniger Tage hatte sie ihr Schicksal in die Hand genommen und damit ihre Zukunft verändert. Sie wartete auf einen Anflug von Zweifel oder Angst, doch es fühlte sich einfach nur wunderbar an.

Wie von selbst lenkte sie ihre Schritte in Richtung Veroniques Bäckerei. Wie oft würde sie im kommenden Jahr diesen Weg gehen? Mit einem Schmunzeln dachte sie: »Sicherlich Montag bis Samstag mindestens einmal pro Tag.«

Sie brannte darauf, jemandem die Neuigkeit zu erzählen.

Zum Glück befand Veronique sich allein in der Bäckerei. Sie wischte gerade über den Stehtisch, als Katrin eintrat. »Katrin! Super, dass du jetzt kommst. Der erste Ansturm ist vorbei. Ich habe Zeit.«

»Wann steht der zweite an?«

»Nicht vor zwölf Uhr mittags. In der Früh geht es rund bis circa zehn, dann eben um die Mittagszeit und wieder ab sechzehn Uhr bis zum Schluss.« Veronique betrachtete Katrin prüfend. »Was ist los?«

Katrin konnte keine Sekunde länger warten mit den Neuigkeiten. »Ich bleibe! Soeben habe ich einen Vertrag mit Herrn Lindenborg unterzeichnet.«

»Das ist ja …« Veronique zog Katrin in die Arme. »Toll! Toll! Toll! Du musst mir alles erzählen. Und wir stoßen darauf an.«

Katrin lächelte und dankte Veronique im Stillen dafür, dass sie auf einen Nachsatz wie »Natürlich nur, wenn du erzählen willst« verzichtet hatte. Wie schnell es wieder selbstverständlich geworden war, persönliche Informationen ohne vorsichtige Rückfragen zu teilen.

Während Katrin sich setzte, lief Veronique in die Backstube. Mit einer Flasche Moët und zwei Gläsern kehrte sie zurück. »Ich habe immer eine Flasche Champagner im Kühlschrank. Für besondere Anlässe. Ich finde, das ist ein solcher.« Sie öffnete die Flasche mit einem leisen Plopp und schenkte ein. Mit feierlicher Miene hob sie ihr Glas. »Liebe Katrin, ich heiße dich herzlich in Kirchbergen willkommen.«

Katrin ergriff das zweite Glas und verbeugte sich. »Ich werde mich würdig erweisen.«

Wie auf Befehl begannen beide lauthals zu lachen.

»Genug Blödsinn geredet. Leg los.«

»Ein Jahr lang arbeite ich für Herrn Lindenborg im Buchladen. Dafür erhalte ich eine Umsatzbeteiligung. Nach Ablauf der zwölf Monate muss ich eine Entscheidung treffen. Entweder ich gehe zurück nach Berlin oder mache sonst etwas, und das Geschäft wird geschlossen, oder ich bleibe und übernehme den Buchladen. In diesem Fall bleibt Herr Lindenborg als eine Art Berater bei mir.«

»Würdest du dann Miete bezahlen oder musst du das Lokal kaufen?« Aus Veronique sprach die Geschäftsfrau.

»Das ganze Gebäude gehört Herrn Lindenborg. Im Erdgeschoss ist der Laden, darüber befindet sich seine Wohnung. Ich würde für den Laden Miete bezahlen, die abhängig ist vom Umsatz. Und ich kann dir sagen, diese umsatzabhängige

Miete ist lächerlich gering. Aber er will nicht mehr. Auch für seine Hilfe verlangt er nichts.«

»Das klingt ja fantastisch.«

»Fast habe ich ein schlechtes Gewissen. Ich ziehe nur Vorteile aus der Vereinbarung im Gegensatz zu Herrn Lindenborg.«

»Das siehst du falsch. Er liebt seinen Laden, aber es fehlt ihm die Kraft, ihn weiterzuführen. Durch dich bleibt vorläufig alles, wie es ist. Und vielleicht besteht der Buchladen sogar noch lange Zeit. Außerdem darfst du nicht vergessen, wie gern Herr Lindenborg dich hat. Du bist nicht einfach eine Angestellte für ihn oder jemand, der seinen Laden übernimmt. Mit dir kommt wieder Freude in sein Leben und in die Arbeit. Verstehst du?« Sie zwinkerte. »Habt ihr schon einen Ablauf besprochen?«

»Herr Lindenborg und ich waren so aufgeregt, dass wir nur ganz grob darüber geredet haben. Ab Morgen geht es für mich stundenweise im Buchladen los.«

»Und wie geht es sonst weiter?«

»Mit meinem Elternhaus ist grundsätzlich alles geklärt. Die Agentur lässt mich sofort aussteigen. Ich muss nur noch anrufen und meine endgültige Entscheidung bekannt geben. Die Schlüssel sind in einem Reisebüro in Waidhofen hinterlegt, wo die Feriengäste sie abholen. In den nächsten Tagen will ich dorthin.« Katrin verdrehte die Augen. »Ich brauche unbedingt einen fahrbaren Untersatz. Weitere Strecken kann ich nicht immer mit dem Taxi oder dem Bus erledigen.«

»Ich habe zwei Fahrräder und kann dir gerne eines davon leihen.«

»Das ist lieb, aber nein, danke. Ich habe ja Radfahren immer schon gehasst. Außerdem kommt irgendwann der Winter.«

»Dann musst du dir ein Auto kaufen.«

Katrin nickte energisch. »So bald wie möglich. Finde ich

schnell einen Wagen, kann ich sogar einmal den Weg nach Berlin mit dem Auto auf mich nehmen und das Wichtigste herbringen. Ich muss aber erst abwarten, bis ich mit … na ja … ich habe das Problem, dass …« Sie geriet ins Stocken. »Thomas weiß noch nichts.«

»Was?« Veroniques Kopf ruckte hoch. »Du hast noch nicht mit ihm gesprochen?«

»Wenn du wüsstest, wie sehr mir das im Magen liegt. Thomas war am Wochenende mit Freunden golfen und hat sogar verlängert. Aber heute am Abend telefonieren wir endlich. Dann werde ich es ihm sagen.« Sie biss sich auf die Unterlippe. »Stell dir mal vor, er hat es vor lauter Golf und wahrscheinlich Partymachen nicht geschafft, mich auch nur ein einziges Mal anzurufen. Mittlerweile ist es mir schon egal, was er zu allem sagt. Das ist doch keine Beziehung!«

»Du stellst ihn vor vollendete Tatsachen?«

Katrin zögerte mit der Antwort. »Nein, ich rede nur groß. Ich werde ein bisschen um den heißen Brei herumreden und es als Frage beziehungsweise Vorschlag formulieren. Findest du das fies?«

Veronique zog einen Mundwinkel zur Seite. »Keineswegs, nur schlau. Du belügst ihn ja nicht im eigentlichen Sinn. Außerdem wolltest du ja mit ihm sprechen, er hat sich nur nicht gemeldet.«

»Ich habe es wirklich versucht. Sogar eine Nachricht habe ich ihm geschrieben, dass ich mit ihm reden muss. Die hat er offensichtlich nicht ernst genommen. Trotzdem frage ich mich die ganze Zeit, ob ich zu wenig unternommen habe, ihn zu erreichen.«

»Darf ich ganz ehrlich zu dir sein, Katrin?«

»Ja klar.«

»Was ich von dir über deinen Freund und über eure Beziehung gehört habe, ist meilenweit von einer harmonischen Partnerschaft entfernt. Ich meine, ihr passt nicht zusammen.

Du bist ein sensibler, ungemein warmherziger Mensch, der immer helfen möchte und sich oft, vielleicht zu oft, Gedanken darüber macht, ob er es den anderen recht macht. Thomas scheint ein rein rational denkender Mann zu sein. Für dich ist er möglicherweise nicht der Richtige. Du leidest doch.«

»Denkst du, ich stelle mir diese Frage nicht auch immer wieder? Am Anfang der Beziehung war es ungewohnt, aber okay für mich. Was mir wirklich alles fehlt, ist erst im Laufe der Zeit so richtig durchgekommen. Für ihn ist ja grundsätzlich alles in Ordnung, wie es ist. Er kann mit meinen Gefühlswallungen nichts anfangen. Aus so einer heraus ist übrigens der zweiwöchige Urlaub in Kirchbergen entstanden.«

»Zwei Wochen, ein Jahr, was soll's. Nutze die Zeit, um herauszufinden, was du brauchst und willst.«

»Das habe ich vor. Drücke mir nur bitte für heute Abend die Daumen. Ich wünsche mir trotz allem, dass das Gespräch glattläuft. So, jetzt möchte ich aber gar nicht mehr viel darüber reden. Es zieht mich nur runter, dabei bin ich so glücklich«, antwortete Katrin. »Weißt du, was ich mir vorgenommen habe? Nach all den Jahren will ich wieder auf ein Pferd steigen.«

»Du warst eine tolle Reiterin.« Veronique hob den Zeigefinger. »Nach dem Leichenschmaus hat uns ein Mann an die Bar begleitet. Kannst du dich an ihn erinnern?«

»Ja, er hat sich als Christian vorgestellt. Blondes Haar, attraktiv, bayrischer Akzent. Meinst du ihn?«

Veronique nickte schmunzelnd. »Man muss ihn sich einfach merken, nicht wahr? Dazu ist er außerdem auch noch sehr sympathisch. Er hat den alten Bründlerbauernhof gekauft und züchtet dort Pferde. Eine Reitschule führt er auch. Man hört nur Positives. Mich darfst du nicht fragen, mit Pferden habe ich es ja nicht so.«

»Das klingt toll. Ich werde anrufen und eine Stunde ausmachen. Im Hotel haben sie sicher die Telefonnummer.«

Kurz schwieg Katrin. Sie war so erpicht darauf gewesen, Veronique die großen Neuigkeiten zu erzählen, dass sie beinahe vergessen hätte, von Stephan und dem gemeinsamen Abendessen zu berichten. »Ich muss dir etwas erzählen, Veronique.«

»Was denn?«

»Am Samstag war ich mit Stephan essen. Wir haben uns nach dem Begräbnis ein bisschen unterhalten, und er hat mich eingeladen.«

»Aha.« Schlagartig wirkte Veronique verkrampft.

»Es war ein rein freundschaftliches Treffen. Ich wollte nur, dass du es weißt.«

Veroniques Anspannung löste sich so rasch auf, wie sie gekommen war. »Danke, das ist lieb von dir. Aber im Grunde geht es mich nichts an. Wir sind seit Langem getrennt. Das Problem liegt allein bei mir, weil ich mich nicht von ihm lösen kann. Hast du ihm von deinem Umzug erzählt?«

»Ich habe es nicht vorgehabt, aber dann ist es doch aus mir herausgesprudelt. Wenn er kann, möchte er helfen. Auch er will den Buchladen unbedingt am Leben erhalten.«

»Als Bürgermeister kann er dir sicherlich –«

Die Tür öffnete sich, und Katrin erstarrte.

Alexander stand im Türrahmen. »Hi, Veronique! Oh, du hast hohen Besuch, wie ich sehe. Hallo, Katrin.« Er blickte auf die Champagnerflasche. »Sogar inklusive flüssigem Festmahl.«

Veronique antwortete ungezwungen. »Wir haben etwas zu feiern. Willst du auch ein Glas zum Anstoßen? Es brennt nicht auf der Zunge und blubbert angenehm.«

»Ich weiß nicht, wie oft ich es dir bereits erklärt habe. Mein Whisky brennt nicht. Ein halbes sehr gern, ich muss nur gleich weiter. Was gibt es denn zu feiern? Ich möchte zumindest wissen, worauf ich anstoße.«

Am liebsten wäre Katrin im Boden versunken. Alexander beachtete sie überhaupt nicht. Er sah einfach durch sie hindurch.

»Nun sag's ihm schon, Katrin«, forderte Veronique sie auf.

Veronique schien nicht zu bemerken, was sie gerade durchmachte. Aber das war nicht Veroniques Schuld. Wie die meisten Menschen konnte auch sie ihre Gefühle recht gut hinter einer Maske verbergen, wenn es notwendig war. Vor Alexander gab sie sich bestimmt keine Blöße. »Ich werde in Kirchbergen bleiben und ein Jahr lang im Buchladen arbeiten.« Eine Szene aus dem Film Dirty Dancing schoss ihr durch den Kopf. Baby, die dasteht und sagt: »Ich habe eine Wassermelone getragen.« Genauso fühlte sie sich, unsicher, allein, fehl am Platz. Du liebe Güte, dachte sie. Es grenzte wirklich schon ans Lächerliche. Sie stand mitten im Leben, war eine erwachsene Frau und fror beim Anblick ihres Ex-Freundes ein.

Alexanders Augen wurden groß. »Das nenne ich mal eine Überraschung. Alles Gute, Katrin.«

»Danke.«

»Ich hole ein Glas für dich, Alexander.« Veronique rutschte vom Barhocker und verschwand.

»Ein spontaner Entschluss?«, fragte Alexander.

»Ja. Die Idee ist innerhalb weniger Tage entstanden.«

Er lächelte, und seine Grübchen wurden sichtbar. »Herrn Lindenborgs Buchhandlung ist seit jeher ein Lieblingsplatz von dir gewesen. Ich nehme an, er freut sich.«

»Oh ja, und er hat mir ein tolles Angebot gemacht. Ich freue mich übrigens ebenso.«

»Bei Gelegenheit musst du mir alles im Detail erzählen. Wo wirst du wohnen?«

»In meinem Elternhaus.«

Veronique kam zurück, schenkte ein und reichte Alexander das Glas.

Sie stießen an.

»Wie bereits gesagt, ich wünsche dir alles Gute, Katrin. Wenn du etwas brauchst, gib mir Bescheid.«

Einen Tick zu lange ruhte sein Blick auf ihr. Katrin spürte ihn wie Feuer auf der Haut. Ihre Muskeln spannten sich an, und ein eigentümliches Gefühl machte sich in ihr breit; es war eine Mischung aus Wärme, Erregung und Verlegenheit. Um ihren Zustand zu überspielen, trank sie einen kräftigen Schluck und antwortete salopp: »Danke, ich komme darauf zurück.«

Alexander leerte sein Glas. »Ich muss leider wirklich weiter. Veronique, hast du meine *geheime* Bestellung fertig?«

Verschwörerisch legte Veronique ihren Finger auf den Mund und gab ein Zischgeräusch von sich. »Selbstverständlich. Katrin, du weißt von nichts.«

»Stimmt. Ich weiß tatsächlich von nichts.«

»Ich backe für Alexander Bannock. Furchtbar, nicht wahr?« Sie lachte.

»Jetzt weiß ich auch nicht mehr. Was ist Bannock?«

»Bannock ist ein Fladenbrot, das ursprünglich aus den schottischen Highlands stammt. Bei Verkostungen und Kundenterminen serviere ich gern Traditionelles. Veronique ist so lieb und backt es für mich … in ihrer *französischen* Bäckerei«, erklärte Alexander und zwinkerte Veronique zu. »Still und heimlich. Niemand darf davon wissen.«

Katrin rutschte vom Barhocker. »Dann überlasse ich euch jetzt dem französisch-schottischen Geheimbündnis. Gebt acht, dass keiner von euch geköpft wird. Ich muss mich um einiges kümmern.« Ihr Aufbruch glich einer Flucht. Alexanders Gegenwart wühlte sie zu sehr auf. Sie musste sich wohl erst an die permanente Konfrontation mit ihm gewöhnen. Zumindest hatte er sie schließlich doch noch zur Kenntnis genommen und war freundlich zu ihr gewesen. Was aber hatte dieser Blick zu bedeuten gehabt? Früher hatte er sie oft so angesehen. Stopp, rief alles in ihr. Sie durfte sich nicht verleiten lassen, in Blicke, winzige Handlungen oder Höflichkeiten etwas hineinzuinterpretieren, das nicht vorhanden war. Dem

Alter der Hirngespinste und Luftschlösser war sie entwachsen. Dennoch, dieser Blick …

Kapitel 16

Nachdem Katrin noch einmal geduscht und eine Stunde auf dem Bett liegend ins Leere gestarrt hatte, fühlte sie sich besser. Alexanders Freundlichkeit, eigentlich war es nicht mehr als das normale Verhalten einem anderen Menschen gegenüber gewesen, hatte ihr einen Höhenflug beschert, ebenso, wie seine Distanz in der Hotellobby sie getroffen hatte.

Ob Alexander die gemeinsame Vergangenheit vor sich sah, wenn er sie anblickte?, überlegte Katrin. Erinnerte er sich daran, wie sie zum ersten Mal Hand in Hand spazieren gegangen waren und an diesen ersten Kuss beim Brunnen? Dachte er an ihre kleinen Rituale und an das erste Mal? Sie wusste alles, als wäre es gestern geschehen. Aber genau das war vielleicht das Problem, dachte sie. All diese Gefühlswirren überkamen sie nur, weil sie die gemeinsame Zeit mit Alexander vergegenwärtigte. Sie holte die Vergangenheit in die Gegenwart, das Damals gehörte aber nicht ins Heute. Sie musste Schluss machen mit diesen Erinnerungen und nach vorne blicken. Dort lag die Zukunft.

Katrin schwang ihre Beine über den Bettrand und griff nach ihrem Handy. Aus der Anrufliste wählte sie Livias Nummer.

Livia Blaunstein nahm nach zweimal Klingeln an. »Hallo Katrin, so rasch habe ich nicht mit deinem Anruf gerechnet.«

»Es ist gut gelaufen. Ich habe heute Vormittag den Vertrag unterschrieben. Ein Jahr lang werde ich im Kirchbergener Buchladen arbeiten.«

»Dann wünsche ich dir viel Glück. Wirst du *Berlin* nicht vermissen?«

Stand in Livias Frage Berlin als Synonym für *was ist mit Thomas und dir?* Nun, immerhin besaß sie genug Takt, das Thema nicht direkt anzusprechen. »Mich reizt die neue Aufgabe. Das Stadtleben fehlt mir natürlich, aber die Auszeit wird mir bestimmt guttun. Ein Jahr ist ja keine Ewigkeit.«

»Manchmal träume ich auch von solch einer Auszeit. Meine Wahl fiele allerdings auf Florida. Wir haben dort einige Häuser im Programm. Sonne, Golfen, Boot fahren.« Livia hüstelte. »Die Vertragsauflösung und Endabrechnung schicke ich dir in einigen Tagen per Mail. Und die Adresse des Reisebüros, wo die Schlüssel hinterlegt sind, sende ich dir gleich über WhatsApp. Du kannst das Haus sofort beziehen.«

»Vielen Dank, Livia.«

»Gerne. Nochmals, alles Gute.«

Eine Weile lang starrte Katrin auf das schwarze Display des Handys. Sie musste endlich mit Thomas sprechen. Am Abend kam nachher vielleicht wieder etwas dazwischen. Sie wollte *jetzt* mit ihm reden! Entschlossen rief sie ihn an.

Kurz bevor sich die Mobilbox einschaltete, nahm er das Gespräch entgegen. »Ich bin auf dem Platz. Ist es dringend?«

»Ja, sehr.«

»Okay?! Das klingt ernst. Wir sind auf der Driving Range, ich gehe zur Seite. Moment …« Nach einigen Sekunden meldete er sich wieder. »So, jetzt geht es.«

Wie sollte sie beginnen? Am besten wie Thomas es am liebsten mochte: Klar und direkt auf den Punkt gebracht, ohne um das eigentliche Thema herumzuschleichen. »Ich überlege, länger als zwei Wochen in Kirchbergen zu bleiben.«

»Klar. Verlängere deinen Urlaub. Eine Woche, zwei?«

»So meine ich das nicht.« Katrin kannte Thomas gut genug, um zu wissen, dass er jetzt, genau in diesem Augenblick seine Wirbelsäule durchstreckte.

»Und wie meinst du es?«

»Ich möchte ein Jahr hierbleiben.«

»Was?«

»Ich habe dir doch von dem Buchladen in Kirchbergen erzählt. Der Inhaber ist alt und würde gern ein bisschen Verantwortung abgeben. Er hat mich gefragt, ob ich für ihn arbeiten möchte. Es wäre sicherlich eine interessante Erfahrung für mich.«

»Und deine Arbeit hier?«

»Die würde ich normal weitermachen. Auch in Berlin sitze ich zu Hause vor dem Laptop. Genauso gut kann ich in Kirchbergen schreiben.«

»Katrin, was steckt noch dahinter?« Er klang ruhig.

Sie seufzte. »Wir streiten so oft wegen nichtiger Dinge. Vielleicht hilft uns die Entfernung.«

»Du willst dich also nicht trennen«, stellte er fest.

»Auf keinen Fall.«

Kurz schwieg Thomas. »Es kommt überraschend.«

»Ich weiß. Es tut mir leid. Schon am Wochenende wollte ich mit dir darüber sprechen, aber …«

»Kein Problem. Du kennst mich. Ich kann mich schnell auf Situationen einstellen. Was erwartest du nun von mir?« Katrin spürte den Anflug von Ärger in seiner Stimme.

»Ich möchte mit dir darüber sprechen und dich fragen, was du davon hältst?«

Wieder herrschte kurz Funkstille. »Vielleicht … ja, vielleicht ist die Idee gar nicht so übel.« Er klang zwar wieder ruhig und sachlich, aber noch nicht überzeugt.

»Wir könnten uns gegenseitig besuchen.«

»Als ich das Projekt auf Norderney abgewickelt habe, bist du ein halbes Jahr allein in Berlin gewesen und ich auf der Insel. Es hat gut funktioniert.« Wieder machte er eine Pause. »Mach es, wenn dich die Aufgabe interessiert. Und du hast recht, eine Fernbeziehung für ein Jahr wird uns sicherlich helfen. Du musst zur Ruhe kommen. Ja, wirklich, es ist in Ordnung. Aber jetzt erzähle mir kurz, wie diese Idee entstanden ist.«

Katrin atmete auf. Ein riesiger Stein fiel ihr vom Herzen. Sie wünschte nur, er hätte sie früher angerufen. Auch wenn es im Nachhinein keine Auswirkungen hatte, war die Reihenfolge nicht in Ordnung gewesen. Zuerst hätte sie mit Thomas reden sollen, dann erst die weiteren Schritte einleiten. »Im Grunde ist alles durch ein Gespräch mit meinen Freundinnen ins Rollen gekommen«, begann Katrin und fasste grob den Ablauf zusammen, wobei sie den Punkt aussparte, dass sie Ernst gefragt hatte und nicht umgekehrt.

Thomas hörte zu und stellte einige Zwischenfragen wie »Diese Isabella ist die Lehrerin?« und »Am Abend nach dem Begräbnis hattet ihr zu viel getrunken?«. Schließlich sagte er: »Ich muss jetzt zurück. Telefonieren wir heute Abend?«

»Wann bist du zu Hause?«

»Im Toff ist heute ein Empfang. Dort muss ich hin, bleibe aber nicht lange. Ich melde mich gegen zweiundzwanzig Uhr. Ist das okay?«

»Sicher.«

»Gut, Liebling, dann bis später. Kuss.«

»Kuss.«

Konnte es tatsächlich so einfach sein? Sie hatten nicht länger als fünfzehn Minuten telefoniert. Zwischendurch war ihr Thomas vorübergehend ärgerlich erschienen, doch rasch hatte sich sein beginnender Unmut aufgelöst und war reinem Verständnis gewichen. Sogar an Norderney hatte er gedacht. In diesem halben Jahr war er nur viermal nach Berlin gekommen. Sie hatte ihm nie Vorwürfe gemacht, obwohl sie einsam gewesen war. Auch andere Projekte hatten ihn schon für längere Zeit weg aus Berlin geführt. Vergalt er ihr jetzt, dass sie ihn wegen seiner Arbeitsreisen nie kritisiert hatte? Er gestand ihr die Entwicklung zu, die sie erträumte. Nicht alle Männer würden so entgegenkommend reagieren. Eigentlich konnte sie sich glücklich schätzen.

Wären da nicht diese kleinen fiesen Stiche in der Magengegend. Vielleicht empfand er ihre Idee nach kurzem Nachdenken auch als durchaus angenehm für sich selbst? Er verlor nichts, vielmehr gewann er etwas: Freiheit. Die Beziehung wurde fortgeführt, aber er konnte tun und lassen, was er wollte. Auf einmal fühlte Katrin sich unwohl. So sehr sie hierbleiben wollte und sich auf die Herausforderung freute, dachte sie doch daran, was Thomas mit der plötzlichen Ungebundenheit anfangen würde. Sie vertraute ihm nicht, und es tat weh, sich das eingestehen zu müssen.

Kapitel 17

»Dann tippst du auf Senden, und die Bestellung ist erledigt.« Ernst lehnte sich in seinem Stuhl zurück und betrachtete Katrin, die neben ihm saß. »Hast du alles verstanden?«

Sie nickte. »Das Programm ist übersichtlich und einfach zu bedienen. Kein Problem.«

»Du bist in diese digitale Welt hineingeboren, für mich ist es eine enorme Hürde gewesen.«

»Ich sorge mich eher darum, die richtige Auswahl und Menge zu treffen.«

Herr Lindenborg lächelte. »Die Erfahrung kommt schnell. Neben Bestsellern und Neuerscheinungen bekannter Autoren, beides naturgemäß oft in einem, gibt es eine Reihe an Genres, die hier gut gehen.« Er seufzte. »Das *gut gehen* setze ich in Anführungszeichen, aber es gibt Lichtblicke. Isabella und andere Lehrerinnen und Lehrer sind treue Abnehmer für ihre Kinder. Von ihnen erhalten wir genaue Angaben, welchen Titel und wie viele Bücher wir bestellen sollen. Sie ermuntern die Kleinen auch, selbst stöbern zu gehen. Deshalb habe ich auch den Kinderbereich eingerichtet. Kochbücher werden ebenfalls gern gekauft. Liebesromane, Krimis und Thriller, Erotik.«

»Erotik?«

»Du ahnst nicht, wer alles still und heimlich in die betreffende Ecke verschwindet. Nicht nur wegen der Kinder habe ich sie ganz nach hinten verbannt. Dabei werden aber nicht die berühmten Klassiker genommen, sondern *du weißt schon was.*«

Katrin rieb sich die Augen. »Es tut mir total leid, aber ich bin heute nicht mehr fähig, *du weißt schon was* zu erraten. Nicht einmal im Traum habe ich geahnt, wie umfangreich die Arbeit in einem Buchladen ist. Dabei habe ich noch lange nicht alles gesehen.«

»Wir haben viel geschafft heute. Ich kann mir gut vorstellen, wie voll dein Kopf ist.«

»Er fühlt sich an wie überkochende Milch in einem zu kleinen Topf, ich möchte aber so rasch wie möglich alles lernen.«

Ernst schob seinen Stuhl zurück und stand auf. »Komm, ich möchte dir etwas zeigen.«

Sie verließen das kleine Büro und gingen in den Lagerraum. Er öffnete eine Tür zu einem weiteren Raum. »Tritt ein.«

Katrin sah sich um. Das Zimmer maß etwa vier mal fünf Meter. An drei Seiten reichten Regale bis zur Decke, Bücher stapelten sich darauf. In zwei verglasten Schränken lagen weitere Bücher. Wie Katrin erkennen konnte, waren die meisten alt. »Was ist das hier?«, fragte sie.

»Schon bald nachdem ich hierhergezogen war, habe ich begonnen, alles über den Ort, die Umgebung, überhaupt das ganze Waldviertel zu sammeln. Bücher, Folianten, Landkarten, Schriftstücke und Aufzeichnungen jeglicher Art. Altes und Neues.« Er ließ den Arm kreisen. »Ich möchte dir hiermit meinen kleinen Schatz vorstellen. Er ist sehr wertvoll für mich. Ich wollte immer eine Chronik schreiben, bin allerdings nie dazu gekommen. Vielleicht finde ich bald die Zeit, zu beginnen.«

»Darf ich?« Katrin machte einen Schritt nach vorn.

»Natürlich. Ich weiß, du wirst achtsam mit den Büchern umgehen.«

Katrin zog ein großformatiges Buch aus einem Regal und schlug es auf. Es handelte sich um ein Werk über Pflanzen. Sie legte es wieder zurück und nahm ein anderes. »Das ist fantastisch, Ernst. Ich bin begeistert und total überwältigt.«

»Alte Männer bergen bisweilen das eine oder andere Geheimnis.«

Katrin lächelte. »Ich würde das hier eher als Hobby, wenn nicht als Passion bezeichnen.«

»Lass mir die Freude. Geheimnis klingt viel spannender als Hobby. Und Passion hat etwas zu Intensives für mich. Wollen wir zurückgehen? Bei nächster Gelegenheit zeige ich dir ein paar schöne Stücke aus der Sammlung.«

Sie hatten das Büro noch nicht wieder betreten, als sie die Ladentür hörten.

»Du bist an der Reihe, das schaffst du noch«, sagte Ernst. »Ich komme sofort nach.«

Katrin ging nach vorn. Eine Frau in mittleren Jahren stand im Raum und sah sich um. Entweder sie wollte ein bestimmtes Buch kaufen, oder es handelte sich um eine ungeübte Buchkäuferin; die routinierten machten sich meistens sofort über das Sortiment her. Letzteres wusste Katrin aus eigener Erfahrung. »Guten Tag. Mein Name ist Katrin. Darf ich Ihnen helfen?«

»Ich möchte endlich wieder einmal etwas lesen.«

»Was gefällt Ihnen?«

»Am liebsten mag ich spannende Geschichten, Rätsel und Geheimnisvolles. Es darf auch ein bisschen gruselig sein, aber nicht zu viel. Ich mag keine Horrorsachen. Ein Krimi vielleicht?«

Katrin legte den Kopf schief und überlegte. »Da kann ich Ihnen *Origin* von Dan Brown empfehlen. Er hat auch *Sakrileg* und *Illuminati* geschrieben.«

»Ich kenne die Filme. Genau so etwas suche ich! Ich nehme es.«

»Sehr gern. Einen Moment bitte.« In Windeseile überlegte Katrin, wo das Buch lag. Ernst kam ihr zu Hilfe.

Mit einem dankenden Blick nahm Katrin ihm das Buch aus der Hand und ging zur Ladentheke.

Die Frau bezahlte und verließ den Laden.

Ernst lächelte. »Ich habe dir von der Tür aus zugehört. Das hast du wirklich gut gemacht.«

»Und dank dir habe ich das Buch nicht suchen müssen. Morgen möchte ich mich mit den Regalen beschäftigen.«

»Das wird schon. Du kannst umräumen, wenn es dir leichter fällt. Jeder hat sein System.«

»Auf keinen Fall. Ich muss lernen, wo welches Buch liegt, nicht du musst dich anpassen.« Katrin warf einen Blick auf ihre Armbanduhr.

»Du musst zu deiner Reitstunde.«

»Lieber würde ich die Stunde absagen und mich gleich über die Regale hermachen.«

Ernst zwinkerte ihr zu. »Soll ich dir eine Stundenblume schenken?«

»Das weißt du noch?«

»Also bitte, welch Frage! Es war immerhin lange genug dein Lieblingsbuch. Ständig wolltest du dich über *Momo* unterhalten.« Er blickte sie versonnen an. »Ich habe es sehr genossen, solch ein liebes, wissbegieriges Mädchen auf ihren ersten Schritten in die Welt der Bücher zu begleiten.«

Einem spontanen Impuls folgend umarmte Katrin Ernst. Er erwiderte ihre herzliche Geste.

Als sie sich voneinander lösten, sagte er: »So, meine Kleine, jetzt laufe und setze dich auf ein Pferd. Genieße die frische Luft und den Wind, der um dein Näschen weht.«

Katrin setzte eine Jungmädchenmiene auf. »Das Glück dieser Erde liegt auf dem Rücken der Pferde.«

Er lachte. »Nun geh endlich.«

Katrin verließ den Laden und beeilte sich, auf ihr Zimmer zu kommen.

In bequemen Jeans und Turnschuhen, das Haar zu einem

Zopf gebunden, verließ sie kurz darauf das Hotel und machte sich zu Fuß auf den Weg. Der Reitstall lag etwas außerhalb Kirchbergens. Ging sie flott, brauchte sie aber nicht länger als fünfzehn Minuten.

Bereits von Weitem sah sie den Reithof. Der alte Bauernhof der Familie Bründler, ein klassischer Vierkanthof, war komplett renoviert worden. Die schon damals verfallene Scheune aus Holz gab es nicht mehr. An ihrer Stelle waren Ställe errichtet worden. Hinter den Ställen entdeckte Katrin eine kleine Koppel; zwei weitere, große Koppeln befanden sich auf der Wiese vor dem Haus. Links neben dem Gebäude war das Dressurviereck platziert, und eine Halle lugte hinter dem Haus hervor.

Dieser Reitstall war mit viel Liebe zum Detail errichtet worden. Das erkannte man auf den ersten Blick.

Sie betrat den Hof und sah sich um. Eine junge Frau kam auf sie zu. Sie wischte ihre Hand am Hosenbein ab und reichte sie Katrin. »Du musst Katrin sein. Ich heiße Carola. Christian ist kurz weggefahren. Ich übernehme dich einstweilen. Er hat mir gesagt, du bist früher geritten?«

»Ja, aber das ist lange her.« Katrin war eine exzellente Reiterin gewesen. Seit vielen Jahren hatte sie allerdings auf keinem Pferd mehr gesessen. Sie wusste nicht, was sie noch konnte.

»Ich nehme dich einmal an die Longe, und dann sehen wir weiter.« Carola drehte sich um. »Franz! Fertig?«

Aus einer Box kam ein bejahender Laut. Einen Augenblick später trat ein Mann mit einem Fuchs am Zügel auf den Hof. Carola übernahm das Pferd und zeigte auf eine Kammer neben den Ställen. »Du hast keine Reitkappe mit. Ohne geht nicht. Such dir eine aus. Nimm auch eine Gerte mit. Du wirst sie bei Mary nicht brauchen, es geht mir nur um deine Handhaltung.«

Katrin nickte und betrat die Sattelkammer.

Als sie wieder zurückkam, hatte Carola das Pferd bereits in die Bahn geführt. »Bitte. Du kannst aufsteigen.«

Katrin schwang sich hoch und setzte sich sanft nieder. Automatisch prüfte sie die Länge der Steigbügel und richtete sie.

Carola ließ Mary einige Runden im Schritt gehen.

»Wenn du willst, kannst du jetzt antraben.«

Mary reagierte schnell auf Katrins Zeichen und begann sofort zu traben. Katrin fühlte sich, als wäre ihr letzter Ritt gerade einen Monat her gewesen. Alles geschah wie von selbst. Sie glitt mit der Bewegung des Tieres dahin, nicht einmal ihre Haltung musste sie korrigieren. Schließlich zog sie den rechten Schenkel etwas hoch und ließ Mary angaloppieren. Das Gefühl war einfach wunderbar.

»Nimm sie von der Longe! Um Himmels willen!«

Katrin drehte den Kopf. Ein Mann lehnte am Gatter und beobachtete sie. Neben ihm stand ein großer Rappe und zupfte an Grashalmen. Der Mann hob die Hand zur Begrüßung. »Ich bin Christian.«

»Ich weiß«, rief Katrin ihm zu, nahm Mary zurück und blieb schließlich stehen.

Während Carola die Halterung entfernte, antwortete Christian. »Ich weiß auch, wer du bist. Der heutige Anlass ist deutlich besser, als bei unserem ersten Treffen. Warum hast du mir am Telefon nicht gesagt, dass du reiten kannst? Mary ist lieb, aber du brauchst ein anderes Kaliber.«

Katrin lachte herzhaft auf. Sie fühlte sich so befreit wie schon lange nicht mehr. »Ich hatte keine Ahnung, ob ich es noch beherrsche.«

»Was hältst du davon, wenn ich ein paar Runden mit Iltschi vor dir im Viereck drehe, und dann reiten wir aus? Es gibt eine angenehme Strecke durch den Wald, dauert rund eine Stunde.«

»Dein Pferd heißt Iltschi?«

»Und ob du es glaubst oder nicht, sein jüngerer Halbbruder steht hinten auf der kleinen Koppel. Er heißt Hatatitla.«

Wieder musste Katrin lachen. »Karl May würde sich freuen.«

»Man merkt, dass du gern liest. Ich habe gehört, dass du den Buchladen übernehmen wirst.«

»Es spricht sich also bereits herum. Ich übernehme den Laden übrigens nicht, sondern arbeite für Herrn Lindenborg.«

»Er hat es mir selbst voller Freude erzählt. Und bei ihm klang es etwas anders. Entweder du stapelst tief, oder er übertreibt.«

»Wahrscheinlich ein bisschen von beidem. Kennst du Herrn Lindenborg besser?«

»Ich gehöre zu seinen Stammkunden.« Er saß auf und lenkte Iltschi vor Katrin in die Bahn. »Los geht's.«

Bereits nach einer Runde wusste Katrin, welch ausgezeichneter Reiter Christian war. Er und Iltschi harmonierten in besonderer Weise. Die leiseste Berührung ließ das Pferd reagieren. Dabei hielt er die Zügel locker und ließ dem Pferd seinen Freiraum. Die beiden bildeten eine Einheit. Auf diese Weise ritt nur ein Mensch, der Pferde extrem gut kannte und wahrhaft liebte.

Kapitel 18

Die Freundinnen hatten sich zum Kaffeetrinken im Hotel Post zusammengefunden. Neben dem Restaurantbetrieb war im vorderen Teil des Hotels auch ein kleines Café mit eigenem Eingang vom Marktplatz untergebracht. Man konnte sogar im Freien sitzen. Mit vier Tischen war der Außenbereich zwar nicht groß, dafür sehr gemütlich mit Kübelpflanzen abgegrenzt. Man bekam das Treiben am Marktplatz nur mit, wenn man durch die Blätterfront spähte.

»Nun erzähl. Wie ist es mit Alexander gelaufen?« Auffordernd tippte Isabella auf Katrins Arm.

»Wir erleben alle nichts Aufregendes, du bist die Einzige, Katrin, bei der sich etwas tut. Oder?«, fragte Sabrina, wobei sie beim Wort *oder* einen prüfenden Blick auf Isabella warf.

Isabella lehnte sich daraufhin mit einem unschuldigen Grinsen zurück und antwortete: »Sieh mich nicht so an. Ich bin die ganze Woche über brav gewesen.«

»Dank meiner Bäckerei habe ich alles live miterlebt.« Veronique rieb sich die Hände.

»Ach, so besonders fand ich das Aufeinandertreffen nun wirklich nicht.« Katrin hob die Schultern. »Nachdem er mich gute zehn Minuten wie Luft behandelt hat, war er nett und freundlich zu mir. Aber im Grunde hat er sich verhalten, als wäre ich einfach irgendeine Bekannte. Jemand, der ihm völlig egal ist. Dass ich in Kirchbergen bleibe, hat keine Jubelstimmung bei ihm ausgelöst. Im Vergleich zur ersten Begegnung war es aber natürlich ein Quantensprung.«

»Ganz so habe ich das nicht gesehen. Okay, ein Feuerwerk der Gefühle ist es nicht gewesen, nicht einmal ein Funkensprühen. Die Augen konnte er allerdings nicht von dir lassen«, bemerkte Veronique.

»Das hat nichts zu bedeuten.« Katrin seufzte.

»Hast du etwas gefühlt?«, fragte Isabella.

»Weiche Knie, Hitzewallungen, Bauchkribbeln, Nervosität. Nach dem Aufeinandertreffen habe ich eine volle Stunde gebraucht, um mich wieder zu beruhigen.« Katrin legte den Kopf schief. »Sonst noch etwas? Nein, ich denke, das reicht aus.«

»Dann liebst du ihn noch immer?«

»Nein, ja … irgendwie, keine Ahnung. Wahrscheinlich kommen nur die alten Erinnerungen hoch, nicht mehr. Die vergangenen zwei Wochen waren mehr als turbulent bei mir. Ich habe mein Leben auf den Kopf gestellt. Natürlich bin ich aufgewühlt und unruhig.« Katrin verschränkte entschieden die Arme. »In drei Tagen fliege ich nach Berlin und verbringe hoffentlich ein paar harmonische Tage mit Thomas. Alexander ist nur jemand aus meiner Vergangenheit.«

»Nimmst du bei der Gelegenheit gleich alles mit?«, erkundigte Sabrina sich.

»Das habe ich vor. Ich packe und übergebe die Kartons an einen Transportdienst. Das ist, denke ich, am einfachsten. «

»Wie oft wollt ihr euch sehen, Thomas und du?«

»Vermutlich so alle zwei Wochen. Einmal fliege ich nach Berlin, dann kommt er zu mir. Erst wollte er gar nicht so oft kommen, aber die Aussicht auf Kultur und Golf hat ihn umgestimmt. Wir sehen uns ein paar Burgen an, gehen zu Ausstellungen, dann schicke ich ihn zum Golf, und er ist zufrieden.«

»Und es sind keine Vorhaltungen gekommen wegen deines Umzugs?«, fragte Isabella.

»Keine einzige. Er ist bestens gelaunt und unterstützt mich, wo er kann.«

»Bemerke ich einen leisen Sarkasmus in deiner Stimme?«

»Na und ob! Als ich es ihm erzählt habe, war er für drei Komma fünf Sekunden dezent ungehalten, das war's. Er hat nicht ein einziges Mal versucht, mich umzustimmen. Das ist doch eigenartig«, platzte es aus Katrin heraus.

»Würde er dir ständig Vorwürfe machen, wäre es dir auch nicht recht. Du hast doch gehofft, dass es reibungslos abläuft.« Isabella zog die Stirn kraus. »Wobei ich natürlich verstehe, was du meinst. Klar sollte er im Endeffekt zustimmen, aber ein bisschen Enttäuschung hätte schon dabei sein können. Gerade so viel, dass einen das schlechte Gewissen nicht einholt.«

»Genau das meine ich. So gar nichts dagegen zu sagen und fröhlich weiterzumachen, zeigt doch einiges über unsere Beziehung, finde ich.«

»Und dass er nur dein Glück wünscht und sich deshalb zurückhält?«, warf Sabrina ein.

Katrin verdrehte die Augen. »So tickt Thomas eigentlich nicht. Aber vielleicht hast du recht, und ich mache mir völlig unnötig Gedanken darüber. Möglicherweise will er wirklich nur das Beste für mich. Er weiß ja, dass ich nicht rundum glücklich bin. Wir reden immerhin oft genug über unsere Schwierigkeiten.«

»Du kannst nur abwarten und sehen, wie es sich entwickelt. Vielleicht erstaunt er dich auf positive Weise.«

Isabella wischte das Thema mit einer ungeduldigen Handbewegung fort. »Wie war deine erste Reitstunde?«

»Wunderbar. Es ist ein einzigartiges Gefühl, durch den Wald zu galoppieren. Fast hätte ich vergessen, wie wunderschön es sein kann, auf einem Pferd zu sitzen.«

»Du bist durch den Wald geritten? Gleich in der ersten Stunde?«, fragte Isabella weiter.

»Christian hat mich eingeladen.«

»Christian … oh ja, unser smarter Import aus Bayern.« Veronique grinste.

»Und überaus charmant, ein toller Reiter dazu. Seine Freundin oder Frau ist aber auch sehr hübsch«, bekräftigte Katrin.

»Wen meinst du?«, erkundigte Isabella sich.

»Carola.«

»Sie ist seine Schwägerin und nur zu Besuch. Er ist Single«, erklärte Sabrina.

Veronique lachte auf. »Sollte es mit deinem Thomas schiefgehen und Alexander tatsächlich nur ein Gedanke aus der Vergangenheit sein, könntest du dich näher mit ihm beschäftigen. Ihr würdet ein sehr schönes Paar abgeben.«

»Es soll auch noch andere Singles als Christian im Ort geben. Stephan zum Beispiel«, bemerkte Isabella spitz.

»Stopp!« Katrin hob die Hände. Was war nur mit Isabella los? Sie wirkte richtiggehend angriffslustig. Vielleicht war es in der Schule nicht gut gelaufen. Aber egal, was bei ihr nicht stimmte, die Situation musste sofort entschärft werden. Veroniques Blick sprach Bände. Also lenkte Katrin wieder auf sich. »Ich habe einen Freund, er heißt Thomas. Wir lieben uns und werden einen Weg aus der Krise finden. Schluss mit den Alexanders und Christians und wie sie alle heißen mögen.«

Abrupt sprang Isabella auf. »Entschuldigt mich kurz, ich muss telefonieren.« Sie schnappte ihr Handy und verließ den Tisch.

»Ist alles in Ordnung mit Isabella?« Katrin sah ihr verwundert nach. Auch Veronique und Sabrina schienen erstaunt.

»Wahrscheinlich hat sie vergessen, jemanden anzurufen, und jetzt ist es ihr eingefallen«, mutmaßte Sabrina. »Für mich wird es übrigens Zeit heimzugehen. Es ist spät, und ich muss morgen früh aus dem Bett. Sammy muss auch noch raus. Das erledigen Tobi und ich immer gemeinsam, sofern es irgendwie geht.«

»Wer ist Sammy?«, fragte Katrin.

»Ach ja, das weißt du noch gar nicht. Tobi und ich haben

einen Hund. Einen Golden Retriever mit etwas Neufundländer gemischt. Und ich bin sicher, ein Jagdhund hat auch mitgespielt.«

»Sammy ist einfach purer Zucker. Was sage ich, Zucker? Flauschiges Karamell trifft es besser«, schwärmte Veronique.

»Oh, wie süß! Bring ihn doch beim nächsten Mal mit. Du weißt, wie sehr ich Hunde liebe«, sagte Katrin.

»Wenn du Lust hast, kannst du uns gern einmal begleiten. Am Wochenende machen wir oft eine längere Tour.«

»Liebend gern. Sag mir nur wann, und ich bin dabei. Das heißt, wenn ich meinen Umzug erledigt habe.«

»Wir haben ja keinen Stress. Nichts läuft uns davon. Tobi wird sich freuen und erst Sammy. Er merkt sofort, wenn jemand Hunde gernhat.« Sabrina lächelte. »Wir behandeln ihn wie ein Familienmitglied. Genau genommen nicht wie *ein* Familienmitglied, sondern wie *das* Familienmitglied. Er ist unser Ein und Alles.«

Veronique sah auf ihre Uhr. »Ich werde aber ebenfalls aufbrechen. Mein Tag beginnt leider auch sehr früh.«

Katrin nickte. »Und ich muss mich noch an den Laptop setzen. Mein Abgabetermin rückt näher. Genau genommen ist er bereits bedenklich nah.«

»Wenn du dich nicht gravierend verändert hast, bist du sicher längst fertig mit dem Artikel«, erwiderte Sabrina.

»Natürlich bin ich das, sonst hätte ich keine ruhige Minute. Ich will ihn vor dem Absenden nur noch ein letztes Mal durchlesen.«

»Du kannst ruhig schon aufs Zimmer gehen. Wir warten, bis Isabella zurückkommt.«

»Okay. Richtet ihr liebe Grüße aus. Wir sehen uns, wenn ich aus Berlin zurück bin. Könnt ihr bitte für mich bezahlen?« Katrin legte zwanzig Euro auf den Tisch.

»Machen wir.«

Sie verabschiedeten sich voneinander, und Katrin beeilte

sich, auf ihr Zimmer zu kommen. Sie wollte den Artikel heute noch vom Tisch haben. Im Augenblick hatte sie viel um die Ohren, so konnte sie wenigstens eine Sache abhaken. Vielleicht begann sie auch gleich mit der Arbeit für den nächsten Monat.

Auch wieder passend zur Jahreszeit sollte sich alles darum drehen, was dem Körper an heißen Tagen guttat: von der Ernährung und Kleidung über den womöglich veränderten Schlafrhythmus bis hin zur Pflege von Haut, Nägeln und Haaren. Sie wollte einen Blick auf südliche Länder werfen und sich den täglichen Ablauf der Menschen dort ansehen. Warum lief einiges anders ab, und wie konnte man etwas davon in seinen eigenen Alltag einbauen? Gab es Tricks, den Körper auf die Hitze einzustellen?

Katrin hatte ihr Handy zum Aufladen im Zimmer gelassen. Seit mit Thomas alles geklärt war, wollte sie sich ab und zu den Luxus gönnen, nicht erreichbar zu sein. Das Frühstück ohne Handy hatte ihr nämlich eigentlich recht gut gefallen.

Sie sah auf ihr Telefon. Drei verpasste Anrufe und eine WhatsApp von Thomas:

Melde dich sofort, wenn du das liest!!!

Eine Nachricht in diesem strikten Ton, sogar mit drei Ausrufezeichen hatte Katrin noch nie von ihm erhalten, drei Anrufe knapp hintereinander schon gar nicht. Ein banges Gefühl beschlich sie. Hoffentlich war ihm nichts passiert. Sofort rief sie ihn an.

Nach einmal Klingeln hob er ab. »Endlich.« Seine Stimme klang kalt.

»Ich habe meine Freundinnen getroffen und das Handy im Zimmer gelassen. Ist alles in Ordnung? Geht es dir gut?«

»*Nichts* ist in Ordnung. Und es geht mir *nicht* gut.«

»Was ist geschehen?« Katrins Hände begannen zu zittern.

»Durch Zufall habe ich heute Frank getroffen. Wir hatten eine äußerst interessante Unterhaltung.«

»Welchen Frank?«

»Frank Blaunstein.«

»Und?«

»Katrin, hältst du mich für dämlich?« Thomas' Stimme wurde lauter.

»Wie … was meinst du? Warum soll ich dich für dämlich halten?«

»Du säuselst mir deine liebreizende Idee ins Telefon und fragst mich, was ich davon halte?«

»Was um Himmels willen meinst du?«

»Ich rede von deinem Umzug!« Thomas wurde gefährlich leise. »Du hattest längst unterschrieben und alles fixiert, als du mit mir darüber gesprochen hast. Von wegen mein Einverständnis einholen! Von wegen mich fragen!« Wieder stieg die Lautstärke an.

Katrin versteifte sich. Mit all den neuen Aufgaben, die durch ihren Kopf schwirrten, hatte sie nicht schnell genug geschaltet. Livia Blaunstein hatte es natürlich ihrem Mann erzählt, und dabei musste sie ins Detail gegangen sein. Wie konnte Frank Blaunstein sonst wissen, wann sie den Vertrag mit Ernst unterschrieben hatte? Wie dumm war sie gewesen, Livia davon zu erzählen! Es war ihr einfach herausgerutscht, und niemals hätte sie angenommen, dass die Blaunsteins so ausführlich darüber sprechen würden. Aber ja! Ihr Umzug war ein gefundenes Fressen und gab Anlass zu Spekulationen. Sie war zu naiv gewesen, um das ernsthaft ins Kalkül zu ziehen. Dabei hatte sie sich über Livias Anruf am Samstagabend noch gewundert, fiel ihr ein.

Sie atmete tief durch. »Thomas, es tut mir so leid! Ich wollte früher mit dir sprechen, aber wir hatten keine Gelegenheit dazu. Alles ging so schnell.«

»Deine Ausreden interessieren mich nicht. Du holst deine Sachen ab, ich meine damit alle, und wir ziehen einen geraden Strich.«

Die Eiseskälte in seiner Stimme ließ Katrin zusammenfahren. Sie spürte, wie die Tränen hochschossen und ihre Kehle sich verengte, aber noch konnte sie sich beherrschen. »Bitte. Lass uns reden. Es tut mir –«

Er unterbrach sie. »Ich habe nichts davon, selbst wenn du dich fünfmal entschuldigst. Mein Entschluss steht fest. Ich lasse mich nicht verarschen, von niemandem. Gute Nacht.« Er legte auf.

Mit einem Jammerlaut ließ Katrin das Handy aufs Bett fallen. Alles um sie herum begann sich zu drehen. Im Zeitlupentempo setzte sie sich auf den Bettrand und legte die Handinnenflächen auf ihr Gesicht. Die Tränen kamen abrupt und rannen über ihre Wangen und Finger.

Tief in ihrem Inneren hatte sie natürlich gewusst, dass ihre Beziehung mit Thomas sich dem Ende zuneigte. Dennoch war die Hoffnung in ihr bis jetzt noch nicht ganz erloschen gewesen, dass sie es vielleicht doch schaffen konnten. Möglicherweise hielt sie aber auch nur zu sehr an der Gewohnheit fest. Das Gefühl des Verlusts war trotz allem einfach furchtbar.

Das Telefonat mit Thomas hatte nur ein paar Minuten gedauert. Wenige lächerliche Minuten, und ihre kleine Welt brach entzwei. Sie ließ sich zur Seite fallen und rollte sich ein.

Kapitel 19

»Was ist los mit dir, meine Kleine?« Ernst schob seine Brille ein Stück hinunter und blicke sie über den Rand hinweg an.

»Nichts.«

»Verzeih, aber *nichts* ist ein ausgemachter Blödsinn. Ich beobachte dich, seit wir geöffnet haben. Deine Augen sind gerötet, du hast Ringe unter den Augen. Die Arbeit erledigst du ohne den üblichen Enthusiasmus. Dir entkommt nicht das leiseste Lächeln.«

Katrin hatte sich so weit gefangen, um nicht auf der Stelle losweinen zu müssen. »Gestern Abend ist etwas geschehen«, brachte sie nach einem Moment des Schweigens heraus. Sie wollte ihn nicht belügen, wusste aber nicht, ob sie schon bereit war, darüber zu sprechen.

»Aus Erfahrung kann ich dir versichern, reden hilft. Die Bücher laufen uns nicht davon.« Als er merkte, dass seine Bemerkung nicht auf fruchtbaren Boden fiel, sagte er: »Nun gut, setzen wir uns.«

Eine Weile lang schwiegen sie. Schließlich begann Katrin zögerlich zu erzählen. Anfangs fasste sie die Ereigniskette zusammen, dann ging sie auf die Gründe ein, warum sie mit Thomas erst nach ihrer Unterschrift gesprochen hatte. »Ich glaube, tief im Inneren habe ich das Golfwochenende als willkommene Ausrede benutzt, um das Gespräch mit Thomas hinauszuzögern. Ich hatte Sorge, er würde sich gegen meinen Umzug stellen. Klar habe ich versucht, ihn zu erreichen, aber hätte ich laut Alarm geschrien, wäre auch ein Gespräch rechtzeitig zustande gekommen.«

»Wie du es beschreibst, war es eine Aneinanderreihung

unglücklicher Umstände. Natürlich hättest du ihn zu einem Gespräch nötigen können, aber der Schuss wäre vielleicht nach hinten losgegangen.«

»Und meine Lüge?«

»Ihn zu fragen, was er von deiner Idee hält, nachdem du schon unterschrieben hattest, war falsch. Das weißt du selbst ganz genau. Als echte Lüge würde ich es aber nicht bezeichnen, du hast nur etwas an der Zeitschiene gedreht.«

Katrin presste die Lippen aufeinander und nickte.

»Im Augenblick gibst du dir für alles die Schuld. Vielleicht brauchst du eine andere Sichtweise?«

»Und welche kann es geben? Ich habe gelogen oder die Tatsachen verdreht, das klingt wenigstens nicht so hässlich, und damit meine Beziehung zerstört.«

»Denkst du wirklich, wahre Liebe könnte durch solch eine Narretei zerbrechen?«, fragte Ernst leise.

Katrins Kopf ruckte hoch. »Du meinst …?«

»Ich meine, dass dir der Verlust gerade dramatischer erscheint, als er tatsächlich ist.«

»Das klingt ziemlich hart.«

»Einen Funken Realismus darf und soll man sich immer behalten.« Ernst lächelte versonnen. »Das habe ich immer gedacht, obwohl ich in meiner Jugend ein Blumenkind war, wie es im Buche steht.«

»Du bist ein Hippie gewesen?«

Herr Lindenborg griff nach seinem Haarzopf. »Ein Relikt aus dieser Ära. Du wirst es nicht glauben, ich bin sogar in Woodstock gewesen.«

»Wirklich?« Für einen Moment vergaß Katrin ihren Kummer.

»Am fünfzehnten August. Dann habe ich das Weite gesucht. Wir waren eine Gruppe junger Studenten, voller Enthusiasmus und Freude. Einige von uns sind begeistert gewesen, mir war es zu viel.«

»Du meinst, zu viele Menschen?«

»Zu viele Menschen, zu viele Drogen, zu wenige Toiletten. Es war ein tolles und zugleich befremdliches Erlebnis.«

»Was hast du eigentlich gemacht, bevor du nach Kirchbergen gezogen bist? Wo bist du groß geworden? Warum bist du nach Kirchbergen gekommen? Ich kann mich an keine Frau erinnern. Hast du Kinder? Ich weiß genau genommen gar nichts von dir.«

Ernst antwortete versonnen: »Das sind viele Fragen, für ein einzelnes Gespräch zu viele. Aber ich verspreche dir, einmal von mir zu erzählen, wenn es dich interessiert.«

Katrin versuchte ein Lächeln. »Es interessiert mich wirklich. Und du hast mich echt abgelenkt. War das deine Absicht?«

»Natürlich. Ich dachte schon, dass du auf den Hippie in mir reagieren würdest.« Verhalten strich er über ihre Wange. »Wahrscheinlich hat sich dein Thomas längst wieder beruhigt, bis du nach Berlin fliegst. Erkläre ihm, was du empfindest und wie es zu dem misslichen Umstand gekommen ist.«

»Ich hoffe inständig, dass er sich bis dahin abgeregt hat. Eine Fernbeziehung mit einem Streit zu beginnen, ist so ziemlich das Schlimmste, was einem passieren kann.« Katrin sackte zusammen. »Was sage ich, Streit? Er hat Schluss gemacht.«

»Es ist noch nicht aller Tage Abend.« Noch einmal berührte er ihre Wange. »Ich finde, du solltest jetzt die Arbeit sein lassen und spielen gehen.«

Obwohl Katrin sich elend fühlte, musste sie lachen. »Soll ich vor dem Laden *Himmel und Hölle* spielen?«

Verlegen griff Ernst sich ans Ohr und kicherte nahezu mädchenhaft. »*Das* meine ich nicht. Ich wollte sagen: Reite eine Runde durch den Wald. Und dann besprich die Angelegenheit mit deinen Freundinnen. Sie werden dir schon ordentlich den Kopf zurechtrücken.«

»Literaturwissenschaft und Englisch, nicht auch Psychologie?«

»Dafür braucht es keinen Psychologen, wie für vieles nicht. Das Rezept ist einfach. Tu etwas, das dir Freude bereitet für Körper und Geist, und rede mit guten Freunden. Das wurde bereits in Asterix und Obelix trefflich beschrieben: Es gibt ein Problem? Erzähle es dem Fischhändler, der erzählt es jedem. Dann wird herzhaft geprügelt – darüber, was Freude bereitet, darf diskutiert werden –, und es gibt kein Problem mehr.«

»Du liest Asterix?«

»Ich habe Asterix gelesen. Die späteren Werke waren weniger in meinem Sinne, und schließlich habe ich aufgehört. Zurück zu meinem Vorschlag: Lass dir ein wenig Galoppwind um die Nase wehen.«

»Es ist gerade mal Mittag vorbei. Ich hätte kein gutes Gefühl, würde ich jetzt gehen.«

»Wir haben bewusst eine flexible Zeiteinteilung vereinbart. Am Anfang zum Einlernen gemeinsam, wobei du nicht von früh bis spät anwesend sein musst, danach wechseln wir uns ab. Und freut es uns oder ist es notwendig, arbeiten wir zu zweit.«

»Du hast recht, aber …«

»In diesem Fall gibt es kein Aber. Sobald du eingearbeitet bist, werde ich mir jegliche Freizeit nehmen, die ich will.«

»Versprochen?«

»Ich schwöre es dir.«

»Dann schau ich mal, ob Christian Zeit für mich hat.« Katrin stand auf und holte ihr Handy aus dem Büro. Christian hatte ihr seine private Handynummer gegeben. Sie öffnete WhatsApp und schrieb:

Hi, Christian. Hast du vielleicht spontan Zeit und Lust auf einen Ausritt? lg Katrin

Sie hatte die App noch nicht geschlossen, als die Häkchen sich blau färbten.

Seine Antwort kam prompt.

Sowohl Zeit als auch Lust! Ich will mit Iltschi eine größere Runde machen. Stella müsste bewegt werden. Ist das okay für dich?

Stella war eine große, kräftige Stute, die laut Christian in kundige Reiterhände gehörte. Sie verfügte über eine gehörige Portion Temperament, das man zügeln können musste.

In einer halben Stunde bin ich da, schrieb Katrin zurück.

Indessen war Ernst zum Ladentisch gegangen und hatte neue Weihrauchstäbchen entzündet. »Weißt du noch, warum ich sie verbrenne?«, fragte er.

»Natürlich. Sie sollen böse Geister vertreiben.«

Er lächelte. »Irgendwann einmal verrate ich dir auch den zweiten Grund. Noch eines meiner Geheimnisse.«

»Darf ich es gleich wissen?«

»Nein, nicht jetzt. Ein bisschen Spannungsaufbau musst du mir schon zugestehen.«

Kapitel 20

Nachdem Katrin einen Zwischenstopp im Hotel gemacht und sich umgezogen hatte, machte sie sich auf den Weg zum Reitstall. Sie brauchte endlich ein Reitoutfit: Reithosen, Stiefel, eine Gerte und eine Kappe. Vielleicht konnte sie den Kauf noch vor ihrer Abreise nach Berlin erledigen. Wenn sie nur endlich ein Auto hätte! Noch schlief sie im Hotel, wo ihr alles bereitgestellt wurde. War sie erst in ihr Elternhaus umgezogen, musste sie alles selbst erledigen. Allein der normale Einkauf würde ohne Auto zur Hürde werden.

Sie überquerte den Marktplatz, als ein schwarzer Jeep Wrangler neben ihr hielt. »Hi, Katrin. Ich weiß zwar nicht, wohin du willst, aber ich kann dich mitnehmen.«

Unmerklich zuckte Katrin zusammen. Sie konnte doch nicht jedes Mal vor Schreck erstarren und in Panik geraten, wenn sie Alexander begegnete. »Rund um die Welt«, antwortete sie unüberlegt. Kaum hatte sie den Satz ausgesprochen, schalt sie sich eine Idiotin. Wie konnte sie nur so ungeschickt reagieren?

Die entsprechende Antwort kam postwendend. »Das hat schon einmal nicht funktioniert. Machen wir lieber halblang. Also, wohin möchtest du?«

»Zum Reitstall.«

»Aha.« Über Alexanders Gesicht huschte ein Schatten. »Ich bringe dich hin.«

»Danke.« Katrin umrundete den Wagen und stieg ein.

»Du hast also wieder begonnen zu reiten«, stellte er fest. »Macht es dir so viel Spaß wie früher?«

»Ich bin überglücklich mit der Entscheidung. Und ich kann es sogar noch recht ordentlich.«

»Christian versteht sich auf Pferde. Kümmert er sich um dich?«

Katrin nickte eifrig. Sie sprach generell gern über Pferde und den Reitsport. Und sie befand sich auf sicherem Terrain. »Er ist ein exzellenter Reiter. Und weil ich zum Glück kaum etwas verlernt habe, nimmt er mich mit auf seine Ausritte. Das ist ein ganz anderes Gefühl, als im Viereck herumzutraben. Das Dressurreiten hat mir schon damals weniger Freude bereitet als ein ordentlicher Ausritt. Durch den Wald zu galoppieren lässt sich mit nichts vergleichen. Am liebsten hätte ich ein eigenes Pferd und natürlich einen Hund dazu, der ebenso viel Spaß am Laufen hat.«

Kurz drehte Alexander den Kopf und musterte sie. »Das kann ich mir vorstellen.«

Katrin meinte, einen Hauch Sarkasmus in seiner Stimme zu hören. Worauf bezog sich seine Aussage? Aber sie wollte nicht nochmals unbedacht antworten und schwieg.

Ihre Gedanken glitten zu Christian. Er schien sich aufrichtig zu freuen, einen Partner für seine Ausritte gefunden zu haben. Aber auch andere Schüler und Reiter, die ihre eigenen Pferde bei ihm eingestellt hatten, hielten durchaus ihr Niveau. Sie hatte einige im Viereck beobachtet. Er konnte sich seine Mitreiter aussuchen.

Natürlich war ihr die Aufmerksamkeit nicht entgangen, die er ihr entgegenbrachte. Wobei sie nicht mit Bestimmtheit hätte sagen können, ob er sie nur gut leiden konnte oder ob er sie als Frau anziehend fand. Auf jeden Fall ging er nicht offensiv vor, weswegen sie sein Interesse an ihr als sehr angenehm empfand. Immerhin war Christian ein fröhlicher, attraktiver Mann. Und ob ihm nun ihre Art, ihr Reitkönnen oder ihr Aussehen gefiel, vielleicht alles zusammen, es schmeichelte ihr. Gerade in der jetzigen Situation tat es ihr gut, zuvorkommend behandelt zu werden. Es war ein schönes Gefühl zu wissen, dass Christian sich über ihre Anwesenheit freute und gern mit ihr Zeit verbrachte.

Verstohlen betrachtete sie Alexander von der Seite. Ohne es zu wollen, dachte sie: Wäre er doch nur so zu mir wie Christian.

Alexander bog in die Einfahrt zum Reiterhof ein und hielt vor dem Tor. »Nun dann, viel Spaß.«

»Danke.« Sie wusste nicht, was sie noch sagen sollte. Warum war sie bei Alexander dermaßen befangen? Sie stieg aus und winkte ihm zu. Dann betrat sie den Innenhof.

Iltschi und die braune Stute Stella standen schon bereit.

Christian kam aus dem Wohnbereich. Er strahlte, als er Katrin sah und rief aus der Entfernung: »Komme gleich!« Er drehte sich um und ging zurück ins Haus. Als er wieder erschien, hielt er eine Reitkappe in der Hand. »Ich war gestern im Reitsportgeschäft einkaufen und musste an dich denken.« Er überreichte ihr die Kappe. »Ich habe mir deine Größe eingeprägt. Ich hoffe, sie passt.«

Überrascht blickte sie Christian an. »Das ist ja … Danke! Ich weiß gar nicht, was ich sagen soll.« Sie besann sich. »Was bekommst du von mir?«

Christian lachte. »Gar nichts. Die Kappe ist ein Geschenk.«

»Ich werde mir etwas einfallen lassen.« Was konnte sie einem Mann wie ihm schenken?

»Ich wüsste etwas.«

»Und was?«

»Wenn du in dein Haus eingezogen bist, lade mich auf einen Drink ein. Ich lasse mich auch gern bekochen.«

»Das mache ich sehr gern. Bin ich erst im Haus, gib mir nur ein wenig Zeit, bis ich mich so weit eingerichtet habe.«

»In der Zwischenzeit verpflichte ich dich, mir bei den Ausritten Gesellschaft zu leisten, wenn du Zeit hast.«

»Das verspreche ich mit Freude.« Die Gespräche mit

Christian verliefen in einer ungezwungenen, angenehmen Form, wie sie es bei Alexander vermisste. Warum konnte sie mit dem einen lachen und gelöst reden, während beim anderen die Angespanntheit nahezu greifbar in der Luft lag? In Christians Gegenwart fühlte sie sich wohl und sicher. Seine natürliche Fröhlichkeit übertrug sich auf sie, selbst an Tagen wie heute. Alexander hingegen verunsicherte sie. Manchmal schien er auf sie zuzugehen, dann meinte sie wieder, eine offenkundige Ablehnung zu spüren. Als wollte er ihr sagen, dass sie nicht mehr hierhergehörte.

Sie durfte sich einfach nicht zu viele Gedanken um Alexander machen. Ernst, ihre Freundinnen und auch andere freuten sich über ihre Rückkehr. Alexander hatte keinen Stellenwert mehr in ihrem Leben, das musste sie erst verinnerlichen.

»Wollen wir?« Christian nahm Iltschi am Zügel, führte ihn in die Mitte des Hofs und saß auf.

Katrin kümmerte sich um Stella. Erst streckte sie der Stute die Hand entgegen und wartete, bis sie ihren Kopf etwas nach vorn bewegte. Sanft streichelte sie die weiche Stelle oberhalb der Nüstern. Schließlich ergriff sie die Zügel und stieg auf. Sofort spürte sie die Energie des Pferdes. Stella war begierig darauf, sich strecken zu dürfen. »Ich vermute, ein Muskelkater wird mir nicht erspart bleiben«, rief sie Christian zu.

»Ja, die Lady hat Power. Aber du wirst es genießen.« Er nahm die Zügel auf. »Los geht's.«

Katrin folgte ihm, wobei sie sich darauf konzentrieren musste, Stella im Schritt zu halten.

Kapitel 21

Katrin hatte sich den Luxus gegönnt, mit dem Taxi nach Waidhofen zu fahren. Morgen in aller Früh musste sie mit dem Bus nach Wien zum Flughafen. Das empfand sie als anstrengend genug. Schon jetzt wusste sie, wie nervös sie sein würde, was die Fahrt noch mühsamer machen würde. Thomas hatte nicht darauf reagiert, als sie ihm ihre Flugdaten geschickt hatte. Sie wusste nicht, ob er sie abholen würde.

Das Taxi hielt direkt vor dem Reisebüro.

»Können Sie warten und mich nach Kirchbergen zurückbringen?«, fragte Katrin.

Der Mann drehte sich zu ihr um. »Klar doch.«

»Danke.« Katrin stieg aus, betrat das Reisebüro und ging zu der jungen Frau am ersten Schreibtisch. »Hallo, mein Name ist Katrin Schreiber. Ich komme von der Hausvermietungsagentur Blaunstein, um einen Schlüssel abzuholen.«

Die Frau nickte. »Einen Moment, bitte.« Sie tippte etwas in ihren Computer und sah wieder hoch. »Ja, wir haben eine Meldung von der Agentur Blaunstein. Frau Katrin Schreiber. Darf ich bitte einen Ausweis sehen?«

»Natürlich.« Katrin zog ihren Führerschein aus der Handtasche und zeigte ihn der Frau.

Sie stand auf und verschwand in einen Nebenraum. Kurz darauf kehrte sie zurück und legte einen Schlüsselbund mit vier Schlüsseln, ein Blatt Papier und einen Kugelschreiber vor Katrin auf den Schreibtisch. »Hier müssen Sie unterschreiben. Die zwei großen Schlüssel gehören zur Eingangstür, die kleinen öffnen die Gartentür.« Ihr Blick schwenkte zum Bildschirm. »Die Gartentür können Sie aber auch so einstellen, dass sie nur zuschnappt.«

Katrin unterschrieb und nahm die Schlüssel an sich. »Danke. Ich wünsche Ihnen einen schönen Tag.«

Die Frau lächelte verbindlich. »Ich Ihnen auch.«

Der Taxifahrer war inzwischen ausgestiegen und rauchte eine Zigarette. Als er Katrin kommen sah, trat er die Zigarette aus und öffnete ihr die Autotür. Er stieg ebenfalls ein und fragte: »Wo in Kirchbergen?«

Katrin gab ihm die Adresse ihres Elternhauses und lehnte sich zurück. Versonnen spielte sie mit den Schlüsseln.

Kein halbes Jahr vor dem Autounfall hatten ihre Eltern das Haus komplett renovieren lassen, trotzdem war das Mobiliar mittlerweile zwölf Jahre alt. Sicherlich würde sie einiges erneuern müssen, und bestimmte Gegenstände wie Matratzen wollte sie sowieso kaufen. Das renovierte Haus hatte Katrin nur zweimal gesehen, und sie war froh darüber. Es barg nicht jene intensiven Erinnerungen an ihre Eltern, wie es die ursprüngliche Einrichtung getan hatte. Sie erinnerte sich, dass es ihr zwar gut gefallen hatte, sie sich aber fremd vorgekommen war. Jetzt war das nur von Vorteil. Es würde sich neu anfühlen.

Was würde sie empfinden, wenn sie ihr Elternhaus betrat? Inständig hoffe sie, sich wohlzufühlen. Bis jetzt verspürte sie zwar eine gewisse Anspannung, aber das Grundgefühl war durch und durch positiv, ähnlich der Vorfreude auf Weihnachten oder auf den Geburtstag.

Als das Taxi schließlich vor dem Haus anhielt, stieg ihre Nervosität schlagartig an. Mit zittrigen Fingern zog sie einen Geldschein aus der Börse und reichte ihn dem Fahrer. Sie verabschiedete sich und stieg aus.

Kurz blieb sie vor dem Gartentor stehen, dann steckte sie einen der beiden kleinen Schlüssel in das Schloss und öffnete das Tor. Sie durchquerte den Vorgarten und entsperrte die

Eingangstür. Früher hatte die Tür beim Öffnen ab der Hälfte immer ein wenig gequietscht, jetzt schwang sie ohne jedes Geräusch auf.

Katrin betrat den Vorraum. Stammten die beiden Schuhschränke aus Metall wirklich von ihren Eltern? Sie konnte sich nicht erinnern. Auch die beigefarbenen Fliesen waren ihr fremd, obwohl sie ohne Frage von der Renovierung stammten. Langsam ging sie weiter in die Küche: eine zeitlose Küche im Landhausstil, ein massiver Holztisch mit sechs Stühlen. Um die ursprünglich kleine Küche zu vergrößern, hatten ihre Eltern den Abstellraum und die Speisekammer geopfert. Sie öffnete einige Schränke. Gläser, Teller, Töpfe, alles stand fein säuberlich gestapelt.

Die Tür zur Toilette im Erdgeschoss ließ sie geschlossen und ging ins Wohnzimmer. Da der Platz für einen Esstisch nicht mehr gebraucht wurde, weil er in der Küche stand, wirkte der Raum trotz der großen Sitzecke nicht beengend. Über der Couch und einem Hocker lagen Plastiküberzüge. Katrin zog das Plastik weg, und der Geruch von einem scharfen Putzmittel stieg ihr in die Nase. Sie brachte die Plastiküberzüge in die Küche und stieg die Treppe in den ersten Stock hinauf. Das erste Zimmer war der Schlafraum ihrer Eltern gewesen, dann kam das Badezimmer, auf der rechten Seite zwei kleine Räume. Eines davon war ihr Zimmer gewesen, das andere hatte ihre Mutter als Näh- und Bügelzimmer benutzt.

Auch über dem Doppelbett im Elternschlafzimmer lagen Plastikplanen. Sie öffnete den Schrank. Zwei Laken und zwei Bettbezüge in neutralem Hellgrau lagen darin. Auf der Kleiderstange hingen an die fünfzehn Kleiderbügel. Sie schloss den Schrank und ging in ihr früheres Zimmer. Es war zu einem Schlafzimmer mit Einzelbett umfunktioniert worden. Das Nähzimmer ihrer Mutter war gleich eingerichtet. Katrin erinnerte sich an die mehr als moderate Rechnung von der Agentur, kurz nachdem sie das Haus übernommen hatte.

Katrin öffnete die Tür zum Badezimmer. Ihre Eltern hatten sich für weiße Fliesen mit roter Bordüre entschieden. Wie es in alten Häusern oft üblich war, befand sich auch eine Toilette im Bad. Sie hatten sie durch eine Milchglaswand trennen lassen.

Katrin ging noch einmal durch alle Räume und öffnete die Fenster. Dann stieg sie die Treppe hinab und machte im Wohnzimmer weiter. Ein Fenster klemmte. Sie wollte nicht zu sehr daran rütteln und ließ es zu. Immerhin gab es zwei weitere Fenster und die Terrassentür. Sie warf einen Blick in den Garten, der die Form eines lang gezogenen Vierecks hatte. An den Seiten standen Sträucher und einige Obstbäume im hinteren Teil. Der Rest bestand aus Wiese. Sie war ordentlich gemäht worden, und die Sträucher hatte man im Frühling bestimmt zurechtgeschnitten, wie sie aussahen.

Zurück in der Küche öffnete Katrin auch dort das Fenster. Ihr Blick fiel auf die Kaffeemaschine. Im Schrank darunter fand sie Kaffeekapseln und Zuckerbriefchen. Der Kühlschrank war natürlich leer, aber zur Not ging es auch ohne Milch. Sie schaltete die Kaffeemaschine ein und wartete, bis das Blinken erlosch. Dann steckte sie eine Kapsel in die Vorrichtung und stellte eine Tasse unter den Auslauf. Sofort nach dem Kaffee würde sie einkaufen gehen und die notwendigsten Dinge besorgen, beschloss Katrin. Vielleicht hatte eine ihrer Freundinnen Zeit und konnte sie fahren, dann würde sie gleich einen Großeinkauf machen.

Mit der Tasse in der Hand setzte sie sich an den Esstisch. Ein Schauer rann über ihren Rücken. Sie fühlte eine tiefe Rührung, allerdings ohne das Bedürfnis zu weinen. Vielmehr empfand sie den Moment als ungemein bedeutungsvoll, nahezu magisch.

Versonnen ließ Katrin die Spitze ihres Zeigefingers über

den Tassenrand gleiten, und ein Lächeln umspielte ihre Lippen.

An morgen und ihre Reise nach Berlin wollte sie im Augenblick nicht denken, auch nicht an Alexander und sein Verhalten ihr gegenüber. Was jetzt zählte, war das besondere Gefühl in ihr. Nie wollte sie vergessen, was sie gerade empfand.

Sie war wieder zu Hause.

Kapitel 22

Vor zwei Stunden hatte Katrin die letzte Umzugskiste ausgeräumt. Es war die Kiste mit allen Dingen aus ihrem Arbeitsraum gewesen; im Übrigen das einzige Zimmer in der Berliner Wohnung, das sie nach ihren Vorstellungen gestaltet hatte. Kerzenhalter, Vasen, einige gerahmte Fotos, die Utensilien von ihrem Schreibtisch, sämtliche Ordner und Arbeitsunterlagen, zwei kleine Stofftiere aus ihrer Kindheit, eine Bluetooth-Musikbox. Unter anderen Umständen hätte sie das alles – bis auf die Fotos vielleicht – in Berlin gelassen, aber Thomas war strikt gewesen. Er wollte sie aus seinem Leben verbannen und in seiner Wohnung auf nichts mehr stoßen, das ihr gehörte. Selbst jetzt noch fröstelte sie bei der Erinnerung an seine Gefühlskälte. Er hatte sich weder auf ihre Erklärungen und Beteuerungen eingelassen noch auf eine Diskussion. Höflich und bestimmt hatte er mit wenigen Sätzen seine Entscheidung untermauert und sie darum gebeten, all ihre Sachen aus der Wohnung zu entfernen. Nach den vielen fehlgeschlagenen Versuchen, sich zu entschuldigen, war Katrin schließlich in die Defensive gegangen und hatte seinem Wunsch entsprochen.

Nun saß sie mit einer noch dampfenden Tasse Kaffee vor sich in der Küche. Gedankenverloren betrachtete sie die goldbraune Crema, die sich langsam verflüchtigte. Kleine weiße Flocken kamen zum Vorschein. Wieder einmal hatte sie vergessen, die Süßstofftablette zuerst in die Tasse zu geben, und sie erst nach der Milch in den Kaffee geworfen.

Welch Auswirkungen kleine Fehler haben konnten! Ihre Gedanken schwenkten zu Thomas. Eine einzige Unbedachtheit hatte zu ihrer sofortigen Trennung geführt. Vielleicht hatte sie damals bei Alexander auch einen Fehler begangen, der ihr allerdings bis heute nicht bewusst war. Immerhin vergaß sie auch nicht zum ersten Mal die Süßstofftablette.

Aber trotz ihrer momentanen Schwermut wollte sie nicht die ganze Schuld auf sich nehmen. Auch die beiden Männer waren in den Beziehungen nicht unfehlbar gewesen. Sowohl Alexander als auch Thomas hatten einen Entschluss gefasst und diesen rigoros durchgezogen. Alexander hatte die große Welt sehen wollen und war ohne Rücksicht zu nehmen gegangen. Thomas hatte beschlossen, die Beziehung zu beenden, und war nicht einmal mehr bereit gewesen, ihr zuzuhören. Sie musste sich dem stellen, dass nicht alles nach ihren Wünschen und Träumen verlief; mochten diese Wünsche und Träume noch so positiv motiviert und sogar voller Liebe sein.

Aber es gab Lichtblicke in ihrem Leben. Ernst erwies sich als der liebenswerte und außergewöhnliche Mensch, den sie in Erinnerung hatte. Mit Freude nannte sie ihn mittlerweile ihren Freund. Die Arbeit mit ihm ging leicht von der Hand und gestaltete sich interessant. Endlich wollte sie nun beginnen, Überlegungen anzustellen, wie der Laden besser laufen konnte. Und sie hatte ihre Jugendfreundinnen wieder, die Harmonie zwischen ihnen war ungebrochen.

Das Reiten bereitete ihr eine ungemeine Freude, und unvermutet war damit ein weiterer Hoffnungsschimmer hinzugekommen: Christian. Durch die Ausritte verbrachte sie viel Zeit mit ihm. Sie hatten sich sogar angewöhnt, nach einer Tour noch ein bisschen zusammenzusitzen. Sein Charme tat ihr gut, der Umgang mit ihm hatte etwas Natürliches und Lebensfrohes. Katrin musste sich eingestehen, dass ihr Christian gefiel und sie durchaus auf ihn reagierte.

So angenehm sie das fand, plagte sie doch das schlechte Gewissen. Wie konnte ihr so rasch nach der Trennung von Thomas ein anderer Mann gefallen? War es der verletzte Stolz oder das Gefühl des Alleinseins? Nein, daran lag es nicht, gab sie sich unverzüglich die Antwort. Wenn sie restlos ehrlich zu sich selbst war, musste sie sich eingestehen, dass Christian ihr schon vor der Trennung gefallen hatte. Der Unterschied lag allein darin, dass sie vor dem Ende ihrer Beziehung niemals an eine Annäherung gedacht hätte. Sie war ein durch und durch treuer Mensch und stand felsenfest zu ihrem Partner, aber sie hatte Augen im Kopf.

Automatisch schob Alexander sich in den Vordergrund ihrer Gedanken, und auf der Stelle setzte ein Ziehen in der Magengegend ein. Er war ihre erste Liebe gewesen und wohl auch ihre große Liebe. Das konnte man nicht so einfach vergessen. Aber sie wollte vergessen. Es waren doch nur Erinnerungen, die durch ihre Rückkehr nach Kirchbergen aufgeflammt waren. Mehr bedeutete es nicht, mehr *durfte* es nicht bedeuten. Sie musste endlich damit aufhören!

Katrin schob die Kaffeetasse ein Stück von sich weg und stand auf. Jeden Augenblick würden Veronique, Sabrina und Isabella kommen. Die drei waren ihr beim Auspacken und Einräumen behilflich gewesen, und Katrin wollte als kleines Dankeschön mit ihnen anstoßen. Allein hätte sie wahrscheinlich eine gefühlte Ewigkeit gebraucht, um alles an Ort und Stelle zu bringen. Ihr war nicht bewusst gewesen, was sich im Laufe der Jahre in Berlin angesammelt hatte.

Vor allem Sabrina hatte sich viel Zeit freischaufeln können und ihr zur Seite gestanden. Auch Tobi war gekommen und hatte einige Kleinigkeiten repariert: den tropfenden Wasserhahn im Badezimmer, das klemmende Fenster im Wohnzimmer, einen defekten Lichtschalter. Katrin hatte Sabrina und Tobias verstohlen beobachtet. Selbst nach all den Jahren verhielten die beiden sich wie ein frisch verliebtes Paar. Sie lächelten einander ohne bestimmten Grund an, tauschten dezente Zärtlichkeiten aus. Ihre Eintracht und Liebe war förmlich greifbar.

Während der Arbeit hatte Sabrina von ihrem Problem erzählt, nicht schwanger werden zu können. Es lastete schwer auf ihr. Sie dachte über eine weitere Hormonbehandlung nach, doch der Arzt riet ihr davon ab. Gern hätte Katrin den Zauberstab geschwungen. Sie wünschte ihrer Freundin nichts mehr, als dass sich ihr Traum erfüllen würde.

Überhaupt wollte sie ihren Freundinnen Gutes tun. Veronique und Stephan sollten wieder zueinanderfinden. Veroniques Schmerz zog sich schon über Jahre dahin. Nur bei Isabella war Katrin unschlüssig. Etwas stimmte nicht mit ihr. Nach wie vor gab sie sich lustig und betont ungezwungen, doch in unbeobachteten Momenten erlahmte ihr Lächeln. Hatte sie Probleme, die sie mit niemandem besprechen konnte?

Katrin öffnete einen Küchenschrank und stellte vier Gläser bereit. In aller Eile hatte sie noch Prosecco besorgt und zum Knabbern Chips, Salzstangen und Erdnüsse, auch Gummibärchen befanden sich im Sortiment; vor allem Sabrina liebte Gummibärchen. Es war wie früher, nur der selbst gemachte Himbeersaft von Sabrinas Mutter hatte dem Prosecco Platz gemacht.

Sie verteilte die Knabbereien in Schüsseln und platzierte sie in der Mitte des Küchentisches. Ihren Kaffee leerte sie in den Ausguss. Sie trank ohnehin viel zu viel Kaffee. Dann setzte sie sich wieder und dachte weiter an ihre Freundinnen. Vielleicht konnte sie in irgendeiner Form die gute Fee spielen.

Bei Sabrina war das sehr schwer. Weder die Natur noch die Medizin konnten durch die besten Wünsche einer Freundin beeinflusst werden. Aber vielleicht fiel ihr ja noch etwas ein. Auf jeden Fall wollte sie sich mit dem Thema näher befassen, um Sabrina zumindest als gute Gesprächspartnerin zur Verfügung zu stehen. Sie hatte bemerkt, wie gut es Sabrina tat, darüber zu reden. Katrin überlegte. Sie könnte die Problematik in einem Artikel behandeln. Es passte ins Portfolio und würde dem Verlag bestimmt gefallen.

Und für Veronique konnte sie Stephan auf den Zahn fühlen, was er tatsächlich noch für ihre Freundin empfand. Zuallererst musste man auf jeden Fall die negative Grundeinstellung wegschaffen. Die beiden verhielten sich manchmal wie Hund und Katz'. Dann reichte vielleicht ein passender Rahmen, der es ihnen ermöglichte, sich wieder näherzukommen. Was sie danach daraus machten, lag allein an ihnen. Hatte Stephan nicht gesagt, eine Person wie sie hatte ihnen in der schweren Phase gefehlt? Nun, sie war wieder da und konnte vermitteln.

Als es klingelte, sprang Katrin auf und eilte zur Tür.

»Ihr müsst die Gartentür fest andrücken, dann springt sie auf«, rief sie. Einen Tag nachdem Katrin eingezogen war, hatte sie das Schloss umgestellt. Ein knapp ein Meter zwanzig hohes Tor hielt sowieso keinen Einbrecher ab, und so musste sie nicht bei jedem Besuch hinauslaufen, um aufzusperren.

Im Gänsemarsch traten die Freundinnen ein.

»Nur eine kleine Aufmerksamkeit zum Einstand.« Veronique hielt Katrin eine weiße Orchidee entgegen, und Sabrina fügte hinzu: »Stell sie vors Fenster. Orchideen lieben das Licht.«

»Das werde ich machen. Vielen Dank. Ich freu mich, dass ihr da seid.« Katrin blickte über Veroniques Schulter. »Wo ist Isabella? Kommt sie später?«

Sabrina schüttelte den Kopf. »Wir wollten sie abholen, aber sie fühlt sich nicht wohl.«

»Sie sieht wirklich nicht gut aus«, bekräftigte Veronique, während sie in die Küche gingen und sich setzten.

Katrin öffnete eine Flasche Prosecco, befüllte die Gläser und nahm ebenfalls Platz. »Wisst ihr, ob Isabella etwas bedrückt? Sie wirkt seit Kurzem manchmal so ernst.«

»Es ist mir auch schon aufgefallen. Vor allem, wenn sie sich unbeobachtet fühlt. Spricht man sie dann an, verhält sie sich sofort wieder fröhlich wie auch sonst immer. Unterschwellig aggressiv ist sie auch, als ginge ihr alles furchtbar auf die Nerven. Und angriffslustig war Isabella noch nie«, antwortete Sabrina.

»Normalerweise kommt sie nach dem Unterricht fast immer kurz zu mir in die Bäckerei. Das macht sie auf einmal nicht mehr. Irgendetwas stimmt wirklich nicht. Ihr habt völlig recht.«

»Sollen wir sie fragen?«, erkundigte Katrin sich.

Sabrina zuckte mit den Schultern. »Ich denke, lieber nicht. Ich habe so das Gefühl, es geht um diesen geheimnisvollen Mann. Ihr wisst, wie bedacht sie mit dem Thema umgeht. Wir würden sie nur in eine Ecke drängen.«

»Ganz sicher betrifft es diesen *Mister Mysteriös.* Sonst ist nämlich alles in Ordnung bei ihr. Und mit ihrem Kollegen kann es nicht zusammenhängen. Er ist für Isabella ein Freund mit Mehrwert«, sagte Veronique.

»Obwohl Isabella es nur im Extremfall so direkt aussprechen würde, ist sie in diesen einen Mann verliebt. Ich meine richtig verliebt«.

»Und ihr habt nicht die leiseste Ahnung, wer er ist?«, fragte Katrin.

»Nicht einmal im Ansatz. Isabella sagt nur, dass wir ihn kennen.«

Sabrina seufzte. »Ich finde es unfair, dass er absolutes Stillschweigen von ihr verlangt. Es muss erniedrigend und schmerzhaft zugleich sein, wenn der andere sich nicht zu einem bekennt. Aber lassen wir das Thema, es ist nicht nett, zu lange darüber zu reden, wenn sie nicht hier ist. Geht es dir ein wenig besser, Katrin?«

»Nun ja, es geht. Mir gehen so viele Gedanken durch den Kopf.« Katrin ergriff Sabrinas und Veroniques Hände. »Ich bin so froh, wieder bei euch zu sein. Ich weiß, meine Entscheidung war richtig. Und die Trennung von Thomas werde ich verkraften. Das abrupte Ende und sein Verhalten haben mich nur etwas aus der Bahn geworfen. Wirklich, es wird schon wieder …«

»Es soll ein wunderbares Heilmittel geben.« Veronique lächelte vielsagend.

Sabrina beugte sich vor. »Alexander oder Christian?«

Katrin hob abwehrend die Hände. »Nein! Ich bin frisch getrennt. Es wäre falsch, gleich wieder loszulegen.« Sie wischte sich eine Haarsträhne aus dem Gesicht. »Und Alexander ist sowieso kein Thema. Er hat keine Gefühle mehr für mich.«

»Okay, unabhängig von Alexander, worauf willst du warten? Gibt es eine Regel, die besagt, wann man die nächste Beziehung beginnen darf?«, fragte Veronique.

»Völlig richtig. Je eher du wieder aufsteigst, desto besser. Es hebt die Laune, tut der Seele gut und dem Körper auch«, bekräftigte Sabrina mit einem Schmunzeln.

»Du liebe Güte. Ihr redet von Männern, nicht von Pferden.« Katrin verdrehte die Augen.

Sabrina musterte lachend Katrins Haarscheitel. »Mein Gott, dein Heiligenschein strahlt heller als die Sonne.«

Katrin richtete sich kerzengerade auf. »Hübsch, nicht wahr? Gut steht er mir. Aber ernsthaft … Du hast leicht reden, Sabrina. Ein Finger schnippen reicht aus, und Tobi springt, und zwar nicht einmal, sondern gleich dreimal. Seine Liebe zu dir hat Seltenheitswert. Deine Liebe zu ihm natürlich genauso.«

»Das stimmt. Schaut mich an. Ich könnte schreien, und niemand macht auch nur einen Hopser«, sagte Veronique.

Sabrina tätschelte Veroniques Hand. »Du musst nur endlich Stephan vergessen, dann wird ein Flüstern ausreichen.«

»Vergessen oder das Gegenteil«, bemerkte Katrin.

»Wie meinst du das?«, fragte Veronique.

»Bist du dir sicher, dass es Stephan tief in seinem Inneren so viel anders ergeht als dir?«

»Davon kannst du ausgehen. Bringe uns zusammen, und

der dümmste Mensch wird es sofort bemerken. Wir können keine zehn Minuten im selben Raum verbringen, ohne uns anzufauchen. Es handelt sich um pure Selbstbeherrschung, dass wir nicht sofort zu streiten beginnen.«

»Wärest du ihm egal, könntest du ihn nicht dermaßen aufregen. Hast du es schon einmal von dieser Seite betrachtet?«

Sabrina klopfte mit dem Zeigefinger auf die Tischplatte. »Katrin hat vielleicht sogar recht.«

»Ich habe ein gutes Beispiel, wo es sich gänzlich anders verhält: Alexander und ich. Schau dir nur seine Reaktion auf mich an. Höflich, neutral, nett … egal. Das nenne ich gleichgültig!«

»Dafür verhält Christian sich umso aufmerksamer.« Sabrina zwinkerte.

Kurz legte Katrin den Kopf in den Nacken und stöhnte auf. »Ihr lasst nicht locker. Okay, ja, ich gebe es zu, er ist nett.«

»*Nett* also. Wenn du es genau wissen willst: Christian ist sexy und männlich, ein richtig heißer Typ. Schnapp ihn dir, bevor es eine andere tut.«

»Was wisst ihr eigentlich über ihn?«, fragte Katrin.

Sabrina antwortete: »Im Grunde nicht viel. Er ist vor rund fünf Jahren nach Kirchbergen gezogen. Ursprünglich stammt er aus Bayern, er hat in der Nähe von München gelebt. Seine Familie führt dort, wie gesagt wird, ein gigantisches Gestüt.«

»Was hat ihn dann hierher verschlagen?«

»Das musst du ihn selbst fragen. Ich habe keine Ahnung.«

»Und Frauen?«

»Selbe Antwort: Ich habe keine Ahnung.« Sabrinas Blick schwenkte zu Veronique, die während der letzten Minuten geschwiegen hatte. »Ist alles in Ordnung mit dir? Du siehst aus, als hättest du einen Geist gesehen.«

Veronique strich sich über die Stirn. »Glaubt ihr wirklich, Stephan könnte noch Gefühle für mich haben?«

»Ich denke, dass du ihm nicht gleichgültig bist. Aber ich möchte keine falschen Hoffnungen wecken. Meine Meinung ist belanglos«, antwortete Katrin.

»Früher haben wir immer offen miteinander gesprochen.«

Katrin nickte. »Okay. Ich glaube definitiv, dass du und Stephan noch eine Chance habt. Ihr müsst euch nur einmal auf einer anderen Ebene begegnen. Es kann doch nicht so schwer sein, ein Aufeinandertreffen zu inszenieren.«

»So selten sehen wir uns nicht«, warf Veronique ein.

»Ich meine, in entspannter und freundlicher Atmosphäre. Du dürftest natürlich nicht kratzbürstig sein, sondern müsstest ihm deine liebenswerte Seite zeigen.«

Sabrina schmunzelte hintergründig und fixierte Veronique. »Was hältst du von Katrins Idee? Ich finde sie super.«

»Ganz ehrlich? Ich habe nichts dagegen. Ich weiß, dass es zu hundert Prozent unter uns bleibt. Aber was wollt ihr tun?«

»Nicht mehr als euch einen Schubs geben. *Inszenieren* war vielleicht zu drastisch ausgedrückt. Es wird sich durch Zufall eine Situation ergeben, die passt, und dann bringen wir dich und Stephan an einen Tisch. Den Rest müsst ihr selbst erledigen.«

Veronique stieß einen murrenden Ton aus. »Ging es nicht eigentlich darum, Isabella zu helfen? Ach nein, das Thema hatten wir abgehakt. Wir wollten wissen, wie es Katrin geht.«

Sabrina lachte. »Wie früher. Ich schlage vor«, sie hob die Hand und streckte den Zeigefinger hoch, »Isabella lassen wir, wie gesagt, vorerst in Ruhe.« Es folgte der Mittelfinger. »Du, Katrin, blickst nach vorne. Thomas ist Vergangenheit, Alexander ignorant. Also versuche es mit dem smarten Christian.« Der Ringfinger. »Veronique, beherrsche dich beim nächsten Aufeinandertreffen mit Stephan. Sei nett und freundlich.«

Kapitel 23

Christian ließ Iltschi in den Trab zurückfallen und schließlich in Schritt übergehen.

Katrin kam an seine Seite. Sie musste Stella fest zurücknehmen, um die Stute im Zaum zu halten. »Drei Stunden, und sie hat noch immer nicht genug.«

»Ihr seid ein tolles Team, wie füreinander geschaffen. Du gibst ihr die richtige Mischung aus Freiheit und Disziplin. Ihre letzte Besitzerin kam nicht mit ihr zurecht. Stella war bei mir eingestellt, und ob du es glaubst oder nicht, sie hat sie mir geschenkt.«

Katrin lächelte. »Ich sehe, was du mit ihr gemacht hast. Sie hat einen tollen Platz gefunden. Aber ich kann die Verzweiflung der ehemaligen Besitzerin verstehen. Stella ist kein Pferd für Anfänger.«

»Natürlich, was hätte ich denn sonst tun sollen? Stella ist sehr speziell. Im Übrigen war diese Frau eine geübte Reiterin, aber Stellas Temperament hat sie nervös gemacht. Wenn Reiter und Pferd nicht zusammenpassen, muss sich der Besitzer von dem Tier trennen und einen guten Platz suchen, sonst sind beide unglücklich. Aber ein Tier loszuwerden wie ein altes lästiges Möbelstück liegt außerhalb meiner Vorstellungskraft. Ich finde es einfach falsch, und es sagt einiges über den Charakter des Menschen aus.«

»Weißt du, ob sie sich ein neues Pferd gekauft hat?«

»Auf der Stelle. Dieses Mal hat sie die richtige Wahl getroffen. Ein ruhiges, älteres Mädchen, weniger hübsch, dafür umso gängiger.«

»Dann ist sie noch bei dir im Stall?«

»Oh nein. Stella war nicht das einzige Lebewesen, mit dem sie am Hof nicht zurechtgekommen ist. Auf ihrer Freundschaftsliste stehe auch ich nicht weit oben.«

»Wie kann man dich nicht mögen?«, rutschte es Katrin heraus.

»Ich finde deine Frage absolut berechtigt.« Christian lachte. »Nun, ich habe ihr ziemlich klipp und klar gesagt, was ich von ihrem Vorgehen halte. Außerdem … hat sie gewisse Gefühle entwickelt, die ich nicht erwidern konnte. Es war eine heikle Situation, die zum Glück Geschichte ist.«

Katrin fand, es war der richtige Zeitpunkt, Christian unauffällig auszufragen. »Ich habe gehört, du bist vor fünf Jahren aus Bayern hierhergezogen.«

»Genau vor fünf Jahren, drei Monaten und ein paar Tagen.«

»Deine Familie führt ein Gestüt in Deutschland?«

»Du kannst es googeln: www Punkt mautenerpferde Punkt de. Ich bin geritten, bevor ich richtig gehen konnte.« Christian wandte Katrin den Kopf zu. »Um deiner nächsten Frage zuvorzukommen, ich wollte etwas Eigenes aufbauen mit genügend Abstand zu meinem Vater und zu meinem älteren Bruder.«

»Carolas Mann?«

»Ja. Die Frauen in meiner Familie, vor allem die angeheirateten, mögen mich deutlich lieber als die Männer.« Wieder lachte er.

»Besucht sie dich öfter?«

»Wie es ihre Zeit erlaubt. Felix, das ist mein Bruder, war in Frankreich, um sich einen Zuchthengst anzusehen. Sie hat die Situation genutzt, um ein paar Tage bei mir auszuspannen. Was Felix wiederum nicht wissen darf.«

»Und warum?«

»Sie haben sich durch mich kennengelernt. Ich war einige

Male mit Carola aus, bevor sie zu meinem Bruder übergelaufen ist.«

»Oh, dann …«

Christian lachte. »Sollte sich deine Literatenseele jetzt Hoffnungen machen, muss ich dich enttäuschen. Felix ist nur … grundlos eifersüchtig. Ich habe nicht vor, Carola zu gewinnen. Damals wie heute und auch in Zukunft nicht. Aber jetzt bin ich mit Fragen dran.«

»Was willst du wissen?«

»Dein Freund in Berlin …? Auch ich habe einiges über dich gehört.«

»Wir haben uns mittlerweile getrennt.«

»Dann brauche ich nicht weiter nachzuhaken. Was ist mit Alexander Freimuth? Ihr seid ein Paar gewesen.«

Katrins Herz begann schneller zu schlagen. »Das ist eine Ewigkeit her. Nach dem Abitur sind wir unterschiedliche Wege gegangen.«

»Ja, ich habe da so etwas vernommen. Du bist nach Wien gezogen, um zu studieren, und er wollte die Welt bereisen.«

»So ähnlich ist es gewesen«, entgegnete Katrin ausweichend. Die Vergangenheit barg kein Geheimnis, das sie vor Christian verschweigen musste. Sie wollte nur einfach weder an Alexander denken noch über ihn reden. Es drehte sich in ihrem Kopf ohnehin schon viel zu viel um ihn. Zumindest diesen kleinen Teil ihres Lebens sollte er nicht beeinflussen. Die Zeit mit Christian gehörte ihr.

»Und es steht kein Revival mit Alexander bevor?«

»Ganz bestimmt nicht.« Katrin betrachtete Christian von der Seite. »Dir ist aber einiges zu Ohren gekommen.«

»Viele aus der Gegend nehmen bei mir Reitstunden, und einige haben ihr Pferd eingestellt. Man muss den Leuten nur die richtigen Fragen stellen und sie dann reden lassen.«

Eine Weile lang ritten sie schweigend nebeneinander her.

Schließlich fragte Christian: »Lädst du mich heute spontan auf den versprochenen Drink zu dir ein?«

Katrin antwortete kurz entschlossen: »Wenn du dir bis halb neun Zeit lässt, koche ich auch etwas.«

»Mach dir bitte keinen Stress. Neun Uhr?«

»Das ist perfekt. Ich gebe dir dann noch meine Adresse.«

»Nicht nötig. Ich weiß, wo du wohnst.«

Kapitel 24

Katrin hatte ausgiebig geduscht, sich viel Zeit mit ihren Haaren genommen und lange vor dem Kleiderschrank gestanden. Letztlich hatte sie sich für ein olivgrünes, knöchellanges Sommerkleid mit dünnen Trägern entschieden, die Farbe harmonierte mit ihren blonden Haaren, dazu trug sie flache Sandalen ebenfalls in Olive.

Auf dem Herd köchelten Shrimps in einer leichten Sahnesoße mit italienischen Kräutern, ein Topf mit Wasser für die handgemachten Bandnudeln stand bereit. Sie hatte zwei Flaschen Weißwein besorgt, zur Sicherheit auch sechs Flaschen Corona-Bier, eine Flasche Gin, Tonic Water, eine Gurke und weißen Pfeffer. Immerhin hatte sie Christian einen Drink versprochen.

Obwohl keine Zeit für zumindest eine kurze Entspannungsphase gewesen war, hatte sie die Vorbereitungen genossen und dabei nicht großartig über den Abend selbst nachgedacht. Nun stand sie an die Arbeitsplatte der Küche gelehnt und spürte, wie die Aufregung langsam, aber stetig anstieg. In wenigen Minuten würde Christian ihr Haus betreten. Sie empfand eine seltsame Mischung aus Vorfreude und Beklemmung.

Ritten sie gemeinsam aus, fühlte sie sich rundum wohl. Auch die Zeit danach, wenn sie noch in seinem Hof saßen und sich unterhielten, verlief ungezwungen und heiter. Katrin mochte den Sicherheitsabstand in diesen Situationen. Wie würde es sein, wenn sie sich bei einem Abendessen gegenübersaßen? Allein in ihrem Haus, nicht jeder auf einem Pferd oder im Reitstall umgeben von anderen Menschen.

Es klingelte.

Katrin sprang auf und lief zur Eingangstür. Sie atmete tief durch und öffnete. Christian stand vor dem Gartenzaun. In der Hand hielt er einen Blumenstrauß. »Die Gartentür ist nicht versperrt. Du musst nur gegendrücken«, rief sie ihm zu. Bald würden alle wissen, wie es sich mit ihrem Gartentor verhielt. Dann brauchte sie den Spruch bei ihren Gästen nicht mehr zu wiederholen.

Sie hörte das Klick-Geräusch und beobachtete Christian, wie er auf sie zukam. Er trug beigefarbene Leinenhosen und ein weißes Hemd, das er locker über die Hose trug. Seine blonden Locken waren noch feucht von der Dusche. Jetzt atmete sie erst recht tief durch, er sah hervorragend aus.

Er überreichte ihr die Blumen und küsste sie auf die Wangen. »Ich hoffe, du magst Tulpen.«

»Sie sind sehr schön. Vielen Dank.« Katrin streckte den Arm einladend aus. »Komm bitte herein.«

»Sonnengelbe Tulpen sollen Fröhlichkeit und Lebenslust ausdrücken, hat mir die Floristin gesagt. Ich finde, das passt.«

Katrin lächelte und geleitete ihn durch das Wohnzimmer auf die Terrasse. Sie hatte den Gartentisch bereits gedeckt, auch der Wein in einem Kühler stand schon bereit. »Ich habe auch Corona, falls du das lieber trinkst als Wein.«

»Wein ist gut.«

»Ich muss noch kurz in die Küche. Schenkst du uns inzwischen ein? In zehn Minuten ist es so weit.« Katrin ging in die Küche, steckte die Tulpen in eine Vase und stellte sie auf den Esstisch. Zurechtzupfen würde sie die Blumen später. Jetzt musste sie sich um das Essen kümmern.

Die Beschäftigung lenkte sie von ihren Gedanken ab. Der Abend würde schon gut verlaufen. Sie durfte nur nicht immer gleich im Vorfeld grübeln. Es kam sowieso immer anders, als sie es sich ausmalte.

Katrin probierte die Nudeln, sie waren al dente, und seihte

sie ab. Sie verteilte etwas mehr als die Hälfte der Bandnudeln auf zwei Teller und goss je einen großen Schöpfer von der Soße darüber. Zum Schluss streute sie etwas grob gehobelten Parmesan darüber und betrachtete ihr Werk. Zufrieden lächelnd nahm sie die beiden Teller und trug sie auf die Terrasse.

Christian roch. »Das duftet köstlich. Offen gestanden bin ich hungrig wie ein Löwe.«

»Ich hoffe, es riecht nicht nur gut, sondern schmeckt dir auch.«

»Moment!« Er drehte einige Bandnudeln auf die Gabel und kostete. »Wunderbar.«

»Das freut mich.« Katrin begann ebenfalls zu essen; auch sie war hungrig.

Während sie aßen, sprachen sie wenig. Christian lobte den Wein, und Katrin entschuldigte sich dafür, nur eine Hauptspeise zubereitet zu haben, was er entschieden zurückwies. Immerhin hatte er sie mit seinem Vorschlag überfallen.

Erst als sie ihre Teller geleert hatten, Christian mit einem Nachschlag, begannen sie das eigentliche Gespräch.

»Nach unserem Ausritt war Stella viel ausgeglichener als sonst. Hättest du nicht Lust, dich öfter um sie zu kümmern?«

»Aber ja! Liebend gern. Sie ist ein tolles Pferd.«

»Das freut mich. Vielen Dank. Mit dieser geballten Ladung an Energie können nicht besonders viele Menschen umgehen.«

»Ja, die Lady ist in der Tat nicht *ohne.*«

»Ich habe leider viel zu wenig Zeit. Wobei, heute hat sich ein junger Mann als Stallbursche bei mir vorgestellt.«

»Suchst du einen zweiten?«

»Eigentlich nicht. Er stand auf einmal vor mir und hat mich um eine Stelle gebeten. Die Idee ist gar nicht so schlecht. Franz kommt auch mit den schwierigen Pferden zurecht, nur geht es ihm wie mir. Er könnte jemand gebrauchen, der ihm zur Hand geht. Dann bin auch ich entlastet.«

»Wie ist der Junge auf dich gekommen?«, fragte Katrin.

»Keinen Schimmer. Dominique Brauner heißt er. Das Abitur hat er fertig und möchte sich eine Auszeit nehmen, bevor er seinen weiteren Weg plant. Wegen eines Unfalls in der Kindheit ist irgendetwas mit seinem linken Bein nicht in Ordnung. Mehr weiß ich nicht.« Christian warf einen prüfenden Blick auf Katrin. »Alles okay?«

Erst jetzt bemerkte sie, wie sie Christian anstarrte, als wollte sie ihn hypnotisieren. »Entschuldige. Ich war nur kurz verblüfft wegen des Namens.«

»Warum?«

»Ich kenne den Jungen. Das heißt, ich kannte ihn als Kind.«

»Interessant. Wer ist er?«

»Alexanders Neffe, der Sohn seines älteren Bruders Bernhard.«

»Deines Ex' Alexander?«

Katrin nickte. »Dominique trägt den Familiennamen seiner Mutter. Sie und Bernhard waren nicht verheiratet.«

»Dann weißt du mehr über den Unfall?«

»Er ist als kleines Kind von einem Klettergerüst gefallen. Dabei hat er sich den Unterschenkel und das Knie zertrümmert.« Katrin strich über ihre Augenbraue. »Ich überlege gerade, wie alt Dominique jetzt ist, älter als achtzehn auf jeden Fall. Wegen der OPs musste er in der Schule immer wieder zurückgestellt werden.«

»Der arme Junge! Er hinkt ein wenig, man bemerkt es aber kaum. Ich glaube nicht, dass es ihn bei der Arbeit behindern würde.«

»Dominique war ein reizendes Kind und sehr tierlieb. Selbst in der schlimmsten Zeit nach dem Unfall ist er fröhlich geblieben. Ich kann mich noch gut erinnern.«

»Wir sind durch den Stall gegangen, und ich habe ihn mit den Pferden beobachtet. Man merkt, dass er Tiere mag.« Christian beugte sich vor. »Soll ich nachschenken?«

Katrin nickte, und er goss nach. Sie prosteten sich zu.

»Darf ich dich auch einmal zu mir einladen?«

»Sehr gerne.«

»Okay. Dann bin ich das nächste Mal an der Reihe. Als Option behalte ich mir aber bitte vor, dich zum Essen in ein Restaurant einzuladen. Nur für den Fall, dass der betreffende Tag unerwartet stressig ausfällt und ich keine Zeit habe zu kochen. Bei mir ist das immer schwer einschätzbar. Passt das für dich?«

»Das ist völlig in Ordnung.«

»Wie sieht es denn mit deiner freien Zeit aus?«

»Ich bin flexibel. Abends habe ich fast nie etwas vor. Maximal treffe ich mich mit meinen Freundinnen.«

»Sabrina, Veronique und Isabella. Ich habe gehört, ihr seid in der Jugend eine eingeschworene Gruppe gewesen.«

»Oh ja, das waren wir. Und sind es bis heute. Nur Kiki fehlt.« Katrin senkte den Blick.

»Als ich nach Kirchbergen gekommen bin, war sie bereits nach Waidhofen gezogen. Wir haben uns nicht oft gesehen, ich fand sie sehr … witzig. Eine toughe Frau.«

Katrin lächelte. »Kiki war die Wilde, Mutige von uns. Sabrina die Liebe und Herzliche, Veronique die Vernünftige, ein bisschen Mondäne, und Isabella die Ruhige, Besonnene.«

»Und du?«

»Ich weiß nicht recht, irgendetwas dazwischen, außer wild und übertrieben sportlich, das bin ich nie gewesen. Lesen und Schreiben waren meine großen Leidenschaften, das Reiten auch, und mit Menschen geplaudert habe ich ebenfalls gern. Harmonie war mir immer wichtig. Im Grunde alles Eigenschaften, die ich auch heute noch in mir trage.« Katrin lachte. »Das klingt ziemlich langweilig und kitschig.«

»Überhaupt nicht! Das sind sehr sympathische Eigenschaften, wenn ich das sagen darf.« Er legte die Finger auf sein Kinn und rieb daran. »Isabella war ein ruhiges Mädchen?«

»Kaum vorzustellen, was? Aber ja, sie war richtig schüchtern.«

Christian antwortete nicht darauf, sondern schwenkte um. »Wie gefällt dir die Arbeit im Buchladen?«

»Wirklich gut. Es fehlt nur an Kunden.« Katrin neigte den Kopf. »Ich überlege, wie man das Geschäft beleben könnte.«

»Hast du schon Ideen?«

»Nur Ansätze. Themenabende, Buchbesprechungen, Lesungen ...«

»Für Lesungen lädst du Autoren ein, die aus ihren Werken vorlesen, Fragen beantworten, Bücher signieren?«

»Ja, so läuft es ab. Aber es muss nicht immer zwingend ein Autor sein. Genauso gut könnte Herr Lindenborg einmal etwas vortragen. Er sammelt historische Schriftstücke über Kirchbergen und das Waldviertel. Es ließe sich bestimmt etwas Passendes finden. Ich bin nur leider noch nicht dazu gekommen, seine Sammlung zu inspizieren.«

»Das klingt gut. Aber warum ziehst du es zum Auftakt nicht als größere Veranstaltung auf? Zum Beispiel unter der Schirmherrschaft der Gemeinde.«

»Hm ...« Kurz ließ Katrin Christians Vorschlag auf sich wirken. »Stephans Unterstützung hätte ich bestimmt. Es müsste nur regelmäßig etwas nachfolgen, sonst bringt es nichts. Das würde dann aber eher in einem normalen Rahmen ablaufen, sonst wird es zu aufwendig.«

»Aller Anfang ist schwer. Wenn du beim ersten Ereignis in die Vollen greifst, erfahren mehr Menschen davon, die sich vielleicht auch für die weiteren Veranstaltungen interessieren, selbst wenn die dann kleiner ausfallen. In Kirchbergen geschieht nicht viel, die Einwohner freuen sich über jeden Anlass.« Christian trank einen Schluck. »Mit Stephan meinst du den Bürgermeister?«

»Ja, wir sind Jugendfreunde. Was ich so mitbekomme, ist er sehr bemüht um Kirchbergen und seine Bewohner.«

»Das kann ich bestätigen. Als ich den Reiterhof aufgebaut habe, hat er mich unterstützt, wo er konnte. Ich kenne niemanden, der ihn nicht mag. Erzähl mir mehr von dieser historischen Sammlung. Das klingt sehr spannend.«

»Herr Lindenborg hat einen eigenen Raum dafür eingerichtet, sogar mit zwei speziellen Vitrinen für die besonderen Werke. Als er nach Kirchbergen gezogen ist, hat er begonnen, alles über den Ort und überhaupt das ganze Gebiet des Waldviertels zu sammeln. Mittlerweile ist das Zimmer von unten bis oben voll mit Schriftstücken.«

»Das wäre doch optimal für deine erste Veranstaltung. Herr Lindenborg liest aus historischen Werken über Kirchbergen vor, und drum herum packst du ein nettes Rahmenprogramm. Schon hast du ein richtiges Dorffest, zu dem alle herbeiströmen.«

»Dafür ist im Buchladen aber nicht genug Platz.«

»Du hast den Kirchbergener Marktplatz vor der Tür. Nutze ihn doch!«

Katrin legte den Kopf schief. »Eine normale Lesung im Laden lockt nur Menschen an, die ohnehin in der Welt der Bücher beheimatet sind. Zusätzlich ein paar Neugierige und solche, die gratis Kaffee und Kuchen wittern. Mit einer groß aufgezogenen Variante hingegen spricht man alle an.«

Christian lehnte sich zurück. »Lass deinen Gedanken freien Lauf. Das hilft.«

Katrin nickte eifrig. »Die Lesung müsste auf jeden Fall im Mittelpunkt stehen. Es dürfte keinen Zweifel daran geben, warum das Fest eigentlich stattfindet. Stephan könnte eine Rede halten und auch moderieren. Es ist wichtig, eine Person zu haben, die durch die Veranstaltung führt. Niemand ist in diesem Fall besser geeignet als der Bürgermeister. Es müsste zu essen und zu trinken geben und einige Programmpunkte als Rahmen. Auf die Schnelle fällt mir nichts Spezielles ein, aber es ließe sich sicherlich einiges finden … Alles unter der Voraussetzung, Stephan stimmt zu.«

»Du solltest bald anfangen. Wenn dem Bürgermeister die Idee gefällt, hast du eine Menge Arbeit vor dir.«

»Du hast vollkommen recht.« Katrin strahlte Christian an. »Ich bin so froh, dass wir auf das Thema gekommen sind.« Bis jetzt war Katrin die verschiedenen Möglichkeiten nur in Gedanken durchgegangen. Zeit und Muße hatten ihr gefehlt, um sich ausführlich damit zu beschäftigen. Außerdem wäre ihr selbst eine Veranstaltung in größerem Rahmen erst gar nicht eingefallen. Wollte sie etwas auf die Beine stellen, musste sie es aber wirklich schnellstens angehen. Gleich morgen würde sie mit Ernst darüber sprechen. »Danke.«

»Danke … wofür?«

»Für den Impuls.«

»Gern geschehen. So hast du auch etwas davon, dass ich mich auf einen Drink eingeladen habe.«

»Der Drink!« Katrin sprang auf. »Fast hätte ich das vergessen. Hast du Lust auf einen Gin Tonic?«

»Ich hätte auf vieles Lust.« Er zwinkerte ihr zu. »Ich trinke aber nicht allein.«

»Keine Sorge, das musst du nicht. Ich bin gleich wieder da.« Katrin eilte in die Küche und machte sich an die Arbeit. Ein Freund von Thomas hatte während seiner Studienzeit als Barkeeper gearbeitet und ihr beigebracht, einige Cocktails und Longdrinks zu mixen.

Während sie die Gurke in feine Scheiben schnitt, ließ sie den bisherigen Abend Revue passieren. Ihre Nervosität war gänzlich verflogen. Sie fühlte sich in Christians Gegenwart wohl und genoss es sogar, ihm körperlich näher zu sein als bei den Ausritten. Vielleicht hatten Veronique und Sabrina recht.

Worauf sollte sie warten? Thomas hatte sich mit wahrer Eiseskälte von ihr getrennt, Alexander, der ohnehin nicht zählen durfte, behandelte sie wie eine Fremde. Auf ihrer Terrasse saß hingegen ein überaus anziehender Mann, der sich ohne Zweifel für sie interessierte.

Sie warf je drei Gurkenscheiben in die Gläser, goss zwei gute fingerbreit Gin ein und füllte mit Tonic Water auf. Dann gab sie ein wenig weißen Pfeffer dazu und vollendete den Drink mit reichlich Eiswürfel.

Als sie zum Finale vorsichtig umrührte, stand ihr Entschluss fest: Sie wollte nach vorne sehen und nicht der Vergangenheit nachhängen. Bedeutete das, Christian näher kennenzulernen, würde sie sich nicht verschließen.

Entschlossen griff sie nach den beiden Gläsern, ging zurück auf die Terrasse und reichte Christian ein Glas. »Bitte.«

»Danke.« Er nippte. »Wow, dieser Gin Tonic schmeckt toll, frisch und würzig. Ich habe ihn noch nie mit einer Gurke und … was ist da noch drinnen?«

»Weißer Pfeffer. Und ich verspreche, das nächste Mal fällt das Abendessen umfangreicher aus. Außerdem kenne ich noch mehr Gin-Tonic-Varianten. Heute war die Zeit zu knapp. Außerdem muss ich alles noch zu Fuß erledigen, die Schlepperei ist mühsam.«

»Ja, ohne Wagen kommt man hier nicht gut aus. Als Nächstes bin aber ohnehin ich dran mit Kochen. Und bis zu deinem Essen darauf hast du bestimmt schon ein Auto.«

»Ich hoffe.« Katrin lächelte, ging aber nicht weiter auf die von ihr ausgesprochene Einladung ein. Der Vorstoß war für ihre Begriffe bereits mutig genug gewesen. Das Auto-Thema war bei Weitem neutraler. »Selbst in Berlin hatte ich einen Wagen.«

»Warum holst du ihn nicht hierher?«

»Er gehört … Thomas.« Wie seltsam weit entfernt es sich plötzlich anfühlte, Thomas' Namen auszusprechen.

»Hast du etwas Bestimmtes im Auge?«

»Ich möchte einen kleinen Wagen, zwei oder drei Jahre alt. Vielleicht auch vier, wenn er in Ordnung ist.«

»Ich habe eine Schülerin, deren Vater ist Autohändler. Er führt BMW und Mini. Minis sind echt smarte Autos, klein, wendig und gut, und gebraucht auch nicht so teuer. Soll ich ihn fragen?«

»Das wäre super. Genau so etwas stelle ich mir vor.«

»Ich rufe ihn gleich morgen an und gebe dir Bescheid. Wenn er ein passendes Auto für dich hat, bringe ich dich zu ihm.«

»Das ist sehr nett von dir. Ich kann aber auch mit dem Bus fahren.«

Christian beugte sich vor und berührte mit den Fingerspitzen ihre Wange. »Es bereitet mir Freude, Zeit mit dir zu verbringen.« Er griff nach einer Haarlocke und wickelte sie um seinen Zeigefinger.

Ein Schauer rann über Katrins Rücken. Sie spürte, wie er behutsam an der Locke zog. Ihre Gesichter kamen sich immer näher. Katrin senkte die Lider und fokussierte seine Lippen. Sie waren voll und ebenmäßig geformt. Er hielt sie leicht geöffnet.

Als er sie schließlich küsste, schoss abrupt Alexanders Gesicht durch ihren Kopf. Thomas' Bild hätte sie verstanden, aber Alexanders? Entschieden blinzelte sie ihn weg und schloss die Augen.

Christians Lippen waren weich und spielten mit ihren. Sanft strich er dabei über ihr Haar.

Instinktiv reagierte Katrin auf die behutsame Berührung. Das Gefühl dieser besonderen Wärme durchströmte ihren Körper, und sie registrierte, wie es in ihrem Inneren zu kribbeln begann.

Als sie sich voneinander lösten, ergriff Christian ihre Hand. »Ein wundervoller erster Kuss.« Er stand auf und zog sie mit sich hoch. »Ich muss leider gehen. Morgen ist ein arbeitsreicher Tag.« Er küsste sie noch einmal. »Ich melde mich, sobald ich mit dem Autohändler telefoniert habe.«

Katrin nickte und folgte ihm zur Tür, wo sie sich wieder umarmten.

Erst nachdem Christian die Gartentür hinter sich geschlossen hatte, verschloss sie die Eingangstür und ging in die Küche. Es fühlte sich an, als schwebte sie über dem Boden.

War das eben wirklich geschehen? Hatten sie gemeinsam gegessen? Waren sie sich langsam nähergekommen, und hatte er sie geküsst? Ja, all das hatte stattgefunden, und es war in der Tat ein wundervoller Kuss gewesen. Noch immer hatte sie ganz weiche Knie, und ihre Hände zitterten leicht.

Ihr Leben schritt plötzlich so schnell voran, dass sie kaum noch folgen konnte. Sie war ein besonnener Mensch, der Veränderungen im Normalfall langsam anging. Die momentane Geschwindigkeit war für sie nahezu nicht mehr erfassbar. Vielleicht war sie einfach zu lange Zeit auf der Stelle getreten und musste jetzt alles aufholen, was sie in den letzten Jahren versäumt hatte.

Auf einmal fühlte sie sich unglaublich müde. Sie verließ die Küche, ohne sauber gemacht zu haben, und stieg die Treppe hoch. Im Schlafzimmer zog sie sich aus, warf ihr Kleid achtlos über den Stuhl in der Ecke und schlüpfte unter die Bettdecke. Einen Augenblick später war sie bereits eingeschlafen.

Kapitel 25

Als der Wecker klingelte, war Katrin sofort hellwach. Voller Energie sprang sie aus dem Bett und ging ins Badezimmer. Entgegen ihrem üblichen Ritual duschte sie lange und stellte den Wasserhahn am Schluss von achtunddreißig auf fünfundzwanzig Grad. Als das kühle Wasser über ihren Körper lief, erschauderte sie. Still zählte sie von sechzig bis null, dann stieg sie aus der Dusche und wickelte sich rasch in ihren Bademantel.

Dann kleidete sie sich an und stieg die Treppe hinunter. In der Küche schaltete sie die Kaffeemaschine ein und stellte eine kleine Tasse unter den Auslauf. Das Aroma des Kaffees stieg ihr in die Nase. Roch der Kaffee heute intensiver als sonst? Was ein einfacher Kuss doch bewirken konnte!

Auf jeden Fall machte er nicht schlauer, dachte Katrin mit einem verschmitzten Lächeln. Wieder einmal hatte sie vergessen, die Süßstofftablette in die leere Tasse zu geben. Sie holte es nach, verzichtete aber auf die Milch.

Nachdem sie den Kaffee ausgetrunken hatte, verließ sie das Haus und nahm den kürzeren, aber beschwerlicheren Weg über den Kirchenberg.

Als sie den Buchladen mit einem fröhlichen »Wunderschönen guten Morgen, lieber Ernst!« betrat, wurde sie eindringlich gemustert.

»So fröhlich?« Er verschränkte die Arme. »Was ist Außergewöhnliches geschehen?«

»Ach, nichts.« Warum konnte sie dieses alberne Grinsen nicht unterdrücken? Katrin fühlte sich ertappt. Einerseits wollte sie die Neuigkeit sofort erzählen, andererseits scheute sie sich davor. Wenn der Kuss nur aus der Situation heraus geschehen war, gab es keinen Grund, darüber zu berichten. Sie entschied sich, dieses eine Element des gestrigen Abends vorerst für sich zu behalten. »Christian war gestern bei mir zum Abendessen.«

»Ah, der junge Reitstallbesitzer. Weitet ihr also die Ausritte auf dein Zuhause aus?«

Ernsts Antwort klang zweideutig. War ihm der Satz unbedacht herausgerutscht oder hatte er ihn bewusst so formuliert? Und hörte sie Skepsis in seiner Stimme? Katrin ermahnte sich, nicht plötzlich jedes Wort auf die Goldwaage zu legen, das in Zusammenhang mit Christian stand. »Wir verstehen uns sehr gut. Und gestern hat er mir bei einer Idee auf die Sprünge geholfen. Deshalb bin ich so fröhlich.«

Er ging nicht weiter auf Christian ein. »Welche Idee?«

»Du weißt, ich überlege, wie wir das Geschäft ankurbeln könnten.«

Ernst nickte. »Du sprichst die Lesungen an.«

»In diesem Fall die erste Lesung, unsere Premiere sozusagen! Wir machen ein richtiges Fest daraus mit einem ganz besonderen Vortrag und bitten Stephan, die Schirmherrschaft zu übernehmen.«

»Woran denkst du im Speziellen, wenn du *besonderen Vortrag* sagst?«

»An dich und deine Chroniksammlung. Du bist ein ausgezeichneter Vorleser, das weiß ich noch von früher.«

Ernst zog die Augenbrauen hoch. »Die Idee gefällt mir grundsätzlich gut. Sofort drängen sich mir jedoch zwei Fragen auf: Wo willst du es machen? Und wie sollen wir es organisieren? Sogar eine dritte habe ich noch: Hast du schon bestimmte Vorstellungen?«

Katrin wiegte den Kopf. »Eins und zwei hängen ausschließlich von Stephan ab. Ich denke nämlich an den Marktplatz als Veranstaltungsort, dem muss er zustimmen. Und wir brauchen seine Hilfe. Ohne die Ressourcen der Gemeinde wird es nicht funktionieren.«

»Wohl wahr. Zur dritten Frage …«

»Deine Lesung ist das Herzstück der Veranstaltung. Davor und danach brauchen wir einige kleinere Programmpunkte. Und damit die Gäste sich rundum wohlfühlen, müssen sie bewirtet werden. Weiter bin ich noch nicht gekommen, offen gestanden.«

»Weiter müssen wir auch noch nicht denken, meine ich. Der erste Weg führt zum Bürgermeister, dann sehen wir weiter.« Ernst strich sich über das Kinn. »Soso, Christian ist das eingefallen, wirklich nicht übel die Idee des jungen Mannes.«

»Ich hätte nie so groß gedacht, um ehrlich zu sein.«

»Du darfst nicht vergessen, wie er aufgewachsen ist. Eine solche Veranstaltung hat für ihn quasi den Stellenwert eines Familiendinners.«

»Ich weiß nur, dass seine Familie ein großes Gestüt in Bayern betreibt.«

»Wenn Christian in den Buchladen kommt, halten wir zumeist ein kleines Schwätzchen ab. So habe ich im Laufe der Zeit mehr über seine Herkunft erfahren. Das Gestüt ist auf einem Schloss untergebracht; er hat mir Fotos gezeigt. Ihre Pferde sind hoch angesehen und werden unter anderem an Königshäuser verkauft. Sein Vater ist auf Du und Du mit vielen Adeligen, auch Hochadel.«

»Das hätte ich nicht gedacht. Er wirkt so … normal«, antwortete Katrin erstaunt.

»Ich denke, nichts anderes möchte er sein. Erzähle ihm deshalb bitte nicht, dass ich es dir gesagt habe.«

»Selbstverständlich. Er hat sich übrigens sehr für deine Sammlung interessiert. Ich hab ihm leider nur nicht viel darüber berichten können. Ich bin noch immer nicht dazu gekommen, sie mir genauer anzusehen. Dabei wäre es für die

Veranstaltung enorm wichtig. Wir sollten vorbereitet sein für den Fall, dass alles klappt.«

»Damit brauchst du dich nicht zu belasten. Ich kenne jedes Blatt und jede Textstelle. Was stellst du dir denn für die Lesung vor?«

»Ich weiß nicht, bunt Gemischtes? Vielleicht ein altes Kochrezept, etwas Rechtliches oder Medizinisches, wir könnten, wenn es passt, zusätzlich einige alte Pläne herzeigen, toll wäre natürlich auch eine Geschichte über etwas, das in Kirchbergen geschehen ist.«

Ernst schürzte die Lippen. »In meiner Sammlung befindet sich ein für mich persönlich wahrer Schatz. Ich hadere, ihn zu benutzen.«

»Ist der Inhalt zu brisant?«

»Aber nein.« Er seufzte. »Unlängst wolltest du doch mehr über mich erfahren. Unter anderem, wie ich nach Kirchbergen gekommen bin.«

»Oh ja.«

»Es war wegen einer Frau. Sie stammte aus Kirchbergen und hat den Anstoß gegeben, die alten Werke zu sammeln. Genau genommen hatte sie schon damit begonnen, bevor ich sie kennengelernt habe. Ihre Urgroßmutter hat als Hebamme in der Gegend gearbeitet und all ihre Erlebnisse und Eindrücke niedergeschrieben. Ein Großteil betrifft ihre Arbeit, folglich viele in mancher Hinsicht pseudomedizinische Abhandlungen und ihr Wissen rund um die Geburt. Darüber hinaus berichtet sie über das tägliche Leben der Menschen. Was sie gegessen haben, über Feierlichkeiten, wie die Häuser aussahen und wie sie eingerichtet waren. Über die Landschaft, das Wetter, die Arbeitsabläufe im Dorf.«

»Das klingt ja perfekt und höchst interessant.«

»Ist es auch. Aber selbst für mich war es schwierig zu lesen, es ist nämlich in Kurrent geschrieben.«

»Ach, wir tippen die betreffenden Passagen einfach ab, das

kann ich erledigen. Du diktierst, und ich schreibe.« Sie fing Ernsts Blick auf. »Du möchtest nichts aus ihrer Familie preisgeben?«

»Auch daran liegt es nicht. Die Hebamme hat keine Familieninterna im eigentlichen Sinn beschrieben. Die wenigen zu persönlichen Stellen muss man nicht nehmen. Hauptsächlich geht es – wie gesagt – um ihren Beruf. Anwendungsmethoden zum Beispiel, wie sie in Einzelfällen gehandelt hat und warum. Es reicht bis zur Beratung, wie Frauen versuchen können, Schwangerschaften zu vermeiden oder schwanger zu werden.«

»Das wäre wirklich genau das Richtige! Warum magst du die Texte nicht benutzen? Oder ist meine Frage zu persönlich?«

»Nein, ich erzähle dir gerne, warum. Ich schließe es auch nicht aus, es ist nur nicht einfach für mich. Es erinnert mich an Elisabeth. So hat sie geheißen.« Er schob den Zeigefinger unter seine Brille und rieb über sein Auge. »Sie ist früh gestorben, musst du wissen. Es war ihr Herz.« Sein Blick richtete sich auf einen imaginären Punkt in der Ferne. »Wie kann ein Herz versagen, das so voller Liebe und Lebensfreude schlägt?« Eine tiefe Gram spiegelte sich in Ernsts Gesicht wider.

Instinktiv machte Katrin einen Schritt auf ihn zu, um ihn zu umarmen, doch die Ladentür öffnete sich, und sie verharrte.

Christian stand mit einem strahlenden Lächeln im Türrahmen. »Einen schönen guten Morgen.« Er ging zu Ernst und schüttelte ihm die Hand, dann drückte er Katrin einen Kuss auf den Mund und sagte: »Ich komme mit guten Nachrichten, und ein Buch brauche ich auch.«

»Welche guten Nachrichten?«, fragte Katrin, und Ernst fügte hinzu: »Welches Buch brauchen Sie denn, Christian?«

Christian lachte. »Ihr seid bereits ein gut eingespieltes Team.« Er wandte sich an Katrin. »Gleich in der Früh habe ich mit dem Autohändler telefoniert. Er hat drei Minis in seinem Fuhrpark zum Verkauf, die auf deine Angaben passen. Wenn du Zeit hast, bringe ich dich am Nachmittag zu ihm.« Ernst erklärte er: »Katrin braucht ein Auto. Ich unterrichte die Tochter eines Autohändlers, den habe ich wegen eines Wagens angerufen. Der Tochter möchte ich als kleines Dankeschön für den hoffentlich kulanten Preis ein Geschenk mitbringen.«

»Eine gute Idee.« Ernst nickte zustimmend. »Wie alt ist die Tochter?«

»Sie ist elf. Das Buch sollte – natürlich – von Pferden handeln.«

»Lass mich einmal nachsehen.« Ernst ging zu dem Regal mit den Kinder- und Jugendbüchern.

Christian nutzte die Gelegenheit. »Ich wollte dich so rasch wie möglich wiedersehen«, flüsterte er Katrin zu.

Sie spürte, wie ihr die Röte in die Wangen schoss. »Das ist schön. Und danke. Es ist total lieb von dir, dass du dich um das Auto kümmerst. Lass mich aber bitte zumindest das Buch für das Mädchen bezahlen.«

»Das kommt nicht infrage.«

Ernst kam mit einem Buch in der Hand zurück. »Ich glaube, ich habe genau das Richtige gefunden. Reiterhof Eulenburg von Charlotte Link. Es gibt mehrere Bände. Hier ist der erste: Mitternachtspicknick. Sollte das Mädchen die Reihe schon gelesen haben, tausche ich es natürlich um. Wir finden bestimmt etwas.«

»Ich denke, die Gefahr besteht nicht. Vom Vater weiß ich, dass die Kleine lieber auf einem Pferd sitzt oder über die Wiese tollt, als zu lesen. Aber vielleicht entdeckt sie genau mit diesem Buch die Lust am Lesen. Ich habe Lesen auch gehasst, bis ich das erste für mich richtige Buch in der Hand gehalten habe. Ab da war ich aber voll dabei, und es hält bis heute an, wie Sie wissen.«

Ernst lächelte. »Ist man erst auf den Geschmack gekommen, lässt es einen nicht mehr los.«

Die beiden Männer gingen zum Kassenpult, und Christian bezahlte.

Erneut öffnete sich die Ladentür.

Alexander betrat das Geschäft. »Hallo, Katrin, Grüß Sie, Herr Lindenborg. Christian, ich habe dein Auto vor der Tür stehen gesehen.«

»Brauchst du etwas von mir?«, fragte Christian.

»Ja. Ich habe Gäste aus Italien in der Brennerei, eine Gruppe hochdekorierter Gastronomen. Die Damen möchten am Wochenende einen Ausritt machen. Angeblich können sie es. Aber du weißt, wie das ist.« Alexander drehte die Augen zur Decke.

»Oft genug erlebt. Ich checke das schon. Wie viele sind es?«

»Drei.«

Christian sah Katrin an. »Hilfst du mir? Ich könnte ein Schlusslicht gebrauchen.«

»Ja natürlich, sehr gerne.« Inständig hoffte Katrin, niemand würde ihre Anspannung bemerken. Sie fühlte sich wie in einem Schraubstock gefangen.

Christian nickte. »Gut. Samstag, fünfzehn Uhr? Ich nehme den einfachen zwei-Stunden-Weg beim Bach entlang, dann durch den Wald. Da bekommen sie einiges zu bestaunen: die beiden vermeintlichen Miniwackelsteine, den kleinen Wasserfall und die verfallene Mühle.«

»Perfekt. Ich bringe sie zu dir. Eine Bewirtung am Hof bei dir brauchen sie übrigens nicht. Das erledige ich dann in der Brennerei. Wir rechnen wieder über mich ab. Das Übliche?«

»Wie immer.« Christian hob die Hand. »Ich muss jetzt los. Vielen Dank für das Buch, Herr Lindenborg. Katrin, sobald ich abschätzen kann, wie lange ich mit der Arbeit brauche, melde ich mich wegen des Termins beim Autohändler. Bis fünfzehn Uhr dreißig, sechzehn Uhr müsste ich es aber bestimmt geschafft haben. Dann können wir sofort losfahren.« Wieder küsste er sie auf den Mund und verließ den Buchladen.

»Sind meine Zeitschriften für diesen Monat schon gekommen?«, fragte Alexander.

»Nein, noch nicht. Ich rufe dich an, wenn sie geliefert worden sind«, antwortete Ernst.

»Danke.« Alexander tippte sich an die Schläfe. »Ich wünsche euch einen schönen Tag.« Auch er verließ den Laden.

»Soso, gestern ist also nichts geschehen?«, fragte Ernst, sobald die Tür sich hinter Alexander geschlossen hatte.

»Ein Kuss, ein etwas … längerer Kuss. Sonst nichts. Wirklich nicht.«

Ernst hob die Hand und lächelte. »Du bist nicht sechzehn Jahre alt, und ich bin nicht dein Vater. Der hatte damals vielleicht seine Probleme mit dem Zweiten, ich weder mit eins noch zwei.«

»Welchen Zweiten meinst du? In meiner Jugend hat es nur Alexander gegeben.«

»Er war der Zweite, der zur Ladentür hereingekommen ist. Derselbe, dem es im Übrigen überhaupt nicht gefallen hat, dass der Erste offenbar in jeder Hinsicht Erster ist.«

»Oh, jetzt verstehe ich.«

»In der Regel arbeitet dein Verstand deutlich schneller. Wer oder was verdreht dir den Kopf?« Sichtlich amüsierte Ernst sich über Katrins Zustand.

»Machst du dich über mich lustig?«

»Mein liebes Kind, du ahnst nicht, wie du mein Leben bereicherst. Ich fühle mich wie neu geboren. Beantwortet das deine Frage?«

Unwillkürlich musste Katrin schmunzeln. »Es freut mich, zu deiner Erheiterung beizutragen. Ich allerdings fühle mich ganz und gar nicht gut.«

»Komm, setzen wir uns. Was beschäftigt dich?«

Katrin ließ sich in die Couch fallen. »Du hast gesagt, Alexander hat es nicht gefallen, Christian hier anzutreffen. Das ist leider ein Irrglaube. Er sieht mich nicht einmal richtig an.«

»Ich habe angenommen, dein Fokus hat sich ohnehin spätestens seit gestern Abend verlagert.«

Katrin hob die Arme. »Ich weiß, dass ich nichts weiß.«

»Du formulierst Ciceros Übersetzung, nicht das Originalzitat des Sokrates: Ich weiß, dass ich *nicht* weiß. Es liegen Welten zwischen diesen beiden Formulierungen. Aber das solltest du wissen.«

»Ich muss siebzehn oder achtzehn gewesen sein, als wir darüber philosophiert haben. Ein Professor am Gymnasium ist uns immer mit dem falschen Spruch gekommen, und ich habe dich gefragt, was das zu bedeuten hat. Kannst du dich daran erinnern?«

»Selbstverständlich kann ich das, deshalb habe ich dich jetzt auch korrigiert.« Ernst lächelte versonnen. »Ich glaube, ich habe mich damals ziemlich aufgeregt über diesen Lehrer.«

»Oh ja, und wie du das hast. Am liebsten hättest du ihm einen Besuch abgestattet.«

»Und, kennst du sie noch, die korrekte Bedeutung?«

Katrin richtete sich auf. »Sokrates war sich bewusst, dass ihm die volle Weisheit beziehungsweise das über jeden Zweifel erhabene Wissen fehlt. Deshalb: Ich weiß, dass ich nicht weiß.«

»Völlig richtig. Wunderbar! Der gute alte Cicero hat einfach ungenau übersetzt. *Nicht wissen* bedeutet etwas ganz anderes als *nichts wissen.*«

»Ich meinem Fall weiß ich aber wirklich *nichts.* Ach, Ernst, was ist nur los mit mir? Ich bin glücklich, verwirrt und deprimiert zugleich.« Wie sollte sie ihre innere Zerrissenheit erklären? Sie war eine frisch getrennte Frau, die mehr an ihre Jugendliebe dachte als an den jüngst verlorenen Partner, dabei die Avancen eines anderen Mannes gut fand, vielleicht sogar dabei war, sich zu verlieben.

»Sofern es sich um keine rhetorische Frage handelt, habe ich eine mögliche Erklärung für dich.«

»Die will ich unbedingt hören.«

»Du bist noch immer in den einen verliebt, hast vielleicht sogar nie aufgehört, ihn zu lieben, turtelst jedoch mit dem anderen, weil das eigentliche Objekt der Begierde dich ignoriert.«

Wieder fiel ihr der Spruch aus *Vom Winde verweht* ein. Er passte auch jetzt perfekt. Sie sprach ihren Gedanken aus: »*Morgen ist auch noch ein Tag.* Seit ich in Kirchbergen bin, fällt mir der Spruch bereits zum zweiten Mal ein.«

»Noch einmal, und wir haben einen Running Gag, weil aller guten Dinge sind drei. So nennt ihr das doch heute: einen Running Gag?«

Katrin klopfte auf die Couch. »Keine Sorge, es fällt mir bestimmt noch öfter ein. Dann haben wir also ein Ritual *und* einen Running Gag.«

Kapitel 26

Katrin stieg vom Pferd und half Marcella abzusitzen. Christian kümmerte sich indessen um die beiden anderen Damen. Wie er vermutet hatte, handelte es sich bei den drei Italienerinnen um keine Reiterinnen im eigentlichen Sinn. Bestimmt hatten sie in ihrem Leben schon einmal auf einem Pferd gesessen, jedoch sicherlich keine ordentliche Grundausbildung absolviert. Nichtsdestoweniger war der Ausflug ein Erfolg gewesen. Neben Mary konnte Christian auf vier weitere Pferde aus seinem Stall zurückgreifen, auf die Verlass war.

Sie hatten sogar einen etwas schwierigeren Umweg gewagt, weil eine der Damen in einem Reiseführer über das Waldviertel auf den berühmt-berüchtigten Räuberhauptmann Grasel gestoßen war und eine seiner mutmaßlichen Höhlen hatte sehen wollen.

Nachdem die Damen es alle von den Pferden geschafft hatten, streckten und dehnten sie sich ausgiebig. Dann versuchten sie, beim Versorgen der Pferde behilflich zu sein. Obwohl sie keine Ahnung davon hatten, waren sie mit vollem Eifer dabei.

Christian zeigte Marcella gerade, wie man die Gurte eines Sattels löste, als Alexander im Schritttempo in den Hof fuhr.

»Entschuldigt die Verspätung«, sagte er, nachdem er sich zu ihnen gesellt hatte.

Christian winkte ab. »Kein Problem. Wir sind eben erst zurückgekommen.«

An die Damen gewandt sagte Alexander: »Buona sera. I hope you enjoyed the ride.«

»It was so nice! Grazie«, antwortete Marcella stellvertretend für alle. Sie war eindeutig die Lebhafteste der kleinen Gruppe.

»Fine. Tell me everything in the car.«

Die Italienerinnen verabschiedeten sich herzlich und gingen zögerlich zum Auto. Offensichtlich wären sie gerne noch geblieben.

»Danke, Christian. Ich bringe die Damen jetzt wieder zu ihren Männern. Das Programm geht bald weiter. Schönen Abend noch!«

»Immer gerne. Ah, Alexander! Das hatte ich ganz vergessen, dein Neffe hat mich nach einem Job gefragt … Dominique Brauner.«

Alexander schien nicht überrascht. »Er ist ein fleißiger Junge. Er wird dich nicht enttäuschen, sofern du jemand gebrauchen kannst. Ich finde es gut, dass er vor Beginn des Studiums arbeiten will. Also dann …«

Katrin und Christian sahen Alexander zu, wie er den Wagen aus dem Hof lenkte.

»Den Damen wird heute Abend gehörig der Hintern wehtun«, bemerkte Christian.

Katrin lachte. »Nicht nur heute Abend, das wird sich über einige Tage ziehen. Aber ich finde, sie haben sich tapfer geschlagen. Und sie sind sehr nett.«

»Das stimmt.« Er betrachtete sie von der Seite. »Darf ich dich etwas Persönliches fragen?«

»Natürlich.«

»Du und Alexander … könnt ihr euch so gar nicht mehr leiden?«

»Wie kommst du darauf?«

»Du wirkst in seiner Gegenwart alles andere als entspannt, und er scheint dich bewusst zu … ignorieren, oder besser ausgedrückt: dich irgendwie auszuklammern.«

Fiel es also bereits anderen auf! Ernst meinte, Alexander wäre eifersüchtig; Christian dachte, sie verstünden sich nicht.

Was sollte sie antworten? »Wir waren fast noch Kinder, als wir zusammen gewesen sind, dann haben sich unsere Wege getrennt, ohne großes Drama. Es hat keinen finalen Streit gegeben, der bis heute nachwirkt, wenn du das vermutest. Im Grunde sind wir uns fremd, trotzdem auf komische Weise vertraut. Vielleicht ist unser Verhalten deswegen eigenartig. Es steckt weder etwas Gutes noch etwas Schlechtes dahinter.«

»Okay. Ich will nur nicht zwischen die Fronten geraten. Das mit seinem Neffen gibt mir nämlich schon zu denken.«

»Inwiefern?«

»Hättest du mir jetzt nicht diese Erklärung abgegeben, würde ich denken, der Junge hat sich um einen Job bei mir beworben, um für seinen Onkel ein bisschen zu schauen, was so zwischen dir und mir läuft. Alexander hat eindeutig gewusst, dass Dominique bei mir arbeiten will.«

Katrin brauchte einen Augenblick, um Christians Gedankengang zu folgen. Natürlich, der Rückschluss war durchaus logisch und unter bestimmten Voraussetzungen denkbar. Diese Voraussetzungen gab es jedoch nicht. Alexander interessierte sich nicht für sie, folglich steckte nichts dahinter. »Alexander schickt doch öfter seine Gäste zu dir, wie ich das verstanden habe?«, fragte sie schließlich.

»Öfter wäre übertrieben. Alexander sucht für seine Gäste immer ein Rahmenprogramm, ab und an wollen welche auch reiten gehen. Dann kommt er zu mir. Wir haben seit Längerem eine recht angenehme Übereinkunft diesbezüglich.«

»Somit hast du die Erklärung. Dominique war schon immer verrückt nach Tieren. Alexander wird ihm den Tipp gegeben haben, bei dir anzufragen, weil er weiß, wie sehr auch du Tiere magst. Dominique wäre bei dir gut aufgehoben.«

»Du wirst recht haben. Es war eine blöde Idee von mir. Würde Alexander auf dich stehen, wäre sein Verhalten dir gegenüber echt anders. So gewinnt man keine Frau. Apropos *Frau gewinnen*, möchtest du später mit mir Essen gehen?«

»Ich kann leider nicht, es tut mir leid.« Katrin bemerkte seine enttäuschte Miene und erklärte: »Herrn Lindenborg gefällt die Idee der Lesung mit Rahmenprogramm total gut. Deshalb treffe ich den Bürgermeister dann auf einen Kaffee in der Post. Später kommen Veronique, Sabrina und Isabella zu mir. Das kann ich keinesfalls absagen.«

Christians Züge entspannten sich. »Das geht wirklich nicht.«

»Morgen Abend?«, schlug Katrin vor.

»Die Trattoria Christiano öffnet gerne für dich, zumal am Sonntag die Restaurants in der Regel geschlossen haben.«

»Du willst also kochen?«

»Erwarte nicht zu viel. Für einen Einkauf ist es jetzt zu spät, und morgen haben die Läden geschlossen. Aber ich werde etwas auftreiben bei einer Tankstelle mit Shop oder so. Achtzehn Uhr? Wir trinken ein Glas Champagner – ich hoffe, ich habe noch welchen –, genießen dabei die Abendsonne und essen, was ich ergattern konnte.«

Katrin nickte. »Das klingt wunderbar. Ich freue mich darauf.« Sie blickte in Richtung Tor. »Ich werde jetzt … *fahren.*«

»Du hast eine gute Wahl getroffen. Ich hätte denselben Wagen genommen.«

Katrin hatte sich für den ältesten der drei verfügbaren Minis entschieden. Er war wenig gefahren worden und verfügte über die beste Ausstattung; der Vorbesitzer hatte ihn mit Bedacht gepflegt. Außerdem gefiel Katrin die Farbe am besten, ein kräftiges Metallicblau. »Ich habe eine riesige Freude mit dem Auto. Endlich bin ich wieder mobil. Nochmals … Danke.«

Christian zog sie in die Arme. »Gern geschehen.«

Kurz versteifte Katrin sich, dann lockerte sie ihre Muskeln und schmiegte sich an ihn. Sie wollte es geschehen lassen. Als sie seine Lippen auf ihren spürte, rann ein leiser Schauer über ihren Rücken. Mit einem kaum merklichen Seufzer ergab sie sich seinem sanften Kuss.

Kapitel 27

Das Treffen mit Stephan war hervorragend verlaufen. Sowohl persönlich als auch in seiner Funktion als Bürgermeister war er begeistert von Katrins Vorschlag und hatte versprochen, sie in allen Belangen zu unterstützen.

Nun saßen die Freundinnen auf Katrins Terrasse und tranken Eistee. Voller Enthusiasmus hatte sie ihnen gerade alles über das Gespräch mit Stephan berichtet.

»Hat er auch etwas über mich gesagt?« Veronique blickte verlegen in die Runde. »Sorry, aber seit unserem letzten Gespräch denke ich ständig an Stephan. Ich weiß, ich bin dumm.«

»Er hat von deinen kleinen … wie heißen sie … diesen Minitartes geschwärmt«, antwortete Katrin wahrheitsgemäß.

»Die Früchte-Tartelettes?«

»Ja, genau. Die!«

»Das ist interessant. Er ist noch nie in meinem Laden gewesen. Woher will er wissen, wie meine Tartelettes schmecken?«

»Du darfst mich aber nicht verraten. Er schickt seine Sekretärin.«

»Sie kommt zwei-, dreimal pro Woche zu mir.«

»Meine Oma hat immer gesagt, Liebe geht durch den Magen. Katrin liegt wohl wirklich richtig, und ihr habt tatsächlich noch eine Chance. Lässt er sich echt heimlich von Veronique bekochen beziehungsweise *bebacken?*« Sabrina schmunzelte.

Katrin nickte. »Und nicht nur diese Tartelettes. Seine Sekretärin holt ihm alles Mögliche von Veronique.«

Isabella stieß einen abfälligen Ton aus und entgegnete rätselhaft: »Spiele deine Karten aber besser aus als ich.«

Schon als sie das Haus betreten hatte, war Katrin Isabellas bedrückter Gesichtsausdruck aufgefallen. Seit sie zusammensaßen, hatte sie entgegen ihrem sonstigen Verhalten nicht viel gesagt. Selbst als sie ihr gleich zu Beginn eine Zusammenfassung ihres letzten Treffens gegeben hatten, wo sie sich nicht wohl gefühlt hatte, war sie seltsam zurückhaltend und ernst geblieben. Der jetzige Satz sprach Bände. Wie Veronique, Sabrina und sie bereits vermuteten, hatte sie bestimmt Liebeskummer.

Sabrina reagierte darauf. »Isabella, wir machen uns Sorgen um dich. Bitte sag uns, was mit dir los ist. Wir wollten eigentlich nichts erwähnen, aber sieh dich an. Ich kann meinen Mund einfach nicht mehr halten.«

Isabella presste die Lippen aufeinander und schüttelte den Kopf. Sie schien den Tränen nahe.

»Wir können uns doch immer alles erzählen. Du musst das – was auch immer es ist – nicht allein durchstehen.« Veronique beugte sich vor und streichelte Isabellas Schulter.

Isabella fixierte Veronique. »Du sagst, du bist dumm, weil du an Stephan denkst. Du bist nicht dumm. Ihr seid ein Paar gewesen, dann gab es Probleme, und ihr habt euch getrennt. Vielleicht seid ihr bis heute böse aufeinander, trotzdem achtet ihr euch. Du sagst immer, wie toll er als Bürgermeister ist, und er holt sich heimlich deine Bäckereien. Nein, ganz und gar nicht dumm von dir. *Ich* bin dumm.«

»Blödsinn! Warum glaubst du das?«

»Weil ich sämtliche Ratschläge in den Wind geschossen habe. *Mir kann ja nichts passieren.*« Isabella lachte freudlos auf. »Mir kann sehr wohl etwas passieren.«

»Du sprichst in Rätseln«, bemerkte Veronique.

Katrin und Sabrina nickten zustimmend.

Eine Träne löste sich aus Isabellas Augenwinkel und rann über ihre Wange. »Wollt ihr wirklich alles hören?«

»Ja klar.«

Sie seufzte. »Könnt ihr euch an Roland erinnern? Du, Katrin, kennst ihn nicht. Wir sind zusammengekommen, als du schon weggezogen warst. Wir waren vier Jahre lang zusammen.«

»Du liebe Güte! Der Eifersüchtige. Den hatte ich längst vergessen«, entfuhr es Sabrina.

Isabella nickte. »Roland war ungemein lieb und fürsorglich, aber auch wahnsinnig besitzergreifend und eifersüchtig, fast krankhaft eifersüchtig. Mit der Zeit ist es immer schlimmer geworden, bis ich es nicht mehr ausgehalten habe und gegangen bin.«

»Hat er dich nach der Trennung nicht noch eine ganze Weile lang gestalkt?«, fragte Veronique.

»Anrufe rund um die Uhr, er hat mich abgepasst, ist mir nachgefahren. Es war furchtbar. Ich wollte schon zur Polizei gehen, weil ich echt Angst bekommen habe. Aber schließlich hat er aufgehört.« Isabella hob die Hand und schüttelte sie, als wollte sie die Erinnerung fortwischen. »Danach hatte ich einen Horror vor Beziehungen. Ganz alleine wollte ich aber auch nicht bleiben. Also habe ich eine Affäre begonnen. Er war verrückt nach mir, und ich habe es genossen. Keine Verantwortung, volle Hingabe, nur schöne Stunden, und dazwischen konnte ich tun, was ich wollte. Dann kam die nächste Affäre und noch eine.«

»Ich habe immer gedacht, du hast diese Art zu leben bewusst gewählt«, warf Sabrina ein.

»Das habe ich auch. Wahrscheinlich hat mir Roland einen Beziehungsschaden verpasst. Es war zu der Zeit wirklich genau richtig für mich.«

»Warum bist du dann jetzt so traurig?«

»Weil ich mich gegen jede Logik verliebt habe.«

»Aber das ist doch wunderschön! Ich nehme an, es geht um den geheimnisvollen Mann. Versuche es mit ihm.«

»Das geht nicht.«

»Warum nicht?«

»Weil er mich nicht will.« Isabella spie die Worte förmlich aus. »Er sieht mich nicht als mögliche Freundin. Von Anfang an hatten wir eine Übereinkunft: Wenn es sich bei beiden ergibt, verbringen wir angenehme Stunden miteinander. Spaß und Sex, nicht mehr und nicht weniger, dazu absolutes Stillschweigen. In der ersten Zeit war das völlig in Ordnung für mich. Wie die unzähligen Male davor wollte ich auch in diesem Fall nichts anderes.«

»Aber dann hast du Gefühle für ihn entwickelt?«, fragte Katrin.

»Ja. Zuerst habe ich sie verdrängt. Aber dann hat es einfach nicht mehr funktioniert, sie wegzuschieben. Versteht ihr? Die Freude, ihn wiederzusehen. Das besondere Empfinden, wenn er mich berührt hat. Der Schmerz, wenn er offen von seiner Einstellung zu mir sprach.«

»Und als du ihm gesagt hast, wie du dich fühlst, hat er eure Affäre beendet?«, erkundigte Sabrina sich.

»Ich brauchte ihm nichts zu sagen. Ich kenne seine Anschauung. Die Ironie ist, dass er im Prinzip ähnlich tickt wie ich. Es gibt nur einen Unterschied. Ich habe einen Grund, warum ich so geworden bin. Er hat keine Beziehungsphobie, sieht aber eine Partnerschaft grundsätzlich nicht so eng wie die meisten Menschen.«

»Was bedeutet das im Konkreten?«

»Er findet nichts dabei, eine Beziehung zu führen und nebenbei gewisse Möglichkeiten zu ergreifen, wenn sie sich ergeben.«

Veronique brachte es auf den Punkt. »Er ist ein notorischer Betrüger.«

»Er sieht es nicht als betrügen, sondern denkt grundsätzlich anders über Freiheiten und Inbesitznahme eines Menschen.«

»Also bist du gegangen, weil du es nicht mehr ausgehalten hast?«

Isabella seufzte gequält auf. »Nein, ich habe genommen, was ich kriegen konnte. Ich dachte, besser ich sehe ihn heimlich als gar nicht. Im Grunde habe ich mich damit auch nicht schlecht gefühlt, es war wirklich okay. Ich weiß ohnehin nicht mehr, wie eine richtige Partnerschaft ist. Es hätte auch alles wunderbar weiterlaufen können, wäre nicht …«

Katrin, Veronique und Sabrina sahen Isabella fragend an.

»Er interessiert sich für eine andere Frau.«

»Ich persönlich kann mir so etwas zwar nicht vorstellen, aber so wie du es schilderst, ändert sich doch nichts dadurch? Wenn er ohnehin … wie sage ich es jetzt …?« Sabrina sog die Mundwinkel ein.

Isabella nickte. »Sprich es ruhig aus … Wenn er ohnehin nichts dabei findet, mit mehreren Frauen Sex zu haben und die Frau auch mit anderen darf, könnte ich auch weiterhin mit ihm zusammen sein.«

»Puh, ja genau, das meine ich.«

Isabella zog die Brauen hoch. »Auch wenn ihr mich für verrückt haltet, könnte ich über Sex vielleicht hinwegsehen. Es ist aber nicht nur Sex, er interessiert sich ernsthaft für diese Frau. Wenn sie es will, bekommt sie von ihm, was ich mir wünsche und nie von ihm kriegen werde.« Sichtlich rang Isabella um Worte. »Versteht mich nicht falsch, es geht nicht um die Frau. Sie weiß von nichts und kann nichts dafür. Es geht allein um ihn und mich.« Sie gab einen murrenden Ton von sich. »Ich habe meinen Mund nicht halten können und ihn mit allem konfrontiert, ihm eine richtige Eifersuchtsszene gemacht. Und seitdem fühle ich mich schrecklich.«

»Wie hat er darauf reagiert?«, fragte Katrin.

»Er hat mich nicht verstanden. Wie denn auch? Ich bin

wie eine Furie aus heiterem Himmel auf ihn losgegangen. Er hat sich nicht einmal auf eine Diskussion eingelassen. Es täte ihm leid, er hätte mich nicht verletzen wollen, ich wüsste doch, wie er mich sieht, unter diesen Umständen sähe er vorerst keinen Sinn mehr in einer Weiterführung unserer Verbindung. Das war's. Aus. Ende. Es ist vorbei. Um auf deine Frage von vorhin zurückzukommen, Sabrina, ja, eigentlich hat er doch mit mir Schluss gemacht.«

Eine Weile lang schwiegen die Freundinnen.

Schließlich sagte Veronique: »Bis auf unsere Sabrina können wir alle ein Lied mit vielen Strophen von Trennungsschmerz singen. Die Umstände zählen nicht, es tut immer gleich weh.«

»Du kannst es dir im Augenblick nicht vorstellen, aber schließt sich eine Tür, öffnet sich eine andere. Du weißt nun, dass du dich wieder verlieben kannst, dass du beziehungsfähig bist. Auch wenn du es jetzt nicht siehst, etwas Schöneres kann dir nicht passieren«, sagte Katrin.

»Ich bin einfach so enttäuscht, fühle mich gedemütigt und missverstanden. Auch wenn ich das nüchtern betrachtet alles nicht empfinden darf.«

Sabrina schlug mit der flachen Hand auf die Tischplatte. »Verzeih, aber das ist Schwachsinn. Du darfst Empfindungen jeglicher Art haben, du darfst fühlen, und du darfst dich verlieben. Ich weiß nicht, wer er ist, und ich möchte auch gar nicht schlecht über ihn reden. Offensichtlich hat er dich nie belogen, um an dich ranzukommen, sondern dir immer die Wahrheit gesagt. Das ehrt ihn aus meiner Sicht. Aber sei mal ehrlich, die Sache hätte sowieso nicht funktioniert. Selbst wenn die Affäre zu einer Beziehung geworden wäre, hättest du nie glücklich sein können. Durch eure Geschichte weißt du, wie er tickt. Es gäbe keine Vertrauensbasis, und du würdest irgendwann einmal durchdrehen. Katrin hat völlig recht. Sei froh darüber, deinen Beziehungsangstknoten gelöst zu haben, und such dir einen netten, coolen Mann. Dieser ist ein Arsch.« Sabrina presste die Luft aus ihren Lungen. »Entschuldigt, aber das musste ich jetzt loswerden. Auch wenn er in Wahrheit kein Arsch ist.«

Veronique lachte auf. »Aber er ist *für* den Arsch.«

»Ich habe euch lieb.« Isabellas Blick wanderte von Sabrina zu Veronique und blieb einen Moment länger an Katrin hängen. »Ich würde euch so gern sagen, wer er ist, aber ich kann nicht. Ich habe es versprochen. Es tut mir leid.«

»Nichts muss dir leidtun.«

»Ich danke euch.« Isabella lächelte. »Jetzt, wo alles heraus ist, können wir endlich von wichtigen Dingen reden. Katrin, wie stellst du dir deine Veranstaltung vor? Welche Ideen hast du, und was können wir tun?«

Kapitel 28

Vorsichtig blätterte Katrin um und las die nächste Seite. Leider kam sie nur langsam voran. Die Kurrentschrift war schwer für sie zu entziffern. Ernst hatte diese Schrift wenigstens noch in der Schule gelernt.

»Es ist fantastisch«, rief sie Ernst zu, der Bücher in eines der hinteren Regale schichtete. Obwohl Sonntag war und sie sich nur zur ersten Abstimmung für die Veranstaltung im Laden getroffen hatten, nutze er die Zeit, in der Katrin las, um zu arbeiten.

»Nicht wahr! Ihre Sprache ist streckenweise holprig, auch die Mischung aus Mundartausdrücken und versuchtem Hochdeutsch ist gewöhnungsdürftig, aber es lässt sich einiges herausholen.«

»Ich finde das eigentlich recht charmant.«

»Wart's ab, du bist noch am Anfang. Es kommen Passagen, die sind nicht lesbar, schon gar nicht vorlesbar.«

Katrin betrachtete den Stapel an Heften, Einzelblättern, die Ernst in Mappen aufbewahrte, und in Leinen oder Leder gebundene Bücher, die sehr eng und klein beschrieben waren. Offenbar hatten die Bücher der Hebamme besonders viel bedeutet; auf zweien stand in goldener Schrift Diarium. Wahrscheinlich waren es Geschenke gewesen. Zudem hatten aufwendig gebundene Bücher einen anderen Wert gehabt als heute, wo man sie an jeder Ecke für wenig Geld kaufen konnte.

Katrin hob den Kopf. »Du hast doch erwähnt, dass sie sich auch mit Verhütung und Empfängnisproblemen beschäftigt hat?«

Ernst unterbrach seine Tätigkeit und kam zu Katrin. »Ausführlich sogar.« Er zog zwei dunkelgraue Mappen aus dem Stapel und deutete auf ein in Leder gebundenes Buch mit Schloss. »Ich habe damals die einzelnen Blätter nach Themen sortiert, deshalb die verschiedenen Mappenfarben. Was in welchem Buch steht, weiß ich auf Anhieb. Nur bei den Heften muss ich immer nachsehen. Ich wollte sie nicht kennzeichnen und damit vielleicht beschädigen.«

»Danke«, entgegnete Katrin knapp und schlug eine der beiden grauen Mappen auf.

Ernst betrachtete sie prüfend. »Willst du schwanger werden oder das Gegenteil? Egal was, ich würde mich nicht auf diese alten Weisheiten verlassen.« Er zwinkerte ihr zu.

»Oh nein, keine Sorge. Das Thema interessiert mich … nur so.«

»Ach ja, nur so.«

Katrin seufzte. »Also gut, ich kann dir eh nichts verheimlichen. Weißt du von Sabrinas Problemen, nicht schwanger werden zu können?

»Natürlich, das ist allgemein bekannt. Sabrina und Tobias machen kein Geheimnis daraus. Ich finde es bewundernswert, wie sie damit umgehen.«

»Für Sabrina ist es ganz offensichtlich wichtig, darüber sprechen zu können. Ich habe überlegt, das Problem in einem meiner Artikel zum Thema zu machen. So erfahre ich viel darüber und kann besser mit ihr reden. Und vielleicht will sie mir sogar ein wenig helfen. Diese Gefühle kann man wirklich nur vollends verstehen, wenn man selbst betroffen ist.« Katrin tippte auf die Mappe vor sich. »Eine historische Quelle ist nicht der schlechteste Anfang, finde ich.«

»Lies es dir in Ruhe durch. Die Hebamme hat einige schlaue Dinge etwa zum Thema Geisteshaltung niedergeschrieben. Sie verwendet natürlich nicht dieses Wort, auch wirst du keine philosophischen Ansätze finden. Das Besondere daran ist die natürliche Herangehensweise, die des normalen Hausverstandes gepaart mit Wissen. Du kannst alles auch gern mit nach Hause nehmen.«

»Wenn ich abends Zeit habe, nehme ich sie mit und bringe sie am nächsten Tag zurück. Ich will sie nicht tagelang bei mir zu Hause herumliegen lassen. Im Laden sind sie am besten aufgehoben.« Katrin rieb die Handflächen aneinander. »Heute geht zum Beispiel schon einmal nicht, Christian kocht für mich.«

»Wie es dir beliebt. Du kannst frei über die Sammlung verfügen.« Herr Lindenborg kratzte sich am Kinn. »Christian ist ein fescher und wie mir scheint fröhlicher Bursche, außerdem immer nett und höflich.«

»Warum höre ich dann diesen seltsamen Unterton heraus?«

»Ach Kindchen, gib nichts auf etwaige Untertöne eines alten Mannes. Ich kann Christian wirklich gut leiden.«

»Was ist es dann?«

»Ich hatte gedacht, dass du und Alexander vielleicht wieder zueinanderfindet. Ihr seid so verliebt ineinander gewesen. Es war schön anzusehen und hat mich an meine Zeit mit Elisabeth erinnert.«

»Wir hatten aber auch viele Diskussionen und Streits. Sabrina und Tobias sind der bessere Vergleich. Die beiden waren und sind Harmonie pur.«

»Für mich seid ihr beide es gewesen, du und Alexander. Elisabeth war eine emanzipierte Frau, die ihren eigenen Kopf hatte. Im Grunde ein unmögliches Verhalten in der damaligen Zeit. Was ist sie stur gewesen, wenn sie eine fixe Meinung zu etwas gehabt hat! Schlimmer als jedes Maultier.« Ernst lächelte versonnen. »Deshalb musste sie sich ja einen jungen Intellektuellen von außerhalb holen.«

»Darf ich dich etwas fragen, Ernst?«

»Immer alles.«

»Nach dem … Tod deiner …«

»Meiner Frau! Obwohl wir es nicht mehr geschafft haben zu heiraten, war sie meine Frau, und sie ist es auch heute noch, für immer und alle Zeit. Du möchtest wissen, warum ich alleine geblieben bin.«

Katrin nickte und murmelte ein »Entschuldigung«.

»Du musst dich nicht entschuldigen. Ich spreche gerne über Elisabeth, obwohl es vielleicht anders erscheint, weil ich selten über sie erzähle. Nach ihrem Tod habe ich mich lange für keine Frau interessiert. Die Bücher gaben mir Trost, auch das Waldviertel. Es war ihre Heimat, und ich habe mich ihr hier näher gefühlt, bis es selbst zu meiner Heimat geworden ist. Später hatte ich einige Bekanntschaften, eine ernsthafte Bindung konnte ich aber nicht mehr eingehen. Außerdem gefällt es niemandem, im Schatten eines toten Menschen zu leben. Elisabeth ist nach wie vor in meinem Herzen.«

Katrin senkte die Augenlider. Unweigerlich musste sie an Alexander denken.

»Was überlegst du?«, fragte Ernst.

»Nichts, Alexander ist mir nur durch den Kopf geschossen.«

»Ich meine, auch er ist noch immer in deinem Herzen.«

Katrin seufzte. »Er hat mich längst vergessen. Ich kann es gar nicht oft genug betonen.«

»Ich bin nicht überzeugt davon. Aber das tut nichts zur Sache. Keinesfalls sollst du herumsitzen und warten, bis sich der gnädige Herr herablässt, seine Gefühle zu zeigen. Du musst eine Trennung verarbeiten, und Christian scheint dir gutzutun. Kein junger Mensch sollte lange Trübsal blasen, sondern Spaß haben.«

»Du bist aber auch allein geblieben.«

»Das ist etwas völlig anderes. Der Tod verändert sehr viel. Ich bin der Liebe zu Elisabeth treu geblieben, aber ich schwöre dir, ich hatte und habe Spaß.«

»Du hast also doch eine Freundin?« Katrin starrte ihn entgeistert an.

Ernst lachte auf. »Aber nein! Das ließe sich doch nicht geheim halten. Man kann auf viele Arten Spaß haben. Es sind meine Bücher, die erwählte Heimat, all die lieben Menschen hier«, er senkte die Stimme und zwinkerte ihr zu, »und ab und zu rauche ich einen Joint.«

Jetzt war Katrin völlig perplex. Sie musste sich verhört haben. »Du … kiffst?«

Wieder lachte er. »Das hättest du mir nicht zugetraut. Erinnerst du dich, als ich dir kurz nach deiner Rückkehr gesagt habe, dass der Weihrauch nicht nur böse Geister vertreiben soll? Er dient auch dem Verdecken jenes anderen, speziellen Geruches. So, nun kennst du auch das letzte meiner Geheimnisse. Manchmal, wenn ich das Geschäft schließe, setze ich mich noch gemütlich auf die Couch, lese ein Buch und drehe mir einen.«

»Ich glaube es nicht.«

»Was soll ich tun, ich bin ein Kind der Flower-Power-Zeit.« Er schmunzelte. »Du bist jederzeit herzlich eingeladen.«

»Um Himmels willen. Ich habe noch nie …« Katrin besann sich. »Vielleicht, irgendwann.«

Ernst zwinkerte ihr abermals zu und wechselte das Thema. »Zurück zu unserer Veranstaltung. Was haben wir bereits?«

»Wie wir schon besprochen haben, übernimmt Stephan die Schirmherrschaft und wird seine Beteiligung an der Veranstaltung natürlich hervorheben – *Brot und Spiele.* Er will auch die nächste Bürgermeisterwahl gewinnen.«

»Das ist der Preis, den wir zahlen müssen. Und es ist ein guter Preis, finde ich.«

»Allemal. Er unterstützt uns bei der Verbreitung, wir bekommen sämtliches Equipment von der Gemeinde gratis, die Feuerwehr steht bereit, wir brauchen uns keine Sorgen wegen Genehmigungen zu machen.«

»Nicht zu vergessen: Er hält die Begrüßungsrede.«

Katrin hob den Zeigefinger. »Veronique baut einen kleinen Stand auf und sorgt für das kulinarische Wohl, das Hotel Post schließt sich mit den Getränken an. Isabella und zwei Kolleginnen bereiten mit den Kindern etwas vor.«

»Das klingt alles sehr gut.«

Katrin nickte. »Nächste Woche klappere ich noch einige Läden in Kirchbergen ab. Zum Beispiel das Süßwarengeschäft in der Waldgasse. Die führen auch Luftballons und kleinere Spielzeuge für Kinder. Ach ja, die Musik ist auch noch ein wichtiges Thema.«

»Ich nehme an, du denkst bei Musik nicht an eine Blasmusikkapelle.«

»Bloß nicht! Eine Band, die vor allem bekannte Lieder spielt, fände ich schön. Es geht nur um eine Untermalung zwischendurch.«

»Einer der Lehrer an der Schule spielt in einer kleinen Hobbyband Schlagzeug. Letztes Jahr sind sie unentgeltlich beim Feuerwehrfest aufgetreten. «

»Das wäre toll. Fragen wir ihn! Wie heißt er?«

»Raphael Haiding. Er ist sehr nett und macht das sicherlich gerne.«

Isabellas Aufzählung ihrer Liebhaber fiel Katrin ein. Der seltene Name Raphael hatte sich in ihrem Kopf festgebrannt. Das musste Isabellas Raphael sein! »Kennst du ihn besser, diesen Raphael?«

»Aber ja. Wie Isabella ist er bemüht, die Kinder zum Lesen zu animieren. Ich bin seine Anlaufstelle. Wenn er in den Laden kommt, plaudern wir immer. Er ist mit Leib und Seele Lehrer. Diese Band hat er mit Lehrern aus anderen Schulen gegründet. Sie verlangen keine Gage, sondern bitten die Zuhörer am Schluss um eine Spende. Das gesammelte Geld verwenden sie für Schulaktionen.«

»Das klingt – zumindest fast – nach einem Traummann.«

Herr Lindenborg rückte seine Brille zurecht. »Er hat ein gefälliges Äußeres, zählt für viele Frauen aber bestimmt nicht zu den Traummännern.«

»Warum?«

»Er ist nicht unbedingt klassisch männlich. Als ich sagte, er ist sehr nett, meinte ich es genau so. Seine Stärken liegen in der Freundlichkeit, der Liebe zu seinen Schülern, in einem ruhigen, angenehmen Wesen.«

»Ich verstehe, was du meinst. Es wäre doch …« Katrin brach mitten im Satz ab. Unbewusst hatte sie ihre spontane Idee begonnen zu formulieren.

»Was *wäre doch …*?«

»Entschuldige, ich habe nur laut gedacht.«

»Willst du mir deinen Gedanken offenbaren?«

Katrin schmunzelte. »Du redest manchmal, als würdest du aus einer anderen Epoche stammen.«

»Ich liebe die wunderbare Vielfalt der Sprache einfach so sehr. Außerdem entstamme ich zumindest einer anderen Generation als du. Aber zurück zu deinen Gedanken …«

»Man kann dich nicht ablenken!« Nachdenklich betrachtete sie ihn. In ihrer Kindheit und Jugend war er ihr väterlicher Vertrauter gewesen, wobei sie damals keine großen Geheimnisse mit ihm besprochen hatte. Es war um Sorgen in der Schule gegangen, Streitigkeiten mit ihren Eltern, später um Fragen über Alexander, die sie ihren Eltern nicht stellen wollte. Seit ihrer Rückkehr war Ernst rasch wieder zu dem Menschen geworden, dem sie restlos vertraute. »Ich habe das Bedürfnis, meinen Freundinnen aus ihren Miseren zu helfen. *Miseren* ist das falsche Wort! Ich will einfach, dass sie glücklich sind.«

»Ich kann das nachvollziehen. Es sind deine besten Freundinnen. Nachdem du heimgekehrt bist, haben sie dich bis auf eine kurze Phase der Zurückhaltung mit offenen Armen empfangen. Aber in welchem Zusammenhang steht das mit Raphael?«

»Isabella macht im Moment eine schwere Zeit durch. Es geht um einen Mann, der ihr sehr wichtig ist.« Wie konnte sie auf den Punkt kommen, ohne zu viel erklären zu müssen? »Dieser Mann ist leider der Falsche. Es gibt aber einen anderen, der vielleicht genau der richtige wäre. Sie sieht ihn nur nicht als möglichen Partner, habe ich den Eindruck.«

»Und dieser andere ist Raphael?«

Katrin nickte. »Isabella beschreibt ihn genauso wie du. Sie hat ihn auch sehr gern, darüber hinaus dürfte das zum Tragen kommen, was du über ihn gesagt hast.«

»Männer dieses Schlages sind leider oft nur der gute Freund. Es dürfte ihr trauriges Schicksal sein, als ewiger Kumpel am Rande zu stehen und nur zusehen zu dürfen.«

»Nun ja, er ist schon ein bisschen mehr als nur ein guter Freund.«

»Ah, du meinst …?«

»Ja, genau.«

»Dann kann man ihr vielleicht die Augen öffnen und zeigen, was sie an diesem Mann hat. Er wird sich zwar nicht ändern, aber aus einem anderen Blickwinkel erstrahlt er womöglich in einem helleren Licht.«

»Ich hoffe nur, er leidet nicht zu sehr«, bemerkte Katrin.

»Mache dir da einmal keine Sorgen, meine Kleine. Er wird wohl wissen, worauf er sich eingelassen hat.« Gedankenversunken lächelte Ernst Katrin an. »Ich wünsche dir von ganzem Herzen, dass im richtigen Augenblick jemand an deiner Seite steht, der genau dasselbe für dich tut.« Sein Zeigefinger schnellte hoch. »Und in Bezug auf Isabella habe ich einen Vorschlag für dich. Nichts bringt Menschen näher zusammen als eine gemeinsame Aufgabe. Bitte sie doch darum, mit ihrem Kollegen über die Musik zu sprechen. Es wäre doch nett und passt hervorragend zusammen, die Band mit der Kinderaufführung zu verbinden.«

Katrin klatschte in die Hände. »Genauso werde ich es machen. Eine mega Idee, danke.«

»Diese Eigenschaft hast du übrigens schon damals in dir getragen. Ist dir das bewusst?«

»Du meinst das Verkuppeln?«

»Ich würde es schöner formulieren. Du trägst das Bedürfnis in dir, die richtigen Menschen zu vereinen. Wie Veronique und Stephan. Die hast nämlich auch du *verkuppelt* … damals.«

Katrin schlug sich mit der flachen Hand auf die Stirn. »Du liebe Güte, ja genau! Veronique war verliebt in ihn, und ich habe diese gemeinsame Wanderung inszeniert. Was habe ich gelitten! Ich hatte gefühlte hundert Blasen an den Füßen. Alexander war drei Tage wütend auf mich. Und Isabella ist zwei Wochen humpelnd herumgelaufen, weil sie sich den Knöchel verletzt hat. Aber Veronique und Stephan sind ein Paar geworden.«

»Vergiss bei deinen Liebesaktionen nur nicht dich selbst.«

»Wie du weißt, lädt Christian mich heute Abend zu sich zum Essen ein. Eigentlich wollte er mich, glaube ich, ausführen, aber am Sonntag –« Das Klingeln von Katrins Handy unterbrach sie im Satz. »Entschuldige mich kurz, Ernst.« Sie nahm ab. »Hi, Christian!«

»Hi, Katrin. Entschuldige, ich muss es kurz machen, es kommen gleich Schüler. Hast du Lust, heute doch in ein Restaurant zu gehen? Ich habe eines gefunden, das geöffnet hat. Zieh dich chic an, und ich hole dich um neunzehn Uhr ab.«

»Aber ja, sehr gerne. Ich freu mich, bis dann.« Mit einem Lächeln wandte sie sich wieder Ernst zu. »Es war Christian. Wir gehen heute Abend in ein Restaurant.«

Ernst zog die Brauen hoch. »Ehrenhaft. Der junge Reitersmann bemüht sich redlich. Sehr schön, das gefällt mir.«

Kapitel 29

»Jetzt habe ich genug von Pferden und meiner kleinen Zucht erzählt. Ein paar Dinge weiß ich mittlerweile von dir, aber ich möchte mehr erfahren. Nebenbei bemerkt, du siehst wunderschön aus, habe ich das bereits erwähnt?«

»Drei Mal.« Katrin lächelte.

»Wahrscheinlich werde ich es heute noch öfter sagen.« Christian beugte sich vor. »Erzähl mir von dir.«

»Ich bin eine leidliche Reiterin.« Sie zwinkerte ihm zu.

»Okay, bleiben wir also vorerst dabei. Die *leidliche Reiterin* brauche ich nicht zu kommentieren, weil du zum Glück gezwinkert hast. Wann hast du begonnen zu reiten?«

»Mit sechs Jahren. Sabrina ist auf einem Bauernhof aufgewachsen. Sie hatte zwei Haflinger. Isabella und Veronique waren nicht so begeistert vom Reiten, also habe ich eines der Pferde quasi adoptiert. Mit zehn Jahren habe ich dann begonnen, Reitstunden zu nehmen.«

»Und wann hast du aufgehört?«

»Als ich nach Wien gezogen bin, hatte ich kaum mehr Zeit und bin sehr viel seltener reiten gegangen. Immerhin habe ich mich aber doch ab und zu aufgerafft, bin ins Grüne gefahren und ausgeritten. Mit dem Umzug nach Berlin war's aber dann endgültig vorbei. Was möchtest du noch wissen?« Offensichtlich gefiel Christian das Frage-Antwort-Spiel.

Christian zog die Mundwinkel hoch. »Berlin ist ein gutes Stichwort.«

»Ich hatte die Möglichkeit, mein Studium in Berlin fortzusetzen, und habe die Chance ergriffen. Recht unspektakulär also. Geblieben bin ich aus privaten wie beruflichen Gründen.«

»Ich schätze dich als beständigen Menschen ein, der nicht so einfach von Land zu Land hüpft. Da hat wirklich nicht mehr dahintergesteckt?«

Katrin wiegte den Kopf. »Okay, ja. Einen zweiten Grund hat es auch noch gegeben.«

»Dieser Mann, dein Ex-Freund?«

»Der ist erst dazugekommen, als ich schon in Berlin gelebt habe. Ich hatte ein Buch geschrieben und mir gedacht, in Berlin säße ich näher an der Quelle und hätte bessere Perspektiven für das nächste Buch.«

»Inwiefern?«

»Die großen und namhaften Verlage sind in Deutschland angesiedelt, außerdem wollte ich überhaupt weiter weg.« Sie hob die Hand. »Ich schicke gleich voraus, die Nähe zu den Verlagen hat nichts gebracht.« Inständig hoffte Katrin, er würde nicht weiterfragen. Der Abend war schön. Sie wollte nicht in diesem Teil ihrer Vergangenheit kramen und die alte Wunde aufreißen.

»Aber du schreibst doch noch immer.«

»Die Artikel, ja. Aber das ist nicht mit dem Schreiben eines Buches zu vergleichen.«

»Und warum schreibst du dann nicht wieder ein Buch? Ich sehe doch, wie deine Augen zu glänzen beginnen bei dem Thema. Oder arbeitest du heimlich an einem Bestseller, sagst nur nichts?«

Katrin lachte auf. »Nein, das habe ich aufgegeben.«

»Warum?«

Katrin ließ ihren Blick durch das Restaurant gleiten. »Puh, du stellst viele Fragen. Weil es … nicht funktioniert hat.«

»Das verstehe ich nicht. Du hast ein Buch geschrieben, und ein Verlag hat es genommen und veröffentlicht. Stimmt doch? Was hat da nicht funktioniert?«

»Christian, das ist schwer zu erklären. Das Buch ist untergegangen. Es hat sich schlecht verkauft. Wenige Buchläden haben es aufgenommen, E-Books waren damals auch noch nicht der Renner. Ich hatte mich schon als richtige Schriftstellerin gesehen und bin baden gegangen. Das ist die traurige Realität.«

»Ich verstehe es immer noch nicht.«

»Was ist daran nicht zu verstehen?« Deutlich spürte Katrin, wie sie begann, auf Gegenwehr zu gehen. Warum ließ er nicht endlich locker? Er drängte sie richtiggehend in eine Ecke. Noch immer saß die Enttäuschung über die gescheiterte Veröffentlichung tief in ihr. Trotz dieser unangenehmen Gefühle hatte sie Christian offen und ehrlich geantwortet. Genügte das nicht?

Beschwichtigend legte Christian die flache Hand auf den Tisch. »Ich merke, du wirst sauer. Das wollte ich nicht. Du hast etwas geschafft, wovon abertausende Menschen träumen. Was hast du erwartet? Dass dein Erstlingswerk die Spitze erstürmt? Dass du von Talkshow zu Talkshow hetzt und plötzlich ein gefeierter Shootingstar bist?«

Kurz hielt Katrin den Atem an. Verhöhnte er sie, oder was sollte diese Ausführung sonst bedeuten?

»Bevor du etwas erwiderst, lass mich weiter erklären.«

»Okay«, entgegnete sie knapp.

»Ich bin ein Optimist. Mein Glas ist immer halb voll. Höre ich etwas, wie eben von dir, kann ich darüber nur staunen. Ich finde es bewundernswert und grandios, was du zustande gebracht hast, und es liegt außerhalb meiner Vorstellungskraft, wie du diesen Erfolg dermaßen runtermachen kannst, nur weil ein paar Zahlen nicht gepasst haben. Das ist doch normal beim ersten Versuch.« Christian schüttelte den Kopf. »Echt, außerhalb meiner Vorstellungskraft.«

Schlagartig fiel der Ärger von Katrin ab. Jetzt wusste sie, was er meinte. Auf diese Weise hatte sie es nur noch nie betrachtet. Sie war frustriert und desillusioniert gewesen. Der Traum, Schriftstellerin zu werden, war mit den schlechten Zahlen geplatzt, und Thomas, den sie damals gerade kennengelernt hatte, war der gleichen Meinung gewesen. Wozu hätte sie an etwas festhalten sollen, das keinen Erfolg brachte? Es zählte, was unter dem Strich stand. Unwillkürlich musste sie lächeln. »Du bringst mich ordentlich aus dem Konzept.«

»Und das sollst du auch. Deine Sichtweise ist nämlich falsch. Der eigentliche Erfolg besteht darin, es so weit gebracht zu haben. Du hättest dich dahinterklemmen müssen und weitermachen, nicht alles herabwürdigen. Und ich sage dir noch etwas: Dranzubleiben zeugt von Stärke, den Kopf in den Sand zu stecken ist schwach.«

Katrin versuchte zu erklären: »Ich war bitter enttäuscht und – um ehrlich zu sein – hat mich meine Ansprechperson massiv darin bestärkt, es sein zu lassen. Nicht dass ich die Schuld abwälzen will.«

»Und wer war diese *tolle* Ansprechperson? Eine eifersüchtige Freundin?«

»Mein Ex, Thomas.«

Christians Mimik ließ keinen Zweifel offen, was er über Thomas dachte. »Erzähl mir von ihm. Hat er auch sympathische Züge?«

Katrin fühlte sich, als käme sie vom Regen in die Traufe. Christians unverblümte Art Themen anzusprechen, machte sie bisweilen unruhig. Aber dank dessen, was er gerade gesagt hatte, fühlte sie sich gut und motiviert. Warum hatte sie damals nicht das Besondere in ihrem Buch gesehen, sondern sofort das Handtuch geworfen? Mit einem Mann wie Christian an ihrer Seite hätte sie bestimmt einen zweiten Anlauf gewagt. »Tja, nun …« Kurz wartete sie noch, aber Christian hatte offensichtlich nicht vor, ihr die Antwort zu ersparen. »Thomas und ich haben uns auf einer Veranstaltung kennengelernt. Er ist erfolgreicher Architekt, eigentlich ein waschechter Stadtmensch, sein einziger Berührungspunkt mit der Natur ist Golf, er interessiert sich für Kunst, geht gern auf Partys.«

»Mehr gibt es nicht über ihn zu berichten? Wie sieht er aus? Hast du ihn geliebt? Habt ihr richtig zusammengelebt? Wolltet ihr heiraten und Kinder bekommen? Soll ich weitermachen?«

Katrin hob abwehrend die Hände. »Nein! Willst du tatsächlich über meinen Ex-Freund sprechen?«

»Er ist ein wesentlicher Bestandteil deiner jüngsten Vergangenheit. Klar interessiert er mich, wie die Dinge jetzt bei uns liegen.«

»Ich spreche im Augenblick nicht so gern über ihn. Unser Ende hat mich sehr getroffen, eigenartigerweise ist es im selben Atemzug weit entfernt. Als wäre unsere Beziehung seit Jahren vergangen.«

»Warum habt ihr euch getrennt?«

Bei all seinen Fragen hatte natürlich auch diese mit dabei sein müssen. »Ich habe den Vertrag mit Herrn Lindenborg unterschrieben, ohne ihn im Vorfeld zu informieren. Er hat es erfahren, war unvorstellbar wütend und hat die Beziehung beendet.« Katrin verschränkte die Arme. »Schwierigkeiten hatten wir schon seit einer geraumen Weile. Ich dachte, eine Fernbeziehung auf Zeit würde es vielleicht besser machen.«

»Welche Probleme hattet ihr?«

»Nebeneinander statt miteinander zu leben, möglicherweise andere Frauen, gegenseitiges Desinteresse. Such es dir aus, es war von allem etwas dabei.«

»Ein Klassiker. Mir ist es offen gestanden einige Mal ähnlich ergangen. Und leider muss ich zugeben, dass ich immer maßgeblich daran beteiligt war.« Christian ergriff ihre Hand. »Ich interessiere mich wirklich für dich, Katrin, möchte aber bewusst keinen falschen Eindruck hinterlassen. Ich bin nicht der Prinz auf dem weißen Pferd. Seit ich nach Kirchbergen gezogen bin, hatte ich einige mehr oder weniger intensive Affären. Mir ist lieber, du weißt von Anfang an Bescheid. Falls Geschichten an dich herangetragen werden, sprich bitte mit mir darüber. Ich werde dir immer ehrlich antworten.«

Katrin rutschte auf ihrem Stuhl hin und her. Die Wendung des Gesprächs empfand sie als bedrückend. Es widerstrebte ihr, schon jetzt etwas über Christians vergangene Beziehungen und Liebesabenteuer zu erfahren. Zu früh, schrie es in ihr auf. Sie fühlte sich wohl in seiner Gegenwart, seine Avancen schmeichelten ihr, vielleicht war sie gerade dabei, sich in ihn zu verlieben, doch wusste sie noch nicht, in welche Richtung es laufen sollte. Konnten sie es nicht dahingleiten lassen, es langsam angehen und sehen, was passierte? Obwohl Thomas ihrer unmittelbaren Nähe viel zu rasch entglitten war, befand er sich doch noch in ihren Gedanken. Und Alexander spukte tagtäglich wie ein Geist durch ihren Kopf; die große Liebe als das Gespenst von Canterville in seiner Burg, sprich, ihrem Körper. Oscar Wilde saß bestimmt auf einer Wolke und lachte sich krumm über ihre absonderliche Vorstellung. Automatisch musste sie schmunzeln.

»Was amüsiert dich?«, fragte Christian.

»Ich musste eben an Oscar Wilde denken. Frag aber bitte nicht nach, ich könnte es dir nicht erklären.«

»Du bist wirklich nirgends besser aufgehoben als in einem Buchladen. Ich lasse jetzt die Nachspeisenkarte kommen, wir trinken noch ein Glas Wein, dann fahren wir zu mir, und – nebenbei bemerkt – ich habe nicht vor, dich heute noch gehen zu lassen.«

Abrupt begannen Katrins Wangen zu glühen. So viel zum *langsam angehen.*

Kapitel 30

Katrin riss die Ladentür auf und stürmte in Veroniques Bäckerei. Eine junge Frau stand hinter dem Tresen und blickte sie entgeistert an. Katrin hielt in der Bewegung inne. Die Fremde irritierte sie. »Guten Morgen. Eigentlich wollte ich zu … ich suche Veronique. Ist sie hier?«

»Sie ist in der Backstube. Kann ich Ihnen behilflich sein? Was darf es sein?«

»Oh nein, nichts, danke.« Katrin besann sich. »Mein Name ist Katrin. Ich bin eine Freundin von Veronique.«

»Sie sind die neue Dame im Buchladen. Habe ich recht? Sie haben auch einmal ein Buch geschrieben, das hat mir meine Mutter erzählt. Ich finde das echt toll. Schön, Sie kennenzulernen. Hallo.« Das Mädchen strahlte sie an.

Katrin lächelte. »Hallo. Ja, die bin ich.« Vor wenigen Stunden hatte Christian ihr seine Sicht auf ihren selbstdefinierten Misserfolg ausführlich dargelegt. Nun bekräftigte diese junge Frau mit wenigen Worten seinen Blickwinkel. »Wissen Sie, ob Veronique Zeit hat?«

»Klar, Entschuldigung. Ich hole sie.« Eilig verschwand das Mädchen hinter der Tür zur Backstube.

Kurz darauf betrat Veronique den Raum. »So früh?«

Katrin und Veronique sahen sich inzwischen nahezu täglich. Meistens zur späteren Mittagszeit besuchte Katrin ihre Freundin. Sie tranken Kaffee, aßen Croissants und erzählten sich das Neueste.

»Ich muss mit dir reden, aber allein.« Katrin warf einen Blick in Richtung der Tür zur Backstube, wo die junge Frau geblieben war, und flüsterte: »Wer ist sie?«

Veronique folgte Katrins Blick. »Oh, ja genau. Du hast sie noch gar nicht kennengelernt. Das ist Emmi, sie arbeitet stundenweise für mich. Keine Sorge, sie hat hinten für mich übernommen und kommt nicht wieder zurück, bis ich sie ablöse. Wenn kein Kunde kommt, sind wir ungestört.« Offenbar nahm Veronique Katrins fragende Miene wahr, denn sie erklärte weiter: »Emmi hatte einen ziemlich komplizierten Armbruch. Sie war einige Wochen krankgeschrieben und hat sich danach eine kleine Auszeit gegönnt.« Veronique zuckte mit den Schultern. »Für mich war's okay. Ob ich nun die ganze Zeit im Laden stehe oder nicht, ist egal. Ich habe nichts Besseres zu tun.« Sie zuckte mit den Schultern. »Ich sehe, du musst dringend etwas loswerden. Setzen wir uns.«

Sie gingen zum Stehstich, und Veronique fragte: »Es gibt doch hoffentlich keine Probleme mit der Veranstaltung?«

»Alles läuft super. Etwas anderes ist geschehen …«

»Und was?«

Automatisch senkte Katrin die Stimme. »Christian … Wir sind uns gestern Abend nähergekommen.«

»Wie nahe?«

»Sehr nahe.«

»Oh, Amour!« Veronique lächelte. »Bist du glücklich?«

»Ich bin völlig durch den Wind, um ehrlich zu sein.«

»Im positiven oder im negativen Sinn?«

»Ich habe keine Ahnung, sowohl als auch wahrscheinlich.«

Veronique nickte.

»Was denkst du, warum ich so früh auf deiner Matte stehe.«

»Willst du meine Meinung hören?«

»Ja.«

Mit einer schnellen Bewegung schob Veronique ihre Haare hinter die Ohren. »Du hast eine aufregende Zeit hinter dir, dein Umzug, die Trennung von Thomas. Beides finde ich absolut positiv. Endlich bist du wieder da, wo du hingehörst, und nach allem, was du erzählt hast, ist dieser Thomas ein egoistischer Kerl, der sich viel zu wenig um dich geschert hat. Christian umschwärmt dich, er scheint es ernst zu meinen. Er ist attraktiv, nett und intelligent. Noch dazu teilt ihr eine gemeinsame Leidenschaft – Pferde. Andere wären überglücklich und würden im siebenten Himmel schweben. Warum bist du nur verwirrt?«

Katrin stieß einen verzagten Laut aus. »Kannst du nicht weiterreden und mir die Frage ersparen?«

Ein Schmunzeln huschte über Veroniques Lippen. »Ganz bestimmt nicht.«

»Okay. Weil ich die Vergangenheit nicht abschließen kann. Als Christian gestern offensiver geworden ist, hat sich in mir alles quergelegt. Wie Alarmglocken, die losgeschrien haben: Nein, ich will noch nicht, langsamer!«

»Für *langsamer* ist aber offenbar eine Menge geschehen.«

Katrin verdrehte die Augen. »Oh ja, sogar sehr viel.«

»Man darf sich in solchen Augenblicken sehr wohl auf sein momentanes Gefühl verlassen. Du solltest dich von Thomas wirklich nicht mehr blockieren lassen. Die Beziehung war doch schon länger nicht mehr in Ordnung. Du bist nach Kirchbergen gezogen, um Abstand zu gewinnen. Nüchtern betrachtet hätte es so oder so nicht geklappt, egal wie gut deine Absichten gewesen sind. Vergiss nicht, dass du seine Treue angezweifelt hast. Das Bauchgefühl trügt nie, es steckt immer etwas Wahres darin, wenn es sich meldet.«

»Jetzt hätte ich vor allem gern ein Bauchgefühl bei Christian, aber das ist quasi nicht vorhanden.« Katrin senkte den Blick. »Es liegt aber nicht an Christian, auch nicht an Thomas. Es geht um …« – sie machte eine kurze Pause – »Alexander.«

»Um Himmels willen! Du fühlst dich wegen Alexander schlecht?«

»Ich fühle mich nicht schlecht, nur …«

Veronique fuhr auf. »Ich kann dir nur einen einzigen, todernst gemeinten Rat geben: Mach nicht denselben Fehler wie ich. Schau ich in den Spiegel, sehe ich eine durchaus hübsche Frau. Ich bin nicht dumm, ich habe ein eigenes Geschäft, ich bin ein netter Mensch.«

»Und ob du hübsch bist, klug, sympathisch und erfolgreich«, bekräftigte Katrin.

»Siehst du. Ich lerne auch immer wieder Männer kennen, und es sind allemal mehr als passable dabei. Aber was mache ich? Ich treffe mich mit ihnen, gehe auf einen Drink oder Essen, genieße die Stunden und drehe ab, bevor überhaupt die kleinste Kleinigkeit geschieht. Und warum? Weil ich Stephan nicht aus dem Kopf bekomme. Einen Mann, der mich verlassen und eine andere geheiratet hat. Einen Mann, der kein Kind mit mir wollte und bald darauf Vater geworden ist.«

»Und warum kannst du ihn nicht loslassen, obwohl dir all diese Dinge bewusst sind?«

Veronique sackte in sich zusammen. »Ich liebe ihn.«

»Und wenn ich dasselbe für Alexander fühle?«

»Willst du nicht so leben müssen, wie ich es tue, musst du einem anderen Mann gestatten, dich besser kennenzulernen.«

»Was ist, wenn der neue nicht besser ist als der alte?«

»Warum fragst du das?«

»Christian hat gestern etwas erwähnt, das mir zu denken gibt. Er sagte, dass er seit seinem Umzug nach Kirchbergen einige Affären beziehungsweise lockere Beziehungen hatte. Weißt du etwas darüber?«

»Offen gestanden nichts Genaues. Er hat sich damals rasch ins Dorfleben integriert und war von Anfang an bei allen beliebt, bei Männern wie Frauen. Aber ja, wenn ich zurückdenke, waren einige Damen begeistert von ihm, manche haben sogar ihre Lust aufs Reiten wiederentdeckt. Aber es gab keine offizielle Freundin.«

»Dadurch fühle ich mich nicht sicherer.«

»Christian verhält sich bei dir doch genau richtig. Er ist

charmant, umwirbt dich, schenkt dir seine volle Aufmerksamkeit. Warum gibst du ihm keine Chance?«

»Ich denke, es ist ohnehin zu spät, um ihm keine Chance zu geben.«

Veronique schmunzelte und beugte sich vor. »Endlich kommen wir zum Kern der Sache. Erzähl schon, wie ist es gewesen?«

»Es war sehr schön.« Katrin lächelte und flüsterte: »Wie soll ich es am besten formulieren … Er weiß nicht nur mit Pferden wunderbar umzugehen.«

»Was willst du mehr!« Nach kurzem Schweigen sagte Veronique: »Weißt du, zielgerichtet stürzen wir uns immer auf die Probleme und Sorgen, dabei übersehen wir völlig die positiven Dinge. Christian will etwaige Missverständnisse zwischen euch gleich im Vorfeld ausräumen und erzählt dir von seinen Affären.« Sie zog die Brauen hoch. »Machen wir es doch einmal anders. Zähl mir auf, was dir an ihm gefällt. Sein Aussehen ist klar.«

»Er ist durch und durch optimistisch, lebensbejahend und fröhlich. Ich habe ihm von meinem Buch und dem Misserfolg erzählt. Er hat mich angesehen, als käme ich von einem anderen Stern. Seiner Meinung nach habe ich allein mit der Veröffentlichung etwas Grandioses erreicht, das nur wenige schaffen. Er hat mich richtiggehend inspiriert.«

»Wozu inspiriert?«

»Dass ich wieder zu schreiben beginne. Nicht sofort, aber seine Worte haben etwas Schlafendes in mir aufgeweckt.«

»Das ist ja genial! Dann fängst du also tatsächlich wieder an.«

»Ja, aber ich werde es anders angehen als damals. Persönlicher, mehr auf mein Umfeld und mich bezogen, ohne große Träume und Luftschlösser, aber mit mehr Freude an der Sache selbst.«

»Hast du schon eine konkrete Idee?«

»Obwohl ich es selbst kaum glauben kann, habe ich bereits eine Vorstellung. Sie ist heute früh einfach da gewesen aus heiterem Himmel.«

Veronique klimperte mit den Wimpern. »Ist es ein Geheimnis, oder darf ich es erfahren?«

Katrin strahlte. »Du weißt doch, dass ich gerade die Schriften der Hebamme lese. Es ist faszinierend, in diese vergangene Welt einzutauchen. Ich sitze inmitten meiner Heimat mit jeder Menge historischem Material in den Händen. Darüber könnte ich ein Buch schreiben, zumindest viele dieser Informationen in eine Geschichte einfließen lassen.«

»Du sprichst aber schon von einem Roman und keinem Sachbuch?«

Katrin nickte eifrig. »Ja, von einem historischen Roman. Aber ich werde mir dieses Mal Zeit lassen. Die Geschichte und die Figuren sollen langsam in meinem Kopf entstehen, bevor ich mich an den Computer setze. Ich möchte meine Fantasie spielen lassen. Das war beim ersten Roman ganz anders, die Geschichte war da, aber die Menschen darin sind nie richtig lebendig geworden, weil ich zu verbissen gearbeitet habe.«

»Meinst du, du schaffst das alles?«

»Na ja, ich brauche wohl ein gutes Zeitmanagement. Bevor ich loslege, muss ich auf jeden Fall die Veranstaltung hinter mich bringen. Meine Artikel und die Arbeit im Buchladen darf ich natürlich auch nicht vergessen.«

»Dein Vorhaben ist toll, finde ich. Lass es nur nicht in den Hintergrund wandern.«

»Bestimmt nicht. Indirekt bin ich sogar schon mitten drin. Ich lese die Berichte der Hebamme und nutze sie für drei Aufgaben: die Veranstaltung, wobei selbstverständlich Ernst entscheiden wird, was er liest. Dann plane ich einen Artikel für die Zeitschrift, für den ich hoffentlich etwas herausholen kann. Und mein Roman …«

»Sind die Berichte der Hebamme so gut?«

»Und ob, sie beinhalten weit mehr, als ich gedacht hatte. Die Ratschläge haben teilweise wirklich Hand und Fuß. Es sind natürlich keine medizinischen Abhandlungen, aber sie beschreibt natürliche und einleuchtende Impulse.«

»Zum Beispiel?«

»Wenn ich jetzt Sabrinas Problem nehme … Die Hebamme empfiehlt, das Paar solle sich Hilfe suchend an die Familie wenden, um die laufende Arbeit für kurze Zeit abgeben zu können.«

»Wie soll das funktionieren?«

»Im ersten Augenblick habe ich das auch gedacht, mir dann aber die Vergangenheit vorgestellt. Versetze dich zurück. Bis auf die wenigen handwerklichen Berufe gab es fast nur Landwirtschaft. Die meisten Tätigkeiten konnten von jeder beliebigen Person durchgeführt werden.«

Veronique verzog die Lippen. »Stimmt, daran habe ich nicht gedacht.«

»Ganz genau. Nun, auf jeden Fall schreibt sie, das Paar müsse raus aus seinem gewohnten Alltag und den eigenen vier Wänden. Sie spricht dezidiert an, es nicht im Ehebett zu tun, sondern auf einer Wiese, im Wald, in den Feldern. Freude und Spaß ohne Sorgen sollen im Vordergrund stehen.«

Veronique legte den Kopf schief. »Das klingt wirklich gar nicht dumm. Ich weiß, unter welchem Druck Sabrina und Tobi stehen. Was die Hebamme beschreibt, ist eine Form des Loslassens und Entspannens.«

»Als ihr mir geholfen habt, die Umzugskisten auszupacken, war ich längere Zeit mit Sabrina allein. Sie hat viel erzählt und mir unter anderem versucht zu erklären, wie sie und Tobias … du weißt schon. Das hat nichts mehr mit Freude und Spontanität zu tun, sondern ist zu einer sachlichen Handlung mit einem bestimmten Ziel geworden. Es gibt Tage, da ist es besser, wenn nicht, dann müssen sie auf die Uhrzeit achten, ihre Temperatur ist wichtig, ein spezielles Ernährungsprogramm halten sie ein. Sie tun es teilweise wie Roboter.« Katrin stieß einen Seufzer aus. »Ich würde ihnen echt gerne helfen. Und sei es nur, dass sie einmal aus diesem Hamsterrad herauskommen.«

»Dann sorgen wir doch gemeinsam dafür, dass Sabrina und Tobias eine relaxte Zeit bekommen. Ich muss im Kalender nachsehen, aber Sabrina hat bald Geburtstag. Das wäre doch ein schönes Geschenk. Isabella ist ganz bestimmt auch dafür.«

»Wir könnten sie in eine Therme schicken. Was hältst du davon? Früher ging es ab in die Wiesen und Felder, heute nennen wir es Wellness.«

Veronique lachte. »So ändern sich die Zeiten. Stechende Grashalme und Spinnen gegen warmes Wasser und Entspannungsmassagen. Ja, ich finde, ein Thermenwochenende ist eine gute Idee.«

Katrin schüttelte den Kopf. »Meinst du wirklich? Es kommt mir ein bisschen dürftig vor. Die beiden haben ein Riesenproblem, und ich denke an Wellness, als wäre das die Lösung.«

»Bist du verrückt? Die Idee ist spitze.« Veronique senkte den Blick. »Wir haben jahrelang zugesehen und Sabrina zugehört, getan haben wir aber nichts für sie. Du kommst nach einer Ewigkeit zurück und überlegst sofort, was man für sie tun könnte. Darum geht es doch eigentlich unter Freunden. Ich habe ein richtig schlechtes Gewissen.«

»Und ich? Kein einziges Mal in der langen Zeit habe ich mich gemeldet. Du ahnst nicht, wie sehr das an mir nagt. Zuerst, in Wien, war ich fasziniert von der für mich neuen Welt. Das Studium, neue Freunde, ich habe begonnen zu schreiben, alles zusammen hat mich völlig eingenommen. Außerdem wollte ich Alexander vergessen, der in meinen Gedanken untrennbar mit Kirchbergen verknüpft ist.« Katrin fuhr sich über die Stirn. »Ich habe nicht nur euch vernachlässigt, auch meine Eltern. Und dann kam der Unfall …«

Veronique ergriff Katrins Hand. »Es war schrecklich.«

»Nach dem Begräbnis wollte ich nichts mehr mit Kirchbergen zu tun haben und nie wieder zurückkehren. Es hat einfach zu wehgetan. Am liebsten hätte ich meine Heimat mit allem Drum und Dran komplett aus dem Gedächtnis gestrichen. Die Möglichkeit, nach Berlin zu gehen, habe ich wie ein Geschenk des Himmels empfunden.« Endlich war es heraus. Schon seit längerer Zeit hatte sie mit ihren Freundinnen darüber sprechen wollen. »Eigentlich habe ich vorgehabt, euch allen zu erklären, warum ich mich nie gemeldet habe. Du hast es jetzt abgekriegt.«

»Nun bist du wieder hier, und alles ist gut. Denkst du, wir wissen nicht, was du durchgemacht hast? Natürlich waren wir etwas vor den Kopf gestoßen, verstanden haben wir es trotzdem.« Für einen Augenblick schloss Veronique die Augen. »Lassen wir die Vergangenheit ruhen. Es bringt nichts, in alten Geschichten herumzuwühlen. Vor allem, weil wir alle zusammen genug aktuelle Baustellen haben.«

Katrin lächelte. »Du sagst es.«

Spontan schlang Veronique ihre Arme um Katrin und drückte sie. Als sie sie wieder freigab, sagte sie: »Wenn ich dich schon im Laden habe, würde ich das gerne auch gleich für die Arbeit ausnutzen. Kann ich dir meinen Standplan zeigen und erzählen, was ich mir für die Veranstaltung überlegt habe?«

»Natürlich.« Katrin schüttelte sich. »Bald ist es schon so weit. Es geht mir viel zu schnell. Ständig habe ich das Gefühl, etwas vergessen zu haben.«

»Wie ich dich kenne, hast du alles im Griff. Und ein bisschen Lampenfieber gehört doch dazu.«

»Hätte ich Stephan nicht an meiner Seite, würde es nicht funktionieren. Er ist eine riesengroße Stütze.«

»Es ist auch für ihn als Bürgermeister eine tolle Sache. Und vergiss nicht, er ist es gewohnt, so etwas durchzuziehen. Wir haben zwar nicht viele Feste in Kirchbergen, aber übers Jahr verteilt kommen doch einige zusammen. Wie geht es Herrn Lindenborg?«

»Er befindet sich ganz in seinem Element und bereitet die Lesung bis ins Detail vor. Auch hier muss ich mich kaum kümmern. Meine einzige Aufgabe ist es zuzuhören, wenn er das Lesen übt.«

»Siehst du, alle erfüllen ihre Aufgaben. Freu dich und genieße. Die Veranstaltung wird bestimmt ein Riesenerfolg.«

Katrin lachte. »Herr Lindenborg würde jetzt sicher so etwas in der Art sagen, wie: dein Wort in Gottes Ohr.«

Kapitel 31

Katrin saß vor Stephans Schreibtisch im Gemeindeamt und beobachtete Stephan, der seit einigen Minuten eine Skizze des Marktplatzes eingehend begutachtete. Katrin hatte auf dem Plan den Aufbau für die Veranstaltung grob eingezeichnet.

Kaum konnte sie glauben, was sie in der kurzen Zeit auf die Beine gestellt hatten. Alle Beteiligten arbeiteten auf Hochtouren, und jeder freute sich auf die Veranstaltung.

Stephan tippte auf den Plan. »Was hältst du davon, wenn wir das Podium etwas mehr hierher rücken? Dann passen da hinten bestimmt noch fünf oder sogar sechs zusätzliche Tische hin.«

»Glaubst du, dass wir noch mehr Tische benötigen?«

»Na, ich hoffe doch! Machst du dir Sorgen, dass es nicht voll werden könnte?«

»Um ehrlich zu sein, bin ich nur etwas nervös. Die Veranstaltung hat Ausmaße angenommen, die von der ursprünglichen Idee meilenweit entfernt liegen.«

»Ich kann dir versichern, nicht nur ganz Kirchbergen wird auf den Füßen sein, sie werden von überall herkommen.«

»Du gießt gerade Öl ins Feuer. Hoffentlich schaffen wir das.«

»Mach dir keine Sorgen. Ich bin da und alle anderen, die mitmachen, ebenfalls. Die Organisation hast du bis jetzt mit links erledigt, viel ist nicht mehr vorzubereiten. Den Aufbau führen die Gemeindearbeiter unter meiner Aufsicht durch. Darum brauchst du dich nicht zu kümmern. Und die Stände macht jeder selbst fertig.«

»Und ich soll wirklich kein Angebot von einem Zeltverleiher einholen? Nur für den Fall, dass es regnet.«

»Das ist nicht notwendig. Wir kommen mit unseren Planen super zurecht. Sie sind bereits überprüft und einsatzbereit, und mit der vorhandenen Menge können wir theoretisch den ganzen Marktplatz überspannen.«

Katrin nickte. »Okay, dann streiche ich das von meiner Liste.« Sie blätterte in ihrem Notizblock. »Die betreffenden Läden habe ich gestern nochmals besucht und ihnen gesagt, welche Informationen du noch von ihnen brauchst, Strom und so weiter. Sie geben dir direkt bis nächste Woche Bescheid.« Sie schlug die nächste Seite auf. »Ach ja, die Frau vom Blumenladen hat mich gefragt, ob die Gemeinde ihr vielleicht zwei schwere Schirmständer borgen kann. Sie will zwei Sonnenschirme aufstellen, damit ihre Gestecke nicht welken, und hat Angst, dass sie bei Wind kippen könnten.«

»Wir haben bestimmt welche im Gemeinde-Fundus. Wenn nicht, leihen wir uns zwei vom Hotel zur Post aus. Im Außenbereich des Cafés haben sie welche stehen, die einem Orkan standhalten.« Wieder tippte Stephan auf die Skizze. »Weißt du was, bevor wir großartig herumtun und auf die Suche nach Schirmständern gehen, soll sie den Platz beim Café nehmen. Dann verrücken wir die Schirme einfach um ein paar Meter und fertig.«

»Und der Fleischer wandert auf die andere Seite. Gute Idee. Soll ich das mit dem Hotel klarmachen?«

Stephan schüttelte den Kopf. »Nein, lass nur. Ich bin jetzt dann in der Post zum Mittagessen und rede gleich mit ihnen.«

Es klopfte an der Tür, und gleich darauf wurde sie aufgezogen. Alexanders Kopf erschien im Türspalt. »Oh, hallo, störe ich?«

Stephan winkte ihn herein. »Nein, komm. Wir sind gerade fertig geworden. Oder ist noch etwas offen?«

»Nein, wir sind fertig«, bestätigte Katrin.

Alexander setzte sich auf Stephans Schreibtisch und betrachtete die Skizze.

»Willst du nicht doch auch mitmachen?«, fragte Stephan.

»Ich überlege … gestern habe ich die Info bekommen, dass eine Gruppe aus Deutschland an dem Wochenende kommen wird. Sogar eine recht große Gruppe. Es ist immer schwierig, für so viele ein einheitliches Rahmenprogramm zu finden, das allen gefällt. So hätte ich gleich etwas. Ja, es wäre vielleicht gar keine so schlechte Idee, sie zum Fest mitzunehmen. Kann ich den Platz und diese beiden Tische für mich reservieren?« Alexander zeigte auf den Plan.

»Dort steht jetzt eigentlich der Metzger«, warf Katrin ein. Seit Alexander das Büro betreten hatte, fühlte sie sich wie eine Ausgeschlossene. Immerhin war es ihre Veranstaltung.

»Rücken wir den Fleischerstand hinauf, dann hast du genügend Platz. Oder kommst du mit einem großen Stand?«, fragte Stephan.

»Mein kleiner reicht völlig aus. Im Wesentlichen geht es mir nur darum, meine Gäste bewirten zu können. Ich kann aber noch zwei Stehtische mitnehmen, falls sich sonst jemand zu mir stellen und einen Whisky trinken möchte.«

»So machen wir es. Um den Aufbau musst du dich aber komplett selbst kümmern. Das weißt du? Jeder sorgt für seinen Stand und den Aufbau.«

»Kein Problem. Davon bin ich ausgegangen. Gehen wir?«

Stephan stemmte sich aus seinem Bürostuhl. »Ja. Ich habe einen Bärenhunger. Brauchst du noch etwas, Katrin?«

»Ähm, nein.« Sie beeilte sich, ebenfalls aufzustehen.

Während sie das Büro verließen und die Treppe hinabstiegen, fragte Stephan: »Treffen wir uns nächsten Montag oder Dienstag wieder bei mir?«

»Dienstag ist besser. Um dieselbe Zeit?«

»Passt.«

Vor dem Eingang des Gemeindeamtes verabschiedeten sie

sich voneinander. Katrin ging nach links in Richtung des Buchladens, Stephan und Alexander steuerten auf das Hotel zur Post zu.

Im Stillen dankte Katrin Stephan dafür, dass er sich auf dem Weg vom Büro zum Ausgang mit ihr unterhalten hatte. Alexanders plötzliches Auftauchen und seine wie selbstverständliche Einmischung hatten sie gestört. Sie war sogar ein wenig verärgert.

Was bildete er sich ein? Alles war bereits fest eingeteilt. Er schnippte mit dem Finger und nahm sich den für ihn besten Platz. Dabei hatte er ursprünglich nicht einmal daran teilnehmen wollen. Stephan und er waren Freunde seit der Schulzeit. Aber rechtfertigte das ein solches Verhalten?

Natürlich wusste Katrin, wie irrational ihr Gedanke war. Alexander war ein wichtiges Mitglied der Gemeinde, und seine Teilnahme hatte einen entsprechenden Stellenwert. Bei der Blumenhändlerin hatte es sie auch nicht gestört, dass Stephan ihr aus praktischen Gründen kurzerhand einen anderen Platz zugeteilt hatte.

Sie schluckte mehrmals, um ihren Ärger zu unterdrücken, und versuchte, sich auf den restlichen Tag zu konzentrieren. Ernst wartete bereits im Laden auf sie, um seine Lesung zu proben – akribisch bereitete er sich auf seinen großen Tag vor –, und abends würde sie romantische Stunden mit Christian verbringen. Er hatte einen Ausritt in der Dämmerung geplant, und anschließend wollten sie es sich bei ihm gemütlich machen. Sie freute sich schon darauf, ihm vom Voranschreiten der Veranstaltung zu berichten, zumal er immer wieder gute Anregungen gab.

Sie musste lernen, ihre persönlichen Gefühle außen vor zu lassen, immerhin ging es um die Veranstaltung.

Bald war es so weit!

Kapitel 32

»Stephan!« Katrin legte die Rolle mit der Lackfolie beiseite und eilte auf den Bürgermeister zu, der das Aufstellen der Sessel, Tische und Bänke überwachte. Direkt vor dem Podium sollten einige Sesselreihen speziell für die Lesung stehen, die Tische und Bänke wurden über den mittleren Teil des Marktplatzes verteilt.

Herr Lindenborg hatte vor dem Buchladen vier Tische postiert, wo sie eine Auswahl an Büchern präsentieren würden. Katrin kümmerte sich gerade um das Dekorieren der Tische. Passend zur Fassade benutzte sie sonnengelbe Folie und Sonnenblumen aus Seide. Für den Kindertisch hatte sie zusätzlich ein ebenfalls gelbes Körbchen für Bonbons zur freien Entnahme gekauft.

Stephan kam ihr entgegen. Noch im Gehen vollführte er eine halbkreisförmige Bewegung mit dem ausgestreckten Arm. »Sieh dir das an! Darauf kannst du dir echt etwas einbilden. In dieser kurzen Zeit das alles auf die Beine zu stellen ist wirklich beachtenswert, ich ziehe meinen imaginären Hut vor dir.«

»Wir teilen uns die Lorbeeren. Ohne deine Hilfe hätte ich es nie geschafft. Apropos Hilfe … Kannst du vielleicht Veronique zur Hand gehen?« Katrins Blick schwenkte zum Bäckereistand. Veronique mühte sich mit dem Aufbau der Theke ab. Inständig hoffte sie, Stephan würde die Aufgabe selbst erledigen und keinen seiner Männer schicken. Dann wäre ihr Vorhaben nämlich gescheitert.

Stephan beobachtete Veronique. »Ja, da könnten geschickte Männerhände wohl in der Tat nicht schaden.« Er tippte sich mit dem Zeigefinger an die Schläfe. »Wird gemacht, Frau Chefin. Ich helfe ihr.«

Katrin sah ihm erleichtert nach und begab sich wieder zu den Büchertischen.

Ernst stand im Türrahmen seines Ladens und schmunzelte. »Schießt du im Gewande Amors deine süßen Liebespfeile ab?«

Katrin zwinkerte ihm zu. »Vielleicht treffe ich Stephan mitten ins Herz. Ich warte schon die ganze Zeit auf eine Gelegenheit, die beiden in etwas zu verwickeln. Das war doch jetzt perfekt!«

»Und wenn sie seine Hilfe nicht will?«

»Oh, sie will sie ganz bestimmt. Veronique ist eingeweiht. So handzahm und lieb wird er sie wohl seit Jahren nicht mehr erlebt haben.«

»Und wenn sie tatsächlich zueinanderfinden, und es geht nochmals in die Brüche? Zwischen den beiden ist viel geschehen. Das lässt sich nicht einfach vom Tisch fegen«, gab Ernst zu bedenken.

»Dann weiß sie wenigstens, dass es definitiv keinen Sinn macht. Sie braucht keinem Traum mehr nachzulaufen. Das wäre zwar auf jeden Fall sehr schmerzhaft, aber auch erlösend«, entgegnete Katrin bestimmt.

»Du verstehst sie in diesem Punkt sehr gut, nicht wahr?«

Katrin schüttelte den Kopf und lachte. »Es ist ein Wahnsinn mit dir, Ernst. Manches Mal fühle ich mich in deiner Gegenwart wie ein offenes Buch. Ich kriege noch Angst vor dir.«

Ein sanftes Lächeln erschien auf seinem Gesicht. »Dann lese ich in diesem Buch jetzt die Worte *tapfer bleiben, liebste Prinzessin.* Es betritt nämlich gerade *der düstere Hexenmeister* den Ort des Geschehens.«

Katrin wandte sich um. Alexander kam direkt auf sie zu. »Hallo, Herr Lindenborg. Hi, Katrin. Ich wollte nur nachfragen, ob alles passt.«

Alexanders Kälte drang bis in ihr Innerstes vor. Selbst jetzt, wo sie nicht glücklicher hätte sein können, fröstelte sie. »Selbstverständlich. Die beiden Tische sind extra für dich zurückgeschoben worden, und die Reservierungsschilder darauf sind nicht zu übersehen.« Alexander hatte Stephan darum gebeten, die von ihm ausgewählten Tische nach seinen Vorstellungen zu versetzen und als seine zu kennzeichnen. Als Katrin davon erfahren hatte, wäre sie am liebsten aus der Haut gefahren. Aber sie hatte sich beherrscht, es kommentarlos hingenommen und zwei hübsche Reservierungsschilder gestaltet.

»Hervorragend, danke.« Er nickte Ernst zu, drehte sich um und ging in Richtung Veroniques Standplatz, wo Stephan nach wie vor mit dem Pult beschäftigt war. Veronique kniete neben Stephan und ging ihm zur Hand.

Katrin schickte ein Stoßgebet zum Himmel. Hoffentlich schaffte Veronique es, freundlich zu bleiben. Zeigte sie sich weiter von ihrer angriffslustigen Seite, würde die ganze schöne Idee den Bach runtergehen.

Herr Lindenborg wartete, bis Alexander sich weit genug entfernt hatte. »Ihr beide könntet Meere zum Zufrieren bringen. Eine neue, besondere Eiszeit scheint angebrochen.«

»Er hat angefangen, nicht ich«, bemerkte Katrin spitz. »Ich weiß nicht, was mit ihm los ist. Kurz dachte ich, wir könnten normal miteinander umgehen, aber mittlerweile ist es schlimmer als am Anfang. Es ist, als würde er mich richtiggehend hassen.«

»Nun, deine Tête-à-Têtes mit dem Reitersmann sind ihm nicht verborgen geblieben. Vielleicht gefällt ihm dieser Umstand nicht.«

»Alexander hat immer gesagt, was er denkt und was er will. Kryptische Ausdrucksformen waren nie sein Ding. Er möchte mich einfach nicht in Kirchbergen haben.« Sie zuckte mit den Schultern. »Tja, Pech für ihn.«

Ernst erwiderte nichts. Seine Miene allerdings besagte eine

Mischung aus »Ja, ja, glaub du's nur« und »Du wirst schon noch sehen«.

Katrin wollte sich nicht weiter mit Alexanders Gemütszuständen auseinandersetzen. »Jeden Augenblick kommt Isabella mit den Kindern zur Generalprobe. Gestern Abend habe ich noch mit ihr telefoniert. Sie sagt, die Kleinen sind bereits total aufgeregt und freuen sich riesig auf den Auftritt.«

Als hätten ihre Worte den Anstoß gegeben, bog Isabella an der Spitze eines Kinderzugs in Zweierreihe auf den Marktplatz ein. Flankiert wurden die Kinder von zwei weiteren Lehrerinnen und einem großen, schlanken Mann mit dunklen Locken.

»Ist das Raphael?«, flüsterte Katrin Ernst zu. Mit dem Hintergedanken, Isabella und Raphael bei der gemeinsamen Aufgabe zu vereinen, hatte sie die Koordination der Kinder und der Musik letztlich komplett Isabella überlassen. Mit Raphael selbst hatte sie nur zweimal telefoniert.

Er nickte. »Beobachte ihn, wie liebevoll er sich um seine kleinen Schützlinge kümmert. Er ist halt wahrhaftig ein feiner Jüngling, aber weit entfernt von den muskelbepackten Helden, die junge Mädchen zum Schmachten bringen«, flüsterte er mit verschmitzter Miene zurück.

»Als junge Mädchen würde ich uns nicht mehr bezeichnen, und ihn nicht mehr als Jüngling.«

»Aus meinem Blickwinkel seid ihr gerade dem Kindesalter entwachsen.« Ernst lachte. »Lass uns jetzt weitermachen. Bald schlägt die Stunde der Wahrheit.«

Kapitel 33

»Und nun will ich euch nicht mehr viel länger warten lassen und übergebe das Wort in Kürze an unseren Herrn Lindenborg. Aus seiner Sammlung historischer Werke aus dem Waldviertel hat er Texte einer Hebamme aus dem neunzehnten Jahrhundert vorbereitet, die er für uns nun vortragen wird.« Stephan zeigte auf die Schüler, die vor dem Podium auf dem Boden saßen. »Ich bedanke mich nochmals ganz herzlich bei unseren Kindern. Ihr habt toll getanzt.« Er klatschte in ihre Richtung, die Besucher schlossen sich ihm an. Als der Applaus verebbte, sprach er weiter. »Nach der Lesung wird uns Raphael Haider mit seiner Band weiter musikalisch begleiten, vielen Dank an ihn und seine Kollegen. Und auch ein herzliches Dankeschön an alle Gewerbetreibenden, die uns mit ihren Ständen unterstützen und für unser Wohl sorgen. Dazu gehören: mein guter Freund Alexander Freimuth. Er hat eine Auswahl seiner Whiskys zum Verkosten mitgebracht. Seine Gäste aus Deutschland möchte ich an dieser Stelle herzlich begrüßen … Unser Fleischermeister Franz Seppinger mit deftigen Spezialitäten aus seinem Sortiment … Süßes von Waldtraut Eder. Ein kleiner Hinweis für die Eltern: Sie hat für unsere Kleinen auch Luftballons und Spielzeug dabei … Das Hotel zur Post sorgt für Getränke … Frisch gepresste Fruchtsäfte und Gesundes wie Obstspieße gibt es bei der Familie Heimicher … Wunderschöne Gestecke und Sommerkränze stehen bei Ulli Hauer zum Verkauf … Und vergesst keinesfalls, beim Buchladen vorbeizuschauen. Katrin Schreiber und Ernst Lindenborg haben eine Bücherauswahl vor dem Laden bereitgelegt.« Er machte eine kurze Pause. »Nicht zuletzt Veronique Bauer-Mercier mit einer Auswahl ihres wunderbaren französischen Gebäcks.« Stephan deutete eine Verneigung an und lächelte. »So, nun habe ich wirklich genug geredet. Ernst Lindenborg, bitte …«

Die Gäste applaudierten, bis Ernst das Podium bestiegen hatte und Stephan ihm die Hand schüttelte.

Katrins Blick schwenkte indessen unstetig umher, als wüsste sie nicht, was sie zuerst beobachten sollte. Ihre Nerven waren zum Zerreißen angespannt, aber sie fühlte sich großartig. Sie verspürte diese besondere Erregung in sich, die man auch vor einem wichtigen Date empfand.

Gestern allerdings war sie wahrscheinlich aufgeregter gewesen als vor ihrer eigenen Hochzeit, sofern dieser Tag jemals kommen würde. Rastlos war sie die Veranstaltung wieder und wieder in Gedanken durchgegangen und auf unzählige Fehlerquellen gestoßen, die nur in ihrem Kopf existiert und nichts mit der Realität zu tun hatten.

Bis jetzt verlief alles reibungslos.

Stephan machte seine Sache als Moderator ausgezeichnet. Er sprach frei und wirkte natürlich. Das Publikum reagierte positiv und ging mit.

Als Auftakt hatte die Band – passend zum perfekten Wetter – das Lied *Hello Sunshine* gespielt, danach die Kinder bei ihrer Show musikalisch begleitet. Die Kleinen waren reizend gewesen und die Gäste dementsprechend begeistert.

Sowohl die Tische als auch die reinen Sesselreihen für die Lesung waren bis auf den letzten Platz besetzt, einige Besucher mussten sogar stehen. Sie hatten sich rund um die Stände verteilt. Alle schienen bestens gelaunt zu sein.

Alexander saß bei seinen Gästen. Wie Katrin anhand seiner Mimik und Gestik einschätzte, unterhielt er sich sehr gut mit ihnen. Sein Stand wurde von einer jungen Frau betreut, die Katrin nicht kannte. Laufend verteilte sie Kostproben auf den beiden Tischen. Christian hatte neben Sabrina und Tobias am Bürgermeistertisch Platz genommen. Seine Aufmerksamkeit galt der Bühne.

Zuletzt waren Katrin Zweifel gekommen, ob sie mit ihrer Idee Ernst nicht zu viel aufgebürdet hatte. Verbissen war er auf die Suche nach den geeigneten Textpassagen gegangen und hatte diese in den vergangenen Tagen wieder und wieder gelesen. Sogar gefilmt hatte er sich mit dem Handy und die Zeit Satz für Satz gestoppt. An die passende Modulation einzelner Worte war er herangegangen wie an ein Meisterstück.

Erleichtert seufzte Katrin auf, als sie ihn nun auf der Bühne beobachtete. Er wirkte auf seine besondere Art fast wie ein Gelehrter, der seinen Schülern ein wichtiges philosophisches Thema näherbringen wollte. Die schwarze Kleidung – er trug schwarze Hosen und ein schwarzes kurzärmeliges Hemd –, die Nickelbrille und der Zopf im Nacken verstärkten den Eindruck.

Ohne Zutun begannen die Gäste wieder zu applaudieren. Stephan reagierte darauf. Er lachte und hob in theatralischer Weise die Arme. »Dann ist der Bürgermeister wohl überflüssig. Ich habe verstanden.« Ernst beklatschend verließ er die Bühne.

Mit einem Lächeln auf den Lippen nahm Ernst an dem für ihn vorbereiteten Tisch Platz. Die Mappe mit den aufbereiteten Texten hatte er schon vor der Veranstaltung bereitgelegt. Nun schlug er sie auf und richtete das Mikrofon. Mit ruhiger, fester Stimme begann er zu sprechen: »Ich bin ein Heimatloser gewesen, bis ich hierher nach Kirchbergen kam. An diesem wunderbaren Flecken Erde habe ich mein Zuhause gefunden. Die Menschen, die Natur, meine Bücher, all das hat mich zu dem gemacht, der ich heute bin. Meine liebe Frau habe ich früh verloren. Die Älteren unter euch können sich bestimmt noch an sie erinnern. Sie ist in Kirchbergen geboren worden und hat mich hier fest verwurzelt. Gemeinsam mit ihr habe ich begonnen, die Geschichte Kirchbergens und des

Waldviertels zu sammeln. Der größte Schatz stammt aus ihrer eigenen Familie, von einer Hebamme, die vor über hundert Jahren hier gelebt und gewirkt hat.« Er machte eine Pause.

Katrins Blick glitt durch die Menge. Alle sahen ihn wie gebannt an. In den Gesichtern spiegelte sich Mitgefühl und Heimatstolz wider. Er war grandios! Erleichtert atmete sie auf, und der letzte Funke Sorge verschwand.

Stephan war nicht an seinen Tisch zurückgekehrt. Katrin ging mit ihrem Blick die Reihen durch und entdeckte ihn bei Veroniques Stand. Eine Woge der Freude durchflutete sie. Sie wünschte Veronique alles Gute. Das momentane Glück riss sie mit und ließ sie aufrichtig hoffen. Alles würde sich zum richtigen Zeitpunkt zeigen und gut werden, ganz bestimmt.

Ernst sprach weiter: »Ich möchte diesen wunderschönen Tag meiner lieben Frau widmen. Könnte sie mich sehen, wäre sie sehr stolz auf mich.« Er hob das erste Blatt, richtete noch einmal das Mikrofon und begann zu lesen.

Obwohl Katrin den Text viele Male im Zuge von Ernsts Übungen gehört und auch selbst gelesen hatte, schien es ihr, als würde sie die Worte erst jetzt wirklich aufnehmen. Sie konnte nicht sagen, ob es am Sonnenschein, an der Akustik, den Gästen, der Atmosphäre oder allem zusammen lag. Die Magie des Augenblicks war förmlich zu spüren. Man spricht bei einer Aufführung vom Funken, der überspringt. Vor ihren Augen geschah es gerade, und Katrin bekam trotz der Sonne eine Gänsehaut am ganzen Körper.

Herr Lindenborg hatte für den ersten Teil seiner Lesung eine Passage ausgesucht, die den Tagesablauf der Einwohner des Dorfes im Frühsommer beschrieb. Es begann mit dem Erwachen zur Morgendämmerung und erklärte anschaulich, welch körperliche Anstrengungen an einem ganz normalen Arbeitstag zu bewältigen waren.

Der Text endete mit den Sätzen: »Und viele Kinder laufen dann zum Weiher, wie die zwei Madeln vom Schuster. Die

Große muss nach der Schul zwei Stund die Ziege hüten. Kaum ist das Viech dann im Stall, ist die Marie schon draußen und rennt zum Wasser. Sie springt rein wie nichts, dabei ist es noch eiskalt. Ich gehe auch gern zum Weiher. Ich glaub, die Kinder sind lieber allein, also komme ich nicht zu nah, solang sie da sind. Dann können sie schlimm sein und sich austoben. Die Marie zum Beispiel ist eine Wilde. Sie wirft immer Froscherln nach den Buben. Die haben richtig Angst vor ihr. Das ist gut so. Ich hoff, sie behält sich diesen Zug. Er wird ihr später helfen bei den Mannsbildern.«

Eine Weile lang war es völlig still. Schließlich kam Bewegung in die Gäste. Sie begannen zu klatschen, und viele flüsterten dem Sitznachbarn etwas zu. Es dauerte lange, bis der Applaus langsam verebbte.

Herr Lindenborg strahlte. Er griff zum nächsten Blatt Papier. »Die Erzählung, die gleich kommt, hat mich in besonderer Weise berührt. Die Hebamme beschreibt eindringlich, unter welch schwierigen Bedingungen Frauen ihre Kinder zur Welt bringen mussten und welchen Gefahren sie hautnah ausgesetzt waren.« Mit einer Nuance tieferen Stimme las er weiter.

Es handelte sich um die Geschichte einer jungen Frau, die bereits drei Fehlgeburten gehabt hatte und nun mit Zwillingen in den Wehen lag.

»Wenn mir als Hebamme einmal Angst und Bang wird, dann schaut es schlecht aus. Ich hab nicht mehr gewusst, was ich tun soll. Die arme Frau ist so schwach gewesen, dass sie mir immer wieder eingeschlafen ist. Dabei hätt sie sich anstrengen müssen. Sie hat sich so sehr ein Kind gewünscht. Dreimal ist es schiefgegangen, obwohl sie alles getan hat, was ich ihr geraten hab. Da hat der Körper einen Fehler. Der Mann ist vor der Tür auf- und abgelaufen. Ich kenn ihn ganz gut. Er gehört zu den Guten und hat seiner Frau bei den ersten drei Schwangerschaften geholfen, wo er gekonnt hat.

Auch bei der jetzigen hat er sie kaum mehr etwas arbeiten lassen. Er hat ein Kostkind ins Haus geholt, das ihr die Arbeit abnehmen soll. Viele sind grauslich zu so einem Waisen, er hat es aber ordentlich behandelt. Ich hab drauf geschaut und nichts sagen müssen. Einer Bäuerin aus Grünach hab ich einmal gedroht, ihr Kind nicht auf die Welt zu bringen, wenn sie weiter so gemein zu ihren Kostkindern ist. Schimmliges Essen hat sie ihnen gegeben und geschlagen hat sie sie auch. Fleisch haben sie nach meiner Drohung zwar auch keins bekommen, aber wenigstens nichts Schlechtes mehr, und das starke Hauen hat sie gelassen. Richtig Angst hat sie vor mir gehabt, die Frau Bäuerin.«

Ernst unterbrach und richtete seine Brille. Dann las er weiter. Die Hebamme hatte die Zwillinge unter Aufbringung all ihres Wissens und all ihrer Kraft zur Welt gebracht und es zudem geschafft, die Mutter am Leben zu erhalten. Stark geschwächt, doch überglücklich hatte sie der Beschreibung nach ihre beiden Kinder empfangen. Wie die Hebamme es geschafft hatte, berichtete sie auf sachliche Weise, wobei ihr tiefes Mitgefühl immer wieder hervortrat.

»Die Arme war mehr tot als lebendig, aber tapfer hat sie die Kleinen in den Armen gehalten, und die Tränen sind ihr runtergeronnen. Der Vater hat kein Wort rausgebracht. Seine Augen haben geglänzt. Zuerst ist er wie ein Depp nur herumgestanden und hat seine Frau und die Zwillinge angegafft, dann hat er sich neben das Bett gekniet und die nassen Haare seiner Frau gestreichelt. So lang, bis ich ihm gesagt hab, was er als Nächstes tun soll: Hol Wasser, deine Frau braucht jetzt viel zu trinken, und ich hab auch Durst. Gleich ist er aufgesprungen und davongelaufen. Die Männer sind bei einer Geburt hilflos. Sie können nur dastehen und warten. Das macht ihnen Angst. Es ist etwas, das sie nicht durch Kraft und Arbeit beeinflussen können. Es gibt aber auch die anderen. Denen ist es egal, was mit ihrer Frau ist. Die sitzen im Wirtshaus und saufen, während die Frau schreiend vor Schmerzen im Bett liegt. Der da auf jeden Fall ist ein braver Mann. Er wird auch ein guter Vater sein, denk ich. Aber ich muss mit ihm und auch ihr bald reden. Sie darf keine Kinder mehr kriegen.« Mit einer betont langsamen Bewegung legte Ernst das Blatt Papier nieder und faltete die Hände.

Dieses Mal applaudierten die Gäste sofort, jedoch verhaltener.

Katrin sah die Betroffenheit in den Gesichtern. Auch sie selbst war gepackt und mitgerissen worden. Für einen Augenblick hatte sich das Tor zur Vergangenheit geöffnet. Vor ihrem inneren Auge hatte sie die Frau gesehen, völlig verschwitzt, ihrer Kräfte beraubt, doch überglücklich. Das Zimmer war Stück für Stück in ihrer Fantasie gewachsen und die Menschen darin zum Leben erwacht. Unmerklich seufzte Katrin auf. Es war genau das, was sie sich vorgenommen hatte, wenn sie wieder ein Buch schreiben würde. Man musste mitfiebern und hautnah an der Geschichte teilhaben haben können, beinahe so, als würde man die Menschen kennen und mit ihnen fühlen. Die Emotionen sollten überspringen und mit voller Intensität wirken. Ja, genau so wollte sie schreiben. Es ging nicht darum, ein Buch zu veröffentlichen, das einzig Wichtige war, eine Geschichte zu erzählen.

Als es wieder ruhig wurde, sprach Ernst weiter. »Für den letzten Teil meiner Lesung habe ich einen Text über die Kräuterkunde ausgewählt. Die Hebamme beschreibt ihren Weg durch unsere Wiesen und Wälder auf der Suche nach bestimmten Heilkräutern, und sie erklärt, wie sie eine Arznei zubereitet.«

Katrin mochte dieses Kapitel. Überhaupt hatte Ernst die Textausschnitte gut aufeinander abgestimmt ausgewählt; zuerst über den Alltag des Dorflebens zur passenden Jahreszeit, dann eine überaus berührende Geschichte mit gutem Ausgang, als Abschluss eine Beschreibung der Natur und ihrer heilkräftigen Schätze.

Während Herr Lindenborg die letzten Sätze las, beobachtete Katrin der Reihe nach Alexander, Christian und Stephan. Alexander lauschte dem Vortrag aufmerksam. Während Katrin hinsah, flüsterte ihm seine Sitznachbarin etwas ins Ohr. Ohne den Blick von Ernst abzuwenden, gab Alexander eine knappe Antwort. Angesichts seiner Mimik vermutete Katrin, dass er eine Frage beantwortete.

Christian hatte seine Arme auf dem Tisch abgestützt und hielt die Finger verschränkt. Seine Augen ruhten ebenfalls auf Ernst, er wirkte hoch konzentriert.

Stephan stand noch immer bei Veroniques Stand. Hinter vorgehaltener Hand rauchte er eine Zigarette. Auf dem Tisch standen ein Aschenbecher, eine Kaffeetasse und ein Teller mit Gebäck darauf. Veronique versorgte ihn, das war ein gutes Zeichen.

Als Ernst zum Ende kam, drückte Stephan eilig die Zigarette aus und schritt auf das Podium zu. Er wartete, bis Ernst aufstand, bestieg die Bühne und ergriff seine Hände. »Herr Lindenborg, ich weiß gar nicht, was ich sagen soll. Ich bin ergriffen und begeistert. Vielen Dank. Wirklich, vielen herzlichen Dank.«

Die Gäste begannen zu applaudieren. Es schien, als wollten sie nicht mehr aufhören. Viele standen sogar von ihren Plätzen auf und klatschten mit erhobenen Händen.

Die Freude in Ernsts Gesicht war unverkennbar. Er räusperte sich. »Ihr bringt mich in Verlegenheit …« Mit einer schnellen Geste wischte er unter der Brille über seine Augen. »Ich habe *euch* zu danken und wünsche noch viel Vergnügen.« Er winkte und verließ die Bühne in Richtung seines Ladens.

Stephan blieb stehen. »Ich will die Stimmung nicht mit noch einer langen Rede kaputtmachen. Es ist viel besser, unser Lehrer Raphael legt jetzt los mit seiner Band.« Damit ging auch er ab.

Katrin sah, wie Stephan den Kopf Veronique zuwandte und einige Schritte in ihre Richtung machte. Dann schien er sich zu besinnen, machte kehrt und ging zu seinem Tisch.

Indessen wurde Ernst umringt.

Wieder kroch eine Gänsehaut über Katrins Haut. Sie stand nicht gern im Mittelpunkt und stellte ihre Erfolge nicht in den Vordergrund. Aber in ihrem Inneren war sie immens stolz auf sich. Sie hatte es tatsächlich geschafft.

Kapitel 34

Die Veranstaltung und vor allem Ernsts Lesung hatten wahre Wunder bewirkt. Zwar standen die Kunden im Buchladen nicht Schlange, doch die Frequenz hatte sich deutlich erhöht. Sie kamen, um Ernst die Hand zu schütteln und sich zu bedanken, um sich mit ihm zu unterhalten und um ihre eigenen Erinnerungen zu erzählen. In diesem Zuge nahmen die meisten ein Buch oder sogar mehrere mit.

Stephan hatte in der Zwischenzeit dreimal den Buchladen besucht. Er war ehrlich begeistert gewesen von der Lesung und hatte Katrin gebeten, sich zu überlegen, ob sie die Geschichten der Hebamme nicht für den *Kirchbergener Gemeindeboten* aufbereiten wollte. »Vielleicht bekommen wir genug Geld zusammen, um daraus ein eigenes Buch zu drucken, mit Bildern und allem drum herum. Ich muss mir das Budget ansehen. Es wäre ein Renommee für Kirchbergen und die ganze Umgebung«, hatte er sogar gemeint.

Katrin gefiel die Idee, auch wenn ihr eigenes Projekt damit etwas ins Hintertreffen geriet. Noch hatte sie sich aber keinen Zeitplan auferlegt. Die eine Idee anzunehmen hieß außerdem noch lange nicht, eine andere dafür in die Unendlichkeit zu verschieben. Ohne Weiteres konnte sie die verschiedenen Projekte parallel laufen lassen. Sie gab ja auch nicht ihre Artikel für die Frauenzeitschrift auf, nur weil sie im Buchladen arbeitete.

Ernst selbst war überglücklich. Er wirkte zehn Jahre jünger. Der Aufschwung seines Geschäfts und die Begeisterung der Menschen ließen ihn förmlich erstrahlen. »Als hätte ich in einem Jungbrunnen gebadet. Meine Lebensgeister befinden sich dermaßen in Wallung, dass ich das Gefühl verspüre, Bäume ausreißen zu können.« Er schmunzelte. »In übertragenem Sinne natürlich.« Er hob einen Stapel Bücher hoch und trug sie zum Wühltisch im Eingangsbereich. »Im echten Leben schaffe ich nur noch die.«

Katrin, die gerade den Ken-Follett-Aufsteller neu befüllte, richtete sich auf und zeigte auf den Ständer. »Allein *Das Fundament der Ewigkeit* haben wir in den letzten Tagen sechzehnmal verkauft. Ich habe soeben nachgezählt.«

»Du bist wahrlich mein Engel, Katrin. Ich habe es gespürt, als du zurückgekehrt bist. Ohne dich hätte ich bald aufgegeben. Ich war so weit, die kleine Pforte meines Buchladens zu schließen. Ein Vater kann nicht stolzer auf seine Tochter sein, als ich es auf dich bin.«

»Und ich bin stolz auf dich, wenn ich das überhaupt so sagen darf. Denke ich an deine Lesung, bekomme ich jetzt noch immer eine Gänsehaut.«

»Ich meine, wir dürfen beide stolz auf uns sein.« Herr Lindenborg drehte den Kopf und deutete mit dem Kinn in Richtung Tür. »Kann ich dich eine Stunde lang allein lassen? Ich möchte spazieren gehen. Alles in mir ist so voller Energie, ich muss mich einfach bewegen. Und ich möchte zu Elisabeths Grab.« Er machte eine kurze Pause. »Ich will ihr von meiner Freude erzählen.«

»Aber ja, natürlich. Viel Vergnügen und grüß mir die Sonne.«

»Dein Wunsch ist mir Befehl.« Ernst winkte Katrin zu und verließ den Laden.

Katrin blickte ihm durch das Schaufenster nach, bis er außer Sichtweite war, dann widmete sie sich dem Regal mit den Kinderbüchern. Auch hier musste das Sortiment wieder aufgefüllt werden. Die bestellten Bücher waren gestern eingetroffen, zum Glück früher, als sie gedacht hatte. In den Reihen befanden sich überall schon richtige Löcher.

Sie holte den entsprechenden Karton aus dem kleinen Lagerraum neben dem Büro und öffnete ihn. Das neueste *Gregs Tagebuch* lag zuoberst. Unwillkürlich musste sie lächeln. Sie mochte diese Reihe; die Mischung aus Text und Comiczeichnungen gefiel ihr.

»Katrin?«

Sie schreckte hoch. Schon zum vierten oder fünften Mal in den vergangenen Tagen hatte sie die Tür nicht gehört. Sie musste sich endlich um eine Türglocke kümmern. Ernst hatte sicher nichts dagegen einzuwenden. »Stephan, du liebe Güte. Wie hast du dich unbemerkt hereingeschlichen?«

Er grinste. »Ich komme auf leisen Sohlen. Warte …« Geräuschvoll ließ er die Ladentür ins Schloss fallen. »Besser?«

»Eindeutig. Du mutierst noch zu einem Stammgast.«

»Ich habe Herrn Lindenborg gerade über den Platz gehen sehen. Ist er länger weg?«

»Sicherlich eine Weile. Er macht einen Spaziergang. Was kann ich für dich tun?«

»Offen gestanden … ich wollte allein mit dir reden.«

Katrin bemerkte seine Verlegenheit. »Ja klar. Was ist los?« Sie konnte sich nicht erinnern, ihn je so unsicher erlebt zu haben. Schon in der Jugend hatte Stephan vor Selbstvertrauen gestrotzt.

»Kannst du dich erinnern, als wir beim Essen über Vertrauen und Offenheit gesprochen haben?«

»Natürlich.«

»Jetzt ist so ein Zeitpunkt, wo ich dein Vertrauen brauche. Ich weiß, du hast viel um die Ohren, aber zu Isabella oder Sabrina kann ich nicht gehen. Sie haben damals alles hautnah miterlebt und stehen nicht unbedingt auf meiner Seite, glaube ich. Außerdem sehe ich dich als neutralere Person. Du wertest nicht gleich.«

»Worum geht es denn?«

»Um … Veronique.«

Katrin zog die Brauen hoch. »Was ist los?«

Stephan fuhr sich mit gespreizten Fingern durchs Haar. »Das ist nicht so einfach zu erklären. Unsere Trennung damals und dann meine Heirat, das Kind dazu …«

»Da bin ich wahrscheinlich der falsche Ansprechpartner. Ich bin in der Zeit nicht hier gewesen.«

»Nein, es hat nichts mit der Vergangenheit zu tun. Eigentlich geht es um etwas anderes.«

»Stephan, redest du etwa um den heißen Brei herum?«

»Okay. Ich würde Veronique gern zum Essen einladen, habe aber keine Ahnung, welche Reaktion ich zu erwarten habe.« Abermals strich er sich durchs Haar. »Es ist eine verdammt blöde Situation. Du weißt ja, seit unserer Trennung ist Veronique richtiggehend feindselig mir gegenüber. In der ganzen Zeit habe ich kein einziges nettes Wort von ihr gehört.«

»Mich verwundert ihre Haltung nicht. Ich weiß genug, um sie zu verstehen.«

Er winkte ab. »Wir haben uns damals nicht ohne Grund getrennt. Es gab nur noch Streit, wir hatten wirklich eine Menge Schwierigkeiten. Und ja, ich habe mich danach rasch wieder verliebt. Es ist alles so schnell gegangen. Rückblickend habe ich falsche Entscheidungen getroffen, aber ich kann sie nicht ändern.« Mit einer energischen Bewegung warf Stephan den Kopf in den Nacken. »Schon wieder bin ich in der Vergangenheit, keine Ahnung, warum. Dabei geht es um jetzt! Bei der Lesung hast du mich doch zu Veronique geschickt, um beim Aufbau des Standes zu helfen. Weißt du noch?«

Am liebsten hätte Katrin aufgejubelt. Sie musste sich bemühen, ihre Mimik im Zaum zu halten. »Selbstverständlich erinnere ich mich.«

»Sie war plötzlich nett zu mir, fast herzlich. Beinahe so wie früher. Wir haben zusammen gelacht und uns später länger unterhalten. Es hat mich an unsere gemeinsame Zeit erinnert, an den guten Teil.« Leise fügte er hinzu: »Ich habe diese Art der Kommunikation mit ihr vermisst. Dabei wusste ich nicht einmal, dass ich sie vermisst habe. Sie, die Kommunikation, meine ich … und Veronique. Ach herrje, ich rede Schwachsinn.«

»Ein bisschen.« Katrin konnte sich ein Lächeln nicht verkneifen. Innerlich hüpfte sie. »Wenn du je verrätst, was ich dir jetzt anvertraue, spreche ich nie wieder ein Wort mit dir.«

»Ich schweige wie ein Grab.«

»Du wirst keine Abfuhr bekommen, wenn du Veronique zum Essen einlädst. Sie denkt noch sehr viel an dich. Verletze sie aber nicht noch mal. Sie ist kein Zeitvertreib.«

Stephan nickte. »Ich denke auch sehr viel an sie. Nach meiner Scheidung habe ich sogar eine Annäherung versucht, aber voll auf Granit gebissen. Sie hat es, glaube ich, nicht einmal registriert. In ihren Augen waren so viel Hass und Wut, am liebsten hätte sie mich erwürgt. Viele Aussagen, die ich im Laufe der Zeit getätigt habe, waren Selbstschutz. Das musst du mir glauben.«

Katrin musterte ihn. Ja, sie glaubte ihm. »Du hast sie offenbar sehr verletzt. Eigentlich grenzt es an ein Wunder, dass sie dich noch immer nicht vergessen hat.«

»Ich will nicht in den alten Geschichten wühlen, aber auch Veronique hat es mir nicht leicht gemacht.«

»Stephan, das lasse ich nicht gelten. Sie hat nicht Knall auf Fall geheiratet und ist Mutter geworden.«

Stephan senkte den Kopf. »Ich weiß. Du kannst dir nicht vorstellen, was damals in mir vorgegangen ist. Ich habe das so nicht gewollt, konnte aber doch nicht schon wieder … Es war eine dermaßen vertrackte Situation, wie du es dir nicht vorstellen kannst. Gut ist es mir dabei nicht gegangen, das kann ich dir verraten. Und so wunderbar ist meine Ehe auch nie gewesen, wie Veronique vielleicht glaubt. Ich war in einem

Albtraum gefangen, wenn du es genau wissen willst. Aber das ist alles lange her, und ich habe damit abgeschlossen.«

»Und das ist gut so. Ich wünsche dir und Veronique wirklich von ganzem Herzen alles Gute.«

»Ich danke dir für deine Ehrlichkeit, und auch für das andere. Du bist wirklich eine echte Freundin.«

»Für welches andere?«

»Dass du Veronique nichts von unserem Abendessen erzählt hast.«

»Ich habe ihr sehr wohl davon erzählt. Es hat sie nicht gestört.«

Stephan lachte auf. »Ich sag's ja, eine echte Freundin, halt nur doch nicht meine, sondern Veroniques.«

»Nun hör aber auf.« Katrin deutete einen Boxschlag in seine Richtung an.

»Hast du dir schon Gedanken über die Artikel im Gemeindeboten gemacht?«, wechselte Stephan das Thema.

»Noch nicht. Seit der Lesung gibt es im Laden viel zu tun. Bevor wir Details überlegen, sollten wir unbedingt den Rahmen besprechen: Bildmaterial, Länge der Artikel, und so weiter. Ich nehme an, es wird nicht so streng gehandhabt, aber Richtwerte brauche ich.«

»Bernhard Acker betreut den Gemeindeboten. Am besten, ich bringe dich mit ihm zusammen. Kannst du dich an den alten Herrn Acker *schneidert immer wacker* erinnern?«

Katrin lachte. »Klar. Ein Schneider wie aus dem Bilderbuch: weißes Haar, Brille, Spitzbärtchen. Er hat mein Erstkommunionskleid genäht.«

»Bernhard ist sein Enkel, ein netter junger Mann. Er arbeitet in einer Werbeagentur, Kiki hat ihn dort vor einigen Jahren untergebracht. Seit etwa zwei Jahren nimmt er sich des Gemeindeboten an. Richtig gut macht er das, modern, aber nicht übertrieben. Das Thema Buch möchte ich übrigens bei der nächsten Gemeinderatssitzung ansprechen.«

»Kümmern wir uns erst einmal um ein paar ordentliche Artikel.« Katrin wollte nicht extra erwähnen, dass sie mit ihrer Zeit haushalten musste.

»Recht hast du. Rom ist auch nicht an einem Tag erbaut worden. Und jetzt gehe ich sowieso erst mal zu Veronique. Ich bin richtig aufgeregt.«

Bevor Katrin etwas erwidern konnte, öffnete sich die Ladentür und Ernst trat ein. Sie sah sofort, dass mit ihm etwas nicht stimmte. Sein Gesicht war weiß wie eine Wand und schmerzverzerrt. »Ernst, was ist mir dir los?«, rief sie alarmiert und lief zu ihm.

Seine Stimme klang brüchig, als könnte er nur unter großer Anstrengung sprechen. »Ich hätte im Schatten bleiben sollen. Die Sonne ist ... zu kräftig. Mir ist übel und ... meine Brust ... es sticht und brennt wie Feuer.« Er wankte zur Leseecke und setzte sich. Mit unkontrollierten Bewegungen versuchte er, sein Hemd aufzuknöpfen. »Der Druck ...«, stöhnte er.

»Ich hole ein Glas Wasser.« Katrin wollte loslaufen, doch Stephan hielt sie zurück.

Er flüsterte ihr zu: »Bleib hier, öffne sein Hemd, halte den Oberkörper aufrecht und pass auf ihn auf. Ich rufe den Notarzt.« Auf ihren fragenden Blick hin sagte er: »Du musst jetzt ruhig bleiben und besonnen handeln. Tu sofort, was ich gesagt habe. Ich glaube, er hat einen Herzinfarkt. Ich kenne die Anzeichen von meinem Vater.«

Katrin erstarrte.

Kapitel 35

Katrin fühlte sich wie gelähmt. Zusammengekauert saß sie in der Leseecke und starrte wie paralysiert auf das schwarze Display ihres Handys. Stephans Worte klangen wieder und wieder in ihr nach: »Ich glaube, er hat einen Herzinfarkt.« Die Angst um Ernst ließ sie kaum atmen. Sie war unfähig, etwas zu tun. Zum Glück kam kein Kunde in den Laden. Er darf nicht sterben, dachte sie unablässig.

Warum rief Stephan nicht endlich an? In der Zwischenzeit musste er doch etwas erfahren haben. Wie lange konnte es dauern, bis die Ärzte erste Informationen preisgaben?

Mit einem verzweifelten Laut presste sie die Handflächen auf das Gesicht und spürte, wie ihre Finger feucht wurden. Sie hatte nicht bemerkt, dass ihr schon die ganze Zeit Tränen über die Wangen liefen. Warum durfte sie nicht endlich ein wenig Ruhe und Glück finden? Im selben Augenblick schalt sie sich eine Egoistin. Ernst hatte wahrscheinlich einen Herzinfarkt, und sie dachte nur an sich. Es war das Warten, dieses schreckliche zermürbende Warten! Von selbst glitt ihre Erinnerung zurück zu ihren Eltern. »Bitte, bitte nicht«, flüsterte sie in die Stille hinein. Sie wollte es nicht noch einmal erleben.

Wie heute hatte sie damals nach dem Unfall vor dem Handy gesessen und voller Furcht und Hoffnung auf den Anruf gewartet. Es hatte außerhalb ihrer Vorstellungskraft gelegen, dass ihren Eltern wirklich etwas Ernstes geschehen konnte. Ihr Gehirn hatte den Gedanken einfach nicht zugelassen. Sie war wie in einer Blase gefangen gewesen, die das Schlimmste nicht durchdringen ließ. Verschiedenste Verletzungen waren durch ihren Kopf gegeistert, aber den Tod hatte sie ausgeschlossen. Dann hatte das Telefon geklingelt, und eine Minute darauf war ihre Welt zusammengebrochen.

Wie aus weiter Ferne nahm Katrin das Geräusch der sich öffnenden Ladentür wahr. Sie konnte jetzt kein Buch verkaufen! Doch sie würde den Laden auch nicht schließen. Ständig dachte sie an Ernsts Worte auf Kikis Beerdigung: »Ich schließe nie vor fünfzehn Uhr.« Das Geschäft bedeutete Ernst alles, und auf diese Weise konnte sie am besten für ihn da sein. Sie sah hoch und blickte in Alexanders weit aufgerissene Augen.

»Ich hatte einen Termin in der Post. Die Kellnerin sagte mir, dass ein Rettungswagen vor eurem Laden gestanden hat. Du sitzt hier und weinst. Was ist passiert?«, fragte er mit angespannter Stimme.

Nun konnte Katrin sich nicht mehr beherrschen. Der letzte Rest von Selbstkontrolle löste sich in nichts auf. Bitterlich begann sie zu weinen. Die Tränen liefen in Bächen über ihre Wangen, immer wieder schluchzte sie auf.

Wortlos setzte Alexander sich neben sie und legte den Arm um ihre Schultern.

Es dauerte einige Minuten, bis Katrin es schaffte, sich zu beruhigen. Der leichte Druck seines Arms und die Wärme seines Körpers trösteten sie. Sie lehnte sich an ihn und ließ das Gefühl der Geborgenheit auf sich wirken.

»Sagst du mir, was passiert ist?«, fragte Alexander schließlich leise.

»Herr Lindenborg hat einen Spaziergang gemacht. Als er zurückgekommen ist, war ihm übel, und er hatte Schmerzen in der Brust.« Katrin schluchzte auf. »Stephan war durch Zufall hier. Er hat sofort den Krankenwagen gerufen und ist mit seinem Auto ins Krankenhaus nachgefahren. Ich bin wegen des Ladens geblieben. Ich weiß, es ist unlogisch, aber ich will ihn nicht abschließen.«

»Hat Stephan sich schon gemeldet?«

»Nein. Ich drehe noch durch. Ach, Alexander, ich habe

solche Angst. Es erinnert mich an …« Sie stockte. »Ich möchte Ernst nicht verlieren.«

»Vielleicht hat Herr Lindenborg sich beim Spaziergang nur zu sehr angestrengt. Es ist extrem schwül heute.«

Katrin konnte das Schluchzen nicht unterdrücken. »Stephan hat gemeint, es sei wahrscheinlich ein Herzinfarkt.«

Alexander nickte. »Er hat es dreimal bei seinem Vater miterlebt. Ein Glück, dass er im Laden gewesen ist. In solch einem Fall zählt jede Minute.« Er drückte Katrin an sich. »Ich bleibe bei dir, bis Stephan sich meldet.«

»Danke.« Katrin schloss die Augen und schmiegte sich an ihn.

Alexander zuckte nicht zurück. Vielmehr schloss er seinen Arm noch fester um sie.

Katrin verlor jegliches Zeitgefühl. Sie wollte weder bangen noch hoffen, nur die Minuten, ohne nachzudenken, verstreichen lassen. Es war wie ein Schutz vor der unbändigen Angst, die sie sonst mit sich in einen tiefen Abgrund reißen würde. Obwohl sie wahrnahm, wie Alexander über ihr Haar strich und ihr immer wieder beruhigende Worte zuflüsterte, konnte sie nicht darauf reagieren. Sie wollte sich nur geborgen fühlen, ohne etwas dafür tun zu müssen.

In Alexanders Armen zu liegen hatte bei Katrin schon früher das Gefühl von Sicherheit ausgelöst. Dann hatte ihr nichts etwas anhaben können, alles Negative war an seiner Schutzhülle abgeprallt, die er um sie aufgebaut hatte.

Sie hörte das leise Pochen seines Herzens und spürte, wie sein Brustkorb sich hob und senkte. Ihr Atem passte sich seinem Rhythmus an und versetzte sie in eine Art Dämmerzustand.

Als ihr Handy klingelte, schreckte sie hoch. Sofort war sie hellwach. Sie nahm das Gespräch an und drückte am Display auf das Lautsprechersymbol, damit Alexander mithören konnte. »Stephan! Endlich …«

»Wie geht es Herrn Lindenborg?«, fragte Alexander.

»Alex, bist du's?«

»Ja. Ich habe gehört, dass ein Rettungswagen vor dem Buchladen gestanden hat, und wollte wissen, was los ist.«

»Sehr gut, dann ist Katrin nicht allein. Herr Lindenborg liegt auf der Intensivstation.«

»Oh nein!« Sofort begann Katrin wieder zu weinen.

Stephan sprach rasch weiter. »Das ist normal. Sie müssen Herz und Kreislauf ständig kontrollieren, deshalb ist er dort. Es ist das übliche Prozedere. Sie führen eine Herzkatheter-Untersuchung durch, um das verstopfte Gefäß zu finden. Dann wird ein Stent an dieser Stelle eingesetzt.«

»Was ist das?«, fragte Katrin.

»Ein Stent ist ein kleines Röhrchen aus einem Metallnetz. Es sieht aus wie ein Miniaturmaschendrahtzaun. Damit wird das Gewebe gestützt. Mein Vater hatte mehrere davon.« Stephan räusperte sich. »Es geht ihm den Umständen entsprechend gut. Wir haben richtig reagiert.«

»Wärest du nicht hier gewesen …«

»Ich war da, das zählt.«

»Wie lange bleibt er im Krankenhaus?«, fragte Katrin weiter.

»Das weiß ich nicht. Wirklich wichtig ist dann das Danach. Er darf sich keinen großen Belastungen aussetzen, die Ernährung muss er umstellen und auf jeden Fall Medikamente nehmen, Stress ist tabu. Du wirst aufpassen müssen, dass er nicht zu viel arbeitet. Stell dich darauf ein, den Großteil der Aufgaben im Laden zu erledigen.«

Katrin spürte, wie abermals Tränen in ihr hochstiegen. »Das ist doch egal. Ich mache alles. Er soll nur leben.«

Während Alexander wieder seinen Arm um sie legte, sagte Stephan: »Ein Herzinfarkt ist eine ernste Angelegenheit, keine Frage. Wenn Herr Lindenborg aber alles einhält, kann er neunzig oder hundert Jahre alt werden. Mein Vater hatte drei

Infarkte und ist im Endeffekt an einer Lungenentzündung gestorben.« Er hüstelte. »Alexander … wegen Katrin?«

»Keine Sorge. Ich bleibe bei ihr und passe auf sie auf. Kannst du bitte noch in Erfahrung bringen, wann wir Herrn Lindenborg besuchen können?«

»Klar. Ich melde mich, bis dann.«

Eine Weile lang schwiegen Katrin und Alexander.

Schließlich ergriff er ihre Hand. »Du hast es gehört. Herrn Lindenborg geht es den Umständen entsprechend gut. Du brauchst keine Angst zu haben. Ich bin bei dir.«

Kapitel 36

»Und, wie geht es Herrn Lindenborg?«, fragte Sabrina mit sorgenvoller Stimme.

Um sich ungestört zu unterhalten und auch etwas essen zu können, waren die Freundinnen in eine kleine Pizzeria nach Waidhofen gefahren. Das Restaurant hatte einen netten Gastgarten, wo sie es sich an einem Tisch in einer Laube gemütlich gemacht hatten.

Katrin wiegte den Kopf. »Den Umständen entsprechend erstaunlich gut, wobei ich offen gestanden nicht weiß, wie es anderen nach einem Herzinfarkt geht. Er spricht schon wieder vom Buchladen und was er alles tun möchte. Ich will seine Euphorie nicht dämpfen, aber ich merke sehr wohl immer an, dass er kürzertreten muss, wenn er aus dem Krankenhaus raus ist.«

»Dasselbe Problem hatte Stephan mit seinem Vater. Das ist dieser alte Schlag von Mann, der eine Krankheit einfach nicht anerkennen kann. Herr Lindenborg hat nur dich, Katrin, du musst dich durchsetzen«, entgegnete Veronique.

»Was läuft denn da eigentlich nun wieder zwischen dir und Stephan?« Isabella grinste breit.

Als erste Reaktion errötete Veronique. Dann lachte sie. »Seit Herrn Lindenborgs Lesung ist er wie ausgewechselt. Er besucht mich in der Bäckerei, wir plaudern über dieses und jenes, aktuell vorrangig natürlich über Herrn Lindenborg, durch Stephans Krankheitserfahrungen mit seinem Vater auch ein wenig über die Vergangenheit … Und morgen Abend gehen wir essen.«

»Vielleicht liegt es daran, dass du nicht mehr ständig biestig zu ihm bist?«

»Hm, möglicherweise, das heißt, bestimmt sogar. Ich beherrsche mich, wobei mir ständig etwas einfällt, das ich ihm gerne an den Kopf werfen würde. Ganz habe ich die Ereignisse von damals noch immer nicht verarbeitet. Sollten wir uns tatsächlich wieder näherkommen, muss ich gewaltig an mir arbeiten.«

»Es wäre in jeder Hinsicht kontraproduktiv, mit den Vorwürfen weiterzumachen. Immerhin willst du ihn zurückhaben.«

»Und wie ich das will! Ich hoffe wirklich, dass ich das in den Griff bekomme. Die Vergangenheit muss endlich ruhen und ich nach vorne blicken.«

»Ich verstehe dich«, bemerkte Isabella. »Es ist furchtbar, wenn Logik und Gefühl aufeinanderprallen. Mir geht es ja genauso mit *ihr wisst schon …*«

»Oh ja, Mister Geheimnisvoll. Ich finde deinen Raphael übrigens ziemlich süß. Vom Sehen kenne ich ihn ja schon länger, ich hatte aber nie Kontakt mit ihm«, bemerkte Sabrina. »Bei der Lesung ist er in einer Spielpause an unseren Tisch gekommen, eigentlich zu Stephan, aber wir haben uns eine ganze Weile miteinander unterhalten.«

»Mit *süß* triffst du es punktgenau. Sage nie über einen Mann, er sei süß. Ein Welpe ist auch süß. Ich fühle mich sehr wohl in seiner Gegenwart, wir führen tolle Gespräche, und der Sex ist auch gut. Aber es fehlt das …«

»… Arschloch in ihm?«

»Ich wollte sagen: das Männliche, aber Arschloch passt auch, vielleicht sogar besser.« Isabella seufzte. »Hinter Raphael muss ich nicht herlaufen. Er ist verständnisvoll und akzeptiert mich, wie ich bin. Im Grunde wartet er nur darauf, dass ich ihn näher an mich heranlasse. Dabei zerrt er aber nicht an mir oder versucht, mich in eine Ecke zu drängen. Er ist einfach … da.«

»Wirklich, ich finde ihn süß und durchaus attraktiv. Sei doch froh, dass er kein Arschloch ist. Die verletzen dich nur!« Sabrina zuckte mit den Schultern. »Tobi ist auch kein Arschloch. Ich bräuchte keinen Mann, der nicht voll und ganz zu mir steht. Einen, wo ich mir ständig Sorgen machen müsste, was er fühlt und ob er vielleicht gerade bei einer anderen ist.«

Katrin hüstelte. »Rückblickend glaube ich wirklich, Thomas ist auch ein solches Arschloch.«

»Dein Ex-Thomas?«

»Ja. Gestern habe ich private Papiere sortiert, dabei ist mir eine alte Hochzeitseinladung von Freunden in die Hände gefallen. Diese Feier war symptomatisch für unsere ganze Beziehung. Genauso gut hätten wir auf einem hochoffiziellen Firmenevent sein können. Kein einziges Mal hat er meine Hand gehalten, von einem gemeinsamen Moment der Rührung und Ergriffenheit rede ich gar nicht. Wir haben zusammengelebt, waren vor aller Augen ein Paar, dennoch hatte ich – wenn ich vollkommen ehrlich bin – nie das Gefühl, dass er mein Partner ist. Es war, als stünde er immer einen Meter entfernt von mir. Versteht ihr, was ich meine?«

Isabella nickte. »Mein geheimnisvoller Mann war zehn Meter, fünfzehn, zwanzig Meter entfernt. Es zerreißt einem das Herz, selbst wenn man noch so sehr dagegen ankämpft. Du hast völlig recht, Sabrina. Solch einen Mann muss man aus dem Leben verbannen. Vielleicht sollte ich echt aufhören, in Raphael nur den Notnagel zu sehen. Er hat etwas Besseres verdient als eine Affäre, und ich auch.«

»Ich finde, deinem Raphael steht es zu, dass du ihn endlich ernst nimmst. Du hast ihn benutzt, um dir die Wärme und Geborgenheit zu holen, die du von dem anderen nicht bekommen hast. Das ist eine Zeit lang in Ordnung, aber irgendwann wird es unfair.« Sabrina verschränkte die Arme. »Wäre ich Single, würde ich bei Raphael nicht Nein sagen, ernsthaft.«

»Sabrina, hör auf! Ich bekomme noch ein schlechtes Gewissen.« Isabella rutschte auf ihrem Stuhl hin und her.

»Recht so. Das sollst du auch haben. Aber jetzt lasse ich dich in Ruhe.« Sabrina zwinkerte Isabella zu. »Katrin, du bist an der Reihe …«

Katrin riss abwehrend die Arme hoch. »Oh nein, die Erkenntnis, mit dem falschen Mann zusammen gewesen zu sein, reicht für heute völlig aus. Alles läuft ruhig. Ich habe andere Sorgen als Männer. Es gibt wirklich nichts.«

Veronique beugte sich vor. »Quatsch. Warum steht Alexanders Auto plötzlich öfter vor dem Buchladen als Christians? Dachtest du, wir bemerken das nicht?«

»Ach das. Ihr wisst ja, dass Alexander in den Laden gekommen ist, als Herr Lindenborg ins Krankenhaus gebracht wurde. Ich war ziemlich aufgelöst, und er hat mich beruhigt. Jetzt kümmert er sich bloß ein wenig um mich.«

»Völlig selbstlos?«

»Ich hatte schreckliche Angst, dass Herr Lindenborg …« Katrin wollte das Wort sterben nicht aussprechen, also begann sie von Neuem. »Herrn Lindenborgs Herzinfarkt hat mich an den Unfall meiner Eltern erinnert. Ich habe weit weg von zu Hause gesessen und konnte nichts tun als zu warten. Damals habe ich positiv gedacht. Ich hatte es einfach nicht in Betracht gezogen, dass etwas Schreckliches passieren konnte. Es war aber so, das Allerschlimmste ist geschehen.« Katrin griff sich an die Schläfe. »Jetzt bei Ernst habe ich genau das Gegenteil gedacht. Vielleicht weil die Erfahrung mich gelehrt hat, dass furchtbare Dinge geschehen, ob wir sie uns vorstellen können oder nicht. Alexander hat das einfach nur gesehen und mir geholfen. Jetzt kümmert er sich immer noch ein bisschen um mich.«

»Wie reagiert eigentlich Christian?«, wollte Sabrina wissen.

»Christian, nun … Für ihn war von Anfang an klar, dass es Herrn Lindenborg bald wieder besser gehen wird. Um ehrlich zu sein, habe ich ihm meine wahren Gefühle auch nicht so offen gezeigt. In Christians Gegenwart konnte ich in den ersten Tagen nach dem Ereignis zumindest ein bisschen abschalten, weil es nicht ständig um Ernst gegangen ist. Also … wenn wir uns gesehen haben.«

»Was meinst du damit? Wenn wir uns gesehen haben …«

»Christian hat an den Tagen nach Herrn Lindenborgs Herzinfarkt wenig Zeit gehabt.« Warum war bei ihm ausgerechnet gerade zu diesem Zeitpunkt plötzlich der große Stress ausgebrochen?, schoss es Katrin durch den Kopf. Sie war so sehr mit Ernst beschäftigt gewesen, dass sie sich nicht mit Christian auseinandergesetzt hatte. Auf einmal erschien ihr seine auffällige Abwesenheit seltsam. Waren es Ausreden von ihm gewesen, um sie in solch einer Situation nicht sehen zu müssen? Die Möglichkeit versetzte ihr einen Stich.

Für Katrin standen Christian und sie am Anfang einer Beziehung. Natürlich erlebten sie noch nicht die Innigkeit einer Partnerschaft, die seit Längerem Bestand hatte. Sie verbrachten schöne Abende miteinander, ritten gemeinsam aus, die Bandbreite ihrer Gesprächsthemen war groß, Christian brachte sie zum Lachen. Was wollte man nach der kurzen Zeit sonst erwarten?

»Alexander ist in schweren Zeiten für dich da, egal welche Schwierigkeiten ihr vorher hattet, Christian nicht, wie mir scheint. Er ist nicht gut für dich«, bemerkte Isabella spitzzüngig.

Katrin zog die Brauen hoch. »Hast du etwas gegen Christian?«

»Nein, wie kommst du darauf?«

Katrin sah, wie Sabrina und Veronique ebenfalls erstaunte Blicke austauschten. Sabrina sprach es aus. »Warum sagst du, Christian sei nicht gut für Katrin? Er kann doch wirklich viel zu tun gehabt haben, und wenn er nicht wusste, welche Sorgen Katrin sich gemacht hat, war es auch nicht möglich für ihn, entsprechend zu handeln.«

Isabella schnaufte auf. »Christian ist ein typischer Schönwetter-Mann. Kaum läuft etwas nicht richtig oder könnte es einmal ernst werden, zieht er sich zurück. Das ist doch offensichtlich. Einem Mann mit Empathie muss man nicht extra sagen, wie es einem geht in solch einer Situation. Er ist von selbst da und tut, was notwendig und richtig ist.«

»Redest du vielleicht weniger von Christian als von deinem geheimnisvollen Liebhaber?«

»Ich meine damit alle, die sich so verhalten«, entgegnete Isabella und wehrte mit einer Handbewegung ab. »Du, Sabrina, hast mit Tobi einen Sechser im Lotto. Andere haben weniger Glück.«

»Du würdest mit Raphael auch einen Sechser erhalten. Es bringt allerdings nichts, wenn du ihn nicht lieben kannst. Ich liebe Tobi einfach über alles.«

»Und er dich.«

Sabrina nickte mit einem Lächeln auf den Lippen. »Ja, wir lieben uns. Aber selbst wir haben es nicht leicht.«

»Apropos!« Veronique hob den Zeigefinger. »Wir drei haben uns etwas überlegt für dich und Tobi. Durch Herrn Lindenborg ist es nur untergegangen. Aber aufgeschoben ist nicht aufgehoben.« Sie blickte Katrin herausfordernd an. »Sag etwas!«

Während des Dialogs zwischen Isabella und Sabrina hatte Katrin Isabella genau beobachtet, und sie gab Sabrina recht. Isabella verhielt sich, als würde sie tatsächlich einen Groll gegen Christian hegen. Resultierte diese Feindseligkeit aus ihrer Enttäuschung, und beurteilte sie jeden Mann im Augenblick skeptisch? Was konnte sonst dahinterstecken?

Sie riss sich von dem Gedanken los und bemühte sich um eine würdevolle Miene. »Liebe Sabrina, wir planen eine kleine

Überraschung für dich. Aber wie es mit Überraschungen so ist, bleiben sie bis zum großen Tag ein Geheimnis.«

»Welche Überraschung? Nun sagt endlich! Was ist es?«, fragte Sabrina neugierig.

Veronique, Isabella und Katrin blickten sich verschwörerisch an. Teil eins des Planes funktionierte erwartungsgemäß. Vor dem Treffen hatten sie sich abgesprochen und beschlossen, Sabrina ein wenig auf die Folter zu spannen. Schon als Kind hatte Sabrina Überraschungen geliebt, wobei es ihre größte Freude gewesen war, einer solchen entgegenzufiebern.

»Bald ist dein Geburtstag, dann wirst du es erfahren.«

»Das ist gemein. Ich will es jetzt wissen.«

Veronique lachte. »Entschuldige, wir konnten es uns nicht verkneifen. Würden wir dich nicht so gut kennen, hätten wir nicht davon begonnen. Aber wir wissen doch, wie sehr du Überraschungen magst und es genießt, darauf zu warten.«

»Ich mag sie nicht nur, ich bin ganz verrückt danach. Vorfreude ist die schönste Freude.«

Kapitel 37

Immer wieder geisterten Isabellas Worte durch Katrins Kopf. Warum war sie beim letzten Treffen so über Christian hergezogen? Hatte Isabella gar recht? Nach wie vor versagte ihr Bauchgefühl bei Christian gänzlich.

Vor einer Stunde hatte sie mit ihm telefoniert. Sie wusste, er nahm heute an einem Freundschaftsreitturnier teil, und eigentlich hatte sie fest damit gerechnet, dass er sie bitten würde, nach Geschäftsschluss dorthin zu kommen. Es war Samstag, und sie war ab zwölf Uhr mittags verfügbar. Spätestens um vierzehn Uhr hätte sie bei dem Turnier sein können. Christian allerdings hatte sie weder zum Turnier selbst noch zur Abendveranstaltung eingeladen. Dass er meinte, sie würde sich nicht dafür interessieren, schloss sie aus. Sie hatte ihm deutlich zu verstehen gegeben, wie sehr sie ein Turnier begeistern würde.

Je mehr Katrin sinnierte, desto überzeugter war sie davon, dass Christian sie nicht dabeihaben wollte. Ein unwohles Gefühl machte sich in ihrer Magengegend breit. Täuschte sie sich in Christian? Wie hatte Isabella ihn genannt: einen Schönwetter-Mann?

Dabei tat ihr sein Wesen unheimlich gut, und sie hatte ihm einiges zu verdanken. Er war auf die Idee mit der großen Veranstaltung gekommen, und ohne ihn würde sie nicht wieder mit dem Schreiben beginnen wollen. Aber was hatte er schon Großartiges getan? Er war mit Fragen auf sie eingestürmt und hatte ihr seine Meinung gesagt. Sonst hatte er nichts dazu beigetragen.

Katrin schüttelte den Kopf. Ihre Gedanken waren ungerecht, und eigentlich dürfte sie Isabellas Meinung überhaupt nicht berühren. Man sollte zu seinem Partner stehen. Wahrscheinlich hatte er einfach nicht daran gedacht, sie zu dem Turnier einzuladen, oder es gab einen anderen logischen Grund, den sie nicht kannte.

In den gemeinsamen Stunden verhielt er sich liebevoll und aufmerksam. Nichts wies darauf hin, dass er sie auf Abstand hielt. Und dass er genau in den schweren Tagen nach Ernsts Herzinfarkt nicht für sie da gewesen war, durfte sie nicht überbewerten, zumal sie ihm nichts von ihren Ängsten erzählt hatte.

Als die Ladentür aufging, sah Katrin auf.

Alexander trat ein. »Störe ich?«

Katrin warf einen Blick auf das Klemmbrett in ihrer Hand und legte es auf den Kassentisch. »Nein, gar nicht. Ich versuche nur einen Bestellrhythmus für die gängigsten Bücher zu finden.«

»Willst du den Vorgang automatisieren?«

»Es würde die Arbeit erleichtern. Ernst hat immer alles händisch durchgeführt. Das heißt, zwar schon mit dem Computer, aber nur mit normalen Excel-Listen.« Katrins Augen wanderten kurz zur Decke. »Ich hoffe, er nimmt es mir nicht krumm. Aber ich muss mich darauf einstellen, ab nun die meiste Arbeit zu erledigen. Ich verstehe ihn, er hat ein System, mit dem er gut zurechtkommt. Für mich ist es allerdings aufwendig, und ich weiß, wie es schneller gehen kann.«

»Denkst du nicht, alles zusammen wird dir vielleicht zu viel werden?«

»Bestimmt nicht. Ich muss nur einiges bedenken und straffer arbeiten. Keinesfalls möchte ich, dass der Erfolg nachlässt. Im Frühherbst sollte es wieder eine Veranstaltung geben. Sie wird aber ohnehin deutlich kleiner ausfallen; das war von Anfang an der Plan. Es wäre schade, damit aufzuhören.«

»In die erste Veranstaltung hast du bestimmt sehr viel Zeit und Arbeit gesteckt.«

»Das stimmt. Aber jetzt weiß ich, wie es läuft, und damit halbiert sich der Aufwand von selbst. Außerdem habe ich Stephan. Er möchte auch, dass es weitergeht und unterstützt mich seitens der Gemeinde und persönlich.«

»Aber auch dein Tag hat nur vierundzwanzig Stunden.«

»Es ist schon ein gewaltiger Brocken, zumal ich außerdem meine Kolumne habe, die doch auch einige Zeit in Anspruch nimmt.« Katrin seufzte. »Aber ich schaffe das. Leider müssen die Hebammen-Artikel für den Gemeindeboten warten. Stephan versteht das. Er hat sogar von sich aus vorgeschlagen, das Projekt zu verschieben.« Dass sie daran dachte, ein neues Buch zu schreiben, verschwieg sie. Es lag nicht daran, dass sie es Alexander verheimlichen wollte. Im Moment musste sie sich ihre Zeit minutiös einteilen und hatte beschlossen, das Buch an die letzte Stelle zu reihen. Sie konnte sich Notizen machen und ihren Plan verfolgen, die Geschichte in ihrer Fantasie entstehen zu lassen, aber das eigentliche Schreiben musste warten.

Alexander schien etwas zu überlegen. »Ich nehme an, du hast heute etwas mit Christian vor. Immerhin ist Samstag.«

»Christian reitet ein Turnier.« Katrin deutete auf einen Stapel Bücher. »In die möchte ich reinlesen. Das wird bestimmt bis in die Nacht hinein dauern. Du kennst mich, habe ich erst einmal angefangen, mich in ein Buch zu vergraben, kann ich nicht mehr damit aufhören. Dieses Mal habe ich mir gleich neun vorgenommen. Aber ich möchte sie wirklich nur überfliegen, um einen Eindruck zu gewinnen.«

»Und wenn du das Lesen auf morgen verschiebst? Ich könnte dich gegen achtzehn Uhr abholen. Wir gehen eine Kleinigkeit essen, und dann zeige ich dir meine Brennerei. Das ist ohnehin überfällig.«

»Eine Privatführung?«

»Privatführung, Verkostung inklusive.«

Katrin antwortete, ohne groß darüber nachzudenken. »Das Lesen ist schon verschoben.«

Kapitel 38

Katrin zog ihre Handtasche von der Kommode und öffnete die Eingangstür. Alexander stand mit seinem Wagen direkt vor der Gartentür. Er lächelte und winkte ihr aus dem Auto zu. Eine schier unbeschreibliche Gefühlswelle durchflutete sie. Es hörte einfach nicht auf. Im Augenblick hoffte sie vergeblich auf innere Gelassenheit.

Nach ihrer Arbeit im Buchladen war sie regelrecht nach Hause geflüchtet. So spontan sie Alexander zugesagt hatte, danach war eine Flut an widersprüchlichen Gedanken und Fragen über sie hereingebrochen. Dem ersten Impuls folgend hatte sie der Reihe nach ihre Freundinnen anrufen wollen, sich dann aber im wahrsten Sinne des Wortes verkrochen. Was hätte es gebracht? Die unterschiedlichen Meinungen ihrer Freundinnen hätten sie noch mehr verwirrt. Sie musste sich jetzt auf ihr eigenes Gefühl verlassen, was schon schwierig genug war.

Veronique schwebte dank der Annäherung zwischen ihr und Stephan im siebten Himmel. Alles, was mit Liebe zu tun hatte, entlockte ihr ein verträumtes Lächeln. Das Aufkeimen alter Gefühle verzückte sie überhaupt restlos. Am liebsten würde sie alle in der früheren Konstellation wiedersehen.

Sabrina zeigte stets ihre warme, doch auch vernünftige Seite. Sie war Christian gegenüber durchaus positiv eingestellt und hätte bestimmt ihre Bedenken geäußert. Genau genommen war es auch wirklich nicht korrekt, mit dem Ex-Freund Essen zu gehen und den restlichen Abend in seinem Haus zu verbringen, während der neue Freund sich auf einer Veranstaltung befand. Wiederum hatte der Neue keinerlei Anstalten gemacht, sie mitnehmen zu wollen.

Katrin konnte es drehen und wenden, wie sie wollte, es kam keine sinnvolle Antwort heraus: Richtig oder falsch, tu es oder lass es, er liebt dich noch oder er ist nur freundlich zu dir, lass Christian oder bleib bei Christian. Wie in so vielen anderen Belangen gab es kein Schwarz oder Weiß, und alles hatte zwei oder sogar mehrere Seiten.

Isabella vertrat die genau gegenteilige Position zu Sabrina. Sie würde Katrin uneingeschränkt darin bestärken, mit Alexander auszugehen. Christian war ihr ein Dorn im Auge, wie Katrin leibhaftig miterlebt hatte. Über das Warum konnte sie nach wie vor nur mutmaßen. Katrin hatte sogar schon überlegt, ob es sich bei dem geheimen Mann um Christian handeln konnte, den Gedanken aber rasch wieder verworfen. Es lag einfach außerhalb ihrer Vorstellungskraft.

Katrin schloss die Haustür ab und ging zur Beifahrertür von Alexanders Auto.

Er öffnete sie von innen und stieß sie für Katrin auf. »Kleine Planänderung«, begrüßte er sie.

»Und welche?« Katrin setzte sich auf den Beifahrersitz und schloss die Tür.

»Wir gehen nicht essen, sondern nehmen einen Snack bei mir ein. Ich mache das eigentlich immer bei einer Verkostung, alles andere zerreißt die Abfolge. Warum also nicht auch bei dir den erprobten Weg gehen.«

Katrin presste die Lippen aufeinander und enthielt sich einer Antwort. Dachte er nach, bevor er sprach? Seine Aussage klang in ihren Ohren wie »Du bist eine von vielen und bekommst das Standardprogramm«. Sie ballte ihre Hand zur Faust und presste sie fest zusammen. Als sie wieder lockerließ, fühlte sie sich besser. Sie durfte nicht jeden Satz auf die Goldwaage legen. Er hatte es dahingesagt und sicherlich nicht daran gedacht, wie sie es interpretieren könnte. Alexander brachte sie einfach in jeder Hinsicht aus dem Konzept.

Alexander schien zum Glück nichts zu bemerken. »Am Nachmittag habe ich auf einen Sprung bei Herrn Lindenborg vorbeigeschaut. Ich hatte in der Nähe des Krankenhauses etwas zu erledigen, und ich dachte, ich sage Hallo.«

Augenblicklich vergaß Katrin Alexanders Aussage von eben. »Wie geht es ihm? Heute haben wir gar nicht telefoniert. Ich besuche ihn morgen.«

»Viel besser als bei meinem letzten Besuch. Er ist unruhig und möchte nach Hause – das beste Zeichen.«

»Ich würde ihn lieber noch eine Weile lang im Krankenhaus sehen und gleich danach auf eine Kur schicken.«

»Warum das?«

»Ich habe Angst, dass er sich übernimmt. Seit es ihm nur einen Hauch besser geht, schmiedet er bereits wieder Pläne, was wir alles tun könnten. Und mit wir meint er definitiv, sich voll einzubringen.«

»Da musst du rigoros vorgehen. Sage ihm klipp und klar, was er darf und was nicht.«

»Ich bin seine Angestellte, weder seine Chefin noch seine Tochter. Außerdem ist es überhaupt nicht mein Ding, anderen Menschen Vorschriften zu machen.«

»Du wirst schon die richtigen Worte finden. Schau, das ist mein kleines Reich.« Alexander fuhr durch ein geöffnetes Tor über einen gepflasterten Weg auf einen weitläufigen Gebäudekomplex zu.

Interessiert sah Katrin sich um, während er erklärte: »Es besteht im Wesentlichen aus drei Elementen. Rechts das große Gebäude ist das eigentliche Herzstück, die Brennerei. In dem mittleren verglasten Teil befindet sich der Ausstellungsbereich. Hier veranstalte ich auch die Verkostungen. Hinter dem *Showroom* habe ich mein Büro und einen Besprechungsraum. Das Lager kannst du von hier aus nicht sehen. Es liegt schräg hinter der Brennerei und dem Ausstellungsgebäude.«

»Wow. Modern«, bemerkte Katrin. Im Vorfeld hatte sie nicht darüber nachgedacht, wie es bei Alexander wohl aussah. Sie war überwältigt von der Größe des Komplexes und auch von der Bauart.

»Ich habe einen sehr guten Architekten gefunden, der meine Ideen optimal umgesetzt hat. Ja, es ist modern mit viel Glas und Metallelementen, aber genauso wurden eine Menge Holz und Steine verarbeitet. Vor allem innen wirst du es sehen. Ich habe versucht, helle, offene Räume zu gestalten, deshalb die durchgehenden Glasfronten. Dabei muss es aber genauso heimelig sein und Wärme ausstrahlen. Das erreicht man mit Holz. Die Natursteinwände sollen das Urige etwas einbringen.« Alexander zeigte auf das linke Gebäude. »Das ist übrigens mein Wohnbereich.«

Katrin musterte das zweistöckige Haus. Es war ebenfalls in modernem Stil erbaut und passte zu den beiden anderen Teilen. Sie bemerkte einen ebenerdigen Glaskorridor vom Wohnhaus zum Ausstellungsbereich. »Sind alle drei miteinander verbunden?«, fragte sie.

»Ja. Das ist mir wichtig. Hier spielt sich im Wesentlichen mein ganzes Leben ab. Ich wollte es so schön und so praktisch wie möglich haben. Hinter dem Wohnhaus habe ich noch einen Garten und einen Pool, meine Entspannungsoase.«

Kurz kam Katrin Thomas in den Sinn. Sie war sicher, der Gebäudekomplex würde ihm gefallen. Er sparte nicht mit Kritik, aber wenn ihm etwas zusagte, formulierte er es genauso.

»Du kannst sehr stolz auf dich sein. Ich bin echt beeindruckt. Du hast da etwas Besonderes geschaffen.«

Alexander parkte das Auto vor dem mittleren Trakt und stieg aus. »Es ist nicht einfach gewesen, vor allem am Anfang, aber ich habe es geschafft, und ja, ich bin sogar ziemlich stolz auf mich. Ich hatte aber auch Hilfe von tollen Menschen.« Er hob die Schultern. »Als mein Vater gestorben ist, habe ich geerbt. Das hat mir den Beginn zusätzlich erleichtert.«

»Das tut mir leid mit deinem Vater.«

»Ist ein paar Jahre her«, entgegnete Alexander knapp.

Während sie zum Eingang des Ausstellungsbereichs gingen, fragte Katrin: »Ich habe gehört, du hast längere Zeit in Schottland gelebt?«

»Ja, dabei hat Schottland gar nicht auf meinem Plan gestanden. Ich bin zuallererst nach London gereist, wie du dich vielleicht noch erinnern kannst. Dort wollte ich eigentlich zumindest zwei, drei Monate bleiben, aber nach zwei Wochen habe ich es nicht mehr ausgehalten. Ich war schon drauf und dran nach Frankreich zu fliegen und von dort nach Spanien zu fahren, als mir ein Zeitungsartikel über die Highlands untergekommen ist. Also habe ich alles umgeplant und bin rauf bis zur Küste Schottlands.« Während des Erzählens sperrte er die Tür auf. »Bitte, komm herein.«

Das Licht ging automatisch an, und Katrin sah sich um. Sie standen in einem großen, lang gestreckten Raum. Massive Holztische und runde Stehtische standen symmetrisch verteilt. Die Sitzflächen der Stühle waren mit dunkelbraunem Leder gepolstert. Über zwei Drittel der Raumlänge zog sich im hinteren Bereich eine Bar aus demselben Holz wie die Möbel. Links davon befand sich eine große Edelstahlküche. »Es sieht aus wie in einem eleganten Restaurant mit Barbetrieb, wo man auch die Küche einsehen kann«, bemerkte Katrin.

»Im Grunde ist es das auch. Ich habe viele Gäste und Kunden, die zu Verkostungen kommen. Es gehört zum Geschäft. Als Minibrennerei muss ich mich am Markt entsprechend positionieren und präsentieren. Dazu brauche ich die passende Bewirtung.«

»Klein aber fein, deine Brennerei?«

Alexander schmunzelte. »Eher sehr klein und sehr fein.« Er zeigte auf einen bereits gedeckten Tisch, der etwas abseits stand. »Ich habe ihn für uns herrichten lassen. Es ist gemütlicher, als mitten im Raum zu sitzen.«

Sie gingen zu dem Tisch, und Katrin nahm Platz. Alexander blieb stehen. »Völlig untypisch für eine Whiskyverkostung habe ich Beef Tatar für uns. Wein gibt's auch, aber danach musst du dich durch mein Sortiment kosten.«

Katrin liebte Beef Tatar, aber Alexander konnte das nicht wissen. Ihr Geschmacksinn für diese Art von Gerichten hatte sich erst in Berlin entwickelt. »Mit Beef Tatar bekommst du tausend Punkte von mir. Wie bist du darauf gekommen?«

»Um ehrlich zu sein, habe ich an mich gedacht. Eines meiner Lieblingsessen. Ich hoffe, ich kann auch beim Wein punkten: ein Grüner Veltliner Smaragd aus der Wachau. Und bevor du etwas sagst, ich streue Asche auf mein Haupt, weil der Wein nicht voll zum Tartar passt und ich nicht in der Region geblieben bin. Aber mein Gaumen ist im Laufe der Jahre ziemlich empfindlich geworden, vor allem durch meinen Bezug zur Gastronomie. Die Wachau oder die Südsteiermark, auch das Burgenland sind mir sehr nahe, was Wein betrifft, wenn ich in Österreich bleibe.«

»In den gehobenen Berliner Restaurants findest du auf den Karten immer Weine aus genau diesen Gegenden, ich bin also auf einem guten Stand. Für den Wein erhältst du von mir auch viele Punkte, sofern er das hält, was er verspricht.«

»Ich hoffe doch. Entschuldige mich kurz, ich werfe nur schnell die Toastscheiben in den Toaster, mache das Beef Tatar fertig und bin schon wieder bei dir.«

»Kann ich dir helfen?«

»Nein. Bleib sitzen und entspann dich. Du hast genug um die Ohren. Heute Abend wirst du bedient und umsorgt.«

Katrin tat wie ihr geheißen und lehnte sich im Stuhl zurück. Erst seit Ernst im Krankenhaus lag, wusste sie, wie viel Arbeit tatsächlich in dem Buchladen steckte. Zu zweit war alles einfach zu bewerkstelligen gewesen, aber allein hatte sie im wahrsten Sinne des Wortes von früh bis spät alle Hände voll zu tun. Es störte sie nicht. Schade war nur, dass sie sowohl die Artikel für den Gemeindeboten als auch ihren Roman verschieben musste.

Wie schnell es in ihren Kopf Einzug gehalten hatte, dass sie nach all den Jahren wieder ein Buch schreiben wollte. Hatte wirklich ein einziger kleiner Anstoß gereicht, damit sie sofort wieder einstieg? Der damit verbundene Gedanke an Christian, der ihr die Augen geöffnet hatte, bereitete ihr ein unangenehmes Gefühl. Aber sie wollte sich jetzt nicht mit ihm auseinandersetzen. Dann würde nämlich das schlechte Gewissen in ihr hochkommen und letztendlich den ganzen Abend verderben.

Alexander erlöste sie aus ihren Gedanken. In der rechten Hand hielt er eine große Schale mit Beef Tatar, in der linken einen Metallkorb mit zu Dreiecken geschnittenen Toastscheiben. Er stellte beides in die Mitte des Tischs und verschwand wieder. Mit dem Wein in einem Kühler kehrte er zurück. Er öffnete die Flasche und schenkte ein. »Möchtest du auch Wasser dazu?«

»Nein, danke.«

Er setzte sich. »Es stört dich doch nicht, wenn ich auf die Zeremonie des Weinprobierens verzichte.«

Katrin lächelte. »Nicht im Geringsten.« Sie legte eine Toastscheibe auf ihren Teller und holte sich mit dem Messer eine Portion vom Beef Tatar. »Erzähl weiter von Schottland«, forderte sie ihn auf.

Er nickte. »Im Gegensatz zum lauten, stinkenden London habe ich mich in Schottland wie im Paradies gefühlt. Die Gegend ist der Hammer, grün, dennoch karg, irgendwie weich und zur selben Zeit kantig, durch und durch faszinierend. Und die Menschen sind sensationell dort, offen und ungezwungen, nett und freundlich zu Fremden. Am Anfang hast du zwar nicht das Gefühl, einer von ihnen zu sein, aber allemal ein gern gesehener Gast. Es klingt vielleicht eigenartig, aber genau das hat es so besonders gemacht.«

»Also bist du geblieben?«

»Die Entscheidung war leicht. Ich habe beschlossen, die für London vorgesehene Zeit in Schottland zu verbringen, und mir einen Job gesucht. Dass ich viel länger bleiben würde, war damals noch nicht in meinem Kopf.«

»Was hast du gemacht?«

»Ich habe in der Whisky-Brennerei der Macfies als – wir würden sagen – Hilfsarbeiter oder *Mädchen für alles* begonnen.«

»Und so bist du auf eine eigene Whisky-Brennerei gekommen?«

»Noch eine ganze Weile nicht, aber im Endeffekt ja. Eigentlich habe ich nur gearbeitet und mir in der freien Zeit die Gegend angesehen. Mit Aidan, dem Sohn der Familie, habe ich mich ganz gut verstanden. Ich kann dir rückblickend gar nicht sagen, wie es dazu gekommen ist. Es war auch sicherlich nicht nur wegen meiner Freundschaft zu Aidan, aber langsam bin ich in die Familie hineingewachsen. Und schließlich hat sich der große Donald Macfie, Aidens Vater und Clanboss, meiner angenommen. Ich habe mich gefühlt wie sein Ziehsohn. So ähnlich hat er mich auch genannt: *my austrian son.* Auf jeden Fall hat er mir alles von der Pieke auf gezeigt und mich gelehrt, was ein Whisky-Brenner können und wissen muss. Ich habe einen richtigen Beruf erlernt.«

»Das klingt nach einer schönen und interessanten Zeit.«

»Oh ja, das ist sie gewesen. Aber ich kann dir sagen, knallharte Kerle sind diese Schotten. Ruppig und herzlich zugleich, und trinken können sie! Bis ich auch nur halbwegs so weit war, mithalten zu können, ist ein volles Jahr vergangen.«

Katrin lachte auf. »Hast du noch Kontakt zu ihnen?«

»Aber natürlich. Ich besuche den Clan auch noch regelmäßig. Wie du weißt, ist das Verhältnis zu meinem Vater immer recht schwierig gewesen. Nicht nur ich bin zum Ziehsohn geworden, umgekehrt ist Donald für mich auch so etwas wie ein Ersatzvater. Er hat mir beigebracht, an einem Ziel festzuhalten und nicht aufzugeben, bis man es erreicht hat.«

Katrin nickte. Ja, sie konnte sich an Alexanders Schwierigkeiten mit seinem Vater erinnern. Seit sie zurückdenken konnte, hatten sie beiden miteinander gestritten. Alexanders Vater war sehr streng gewesen und hatte sich nicht davor gescheut, Schläge auszuteilen, wenn er es für angebracht gehalten hatte. Alexander hatte die Dominanz nie hingenommen und sich gegen seinen Vater aufgelehnt. Je älter Alexander geworden war, desto schlechter hatte das Verhältnis sich zwischen den beiden entwickelt. Weil sie wusste, wie ungern er früher schon darüber gesprochen hatte, fragte sie: »Produzierst du hier also quasi denselben Whisky wie in Schottland?«

»Aber nein! Ich ahme nicht nach, sondern habe meinen Whiskys einen neuen, eigenen Charakter gegeben. Wobei ich im Programm einen Whisky habe, den ich an die Macfie-Linie angelehnt habe, zu Ehren meines Mentors. Aber das ist generell ein schwieriges Thema. Interessiert es dich?«

»Aber ja, klar.«

»Gleich vorweg, Whisky ist nicht gleich Whisky. Allein in Schottland variieren die Geschmäcker nach der Gegend. In jeder einzelnen wird Whisky mit speziellen Eigenschaften produziert. Du musst dir vorstellen, Schottland besteht aus verschiedenen Whisky-Regionen. Eine davon sind die Highlands, und die teilen sich nochmals in vier eigene Abschnitte. In den nördlichen Highlands zum Beispiel werden Whiskys mit komplexen Aromen gebrannt, sie sind enorm aussagekräftig und sehr delikat. Im Osten herrschen mildere, malzig-süße Varianten vor. Weiter südlich wird ein besonders cremiger, fruchtiger Malt hergestellt. Und so weiter, ich will dich nicht langweilen. Ich könnte dir über jeden einzelnen Whisky bestimmt eine Viertelstunde was erzählen.«

»Ich wusste nicht, wie umfangreich das Thema ist. Als Laie dachte ich immer, es gibt zwar verschiedene Marken, die einen sind teurer, die anderen billiger, dementsprechend unterschiedlich ist die Qualität, aber von der Vielfalt wusste ich nichts.«

»Es ist wahrlich eine eigene Wissenschaft, eine faszinierende wohlbemerkt, ähnlich wie beim Wein. Es beginnt schon damit, welches Getreide du verwendest.«

»Wird Whisky nicht aus Gerste hergestellt? Irgendwo habe ich das einmal aufgeschnappt.«

»Ich produziere einen feinen Single Malt aus hundert Prozent gemälzter Gerste. Im Programm habe ich genauso einen Rye-Whisky aus Roggen. Bourbon etwa wird aus Mais hergestellt. Du kannst auch noch andere Getreidearten verwenden.«

»Was bedeutet gemälzt?«

»Ganz vereinfacht beschrieben wird die Gerste zum Keimen gebracht, um Zucker freizusetzen, und dann wieder getrocknet. Gibst du zum Beispiel beim Trocknungsprozess Torf ins Feuer, erzeugst du den berühmten torfigen Geschmack im Whisky. Als Nächstes geht es dann ans Maischen.«

Katrin hob die Hände. »Ich komme jetzt schon nicht mehr mit.«

»Es ist bei mir wirklich zur Passion geworden. Weißt du, diese Feinheiten herauszufinden, ist grandios. Allein in welchem Fass man den Whisky lagert, ist von Bedeutung. Auch, du darfst bitte nicht lachen, wo die Fässer lagern. Alles wird vom Whisky aufgenommen, und dadurch bekommt er seine eigene, besondere Note.«

Obwohl Katrin Alexanders Erklärungen nur im Ansatz verstand, hörte sie fasziniert zu. Es lag auch an dem Enthusiasmus, den er in seine Worte legte. Nebenbei hatten sie fertig gegessen und beinahe die Flasche Wein geleert. »Kommen die Rohstoffe aus der Gegend?«, fragte sie.

»Unbedingt. Das ist eines meiner Highlights. Ich arbeite eng mit den umliegenden Bauern zusammen. Teilweise bauen sie sogar nach meinen Anweisungen an. Das Wasser kommt aus einer Waldviertler Quelle, die ich gemietet habe. Ich lasse es dreimal im Jahr untersuchen. Selbst das Holz zum Trocknen hole ich aus einem umliegenden Wald. Gebe ich Torf ins Feuer, ist er aus der hiesigen Moorgegend.«

»Und dein Whisky verkauft sich gut?«

»Um ehrlich zu sein, komme ich mit der Produktion nicht nach. Aber ich will mich nicht vergrößern aus Angst, die Qualität könnte darunter leiden. Noch habe ich alles selbst im Blick. Außerdem müsste ich das Grundstück erweitern und anbauen. Das würde Unsummen verschlingen. Es ist gut, wie es ist.« Alexander lächelte. »Ich gewinne sogar oft Preise. Meinen Whisky findest du auf der ganzen Welt, in Top Restaurants, Hotels, Bars.«

»Und ich finde ihn hier bei dir.«

»Genau. Deshalb sollten wir jetzt endlich mit dem Verkosten beginnen.« Alexander stand auf.

»Nicht hier?«

»Ich habe mir gedacht, in meinem Wohnzimmer ist es gemütlicher. Es ist alles schon vorbereitet. Komm!« Er reichte Katrin die Hand und half ihr beim Aufstehen.

Kapitel 39

»Mir ist dein Whiskey zu Kopf gestiegen.« Katrin fühlte sich nicht beschwipst im eigentlichen Sinne, mehr empfand sie eine Erwärmung des ganzen Körpers und damit verbunden eine gewisse Form der geistigen Ungezwungenheit; *befreit* war wohl der richtige Ausdruck ihres Zustandes. Alexanders herzliche Art und seine ungeteilte Aufmerksamkeit taten das seine dazu. All ihre sorgenvollen Gedanken durfte sie endlich einmal zur Seite schieben und einfach nur den Augenblick genießen. Einem spontanen Impuls folgend beugte sie sich vor und ergriff Alexanders Hand. »Ich danke dir.«

»Wofür denn?«

»Ich habe gerade kaum Zeit abzuschalten. Genau jetzt kann ich loslassen. Dafür danke ich dir.«

»Hätte ich gewusst, was du zur Entspannung brauchst, wäre ich längst eingeschritten.« Alexander schmunzelte.

»Seit ich wieder in Kirchbergen bin, hast du mir das Gefühl vermittelt, dass ich so rasch wie möglich wieder verschwinden soll. In deiner Gegenwart bin ich mir vorgekommen wie ein Störfaktor. «

»Ernsthaft?«

»Ernsthaft.«

Alexander verzog das Gesicht zu einer Miene, die sie nicht deuten konnte.

»Du musst nichts dazu sagen«, fügte Katrin hinzu. Hätte sie nur nicht davon begonnen! Keinesfalls wollte sie den schönen Abend zerstören.

»Doch, ich sollte etwas dazu sagen, weil … es heraus muss. Sonst steht es immer zwischen uns.«

Katrin nickte, erwiderte jedoch nichts. Sie wusste genau, was er meinte. Einmal mussten sie darüber sprechen, und der Moment war jetzt gekommen.

Er rückte etwas von ihr ab, um sie direkt ansehen zu können. »Ich beginne am Anfang … Mir war natürlich klar, dass du wahrscheinlich zu Kikis Begräbnis kommen wirst. Ich dachte, du bleibst zur Trauerfeier und verschwindest einen Tag darauf wieder nach Berlin. So wäre es mir – offen gesagt – am liebsten gewesen. Verstehst du? Ich wollte mich nicht mit dir beschäftigen, nicht an früher denken. Aber dann hast du dich entschieden zu bleiben, und alles ist aufgerissen wie … der Marianengraben.«

»Du redest von unserer Trennung?«

»Wovon sonst? Natürlich. Ich hatte meine Zukunft nach dir ausgerichtet, du aber hast ohne jegliche Rücksicht dein eigenes Ding durchziehen wollen.«

»Entschuldige mal, das stimmt doch nicht! Du hast darauf bestanden, die Welt zu erkunden, mit mir oder ohne mich.«

»Du hast mir zu verstehen gegeben, dass dein weiteres Leben ohne mich stattfinden wird.«

Katrin fuhr hoch. »Völlig falsch. Ich wollte sofort anfangen zu studieren, das stimmt. Das hast du aber ganz genau gewusst. Ich habe niemals vorgehabt, allein nach Wien zu ziehen, sondern mit dir. Wir beide zusammen für … immer und ewig, das wollte ich und nichts anderes.«

»Du hast ja auch immer ein klares Ziel vor Augen gehabt. Ich hingegen war zwanzig Jahre alt und planlos. Ich musste raus und wollte mit dir etwas erleben. Mir war nicht klar, welchen Weg ich einschlagen sollte. Aber du konntest mir nicht einmal drei Monate schenken. Lächerliche drei Monate!«

»Einfach so in den Tag hineinleben kann ich einfach nicht. Du kennst mich doch. Ich habe schon immer Strukturen und Ziele gebraucht. Außerdem ging es nicht um drei Monate, du wolltest ein Jahr oder länger verreisen.«

»Ein Jahr, drei Monate, egal, du hättest nur einlenken müssen. Aber du hast meinen Vorschlag von Anfang an strikt abgelehnt. Kein weiteres Wort wolltest du darüber verlieren.«

»Du bist genauso rigoros vorgegangen. Aus meiner Sicht hatte ich keine Wahl. Du hast mich völlig vor den Kopf gestoßen.« Wie schnell die Emotionen doch bei ihnen hochstiegen, wenn es um die Vergangenheit ging. Katrin blickte Alexander gedankenversunken an. »Du hast mich damals zutiefst verletzt.« Flüsternd fügte sie hinzu: »Und jetzt auch wieder.«

»Wieso jetzt? Was meinst du?«

Einen Moment lang hielt Katrin den Atem an. Die Worte waren wie von selbst über ihre Lippen gekommen. Noch konnte sie dem Gespräch eine andere Wendung geben. Sie musste ihre wahren Gefühle nicht offenbaren. Bestimmt gab Alexander sich auch mit einer lapidaren Antwort zufrieden, sofern sie überzeugend wirkte. Unwillkürlich rekapitulierte sie, was sie gerade offenbart hatte, mehr aber noch, was Alexander gesagt hatte.

In den vielen Jahren seit ihrer Trennung war er in ihren Augen der Schuldige gewesen. Er hatte auf die Auszeit bestanden, er war nicht auf ihre Wünsche eingegangen, er hatte sie verlassen. Nie war sie auf den Gedanken gekommen, seine Seite zu betrachten. Als er damals den Vorschlag gemacht hatte, war sie sofort auf die Barrikaden gegangen. Sie hatte ihm nicht zugehört, genau genommen hatte sie ihm nicht zuhören wollen. Ihr Plan war fix und fertig gewesen. Sie hatte bereits eine Wohnung in Wien gefunden, wo auch Alexander hätte wohnen können. Sie hatte den Weg von ihrer Wohnung zur Universität mit öffentlichen Verkehrsmitteln gekannt, sogar hatte sie eine Liste erstellt, welche Sehenswürdigkeiten und Plätze sie in Wien zuerst hatte sehen wollen, und natürlich hatte sie gewusst, welche Vorlesungen sie besuchen würde.

Selbst jetzt erinnerte sie sich noch lebhaft an die Panik, die sie empfunden hatte, als Alexander ihr seine Reisepläne präsentiert hatte. Ihre Reaktion war impulsiv und gänzlich ablehnend gewesen, das stimmte. Aber auch sie war mit ihren achtzehn Jahren beinahe noch ein Kind gewesen, und aus Mangel an Erfahrung hatte sie wohl den größten Fehler ihres Lebens begangen.

»Was meinst du …?«, wiederholte Alexander nachdrücklich.

Katrin atmete tief durch. »Okay, die Wahrheit.« Sie räusperte sich. »In den vergangenen Jahren habe ich immer wieder an dich gedacht. Ich war der Meinung, es sei nicht mehr als eine schöne Erinnerung. Als ich dich aber wiedergesehen habe …«

Alexander ergriff Katrins Hand. »Sprich bitte weiter.«

»Ich habe auf einmal gewusst, dass ich nie aufgehört habe, dich zu …«

»… lieben?«

Katrin senkte die Augenlider und nickte. »Aber du hast mich behandelt wie eine Fremde. Es hat … so weh getan.« Deutlich spürte sie, wie seine Finger sich fester um ihre Hand schlossen.

»Katrin, wenn ich gewusst hätte, was ich mit meinem Verhalten auslöse. Aber du musst bitte verstehen, dass ich mich schützen wollte. Mit deiner Vorgehensweise hast du es mir auch sehr leicht gemacht, auf Distanz zu bleiben, zumindest bis zu Herrn Lindenborgs Herzinfarkt.«

»Meiner Vorgehensweise?«

»Du bist mir nicht gerade mit überschäumender Herzlichkeit begegnet.«

»Ich habe nur reagiert.« Katrin wollte nicht weiter auf diesen Punkt eingehen. Eine andere Aussage beschäftigte sie viel mehr. »Wovor hast du dich schützen wollen?«

»Vor meinen Gefühlen für dich. Niemand lässt sich freiwillig zweimal enttäuschen.«

»Dann … hast du … bist du …«, begann Katrin zu stammeln. Ihr ganzer Körper vibrierte. Es fühlte sich an, als würde ein Feuer durch ihre Nervenbahnen fegen.

Alexander brauchte eine Weile, um zu antworten. »Ja, meine Gefühle für dich sind nie vergangen, und ja, ich liebe dich noch immer.«

»Aber dann –«

Er hob die Hand und stoppte sie. »Bei dir konnte ich keine Anzeichen erkennen. Und dann ist auch noch Christian mit seinen schicken Pferden und dem tollen Lächeln auf der Bildfläche erschienen.«

»Wir haben uns durch das Reiten öfter gesehen. Christian ist nett und humorvoll. Ich wollte nach vorne schauen, viel zu lange habe ich die Vergangenheit mit mir herumgeschleppt. Ich musste endlich loslassen und mein Leben auch in diesem Punkt neu ordnen. Es ist einfach –«

»Du redest zu viel«, unterbrach Alexander sie abermals. Er hob die Hände, verharrte kurz in der Bewegung, dann schlang er seine Arme um sie und zog sie an sich.

Intuitiv schloss Katrin die Augen. Ihre Hände zitterten, als sie ihre Finger in seinem Haar vergrub. Weiter wagte sie sich nicht zu bewegen und etwas zu tun. Ihr ganzer Körper bebte.

Da spürte sie seinen Atem an ihrer Wange und einen Moment darauf seine Lippen auf ihren. Jegliche Anspannung löste sich mit einem Schlag, und etwas in ihr schien förmlich zu explodieren. Automatisch öffnete sie ihre Lippen und ergab sich Alexanders Kuss, vertraut und neu zugleich.

Alles um sie herum verschwamm und hörte auf zu existieren. Eine Glückswelle fegte durch ihren Körper, und die Leidenschaft durchdrang sie von der Zehe bis zu den Haarspitzen. Leise stöhnte sie auf.

Es gab nur noch sie beide.

Kapitel 40

Mit einer schwungvollen Bewegung schloss Katrin die Ladentür auf und verhakte den Türflügel in der Vorrichtung am Boden. Auch wenn es im Verkaufsraum zu warm werden würde, wollte sie unbedingt die Sonne einlassen. Es kam ihr fast vor wie eine symbolische Handlung. Auch bei ihr hatte sich eine Tür geöffnet, und schlagartig war alles hell, warm und wunderschön. Selbst das kleinste schwarze Wölkchen am Himmel hatte sich verzogen, und nichts blieb übrig als strahlendes Blau.

Katrin ging ins Büro und verstaute ihre Handtasche unter dem Schreibtisch, dann kehrte sie zurück in den Laden. Mit einem Lächeln, das sie seit Samstagnacht nicht mehr loswurde, sah sie sich um. Selbst die Bücher schienen auf einmal zu leuchten. Alles hatte sich verändert. Dieses besondere und nicht zu beschreibende Gefühl des wahren Glücks, das sie längst verloren geglaubt hatte, war zurückgekehrt.

Alexander und sie waren wieder ein Paar, trotz aller Widrigkeiten hatten sie endlich zueinandergefunden. Der Gedanke begleitete sie auf Schritt und Tritt, aber noch immer wirkte es für sie nahezu unwirklich. Sie hatte das Gefühl, durch einen wunderbaren Traum zu schweben. Aber sie träumte nicht, es war tatsächlich geschehen.

Sie erinnerte sich an jedes Wort, das sie gesprochen hatten, und spürte seine Berührungen noch immer auf ihrer Haut. Die Gefühle umhüllten sie wie ein schützender Kokon.

Alexander hatte Sonntagmittags nach Wien fahren müssen, um einen wichtigen Kunden zu besuchen. Heute im Laufe des Tages würde er zwar zurückkehren, doch sie hatten vereinbart, sich erst morgen zu sehen.

Bevor sie sich gemeinsam zeigten und allen von der Neuigkeit erzählten, musste sie mit Christian sprechen, und das stand für heute Abend auf dem Programm. Beim Gedanken daran verspürte sie ein unbehagliches Gefühl in ihrer Magengegend, doch keinesfalls wollte sie ihre Zukunft mit Alexander belastet beginnen. Ohnehin hatte ihr der Zeitfaktor schon wieder ein Schnippchen geschlagen. Aber das ließ sich nicht mehr ändern. Sie musste dieses Mal nur schnell und richtig handeln. Thomas' Reaktion auf das Verdrehen der Tatsachen war ihr eine Lehre gewesen.

Bevor Alexander am Sonntag abgefahren war, hatten sie offen über ihre Situation gesprochen. Das Leben bestand nicht nur aus ihrer beiderseitigen Liebe, sondern auch aus bestimmten Fakten, die gnadenlos mitten im Raum standen und geklärt werden wollten.

Auch Alexander musste mit einer Frau die neue Situation besprechen. Es hatte ihr einen Stich versetzt, als er ihr von einer bestehenden Liaison berichtet hatte. Seine Worte »nichts Ernstes« und »nur oberflächlich« hatten ihr dabei nicht geholfen. Wie mochte es Alexander ergangen sein, als er von ihr und Christian erfahren hatte? Im Gegensatz zu seiner Beziehung, die er von Kirchbergen komplett ferngehalten hatte, war ihre Annäherung quasi vor seinen Augen vonstattengegangen.

Am liebsten hätte Katrin den Vormittag damit zugebracht, es allen Menschen zu erzählen, die ihr am Herzen lagen: Ernst, Veronique, Sabrina, Isabella. Als sein bester Freund würde Stephan es von Alexander erfahren.

Sie bereute schon, Alexander recht gegeben zu haben, aber seine Worte hatten so romantisch geklungen: »Du warst es, und du wirst es für immer sein. Aber lass uns erst alles aus dem Weg räumen, bevor die anderen davon erfahren. Wir haben in der Vergangenheit so viele Fehler begangen, jetzt möchte ich es richtig machen.«

Er hatte ja recht. Es handelte sich auch nur um einen einzigen Tag. Was zählte der schon nach all den Jahren, beruhigte Katrin ihre Sehnsucht. Sie musste sich ablenken! Immerhin hatte sie wirklich genug zu tun.

Sie ging zum Verkaufstisch und holte ihre To-do-Liste. Seit Ernst im Krankenhaus lag, hatte sie sich angewöhnt, sämtliche anstehenden Erledigungen zu notieren. Sie schrieb jede Kleinigkeit auf, was ihr ein Gefühl der Sicherheit gab. Sie ging die offenen Punkte durch und entschied sich, mit dem Umdekorieren des Highlight-Tischs zu beginnen.

Nachdem sich Katrins erste Angst um Ernst etwas gelegt hatte, war sie in eine richtiggehende Arbeitswut verfallen. Die Standardaufgaben hatten ihr nicht genügt, und sie war auf die Suche nach zusätzlichen gegangen. Sie hatte es einfach nicht geschafft, auch nur eine einzige Minute lang still zu sitzen. Obwohl es sich um Ablenkungsmanöver von ihrer bleibenden Sorge um Ernst handelte, waren daraus einige gute Ideen entstanden, etwa der Highlight-Tisch.

Im Grunde handelte es sich bei dem Highlight-Tisch um nicht mehr als einen normalen Ausstellungstisch, den sie im Eingangsbereich des Ladens aufgestellt hatte. Aus Kartons, Panzerband und der übrig gebliebenen Lackfolie von der Veranstaltung hatte sie eine Art Pyramide gebaut. Ein Schild mit der Aufschrift *Katrins Highlights* stand ganz oben. Auf den verschiedenen Ebenen hatte sie ein buntes Potpourri aus Büchern verschiedener Genres platziert: neu erschienene Krimis und Thriller, aber auch ältere Werke, einige Liebesromane, ebenfalls alt und neu, einen Klassiker von Stephen King, zwei Bildbände, historische Romane aus verschiedenen Epochen. Sie hatte viel Zeit mit der Auswahl zugebracht und einige ihrer persönlichen Favoriten dazugelegt. Es war wie ein Minibuchladen im großen Buchladen.

Zu Katrins Erstaunen entpuppte der Tisch sich tatsächlich als Highlight. Es schien, als würden viele Kunden mit der kleinen Auswahl besser zurechtkommen, als mit unzähligen Regalen voller Bücher.

Also hatte sie beschlossen, den Highlight-Tisch jeden Montag neu zu dekorieren. Jene Bücher, die am besten verkauft wurden, beließ sie, andere tauschte sie aus. Für einige Bücher hatte sie Kärtchen gebastelt und persönliche Hinweise daraufgeschrieben: Wie ihr das Buch selbst gefiel, was sie besonders an dem Buch fand, für wen das Buch ihrer Ansicht nach geeignet war.

Welche Bücher wollte sie heute ausstellen? Bei den Krimis dachte sie an zwei oder drei spannende Geschichten im Agatha-Christie-Stil – für Katrin die perfekte Strandlektüre – und für die Anhänger düsterer Kost an einen skandinavischen Thriller. Ein Kochbuch stand auch bereits auf dem Plan.

Versonnen schlenderte sie zu dem Regal mit den Liebesromanen. Ihrer Stimmung entsprechend wollte sie auch unbedingt eine heitere Liebesgeschichte finden, vielleicht sogar obendrein ein Buch mit einem Hauch von Erotik.

Ernst hatte recht, immer wieder verschwanden vornehmlich weibliche Kunden in jener stillen Ecke, wo sich das betreffende Regal befand. Manche Kundinnen fragten sie sogar nach erotischer Literatur. Katrin nahm an, dass es für die Damen einfacher war, mit einer Frau darüber zu sprechen.

Auf jeden Fall durften für den Highlight-Tisch weder das Cover noch der Titel zu eindeutig in Richtung Erotik gehen, immerhin kamen auch Kinder in den Laden. Sie stellte sich auf die Zehenspitzen und inspizierte vom obersten Regal beginnend Buch für Buch.

Der melodiöse Dreiklang der Türglocke unterbrach sie. Es handelte sich ebenfalls um eine Neuerung. So musste sie nicht ständig darauf achten, ob ein Kunde den Laden betrat; selbst in der hintersten Regalreihe und sogar im Büro konnte sie den

Ton hören. Die Glocke funktionierte mit einem Sensor. Auch bei geöffneter Tür ertönte das Signal. Alexander und Stephan waren ihr bei der Installation behilflich gewesen.

»Ich komme«, rief Katrin und eilte zum Eingangsbereich. Mitten in der schwungvollen Bewegung stoppte sie. »Was um alles in der Welt tust du denn hier?«

»Ich hätte mir eine freundlichere Begrüßung erhofft. Aber das verdiene ich wohl. Ich möchte mit dir reden. Hallo, Katrin.«

»Hallo, Thomas«, antwortete sie tonlos. Kurz brauchte sie, um sich zu fangen. »Entschuldige. Ich bin etwas … durcheinander. Bitte, nimm doch Platz.« Sie zeigte auf die Leseecke. »Möchtest du einen Kaffee?«

»Nein, danke. Ich habe im Flugzeug zwei getrunken, und nach dem Aufstehen einen zu Hause.« Er ging zur Couch und setzte sich.

Katrin nahm neben ihm Platz. »Wie kommst du hierher? Und warum?« Sie war komplett aus dem Konzept. Was machte Thomas hier in Kirchbergen? Sie verstand nicht, was das zu bedeuten hatte. Aber Thomas war kein Mann, der lange um den heißen Brei herumredete, sie kannte ihn.

»Von Berlin nach Wien mit dem Flugzeug, wie ich bereits erwähnt habe, und von Wien mit einem Mietwagen hierher. Vorgestern habe ich spontan gebucht. Ich wollte persönlich mit dir sprechen.« Er richtete sich auf. »Katrin, ich möchte, dass wir wieder zusammen sind. Du hast einen Fehler begangen, ich habe übertrieben darauf reagiert. Es stört mich nicht, wenn du eine Weile lang hierbleibst. Dein Vorschlag war gut. Du kannst an den Wochenenden nach Berlin fliegen, ich komme auch zu dir. Das beweise ich gerade mit meiner Anwesenheit. Gegebenenfalls können wir den Montag anhängen oder uns am Freitag früher sehen. Der Besitzer des Buchladens versteht das sicher. Und ich werde meine Termine auch entsprechend einteilen. So haben wir genügend Zeit füreinander.«

Thomas' pragmatische und direkte Art hatte Katrin in der Vergangenheit öfters irritiert. Selbst verhielt sie sich zwar generell auch strukturiert und planvoll, persönliche Dinge auf seine knallharte Weise anzugehen, war ihr aber immer schwergefallen. Es hatte ihr dabei an Emotion und Herz gefehlt. Jetzt allerdings empfand sie seine Methode als durchaus angenehm. Es musste daran liegen, dass sie nicht mehr diesem Funken Gefühl hinterherlief.

Sie verspürte das Bedürfnis, ihm ebenso klar und unverblümt zu antworten. »Thomas, es tut mir sehr leid, aber ich möchte die Beziehung nicht wieder aufnehmen. Ich habe mich entschlossen, für immer in Kirchbergen zu bleiben.«

Thomas schüttelte den Kopf. »Damit habe ich … ehrlich gesagt … nicht gerechnet.« Er sah sie prüfend an. »Ist ein anderer Mann im Spiel?«

»Ja, meine Jugendliebe. Er hat aber nichts mit meiner grundlegenden Entscheidung zu tun, in Kirchbergen leben zu wollen. Ich fühle mich hier zu Hause.«

»Dieser Axel?«

»Alexander.«

Noch einmal schüttelte er den Kopf und wiederholte: »Damit habe ich nicht gerechnet.« Kurz schwieg er. »Dann hast du mich von Anfang an hinters Licht geführt, oder was?«

Katrin staunte über ihre innere Ruhe. »Wenn du den Mann meinst, nein. Es ist vor Kurzem geschehen, noch niemand weiß davon. Auch sonst kann von *hinters Licht führen* keine Rede sein. Erst nach unserer Trennung habe ich beschlossen zu bleiben.«

»Ich habe ein Recht darauf, die Wahrheit zu erfahren.«

Immer mehr überraschte sie ihre Gelassenheit. »Ich erzähle dir gerade die volle Wahrheit. Es ist viel passiert, seit du dich von mir getrennt hast. Im Augenblick führe ich den

Buchladen alleine. Herr Lindenborg, der Besitzer, hatte einen Herzinfarkt.«

»Und wann genau kam dieser Alexander ins Spiel? Ich nehme an, er wohnt natürlich auch hier in der Gegend.« Mit einem gehässigen Unterton fügte er hinzu: »Mutierst du jetzt zur Bauersfrau? Stellst du dir so deine Zukunft vor?«

»Wenn du es genau wissen willst, Alexander und ich sind seit zwei Tagen wieder ein Paar. Und Alexander ist kein Landwirt. Er führt etwas außerhalb von Kirchbergen eine Whisky-Brennerei.«

»Sag bloß, von ihm stammt der Waldviertler Whisky?«

Katrin nickte.

Thomas zog die Brauen hoch. »Ausgezeichnete Qualität. Ich habe erst unlängst aus dieser Brennerei Whisky verkostet. Wirklich … ausgezeichnet.«

Katrin erinnerte sich an Thomas' knappen Bericht darüber, als er das Golfwochenende mit seinen Freunden verbracht hatte. »Beim Golf mit deinen Freunden?«

»Ich habe es immer gemocht, dass du dir alles merken kannst. Auch wenn es manches Mal lästig war.« Thomas stand auf. »Ich sollte gehen.«

Katrin sprang auf. »Das musst du nicht. Du bist doch gerade erst gekommen. Wann fliegst du zurück? Soll ich dir ein Zimmer im Hotel Post reservieren?«

Er deutete ein Lächeln an. »Deine vielen Fragen hingegen mochte ich weniger. Nein, danke. Ich versuche, schnellstmöglich nach Wien zurückzukommen. Mein Flug geht morgen Abend. Ich werde die Zeit in Wien nutzen und ein wenig Sightseeing machen. Wien hat einiges zu bieten.«

»Du musst aber wirklich nicht …«

»Ich weiß nun Bescheid, und alles ist in Ordnung, aber hier bleiben möchte ich nicht.«

»Okay, ich verstehe dich.«

Gemeinsam gingen sie in den vorderen Bereich des Ladens. »Ich wünsche dir alles Gute, Katrin. Ehrlich.« Er öffnete die Arme und zog sie an sich.

Sie schloss die Augen und legte ihren Kopf an seine Brust. Sein Parfum stieg ihr in die Nase, und ein Gefühl des Friedens breitete sich in ihr aus. Im ersten Moment war sie schockiert gewesen über Thomas' Anwesenheit, nun aber war sie froh darüber. Sie hatten miteinander gesprochen, und es lag kein Groll mehr zwischen ihnen. Frieden war eingekehrt. Sie schmiegte sich an ihn und ließ das Gefühl des Einklangs auf sich wirken.

Als die Türglocke ertönte, löste Katrin sich aus Thomas' Umarmung und wandte sich um. Alexander stand im Türrahmen. Sie blickte in sein Gesicht, und ihr Lächeln erstarb. Seine Miene besagte alles.

»Ich störe«, presste Alexander zwischen seinen Lippen hervor, drehte sich abrupt um und stürmte aus dem Laden.

Katrin starrte ihm entsetzt nach. Einem ersten Instinkt folgend wollte sie ihm nachlaufen, doch blieb sie wie angewurzelt stehen. Ihr Körper gehorchte nicht. Sie vermochte keinen einzigen Schritt zu machen.

»Katrin, du bist weiß wie eine Wand. Wer war das?«, fragte Thomas.

»Alexander«, hauchte sie.

»Denkt er etwa –«

»Natürlich denkt er das! Du hast ja keine Ahnung, was in der Zwischenzeit alles geschehen ist. Alexander und ich müssen erst wieder Vertrauen zueinander aufbauen. Und Punkt genau am Anfang dieser Phase findet er mich Arm in Arm … mit dir.« Sie besann sich. »Entschuldige, du willst das nicht hören.«

Thomas hob abwehrend die Arme. »Wie gesagt, zwischen uns ist alles in Ordnung, aber ja, das hier geht mich in der Tat nichts an. Ich wünsche dir alles Gute. Wenn du vielleicht wieder einmal nach Berlin kommst, melde dich. Dann gehen wir was trinken. Es würde mich freuen.« Er küsste sie auf die Wange, tätschelte ihre Schulter und verließ blitzartig den Buchladen.

Noch immer war Katrin unfähig, sich zu rühren. Unter Aufbringung all ihrer Kräfte zwang sie sich, zurück zur Couch zu gehen. Sie setzte sich und atmete mehrmals tief durch. Jede Bewegung fiel ihr unendlich schwer, als müsste sie plötzlich das Fünffache ihres Gewichts tragen.

Kapitel 41

Wie eine Statue saß Katrin in der Leseecke und starrte ins Leere. Mittlerweile hatte sie dreimal versucht, Alexander anzurufen und ihm zwei Nachrichten geschickt. Er nahm ihre Gespräche nicht an und las auch ihre WhatsApp-Nachrichten nicht. Sie fühlte sich, als würde sie neben ihrem Körper stehen. Einen klaren Gedanken zu fassen, schaffte sie sowieso nicht.

Trotzdem musste sie endlich aufstehen und die anstehenden Arbeiten erledigen. Mit einem kläglichen Laut erhob sie sich und ging zum Highlight-Tisch. Sie entfernte die alten Bücher und dekorierte den Tisch mit einer neuen Auswahl. Dann schrieb sie die Infokärtchen und steckte sie in die betreffenden Bücher. Danach füllte sie die Regale auf und stellte drei Neuerscheinungen in die Auslage. Schließlich ging sie ins Büro und beschäftigte sich lustlos mit dem Papierkram.

Kamen Kunden in den Laden, setzte sie ein verbindliches Lächeln auf und hoffte inständig, dass niemand ihren Zustand bemerken würde.

Immer wieder warf sie einen Blick auf ihr Handy. Noch zweimal versuchte sie Alexander anzurufen und verfasste eine weitere Nachricht. Dabei hatte er noch nicht einmal die beiden ersten gelesen.

Als sie den Laden um achtzehn Uhr verließ, fragte sie sich, was sie den ganzen Tag über eigentlich getan hatte. Sie war sicher, alles ordentlich erledigt zu haben, erinnerte sich aber nicht an die einzelnen Tätigkeiten. Wie eine Maschine hatte sie ihre Aufgaben ohne jegliche Freude im wahrsten Sinne des Wortes abgearbeitet. Sie wusste nicht einmal mehr, welche

Bücher sie heute verkauft hatte. Normalerweise behielt sie das tagelang im Kopf.

Auf dem Weg zu ihrem Auto erfasste sie eine Woge der Verzagtheit. Den ganzen Tag hatte sie auf ein Zeichen von Alexander gehofft. Nun war es Abend, und noch immer war keine Reaktion von ihm gekommen. Wie sollte sie die Nacht durchstehen, wenn er sich nicht meldete? Aber ihr waren die Hände gebunden. Alexander nahm ihre Anrufe nicht entgegen und ignorierte ihre Nachrichten. Was konnte sie sonst noch tun?

Warum hatte er auch plötzlich im Laden gestanden? Er musste früher als geplant aus Wien abgefahren sein. Außerdem war es überhaupt anders vereinbart gewesen.

Sie setzte sich in den Wagen und fuhr los. Ohne zu überlegen schlug sie die entgegengesetzte Richtung ihres Hauses ein. Nach zwei planlosen Runden durch Kirchbergen nahm sie den Weg zu Alexanders Brennerei. Als sie sein Anwesen erreichte, hielt sie vor dem großen Tor an; wie am Samstag war es auch jetzt wieder geöffnet. Vor dem mittleren Trakt sah sie seinen Wagen stehen.

Nachdem sie einige Minuten wie gebannt auf sein Haus gestarrt hatte, legte sie den Rückwärtsgang ein und drehte um. Sie wagte es nicht, bei ihm zu klingeln.

Sie fuhr direkt nach Hause. Achtlos ließ sie ihre Sandalen im Vorraum stehen, ging sofort in die Küche und setzte sich an den Tisch. Sie hatte weder Lust auf einen Kaffee noch auf den Eistee im Kühlschrank, den sie gestern mit Earl Grey, Limetten und Minze gemacht hatte.

Warum reagierte Alexander nicht? Wenn er schon nicht mit ihr telefonieren wollte, konnte er doch zumindest ihre Nachrichten lesen. Darin hatte sie ihm alles erklärt. Thomas war ohne Ankündigung erschienen, sie konnte doch nichts dafür.

Niemals hätte sie damit gerechnet, dass Thomas solch einen Schritt für sie gehen würde. Aber trotz der Umstände war sie auch jetzt noch froh darüber. Sie hatten sich im Streit getrennt, was für Katrin durchaus belastend gewesen war. Die heutige Aussprache hatte die negativen Gefühle endlich weggefegt und ein einvernehmliches Ende herbeigeführt. Die Umarmung zur Verabschiedung war in keiner Weise leidenschaftlicher Natur gewesen. Vielmehr hatte es sich um einen friedlichen Abschied gehandelt.

Sie verstand, wie es ausgesehen haben musste, doch das alles ließ sich mit wenigen Worten erklären. Warum war Alexander sofort aus dem Laden gestürmt? Warum sprach er jetzt nicht mit ihr? Sie drehte sich im Kreis.

Katrin ließ den Kopf auf die Holzplatte des Küchentischs sinken. Von einer Minute auf die andere hatte sich ihr unerwartetes Glück in tiefste Verzweiflung gewandelt. Sie wollte daran glauben, dass Alexander sich nicht wieder verschließen würde. Nicht noch einmal durften sie denselben Fehler begehen.

Wieder stellte sie sich die bange Frage, wie sie die Nacht ohne eine Aussprache überstehen sollte. Sie konnte sich nicht einfach ins Bett legen und einschlafen, als wäre nichts geschehen. Das Gefühl von Angst packte sie unvermittelt und kroch schonungslos durch ihre Nervenbahnen.

Was würde geschehen, wenn Alexander ihr nicht glaubte? Seit sie nach Kirchbergen zurückgekehrt war, hatte sie ihm keinen Anlass gegeben, auf ihre Liebe vertrauen zu können. Auf seine Distanziertheit hatte sie mit Ignoranz reagiert, viel zu rasch war Christian in ihr Leben getreten, und nun sah er sie eng umschlungen mit Thomas.

Wusste Alexander überhaupt, dass es Thomas gewesen war? Genauso gut hätte es irgendein Mann sein können. Welche Gedanken gingen jetzt durch Alexanders Kopf? Wenn er nur endlich ihre Nachrichten lesen würde!

Katrin griff nach ihrem Handy und öffnete WhatsApp.

Nach wie vor waren die beiden Häkchen bei ihren Nachrichten grau. Sie blätterte zurück in die Übersicht, wo ihr Blick auf Christians Namen fiel und schwenkte weiter zur Uhrzeit. In einer halben Stunde sollte sie bei ihm am Reiterhof sein, um das klärende Gespräch zu führen.

Abermals legte sie die Stirn auf den Tisch. Es fehlte ihr die Kraft, jetzt mit Christian zu reden. In ihrem Zustand würde sie das Gespräch nicht durchstehen. Sie öffnete den Verlauf mit Christian und begann zu tippen: »Ich fühle mich nicht gut und bleibe heute zu Hause. Bitte entschuldige. Ich melde mich.«

Postwendend kam seine Antwort. »Kein Problem. Gute Besserung! Trotzdem einen schönen Abend!« Es folgten drei Kuss-Smileys.

Katrin schloss WhatsApp und tippte auf die Anrufliste. Einen Augenblick lang ließ sie den Finger über Alexanders Namen kreisen, dann schob sie das Handy wieder beiseite. Es brachte nichts, ihn nochmals anzurufen. Sie konnte nur warten und hoffen.

Ihre Gedanken glitten zurück zu Samstag. Diese gemeinsamen Stunden mit Alexander und was die Zukunft versprach, bedeuteten ihr größtes Glück. Sie war beseelt gewesen von einem Leben an seiner Seite. Und nun? Mit einem Schlag befand sich alles in der Schwebe. Vor dem Wochenende war Alexander eine Erinnerung gewesen, der sie nachgetrauert hatte. Jetzt allerdings war er zur Realität geworden. Sie hatte ihn gespürt, seine Liebe gefühlt, war mit ihm verschmolzen. Und endlich hatte sie ihm gestehen dürfen, dass die Liebe zu ihm nie erloschen war. Sie empfand sie so umfassend und stark, wie man Liebe nur fühlen konnte.

Unbewusst stieß Katrin einen verzweifelten Laut aus. Für keinen anderen Mann würde sie jemals solche Gefühle entwickeln können wie für Alexander. Es durfte nicht zu Ende sein.

Ein Klopfen an der Haustür ließ Katrin hochschrecken.

Alexander, schoss es ihr durch den Kopf. Sie sprang auf, rannte durch die Küche in den Vorraum und riss die Tür auf. Isabella stand mit verquollenen Augen vor ihr.

Katrins Enttäuschung musste sich derart drastisch auf ihrem Gesicht widerspiegeln, da Isabella erschrocken einen Schritt zurückwich und stammelte: »Ich bin gleich durchs Gartentor herein zur Tür. Es … tut … mir leid, bitte entschuldige. Störe ich dich? Ich wollte nicht ungefragt … Ich gehe besser wieder.«

Katrin sammelte sich. »Nein. Du störst mich nicht. Komm herein.« Sie ließ Isabella eintreten und schloss die Tür. »Willst du einen Kaffee?«

Isabella verneinte. »Hast du etwas Besseres, ich meine Stärkeres für mich?«

Sie gingen in die Küche, und Isabella setzte sich, während Katrin eine Flasche Prosecco aus dem Kühlschrank nahm und zwei Gläser befüllte. Sie reichte Isabella ein Glas und nahm ebenfalls Platz. »Was ist los mit dir, Isabella? Du siehst todunglücklich aus.«

Isabella trank einen Schluck. »Ich weiß nicht mehr ein noch aus. Es quält mich schon die ganze Zeit. Du musst etwas wissen, ich habe aber Angst, dass unsere Freundschaft darunter leidet.«

»Was meinst du? Hast du Probleme mit Raphael?«

»Überhaupt nicht. Ich habe euren Rat beherzigt und mich ihm geöffnet. Er ist ein guter Mensch, und ich glaube, ich habe ihn wirklich sehr gern.«

»Aber das ist doch wunderbar!« Katrin bemühte sich, normal zu klingen.

»Ja, nein, ich weiß es nicht. Katrin, es hat auf jeden Fall etwas in mir ausgelöst. Ich kann so nicht weitermachen. Ich muss mit dir sprechen.« Isabella legte eine Pause ein. »Der geheimnisvolle Mann …«

»Ja?«

»Ich habe ihm hoch und heilig versprochen, absolutes Stillschweigen über unser Verhältnis zu wahren.«

»Du hast dich daran gehalten. Das ist in Ordnung. Wir müssen nicht wissen, wer er ist.«

»Er hat mich sehr verletzt. Es ist schwierig zu erklären, und ich möchte ihn nicht verteidigen, aber dass er mir wehtun konnte, liegt an mir, nicht an ihm. Er ist, wie er ist, und er hat mir seine generelle Einstellung unzählige Male erklärt. Treue und Monogamie zählen für ihn nicht, selbst in festen Beziehungen. Eine Zeit lang hätte ich alles in Kauf genommen, nur um mit ihm zusammen zu sein. «

»Das verstehe ich.« Das Gespräch irritierte Katrin zusehends. Isabella wollte nicht einfach nur ihr Herz ausschütten, sie versuchte ihr etwas zu sagen. Sie wusste jedoch nicht einmal im Ansatz, worauf ihre Freundin hinauswollte. »Isabella, du kannst mit mir über alles sprechen. Das weißt du. Ich habe aber das Gefühl, du willst eigentlich gar nicht über deinen Kummer reden, sondern etwas Bestimmtes loswerden.«

»Bis jetzt habe ich nichts gesagt, weil ich es versprochen hatte. Ich kann aber nicht damit leben, zu schweigen und dich … ins Unglück laufen lassen.«

Eine Hitzewelle durchströmte Katrin, und eine plötzliche Panik schnürte ihr die Kehle zu. Isabella sprach von ihrer geheimen Affäre. War Isabella am Ende die Frau, über die Alexander geredet hatte, seine – nicht öffentliche – Liaison? Die Puzzleteile passten zusammen. Alexander war nicht ins Detail gegangen, aber er hatte deutlich gemacht, dass niemand von dieser Beziehung wusste. In Katrins Kopf begann sich alles zu drehen. Konnte Isabella wirklich Alexander meinen? Natürlich, er musste es sein, warum sonst kam sie ausgerechnet jetzt zu ihr? Aber niemand wusste, was am Wochenende geschehen war. Alexander hatte die Vereinbarung bestimmt nicht gebrochen. Oder doch? Immerhin war er auch entgegen des Plans im Laden aufgetaucht.

»Über wen sprichst du?«, fragte Katrin mit bebender Stimme.

»Christian. Ich hatte ein Verhältnis mit Christian. Er ist der geheimnisvolle Mann.«

Kurz schloss Katrin die Augen. Erleichtert seufzte sie auf, zugleich erfasste sie ein Schwindel, sodass sie sich an der Tischplatte festhalten musste. Kleine Hinweise, bestimmte Vorkommnisse, verschiedene Aussagen drangen zugleich an die Oberfläche ihrer Gedanken und überschwemmten sie. Sie fühlte sich wie ein volles Wasserglas, in das weiter und weiter eingegossen wurde, obwohl es bereits überlief.

»Katrin! Um Himmels willen! Was ist mit dir?«

»Lass mich bitte, gib mir einen Augenblick. Alles okay. Es ist nur … die Information ist … heftig.«

»Verzeih mir. Ach, Katrin …«

Katrin brauchte eine Weile, um sich zu fangen und das Gehörte in seinen Grundzügen zu verarbeiten. Die Erinnerung an Isabellas Behauptungen in diversen Gesprächen kam hoch. Die meisten hatte sie völlig falsch gedeutet, aber nun ergab alles einen Sinn.

Einem ersten Impuls folgend wollte sie Isabella auffordern zu gehen. Katrin konnte sie nicht einmal ansehen. Wie hatte sie ihr das verheimlichen können? Um welche Art von Freundschaft handelte es sich? Solch eine Verbindung hatte keinen Wert. Es ging doch um Vertrauen und Offenheit, nicht um Heimlichkeiten und Lügen. Dann aber blickte Katrin hoch und betrachtete Isabella, die wie ein Häuflein Elend vor ihr saß und unkontrolliert ihre Finger massierte. Wie musste sie sich gefühlt haben?

Lange vor ihrer Ankunft in Kirchbergen hatte Isabella eine Affäre mit Christian begonnen und sich in ihn verliebt. Er wollte keine offizielle Beziehung führen und hatte von ihr verlangt, die Verbindung geheim zu halten. In ihrer Verliebtheit hatte sie sich damit einverstanden erklärt und ihm versprochen, mit niemandem darüber zu sprechen. Vielleicht war die Liaison bereits im Ausklingen gewesen, als sie ins Spiel gekommen war. Möglicherweise aber hatte sie das Ende hervorgerufen. Christian hatte sich ihr zugewandt, nicht heimlich und im Verborgenen, sondern vor den Augen aller. Was hatte Isabella in dieser Phase empfunden? Es musste für sie die Hölle gewesen sein.

In der Freundinnenrunde hatten sie offen über Christians Annäherungsversuche gesprochen. Veronique und Sabrina waren für die Verbindung eingetreten. Hautnah hatte Isabella miterlebt, wie Christian sich um sie bemüht und schließlich eine Beziehung mit ihr begonnen hatte. Sie war die neue Frau, von der Isabella gesprochen hatte! Was Isabella ersehnt hatte, war ihr von selbst innerhalb kurzer Zeit in den Schoß gefallen.

Christians freie Einstellung zu Beziehungen zählte dabei nicht, zumal Männer sich von Frau zu Frau oft unterschiedlich verhielten. Darüber wollte sie jetzt auch gar nicht nachdenken. Sich bestimmte Szenen einer Zukunft mit Christian vorzustellen, erstickte sie im Keim. Würde sie sich zu intensiv damit beschäftigen, müsste sie ihre Menschenkenntnis hinterfragen. Doch so stimmte das nicht. War sie ehrlich zu sich selbst, hatte sie sehr wohl gefühlt, dass etwas nicht stimmte.

Aber es war überflüssig, darüber zu sinnieren. Auch ohne Isabellas Geständnis war es mit Christian vorbei. Es hatte nichts mit Isabella zu tun, ebenso wenig mit Christians Einstellung zu Beziehungen, es ging allein um Alexander und sie.

»Ich bin dir nicht böse, Isabella«, flüsterte Katrin schließlich.

Isabella hob den Kopf. Ihre Augen schimmerten tränennass. »Danke. Ich weiß, ich habe zu lange gewartet, aber keinen weiteren Tag hätte ich es ausgehalten. Ich wollte alles ins Reine bringen.« Sie zuckte mit den Schultern und versuchte ein zaghaftes Lächeln. »Vielleicht macht mich Raphael zu einem besseren Menschen.«

»Du bist so oder so ein guter Mensch. Es war nur eine blöde Situation, eine verdammt blöde, verzwickte Situation.«

»Ich habe mich dem falschen Menschen verpflichtet gefühlt. Meine Loyalität hätte dir gelten sollen.« Isabella wischte sich eine Träne von der Wange. »Darf ich dich um etwas bitten? Es ist viel verlangt …«

»Worum?«

»Ich möchte nicht, dass Veronique und Sabrina davon erfahren. Nicht nur, weil ich Christian versprochen habe zu schweigen, ich fühle mich schrecklich, und mein Gewissen plagt mich. Es soll kein Thema daraus werden. Außerdem tut alles, was mit Christian zusammenhängt, noch immer sehr weh. Ich möchte ihn aus meinem Kopf bekommen.«

»Es bleibt unter uns.« Katrins Bedürfnis von ihren eigenen Sorgen zu erzählen, übermannte sie unvermutet. Vielleicht lag es an Isabellas letzten Worten. »Auch ich habe etwas, das mich gerade förmlich erdrückt.«

»Von *erdrückt werden* verstehe ich etwas. Möchtest du darüber sprechen? Du musst nicht, wenn du –«

Katrin unterbrach Isabella. »Ich möchte darüber reden, unbedingt sogar, sonst bringt es mich noch um den Verstand.«

»Was ist los?«, fragte Isabella leise.

Katrin atmete tief durch. Stockend erzählte sie, was zwischen ihr und Alexander am Samstag geschehen war. Als sie bei ihren Gefühlen und dem Glück, das sie empfunden hatte, angelangt war, sprudelten die Worte ungehemmt aus ihr heraus. Dann berichtete sie von Thomas' Besuch und in welcher Situation Alexander sie vorgefunden hatte. »Ich habe ihn x-mal angerufen, Nachrichten geschickt, ihm darin alles erklärt. Nichts, er reagiert einfach nicht. Es wirft mich komplett aus der Bahn.«

Isabellas Miene hatte sich im Laufe der Erzählung mehrfach verändert. Der gequälte Gesichtsausdruck war einem Lächeln gewichen, das immer strahlender wurde, bis es am Ende in sich zusammenfiel und einer traurigen Miene Platz machte. »Thomas, echt? Dein Thomas aus Berlin?« Es handelte sich ohne Zweifel um eine rhetorische Frage. »Was für ein dummer Zufall. Wäre Alexander doch nur zehn Minuten später gekommen! Das Schicksal ist manches Mal wirklich ein wahres Monster.«

Katrin nickte. »Was soll ich nur tun, Isabella? Ich liebe Alexander. Ihn noch einmal zu verlieren, verkrafte ich nicht.«

»Du musst mit ihm reden, so rasch wie möglich. Lass diesen Zustand nicht andauern. Das ist meine Meinung. Solch ein Missverständnis gehört aus dem Weg geräumt, bevor es echten Schaden anrichtet.«

»Wenn er doch nicht abhebt, wenn ich anrufe, und nicht auf meine Nachrichten reagiert.«

Isabella warf einen Blick auf ihre Armbanduhr. »Es ist kurz nach neun. Weißt du, wo er jetzt ist?«

»Ich nehme an zu Hause. Eigentlich sollte er erst am Nachmittag oder abends aus Wien zurückkommen. Und wir wollten uns überhaupt erst morgen treffen, nachdem ich das mit Christian beendet hätte. Keine Ahnung, warum er im Buchladen aufgetaucht ist.«

»Er wollte dich unbedingt sehen. Das ist doch klar.« Isabella schob den Stuhl zurück und stand auf. »Ich gehe jetzt. Setz dich in dein Auto und fahr zu ihm.«

»Und wenn er nicht zu Hause ist?«

»Dann wartest du vor seiner Haustür, bis er kommt.«

Trotz ihres Kummers musste Katrin lächeln. »Meine *alte* Freundin mit all ihrer Energie ist wieder da.«

»Wie sie leibt und lebt, dank deines Verständnisses! Los, komm jetzt.«

»Nein, schau, wie ich aussehe. Ich sollte mich umziehen und meine Haare in Ordnung bringen.«

»Das ist doch völlig egal. Du siehst hübsch aus, nur etwas

verheult und dementsprechend aufgequollen im Gesicht. Aber das macht gar nichts. So sieht er wenigstens, was er mit seiner Art anrichtet.«

Kapitel 42

Katrin parkte den Wagen direkt vor dem Eingang von Alexanders Wohntrakt. Zum Glück schien er das Einfahrtstor immer geöffnet zu haben. Wie ein Bittsteller an der Gegensprechanlage zu klingeln und in einen Metallkasten zu sprechen, wäre ihr doppelt unangenehm gewesen.

Ihr Blick schwenkte zu dem Gebäude, wo die Whiskybrennerei untergebracht war. Es brannte kein Licht, auch nicht im Ausstellungsbereich.

Ihre Hände zitterten, als sie nach der Handtasche auf dem Beifahrersitz griff. Während der Fahrt hatte sie sich ohne Unterlass zur Ruhe ermahnt, aber es war vergebene Liebesmüh. Ihr Körper bebte, auf der Brust schien ein zentnerschwerer Stein zu liegen, und ihr Magen war völlig verkrampft.

Sie stieg aus und spähte durch die verglaste Eingangstür seines Hauses. Im hinteren Bereich sah sie einen schwachen Lichtschein. Er musste vom Wohnzimmer kommen.

Am liebsten hätte sie auf der Stelle kehrtgemacht und wäre davongelaufen, doch hallten Isabellas Worte bei der Verabschiedung in ihr nach. »Kläre das sofort auf! Es darf sich erst gar nicht in seinem Kopf festsetzen.« Isabella hatte recht. Sie musste auf der Stelle handeln. Auch wegen ihr selbst, sie hielt diese Situation einfach nicht aus. Entschieden drückte sie auf die Klingel.

Kurz darauf vernahm sie Schritte.

Alexander öffnete die Eingangstür. »Hallo, Katrin. Du kommst unerwartet. Kann ich etwas für dich tun?« Seine Stimme klang neutral und distanziert.

»Wir müssen miteinander reden.«

»Komm herein. Worum geht es?« Er trat zur Seite und ließ Katrin ein.

»Um heute natürlich! Worum sonst? Ich möchte dir alles erklären.«

Er antwortete nicht und ging vor ins Wohnzimmer. »Bitte, setz dich. Möchtest du etwas trinken?«

Katrin winkte ab. »Nein, danke.«

Alexander nahm ebenfalls Platz. »Okay, sprich.«

»Der Mann heute ist Thomas gewesen. Ich wusste nichts von seinem Besuch. Er stand plötzlich im Buchladen und wollte mit mir reden.«

»Er ist also ohne Vorankündigung extra aus Berlin angereist? Nur so, zum Reden?«

»Ja, so ist es gewesen.«

»Mit dem Flugzeug von Berlin nach Wien und hierher mit dem Bus oder einem Taxi. Ist ja nicht mehr als ein Katzensprung.«

»Mit einem Mietwagen.« Das Gespräch verlief gänzlich anders, als Katrin es sich wünschte. Sie hatte sich vorgenommen, Alexander in einem Schwung von Thomas und was geschehen war zu berichten. Alexanders Fragen verwirrten sie und brachten sie aus dem Konzept.

»Der Mann war Thomas?«

»Ja, wer sonst? Wenn ich es dir sage.«

»Okay.«

»Er wollte persönlich mit mir sprechen und die Beziehung wieder aufnehmen.«

»Offenbar hatte er gute Karten.«

»Es ist vorbei. Thomas versteht sich auf klare Worte. Er hat gefragt, und ich habe Nein gesagt.«

»Eure Umarmung hat anders ausgesehen.«

»Wir haben uns endgültig voneinander verabschiedet. Es war ein Moment der Herzlichkeit, nicht mehr. Bitte, du musst mir glauben.«

»Ich denke, es schwirren genug Männer um dich herum. Ich bin einer zu viel.«

»Am Samstag haben wir doch über alles gesprochen. Unsere gemeinsame Zukunft, wie wir vorgehen wollen. Du hast gesagt, du liebst mich. Und ich liebe dich. Alexander, ich liebe dich über alles.«

»Du sitzt auf meiner Couch, gemäß unserem Plan solltest du gerade mit Christian reden und die Beziehung beenden.«

»Wenn du von unserem Plan sprichst, hättest du heute überhaupt nicht im Laden erscheinen sollen. Und ich konnte nicht mit Christian sprechen.«

»Aha.«

»Ich konnte nicht, weil ich fix und fertig bin.«

»Thomas hat dich durcheinandergebracht.«

»Alexander, bitte! Hör auf, so zu sein. Ich habe Angst, dich zu verlieren. Das ist mein einziger Gedanke, seit du den Buchladen verlassen hast. Es geht nicht um Thomas oder Christian, nur um dich. Ich liebe dich.«

»Wir sollten vergessen, was am Samstag geschehen ist. Kurz hat uns die Vergangenheit eingeholt, und es war wunderschön. Ich dachte wirklich, wir hätten …« Er senkte den Blick und begann, seine Finger zu kneten. »Wir gehören … nicht zusammen.«

»Sag das bitte nicht. Du hast am Samstag nicht gelogen. Ich kenne dich doch!«

»Ich bin ehrlich gewesen, das stimmt. Aber es war nicht mehr als die Erinnerung an unsere Jugend. Du musst doch selbst sehen, dass es nicht funktioniert mit uns. Nicht einmal zwei Tage haben wir ausgehalten ohne Probleme.«

»Alexander … bitte.«

»Wenn du erst in Ruhe darüber nachgedacht hast, wirst du mir recht geben.«

Sie musste weg! Andersfalls würde sie vor ihm zusammenbrechen. Das wollte sie nicht. Langsam stand sie auf. »Es tut mir leid, dass du so über uns denkst.« Sie drehte sich um und verließ den Raum.

Während sie auf den Ausgang zuging, flehte sie in Gedanken, Alexander würde ihr folgen. Sie stellte sich vor, wie sie seine Schritte hinter sich hörte und schließlich seine Hand auf ihrer Schulter spürte. Aber er kam nicht.

Sie erreichte die Tür und öffnete sie. Auf der Schwelle verharrte sie und zählte leise bis zehn, nichts rührte sich, dann verließ sie Alexanders Haus und ging wie ferngesteuert zu ihrem Auto.

Erst als sie in ihrem Wagen saß und startete, brach die Verzweiflung wie ein Orkan über sie herein. Sie schluchzte laut auf und krümmte sich über dem Lenkrad zusammen.

Kapitel 43

»Ich wusste gar nicht, dass du die Öffnungszeiten geändert hast.« In der einen Hand hielt Isabella eine Flasche Wein, in der anderen eine Packung Chips. »Zwar kein gesundes Mahl, aber besser als gar nichts. Was sagst du dazu?«

Katrin sah hoch. Sie stand hinter dem Verkaufstresen und kontrollierte gerade eine Bestandsliste. »Was meinst du mit geänderten Öffnungszeiten?«

»Das meinte ich ironisch. Falls du es nicht bemerkt hast, es ist bereits achtzehn Uhr dreißig, und die Ladentür steht noch immer weit offen. Eigentlich wollte ich dich zu Hause überraschen, aber dann habe ich zum Glück gesehen, dass du noch da bist. Wie geht es dir?«

»Ich schleppe mich von Stunde zu Stunde, von Tag zu Tag, und versuche, mich auf die Arbeit zu konzentrieren. Es wird aber keinen Deut besser. Ich fühle mich wie ein Häufchen Elend.«

»Die Ringe unter deinen Augen sagen alles. Du siehst schrecklich aus.«

Katrin stieß einen Seufzer aus. »Es geht mir auch wirklich nicht gut. Ich weiß nicht, wie ich Alexander vergessen soll.« Einstweilen war Isabella die Einzige, die von dem Drama mit Alexander wusste. Katrin fühlte sich noch nicht in der Lage, mit Veronique und Sabrina darüber zu sprechen. Genau genommen konnte sie im Augenblick mit niemandem darüber reden. Allein es auszusprechen, schmerzte zu sehr. Isabella stellte die Ausnahme dar. Ihr brauchte sie nichts mehr zu erklären, sie hatte alles fast hautnah miterlebt.

Katrin musste zugeben, dass Isabella sich als wahrhaft

wunderbare Freundin erwies. Sie bot das richtige Maß an Verständnis und Fürsorge.

»Morgen wird Herr Lindenborg aus dem Krankenhaus entlassen. Dann bist du nicht mehr allein im Laden«, sagte Isabella.

»Eigentlich möchte ich ihn weitgehend fernhalten von der Arbeit.«

»Aber nein, das ist nicht notwendig und würde außerdem nicht funktionieren. Schlage doch zwei Fliegen mit einer Klappe. Seine neue Aufgabe wird es sein, dich zu unterhalten und aufzuheitern. Bücher schleppen darf er keine, und das Alltagsgeschäft soll er auch dir überlassen.«

»Ich weiß noch nicht einmal, ob ich ihm davon erzähle.«

»Ein Blinder mit Krückstock sieht, dass etwas mit dir nicht stimmt. Veronique und Sabrina haben bereits etwas bemerkt und rätseln, was mit dir los ist. Und Herr Lindenborg braucht dir nur auf die Nasenspitze zu blicken. Du bist schon immer sein Schätzchen gewesen.«

»Bei unserem nächsten Treffen werde ich es Sabrina und Veronique sagen. Und Ernst kann ich nichts verheimlichen. Du hast völlig recht.« Katrin deutete mit dem Kinn auf die Flasche in Isabellas Hand. »Wird sie dir nicht langsam zu schwer?«

»Und ob. Wie wäre es, wenn du zwei Gläser holst, und ich setze mich inzwischen.«

»Ja, aber zuerst …« Katrin ging zur Ladentür und schloss sie ab, dann holte sie zwei Gläser aus der Küche.

Inzwischen hatte Isabella die Chips-Packung sowie die Flasche geöffnet und schenkte ein. »Wie ist es gestern Abend mit Christian gelaufen? Du musst nicht antworten, wenn du nicht darüber sprechen willst.«

»Doch, ich habe nur dich, um offen reden zu können, aber es gibt eigentlich nicht viel zu berichten.« Nachdem sich Katrins Schockstarre gelöst hatte, war es ihr wichtig gewesen, mit

Christian zu sprechen. Er konnte nichts für ihre Umstände, und so rasch wie möglich hatte sie die Situation klären wollen. Alles andere wäre Christian gegenüber ungerecht gewesen.

»Er hat es also gut aufgenommen.«

»Ich denke, ja. Anfänglich war das Gespräch etwas holprig. Ich habe nicht gewusst, wie ich beginnen soll und alles Mögliche dahergeredet. Dennoch hat er, glaube ich, recht schnell verstanden, worauf ich hinauswill und mich gefragt, was los ist.«

Isabella nickte. »Christian hat ein feines Gespür. Er wusste immer sofort, wenn mir eine Laus über die Leber gelaufen ist.« Verlegen strich Isabella über das Ziffernblatt ihrer Armbanduhr. »Ist es dir unangenehm, wenn ich so frei über Christian spreche? Ich weiß noch immer nicht recht, wie ich damit umgehen soll. Was kann ich erzählen und was nicht? Ich habe uns in eine echt saublöde Situation gebracht.«

»Du kannst mir alles sagen. Mittlerweile weiß ich, dass ich in Christian nicht verliebt gewesen bin. Ich hätte nie etwas mit ihm anfangen dürfen.«

»Ich hänge ihm dafür noch immer nach. Aber es geht jetzt nicht um mich. Zurück zum Thema. Er hat dich also gefragt, was mit dir los ist.«

»Genau. Daraufhin habe ich lang und breit herumgeredet, dass ich noch nicht so weit bin, dass ich im Augenblick keine Beziehung führen kann, dass ich mein Leben erst auf die Reihe bringen muss, bevor ich mich auf etwas Ernsthaftes einlassen will. Ich habe es einfach nicht fertiggebracht, ihm von Alexander zu erzählen. Nicht wegen ihm, sondern wegen mir. Verstehst du?«

»Es geht ihn auch nichts an. Und was du gesagt hast, stimmt. Du könntest jetzt keine Beziehung führen, außer mit Alexander. Wie hat er reagiert?«

»Er hat es akzeptiert und war auch nicht sauer deshalb, vielleicht ein wenig enttäuscht. Ja, enttäuscht ist er gewesen.«

Katrin griff sich an die Schläfe und legte den Kopf schief. »Besonders wichtig waren ihm der Fortbestand unserer Freundschaft und die gemeinsamen Ausritte. Darüber habe ich mich wirklich ehrlich gefreut. Das Reiten ist wieder zu einem wichtigen Teil meines Lebens geworden. Gerade jetzt hilft es mir enorm, um kurz abschalten zu können. Und ich kann mir keinen besseren Reitpartner vorstellen als Christian.«

»Ich habe nichts anderes erwartet, um ehrlich zu sein. Christian nimmt das Leben sehr locker, als würde er sich vor Ernsthaftigkeit scheuen. Immer muss alles easy und happy sein, Schwierigkeiten geht er aus dem Weg. Nur wenn es um seine Pferde geht, zeigt er Verantwortungsbewusstsein. Da versteht er keinen Spaß.«

»Du siehst ihn auf diese Weise und liebst ihn trotzdem noch immer?« Unter anderen Umständen wäre Katrin bestimmt auf Isabellas Meinung über Christian eingegangen, aber sie fühlte sich zu schwach, um zu widersprechen. Außerdem wollte sie die Freundin nicht noch mehr verletzen. Sie sah Christian nämlich ganz und gar nicht als diesen oberflächlichen Menschen, den Isabella zeichnete.

Während des gestrigen Gesprächs war er einfühlsam und verständnisvoll gewesen und hatte ohne Zweifel versucht, sich in ihre Lage zu versetzen. Er nahm das Leben von der positiven Seite und schaffte es aus diesem Grund, bestimmte Gegebenheiten ohne Groll und Zorn anzunehmen. Katrin konnte aus ihrer Perspektive nichts Negatives an ihm finden. Natürlich verhielt es sich aus Isabellas Blickwinkel ganz anders. Er war ihr auf einer anderen Ebene begegnet und hatte sie tief verletzt, auch wenn er eigentlich nicht schuld daran war und es ganz sicher nicht beabsichtigt hatte.

»Verrückt, nicht wahr? Ich kann es mir selbst nicht erklären. Aber mit der Zeit werde ich ihn vergessen. Heißt es nicht, sie heilt alle Wunden? Ich will nur nicht, dass Raphael unter meiner Dummheit leidet«, antwortete Isabella nachdenklich.

»Wie läuft es mit Raphael?«

»Es ist schön. Er liest mir jeden Wunsch von den Augen ab. Wir reden viel, bei ihm brauche ich mich nicht zu verstellen. Ich spüre förmlich die Wärme, die ihn umgibt. Ich muss mich wohl noch daran gewöhnen, einen normalen, lieben Mann an meiner Seite zu haben. Es ist vieles schiefgelaufen in meinem Beziehungsleben. Aber wir reden schon wieder über mich.«

»Oh, das ist mir ganz recht, ehrlich gesagt. Es lenkt mich ab.« Katrin zog die Brauen hoch. »Vermassle es nicht mit Raphael. Man weiß den wahren Wert eines Menschen erst zu schätzen, wenn man ihn verloren hat.«

Isabella schenkte Katrin einen verständnisvollen Blick. »Ich ermuntere meine Kinder in der Schule, selbst die ganz kleinen, Tagebuch zu schreiben. Sie können zeichnen, Fotos einkleben, in ganzen Sätzen oder Stichworten notieren, warum der Tag schön oder nicht so schön gewesen ist. Vielleicht hilft es auch dir, deine Gefühle niederzuschreiben. Was sagst du dazu?« Sie senkte die Stimme, als offenbarte sie ein besonderes Geheimnis. »Ich habe vor einiger Zeit ebenfalls damit begonnen. Am Anfang fand ich es eigenartig, über mich zu schreiben. Vor allem, wenn man seine tiefsten Sorgen und Ängste zu Papier bringt. Bei mir hat es aber etwas bewirkt. Es war, als würde sich ein gordischer Knoten Schlinge für Schlinge lösen. Es hat nichts an den Tatsachen geändert, aber die Schwere dahinter hat abgenommen. Und ich habe dadurch klarer gesehen.« Sie zuckte mit den Schultern. »Bei mir ist es halt so gewesen.«

Kapitel 44

Nachdem Isabella gegangen war, ging Katrin ins Büro und setzte sich vor den Computer. Warum war sie nicht selbst auf die Idee gekommen, ihre Gefühle niederzuschreiben? Gerade sie! Zählte das Schreiben doch zu einer ihrer großen Leidenschaften. Sie öffnete ein leeres Word-Dokument und betrachtete eine Weile lang die weiße Seite, dann positionierte sie ihre Finger auf der Tastatur und begann einfach draufloszutippen.

Ich versuche mich abzulenken. Manchmal gelingt es mir sogar, doch die meiste Zeit über meine ich, mein Herz würde zerspringen. Wie vermag ich zu beschreiben, welche Gefühle meinen momentanen Alltag beherrschen?

Es beginnt mit dem Erwachen in der Früh. Ich öffne die Augen, und auf der Stelle durchdringt mich ein Schmerz, der meine Seele so tief berührt, dass es nahezu körperlich wehtut. Ich widerstehe dem Drang, mich einzurollen und die Welt außen vor zu lassen. Schließlich habe ich Aufgaben zu erledigen. Und für diese bin ich unendlich dankbar.

Der Buchladen ist mein größter Halt. An diesem Ort schaffe ich es, die unsagbare Leere oft minutenlang zu vergessen. Verbissen suche ich nach neuen Ideen und Möglichkeiten, in der Arbeit noch mehr aufzugehen.

Gestatte ich mir eine Pause, kreisen meine Gedanken sofort um die Geschehnisse, und ich möchte aufschreien vor Verzweiflung. Ob mir die Arbeit Freude bereitet, sosehr sie mich auch ablenkt? Nein, ich verrichte sämtliche Tätigkeiten wie ein Roboter.

Auch meine Freundinnen geben mir Halt. Besonders hat

das Schicksal Isabella und mich zusammengeführt. Als sie an meine Tür geklopft und mir ihre Affäre mit Christian gestanden hat, dachte ich kurz, unsere Freundschaft wäre damit vorbei. Doch es ist anders gekommen. Ich weiß nicht, ob es an der Situation gelegen hat oder an unserem gemeinsamen Leid, bestimmt auch daran, dass ich ihr von Alexander erzählt habe, auf jeden Fall sind wir zusammengewachsen. Vielleicht ist es wirklich das Unglück, das einen verbindet.

Sabrina hat ihren Seelenmenschen vor langer Zeit gefunden. Veronique nähert sich ihrer Jugendliebe an und schwelgt im Glück, nur Isabella und ich schaffen es nicht, uns aus der Abwärtsspirale herauszubewegen. Dabei wünsche ich es ihr von ganzem Herzen.

Auch mir wünsche ich es. Aber wie kann ich die Zeit überstehen ohne ihn? Ohne Alexander. Isabella hat wenigstens ihren Raphael.

Ich sitze hier und frage mich, wie eine Verkettung von Zufällen zu solch einem Desaster führen kann. Wäre es doch möglich, die Zeit zurückzudrehen! So lächerlich es klingen mag, manches Mal stelle ich mir genau das vor. Auf einer Fernbedienung den schnellen Rücklauf zu drücken und mich zurückzubringen.

Ich müsste nicht mehr tun, als mich nicht von Thomas umarmen zu lassen. Ich würde ihm die Hand reichen, und er könnte den Buchladen verlassen. Wenn sich dann die Tür öffnet und Alexander eintritt, würde ich in seine Arme fallen, und alles wäre gut …

Als Katrin schließlich vom Bildschirm hochblickte, war es bereits nach Mitternacht. Die Worte waren von selbst aus ihr geflossen, und tatsächlich fühlte sie sich ein wenig besser. Ganze zwölf Seiten hatte sie gefüllt.

Katrin erstellte einen neuen Ordner und speicherte das Dokument dort. Dann stand sie auf und streckte sich. Seit dem schwarzen Montag schlief sie schlecht. Wiederkehrende Albträume verfolgten sie. Sie schreckte unzählige Male in der Nacht hoch und wälzte sich im Bett herum, bis sie wieder in einen unruhigen Dämmerschlaf fiel, der keine Erholung brachte.

Nun war sie endlich müde. Sie wollte nur noch nach Hause, in ihr Bett kriechen und schlafen.

Kapitel 45

»Ernst!« Katrin umrundete den Highlight-Tisch und stürzte auf ihn zu. Kurz bevor sie ihn erreichte, bremste sie ab und umarmte ihn vorsichtig.

»Ein Herzinfarkt macht aus mir noch keine Zuckergestalt mit Glasur. Drück mich ruhig ordentlich.«

Tatsächlich wirkte Ernst erholt und gesund. Er schien sogar etwas zugenommen zu haben. »Du siehst fantastisch aus.«

»Die haben mich im Krankenhaus gemästet.« Er zeigte auf seine Taille. »Ich musste den Gürtel um ein Loch erweitern.«

»Dann stell dich darauf ein, dass noch ein oder zwei Kilo dazukommen. Du wirst nämlich einem Rundumverwöhnprogramm ausgesetzt. Keine körperliche Arbeit, nur deinen Geist darfst du in Maßen anstrengen.«

Stephan, der im Hintergrund stand, räusperte sich. Er hatte es sich nicht nehmen lassen, Ernst vom Krankenhaus abzuholen; als Freund und Bürgermeister, wie er betont hatte. »Ich werde euch alleine lassen. Veronique hat mir eine Quiche Lorraine nach dem Rezept ihrer Mutter gebacken, mein Mittagessen. Ich will sie nicht warten lassen.« Er winkte ihnen zu und verließ den Buchladen.

»Du siehst wirklich toll aus«, wiederholte Katrin. Natürlich war ihr bereits im Krankenhaus aufgefallen, wie rasch Ernst sich erholte, doch war es ein Unterschied, jemanden im Nachthemd, liegend im Bett zu sehen, oder in Straßenkleidung in der gewohnten Umgebung.

»Ganz im Gegenteil zu dir. Dachtest du, ich bemerke es nicht? Ich habe nur nichts gesagt, weil du es mir im Krankenhaus ohnehin nicht erzählt hättest. Man darf mich nicht aufregen, ich bin ja so bedürftig.« Ernst verdrehte die Augen.

»Wenn du wüsstest, was geschehen ist.« Katrin stieß einen kläglichen Laut aus.

»Mit dem Laden stimmt auf jeden Fall alles. Er sieht vorbildlich aus.« Mit ausgestreckten Armen drehte Ernst sich einmal im Kreis. »Es muss sich also um dein Privatleben handeln. Nun, dann komm, meine Kleine, nehmen wir in unserem besonderen Eckchen Platz, und du redest dir alles von der Seele.«

Arm in Arm gingen sie zur Leseecke.

»Die Couch ist mittlerweile wirklich zum Ritual geworden«, bemerkte Katrin.

»Demzufolge ist es jetzt an der Zeit, zu sprechen.« Ernst lächelte Katrin liebevoll an.

Ohne Umschweife begann Katrin zu erzählen. Sie startete, als Alexander sie weinend im Buchladen vorgefunden hatte, und endete bei ihrem momentanen Zustand. Kein Detail ließ sie aus, selbst über Isabellas Geständnis und deren Probleme sprach sie freimütig. Sie vertraute Ernst wie keinem anderen. Das Geheimnis war bei ihm gut aufgehoben. Schließlich senkte sie den Kopf und faltete die Hände. »Jetzt weißt du, was mit mir los ist.«

»Als alten Mann sollten mich die Narreteien der Jugend aufheitern. Sehe ich allerdings, wie sehr du leidest, vergeht jegliches Amüsement, und ich verspüre nichts als Trauer und Mitgefühl.«

»Ich stelle mir immer wieder dieselben Fragen. Warum glaubt Alexander mir nicht? Warum hat er seine Gefühle heruntergespielt? Warum? Warum? Warum? Sie bringen mich noch um den Verstand.«

»Zumindest einen Teil deiner Fragen kann ich dir beantworten.«

»Bitte tu es! Vielleicht finde ich in deinen Antworten einen Strohhalm, an den ich mich klammern kann.«

»Ich möchte dir keine falschen Hoffnungen machen …«

»Keine Sorge. Im Grunde will ich nur die Wahrheit hören, egal wie sie ausfällt. Ich brauche keine Blümchen und Schleifchen drum herum, sondern deine ehrliche Meinung.«

»Nun gut. Aus meiner Sicht fühlt Alexander sich verraten, und ja, er vertraut dir nicht. Warum er seine Liebe zu dir verleumdet, kann ich dir ebenfalls erklären. Es ist sein männlicher Stolz, der rebelliert. Er gesteht dir seine Gefühle, und du trittst sie in seinen Augen mit Füßen. Er hat einen Schutzwall um sich errichtet. Und durch diesen kommst du nicht durch, einerlei, was du sagen oder tun würdest.« Ernst hob demonstrativ die Arme. »Du verletzt mich nicht schon wieder. Und egal, was ich tatsächlich fühle, nehme ich es nicht wahr oder leugne es. Verstehst du?«

»Ich weiß, was du meinst, aber von Verstehen bin ich meilenweit entfernt.«

»Ich versuche es anders. Stell dir das Szenario umgekehrt vor. Du lebst in Berlin, alles ist fein und perfekt. Alexander besucht einen Freund in Berlin und beschließt aus heiterem Himmel, ab nun dort zu leben. Kurze Zeit darauf ist er plötzlich mit einer Freundin von dir zusammen. Trotzdem verbringt ihr beide eine gemeinsame Nacht. Ihr beteuert eure Liebe und beschließt, für immer und ewig zusammenzubleiben. Großes Kino, wie es so schön heißt. Gefühle geraten in Wallung, auf einmal erstrahlt die Sonne sogar an einem Regentag. Die Fantasie galoppiert in die Unendlichkeit, und das Glück ist allgegenwärtig. Zwei Tage später willst du deinen Liebsten überraschen. Du öffnest seine Tür, und er steht dort eng umschlungen mit einer anderen Frau. Jedoch nicht mit irgendeiner anderen, es ist seine ehemalige Lebensgefährtin.« Ernst rieb die Handflächen aneinander. »Verständlicher?«

»Aus dieser Perspektive habe ich es noch nie betrachtet.«

»Siehst du. Man muss sich nur in die Lage des anderen versetzen.«

»Aber was soll ich jetzt tun? Er hat mir eine Abfuhr erteilt, die eindeutiger nicht sein könnte.«

Sanft strich Ernst über ihre Wange. »Würden wir uns in einem Liebesroman befinden, könnte ich dir versichern, dass letzten Endes alles gut wird. Leider halten wir uns aber in der realen Welt auf. Ich weiß nicht, mein Mädchen, ob du das wieder reparieren kannst. Im Augenblick scheinen die Fronten verhärtet. Du wirst seine Mauer nicht durchdringen.«

Eine Träne löste sich aus Katrins Augenwinkel und rann über ihre Wange. Sie nickte. »Ich weiß.«

Kapitel 46

Katrin versperrte die Ladentür von innen und ging ins Büro. Ernst hatte den Laden am Nachmittag verlassen, um sich hinzulegen. Wie er sagte, bemerkte er trotz seiner rasch voranschreitenden Genesung, dass seine alten Kräfte noch nicht wiedergekehrt waren. Katrin war froh über seine Einsicht. Sie hatte befürchtet, er könnte sich aus falschen Motiven übertrieben in die Arbeit stürzen wollen. Aber das tat er nicht. Ihr schien es sogar, als wäre er dankbar dafür, kürzertreten zu dürfen.

Bald nach seiner Rückkehr hatten sie die Arbeitsabläufe durchgesprochen und neu verteilt. Ernst würde sich vorerst nur um die Büroarbeit kümmern: Bestellungen, Telefonate, die Buchhaltung. Den Rest erledigte Katrin.

Vor zwei Tagen war Ernst aus heiterem Himmel auf die Überschreibung des Ladens zu sprechen gekommen, aber Katrin hatte kategorisch abgelehnt, in dieser Situation darüber zu reden. Erst sollte er sich erholen und vollständig genesen, dann konnten sie überlegen, wie es weitergehen würde. In ihren Augen war Ernst untrennbar mit dem Buchladen verbunden, und solange er konnte, sollte sich nichts daran ändern. Dabei dachte sie durchaus auch an seine Gefühle. Er durfte sich nicht abgeschoben und nutzlos vorkommen. Noch gehörte er nicht zum alten Eisen.

Katrin rückte den Stuhl zurecht und öffnete ihr Tagebuch. Sie hatte es umgetauft. Nun hieß es *Gedankenbuch*. Die Bezeichnung gefiel ihr, und sie passte perfekt, wie Katrin fand.

Ich habe ihn verloren. Welche Fehler habe ich begangen, was hätte ich anders machen können? Es bringt nichts, darüber zu sinnieren. Die Geschehnisse lassen sich nicht rückgängig machen. Ein einziger falscher Moment, und das Leben gerät aus den Fugen. Was vor einer Stunde das absolute Glück bedeutet hat, versinkt in der nächsten im Dunkel der Nacht. Dunkelheit. Sie umgibt mich wie ein Kokon, dem ich nicht entfliehen kann. Sosehr ich die Schale aufbrechen möchte, weiß ich doch, außerhalb wird mich nichts Schöneres erwarten. Die Dunkelheit bleibt. Sie ist innen und außen.

Gerade habe ich meine letzten Zeilen gelesen. Unweigerlich muss ich schmunzeln. Dunkel der Nacht, Kokon, Schale. Wie theatralisch das klingt! Total kitschig.

Aber ernsthaft, ich habe keine Ahnung, wie ich weiterleben soll. Nein, ich denke nicht an Selbstmord. Wie soll ich weiterleben ohne Glück, ohne dieses besondere innere Strahlen, das nur die Liebe hervorruft? Die Zeit heilt alle Wunden, heißt es. Wird meine Wunde im Laufe der Jahre auch heilen?

In Kürze treffe ich mich mit meinen Freundinnen. Sie wissen noch immer nichts von meinem Unglück, bis auf Isabella natürlich. Sie sehen, dass etwas mit mir nicht stimmt. Aber es gehört auch zu einer Freundschaft, den anderen nicht zu bedrängen. Sie warten, bis ich so weit bin zu erzählen. Einerseits fällt es mir schwer, darüber zu sprechen, andererseits hilft es mir vielleicht, die Tatsache wieder ein Stück mehr zu begreifen: Ich habe Alexander verloren. Noch habe ich den Gedanken in mir, dass es nicht wahr sein kann, nicht wahr sein darf.

Mit einem Seufzer speicherte Katrin den Text und verließ das Büro. Sabrina, Veronique und Isabella warteten bereits im Hotel zur Post auf sie. Sonst kam sie nie zu spät. Heute gab es sogar einen besonderen Anlass für das Treffen: Endlich hatten sie die Überraschung für Sabrina fertig.

Aber nicht einmal darüber konnte sie sich freuen, obwohl es ihre Idee gewesen war. Die graue, nicht zu durchdringende Nebelwand legte sich über all ihre sonst positiven Empfindungen.

Wegen Ernsts Herzinfarkt und der daraus resultierenden Mehrarbeit im Buchladen hatte Veronique es übernommen, für Sabrina und Tobias das Wellness-Wochenende zu buchen. Dank Stephan, den Veronique eingeweiht hatte und der unbedingt einen Beitrag leisten wollte, konnten sie sogar eine Paarmassage mit romantischem Dinner beisteuern.

Isabella war mit ihren Schülern kreativ geworden und hatte im Werkunterricht eine Grußkarte gebastelt. Genau genommen handelte es sich um viele Grußkarten. Jedes Kind hatte eine eigene Karte gestaltet und mit einem guten Wunsch versehen. Isabellas Vorgabe war gewesen, für zwei liebe Menschen etwas Schönes zu erbitten und ihnen damit ein Geschenk zu bereiten. Weiter ins Detail hatte sie in ihrer Funktion als Lehrerin nicht gehen können. Die Kinder hatten sich viel Mühe gegeben und die fertigen Karten feierlich in eine Holzkiste gelegt, die Isabella mit einem Vorhängeschloss symbolisch gesichert hatte.

Katrin überquerte den Marktplatz und betrat das Hotel zur Post. Schon im Foyer hörte sie die fröhlichen Stimmen ihrer Freundinnen. Sie hatten es sich im Kaffeehausbereich gemütlich gemacht, der direkt an die Lobby anschloss.

»Da bist du ja endlich!« Isabella winkte.

»Entschuldigt, ich musste noch etwas im Büro erledigen.«

»Wie geht es Herrn Lindenborg?«, erkundigte Veronique sich. Seit seinem Herzinfarkt handelte es sich um eine Standardfrage.

»Von Tag zu Tag besser. Noch wird es aber eine Weile lang dauern, bis er wieder der Alte ist. Am Nachmittag ist er sogar in seine Wohnung hoch, um sich hinzulegen.«

»Das bedeutet, er ist vernünftig und versucht nicht sofort, Vollgas zu geben.«

Katrin blies die Backen auf. »Ja. Und ich bin heilfroh darüber. Wobei er, glaube ich, abends oder in der Nacht öfter von seiner Wohnung hinunter in den Laden geht. Einmal finde ich in der Früh ein aufgeschlagenes Buch in der Leseecke, ein anderes Mal steht ein leeres Wasserglas neben dem Computer.

»Wahrscheinlich will er ab und zu einfach allein sein in seinem Laden. Möglicherweise ist das auch eine Form der Erholung für ihn«, überlegte Sabrina.

»Ganz genau, Erholung. Und er soll sich … *Erholung* … gönnen.« Katrin warf Isabella einen verschwörerischen Blick zu. Das Stichwort war gefallen.

Isabella senkte unmerklich den Kopf und zog die Holzkiste aus einer großen Papiertüte, die sie unauffällig neben ihren Beinen platziert hatte. Mit einem Lächeln reichte sie Katrin die Kiste. »Mach du das.«

Veronique nickte zustimmend. »Unbedingt, ohne dich, Katrin hätten wir jetzt nicht dieses Geschenk … für dich.« Sie zeigte auf Sabrina.

»Oh! Die Überraschung? Ist es schon so weit? Mein Geburtstag kommt aber erst.« Fragend sah Sabrina von einer zur anderen.

Katrin stellte die Holzkiste vor Sabrina auf den Tisch. »Wir lassen dich nicht länger zappeln. Es ist die Überraschung! Wir müssen sie nur ein bisschen früher hergeben, damit du dich darauf einstellen kannst. Gratuliert wird aber erst an deinem Geburtstag. Alles andere bringt nämlich Unglück.« Katrin machte eine kurze Pause. »Wir drei finden, dass ihr euch, du und Tobi, ein paar Tage Entspannung und Ruhe gönnen sollt. Also schicken wir euch weg. Als kleine Draufgabe gibt es dieses Kistchen mit den liebsten und besten Wünschen sowie ein kleines Homeservice-Programm. Wir kümmern uns um Sammy, putzen euer Haus, und gibt es offene Punkte im Büro, erledigen wir das auch noch.«

Veronique übernahm. »Nächsten Donnerstag werdet ihr euch ins Auto setzen und in eine Therme fahren. Es ist bereits alles gebucht und bestätigt. Ausflüchte gibt es keine. Donnerstag bis Freitagmittag kümmern Stephan und ich uns um Sammy. Ich muss nur morgens in die Bäckerei und das Wichtigste erledigen, dann nehme ich mir frei. Stephan kann sich seine Zeit ohnehin einteilen. Von Freitag bis Samstagmittag übernimmt Isabella den Hund. Raphael wird ihr helfen. Samstagmittag bis Sonntagabend kommt der kleine Goldjunge zu Katrin. Unsere Hundenärrin ist im Übrigen schon ganz aus dem Häuschen deswegen.«

»Aber … aber Tobias' Arbeit! Was ist damit? Die Baufirma ist zwar klein, laufende Tätigkeiten und Telefonate gibt es trotzdem genug. Und Sammy, wird er uns nicht … ähm, vermissen?«, stammelte Sabrina.

Katrin antwortete. »Keine Sorge, wir haben alles durchdacht. Ich bekomme Tobis Firmenhandy und vertröste die Anrufer einfach auf Montag. Geht es um etwas Wichtiges, informiere ich Tobias sofort auf seinem privaten Handy. Es geht ja nur um zwei Tage, Donnerstag und Freitag. Alles ist bereits besprochen und organisiert.«

»Tobi weiß Bescheid?«

»Er weiß es und freut sich sehr darauf, endlich einmal ganz allein mit dir sein zu können. Ohne Firma, ohne Arbeit, ohne Hund.«

»Zum Nächsten, der Hausputz.« Isabella machte eine gewichtige Miene. »Das werden wir auch übernehmen. Stephan und Raphael helfen mit. Kommt ihr zurück, wird das Haus blitzblank sein.«

Sabrina wischte sich über die Augen. »Ich weiß gar nicht, was ich sagen soll. Danke! Ich bin total gerührt. Ihr seid so lieb.« Über den Tisch hinweg umarmte sie der Reihe nach ihre Freundinnen.

»Du musst in die Kiste schauen«, forderte Veronique Sabrina auf.

Sabrina entfernte das Schloss, öffnete die Holzkiste und zog die erste Grußkarte heraus. Sie war mit rosa Blümchen und lilafarbenen Schnecken verziert. *Ich wünsche euch ein fröhliches Lachen* stand darin geschrieben. Sie holte die nächste Karte heraus. Fußbälle und Pistolen. *Ich wünsche euch, dass ihr immer viel Spaß habt.*

Nachdem sie alle Karten angesehen hatte, legte sie sie vorsichtig zurück in die Holzkiste. »Das ist das schönste Geschenk, das ich jemals erhalten habe. Ist das von deinen Kindern?«

Isabella lächelte. »Haben sie das nicht toll gemacht?«

»Toll ist kein Ausdruck. Jede einzelne Karte ist fantastisch. Ich wünsche euch Glück. Ich wünsche euch, dass ihr immer gesund bleibt. Ich wünsche euch ein Babykätzchen. Ich wünsche euch viele lustige Stunden. Weiß Tobi das auch?«

»Nein, davon er hat keinen Schimmer.«

»Ich weiß schon jetzt, dass er in Tränen aufgelöst sein wird. So etwas rührt ihn nämlich ungemein.« Noch einmal umarmte sie der Reihe nach ihre Freundinnen. An Katrin blieb sie hängen. »Möchtest du jetzt nicht endlich über deinen Kummer sprechen?«

Katrin schüttelte den Kopf. »Ach nein. Der Abend verläuft so schön. Ich möchte euch nicht die Laune verderben. Außerdem fällt es mir schwer, darüber zu reden.«

»Wir sind für dich da. Es ist wirklich an der Zeit, den Mund aufzumachen«, bekräftigte Veronique.

Isabella verhielt sich still. Ihre Miene jedoch unterstützte Veroniques Äußerung.

Katrin nickte und begann ein weiteres Mal von sich und Alexander zu erzählen. Und obwohl es ihr guttat, sich alles von der Seele zu reden, traf es sie in ihrem Innersten wieder schwer. Allein seinen Namen auszusprechen tat unerträglich weh.

Kapitel 47

»Dein Highlight-Tisch gefällt mir von Tag zu Tag besser. Und wie die Kunden ihn annehmen! Deine Auswahl und die Informationskärtchen dürften ihnen die Kaufentscheidung wirklich erleichtern. Erstaunlich. Bei mir ist es völlig anders. Je mehr Bücher ich vor mir habe, desto glücklicher bin ich.«

»Vor allem die weniger eingefleischten Leser greifen am Highlight-Tisch zu.«

Herr Lindenborg wiegte den Kopf. »Ja, ein Überangebot ist nicht immer von Vorteil. Fünf vom Buchhändler ausgewählte Werke machen es einfacher.« Er warf einen Blick auf die Uhr an der Wand. »Es ist zwölf Uhr. Wir können schließen. Auf ins Wochenende!« Er bedachte Katrin mit einem seltsam verschmitzten Blick. »Freust du dich schon auf das Hundesitting?«

»Und wie! Du weißt, ich liebe Hunde. Meine Eltern hatten immer welche, einmal sogar drei. Grundsätzlich wollte ich mir nach dem Studium einen anschaffen, aber mitten in Berlin wäre er arm dran gewesen. Jetzt wäre eigentlich die beste Gelegenheit für mich.« Katrin blinzelte mehrmals. »Würde ich mir – rein theoretisch – einen Hund zulegen, müsste er mit in den Buchladen …«

»Oh, ich mag Hunde und fände, ein Bücherhündchen würde sich hier im Laden hervorragend machen.« Er zwinkerte ihr zu. »Eine Bedingung hätte ich allerdings.«

»Und welche?«

»Ich möchte ihn mir zum Spazierengehen ausborgen dürfen.« Abermals kam dieser eigenartige Blick.

»Du wärest der Patenonkel mit allen Rechten und Pflichten.« Katrin lachte und musterte dabei Ernst. Seine Blicke verwirrten sie. »Warum siehst du mich die ganze Zeit so eigenartig an?«

»Oh nichts, nichts. Ich freue mich nur auf das Wochenende. Und du solltest das auch. Ich verspreche dir, es hält eine Überraschung bereit. Eine erfreuliche und viel schönere, als du dir vorstellen kannst.«

»Ich habe ein fixes Date inklusive Übernachtung mit einem jungen, kuscheligen Herrn. Die Vorzeichen stehen also gut«, antwortete Katrin auf Ernsts kryptische Erklärung.

»Ja, genau. So ist es. Ich schließe ab. Du kannst schon gehen.« Und noch einmal kam dieser Blick.

Katrin beschloss, nicht weiter nachzufragen. Vielleicht bildete sie es sich auch nur ein. Ernst fühlte sich zusehends besser. Die Mischung aus ruhiger Arbeit, Spaziergängen und Erholungspausen, die er schlafend oder lesend verbrachte, gefiel ihm. Dabei lief der Laden hervorragend. Er wusste, er konnte sich voll auf Katrin verlassen. Wahrscheinlich war er deswegen einfach nur fröhlich und wollte sie ein wenig necken und aufheitern.

Sie verabschiedete sich von ihm und ging zu ihrem Wagen. Isabella wartete mit Sammy bei sich zu Hause.

Nachdem Katrin Sammy abgeholt und das Auto vor ihrem Haus abgestellt hatte, ging sie mit ihm eine große Runde durch den Wald. Obwohl ihre Gedanken ständig um Alexander kreisten, schaffte sie es, die Ereignisse zumindest hin und wieder für kurze Zeit zu vergessen. Das Gefühl der unendlichen Leere blieb, aber wenigstens spielten sich die unheilvollen Momente nicht in Dauerschleife in ihrem Kopf ab. Sie musste lernen, damit umzugehen. Ihr Leben ging weiter. Mit jedem Tag würde es besser werden, und irgendwann konnte selbst Alexander nicht mehr als eine Erinnerung sein. Sie hatte die erste Trennung von ihm überstanden, es würde auch ein zweites Mal klappen. Noch wusste sie zwar nicht, wie das funktionieren sollte, aber es würde geschehen. Sie war nicht der einzige Mensch, dem so etwas widerfuhr.

Als sie nach Hause kamen, machte Sammy es sich sofort auf der Wohnzimmercouch gemütlich, und Katrin räumte den Geschirrspüler ein. Sie hatte sich vorgenommen, den Abend geruhsam zu verbringen. Aus dem Laden hatte sie zwei neue Bücher mitgenommen. Seit sie die Kärtchen in die Bücher am Highlight-Tisch steckte, wurde sie vermehrt nach ihrer persönlichen Meinung zu den verschiedensten Werken gefragt. Sie konnte zwar nicht jedes Buch im Laden kennen, doch wollte sie auf jeden Fall laufend die Neuerscheinungen lesen.

Sie setzte sich neben Sammy auf die Couch, kraulte sein Köpfchen und schlug die erste Seite eines der beiden Bücher auf. Beim Lesen eines Buches folgte sie immer demselben Ablauf. Bevor sie mit der eigentlichen Geschichte begann, las sie zuerst das Impressum, dann die Inhaltsangabe, sofern eine vorhanden war, und ging schließlich zum Vorwort über, wenn die Autorin oder der Autor eines verfasst hatte. In diesem Fall war das Vorwort kompakt gehalten, und rasch kam sie zum ersten Kapitel.

Sie war über den ersten Absatz noch nicht hinaus, als es an der Tür klingelte.

Sammys Kopf ruckte hoch. Er sah sich um, entschied jedoch, nicht weiter gestört werden zu wollen, und bettete seine Schnauze wieder auf das Kissen, das er sich zuvor zurechtgerückt hatte.

Katrin stand auf und ging zur Eingangstür. Vielleicht hatte Isabella vergessen, etwas für Sammy mitzugeben. Bis auf seine Wasserschüssel und das Säckchen mit den Leckerlies hatte sie die Reisetasche des Hundes noch nicht ausgepackt.

Sie öffnete die Eingangstür und erstarrte. Alexander stand vor der Gartentür. Er hielt ein blaues Bündel im Arm. Katrin merkte, wie die Adern an ihrem Hals zu pochen begannen und Hitze in ihre Wangen schoss. Kurz musste sie sich am Türrahmen festhalten, um nicht zu wanken.

»Willst du uns nicht hereinlassen?«, fragte Alexander. Seine Worte klangen heiter und freundlich.

»Oh ja, doch. Du musst nur fest an der Tür drücken«, antwortete sie. Ihre Stimme wirkte fremd in ihren Ohren, als würde sie aus weiter Entfernung sprechen. Sie beobachtete, wie Alexander das Tor öffnete und auf sie zu schritt. Auch das erschien ihr nicht wirklich. Es lief wie in einem Tagtraum ab. Das blaue Bündel bewegte sich.

Endlich erkannte sie, was er im Arm hielt, und riss sich aus ihrem entrückten Zustand. »Du liebe Güte! Ein Welpe!«

Unter der blauen Decke lugte eine beigefarbene Schnauze hervor. Zwei dunkle Knopfaugen sahen sich neugierig um, dann begann der Kleine zu strampeln.

»Ein Welpe, oh ja, und er hat noch keinen Namen. Ich sage dir aber gleich, Tasso oder Bello kommen nicht infrage. Auch nicht Rantanplan oder Lassie. Daisy geht auch nicht, er ist nämlich ein kleiner Junge.«

»Was … wie?«

Alexander blieb vor Katrin stehen und überreichte ihr das Hundebaby. »Er gehört uns.«

Der Kleine schmiegte sich sofort in Katrins Arme. »Uns? Ich verstehe nicht, was …« Der Rest des Satzes ging in ihrem Schluchzen unter.

Alexander legte seine Arme um sie und zog sie zu sich. Sofort begann der kleine Hund wieder zu strampeln. Schnell lockerte er seinen Griff. »Später werde ich dir alles erklären«, flüsterte er.

Als Katrin ihren Kopf vorsichtig an seine Brust legte, strich er zärtlich über ihr Haar. Sie spürte die sanfte Berührung und atmete aus. Rund um sie herrschte plötzlich völlige Stille. Sie wusste nicht, was das alles zu bedeuten hatte, aber nichts zählte in diesem Moment mehr als Alexanders Gegenwart.

Warum er überraschend vor ihrer Tür stand, was es mit dem Welpen auf sich hatte, weshalb er auf einmal wieder liebevoll zu ihr war, würde sie später sicherlich erfahren.

Erst als der kleine Hund sich wieder bemerkbar machte, lösten sie sich voneinander.

Katrin befreite ihn aus der Decke und setzte ihn auf die Wiese, wo er sofort zu schnüffeln begann.

Alexander lachte. »*Sherlock* wird uns in nächster Zeit gehörig auf Trab halten und uns einige verfrühte weiße Haare bescheren. Er ist fröhlich, extrem quirlig und sehr verspielt. Ich habe ihn seit gestern und kann bereits ein Lied davon singen.«

»Nicht *Sherlock*. Aber *Little Lucky* wäre süß«, antwortete Katrin leise. Noch brauchte sie, um Alexanders Wandlung anzunehmen. Sie meinte, aus einem eiskalten Wasserbecken gezogen und behutsam in eine warme Badewanne voller Schaum gebettet zu werden.

»Keinesfalls. *Hannibal* vielleicht, oder *Caesar*. Hast du seine Pfoten gesehen? Er wird groß.«

Mit jedem weiteren Wort Alexanders fühlte sie sich sicherer. »Bestimmt nicht. *Whisky?*«

Alexander lächelte. »Sehr gut. *Whisky* gefällt mir.« Er warf einen Blick auf den Kleinen und nickte zufrieden, dann zog er Katrin in seine Arme und küsste sie.

Kapitel 48

Whisky blieb vor dem Brunnen stehen und schnupperte.

Alexander legte seine Arme um Katrin und zog sie zu sich. »Ich liebe dich«, flüsterte er.

Katrin schmiegte sich an ihn. »Und ich liebe dich.«

Versonnen betrachtete er den Brunnen. »Kannst du dich eigentlich noch erinnern?«

»Ich kann mich an vieles erinnern, aber du musst mir schon auf die Sprünge helfen.«

»Hier habe ich dich zum ersten Mal geküsst.«

»Das weißt du noch?«

»Jede einzelne Sekunde, als wäre es gestern gewesen. Ich war so froh, dass wir endlich einmal alleine waren. Die anderen sind zum Baden vorgegangen, und wir haben am Brunnenrand gesessen. Wir haben gelacht und uns mit Wasser bespritzt. Ich war so irre nervös, dass ich zu viel Wasser erwischt habe. Du warst ganz nass im Gesicht.«

»Du hast versucht, mich mit deinen pitschnassen Händen abzutrocknen.« Katrin lächelte.

»Das habe ich nicht einmal bemerkt. Mein einziger Gedanke war: jetzt oder nie. Es war mir egal, ob uns jemand sieht. Seit Monaten hatte ich genau auf einen solchen Moment gewartet.«

»Das hast du mir nie erzählt. Wirklich, seit Monaten?«

»Ist dir nicht aufgefallen, dass ich ständig in deiner Nähe gewesen bin?«

»Na ja, wir waren doch immer alle beisammen.«

»Ich habe mich wohl nicht sehr geschickt angestellt. Meine Gefühle offen zu zeigen, ist mir damals schwergefallen.«

»Auch später hast du sie noch immer gut verbergen können. Es ist nicht lange her.«

Ein Schatten huschte über Alexanders Gesicht. »Und fast hätte ich dich damit ein zweites Mal verloren. Wenn mir nicht –« Er brach ab.

»Wenn dir Ernst nicht die Leviten gelesen hätte. Und ich weiß immer noch nicht, was genau er zu dir gesagt hat. Du schweigst, und er schweigt.« Katrin versuchte, eine unzufriedene Miene aufzusetzen.

»Es gibt Dinge im Leben eines Mannes …« Alexander legte den Kopf in den Nacken und lachte. Dann zog er sie fester in seine Arme. »Tausendmal am Tag möchte ich dir sagen, wie sehr ich dich liebe, und nicht eine einzige Stunde will ich mehr ohne dich sein.« Kurz schwieg er. Schließlich sprach er mit nahezu feierlicher Stimme weiter: »Du bist das Wichtigste in meinem Leben und wirst es für immer sein. Katrin, ich möchte dich fragen …« Er machte einen Schritt zurück und stolperte. »Was …?«

Katrin sah an ihnen hinunter. Alexander hatte Whiskys Laufleine fest in der Hand behalten, während er sie umarmte, aber die Stoppvorrichtung musste sich gelöst haben. Whisky war mehrere Male um sie herumgegangen und hatte sie regelrecht eingewickelt. »Whisky ist auf jeden Fall auch deiner Meinung«, bemerkte Katrin mit einem Schmunzeln.

Alexander war bereits dabei, das Seil der Leine zu entwirren. »Was hat dieser Hund da bloß angestellt?«, murmelte er. Als er sie beide wieder befreit hatte, nahm er Katrins Hand und sagte: »Lass uns weitergehen, sonst kommt unser Kleiner noch auf weitere dumme Gedanken.«

Während sie Hand in Hand über den Marktplatz spazierten, musterte Katrin Alexander verstohlen von der Seite, und ihr Herz machte einen Sprung. Hatte er gerade um ihre Hand anhalten wollen?

Kurz überlegte sie, ihn auf seine unvollendete Frage anzusprechen, verwarf den Gedanken jedoch sofort wieder. Es gab nun nichts mehr, das sie versäumen würde oder dem sie hinterherlaufen musste. Heute, in einem Jahr, es zählte nicht. Sie lächelte.

Morgen ist auch noch ein Tag hatte eine andere Dimension erreicht, weil jeder Tag ein Tag mit Alexander war.

Epilog

Ernst Lindenborg nahm auf der Parkbank Platz und blickte gedankenversunken über das Weizenfeld hinweg in die Abendsonne. Seine Lippen umspielte ein Lächeln. Es war schön, am Leben zu sein.

Seine Gedanken glitten zurück zu seiner längst verstorbenen Liebsten. Als er ins Krankenhaus gebracht worden war, hätte er nichts dagegen gehabt, ihr endlich in die andere Welt folgen zu dürfen. Oft hatte er es sich vorgestellt.

In seiner Fantasie stand sie umgeben von einem weißen strahlenden Licht und breitete die Arme aus, um ihn zu empfangen. Zwar glaubte er nicht an einen Himmel im eigentlichen Sinn, doch dass ihr Geist und ihre Seele so einfach verschwunden waren, lag außerhalb seiner Vorstellung.

Doch noch war seine Zeit nicht gekommen, er wurde gebraucht. Wie jetzt, als mehrere Zufälle ihm vor Augen geführt hatten, wie schlecht es Katrin wirklich gegangen war.

Wäre er nicht neugierig gewesen, wie sich das Buch *Melmoth* verkaufte, hätte er sich nicht an den Computer gesetzt. Und wäre in diesem Augenblick nicht eine Kundin in den Laden gekommen, mit der Katrin sich längere Zeit hatte beschäftigen müssen, wäre er nicht auf ihr *Gedankenbuch* gestoßen. Der Zufall hatte auch hier mitgespielt, weil er sich verklickt und verzweifelt versucht hatte, wieder in das ursprüngliche Programm zurückzufinden.

Es schmerzte ihn, über Katrins Gefühle lesen zu müssen. Natürlich war ihm klar gewesen, dass sie trauerte, doch wie es in ihrem Inneren tatsächlich aussah, hatte er nicht geahnt. In diesem Ausmaß sollte kein junger Mensch aus Liebe leiden müssen. Er wusste, wovon er sprach. Ihm war es so ergangen, aber nichts Irdisches hätte etwas gegen seinen Kummer tun können.

Dass er Katrins Text gefunden und von der ersten bis zur letzten Zeile gelesen hatte, bereitete ihm kein schlechtes Gewissen. Vielmehr war er heilfroh darüber. Hätte die Datei *Katrins Tagebuch* oder ähnlich geheißen, wäre er wahrscheinlich davon abgekommen, sie zu öffnen, doch beim Namen *Gedankenbuch* hatte er sich überwinden können. Es handelte sich um den schmalen moralischen Grad. Tagebuch hatte eine andere Bedeutung als Gedankenbuch.

Mit einem Ächzen stand Ernst auf und griff nach dem kleinen Säckchen, das neben seinen Füßen auf dem Boden stand. Langsam musste er sich sputen, um rechtzeitig an sein eigentliches Ziel zu gelangen. Die Sonne würde bald untergehen, und er wollte nicht erst bei Dunkelheit nach Hause zurückkehren. In gemäßigtem Tempo machte er sich auf den Weg.

Als er den Hügel zur Kirche erreichte, blieb er kurz stehen und verschnaufte. Kleine Pausen taten ihm gut; generell achtete er darauf, sich nicht zu viel zuzumuten. Sein Lebenswille befahl ihm förmlich, vernünftig zu handeln, außerdem bedeuteten ihm die Menschen, die ihn unterstützten, sehr viel. Allen voran Katrin, ihre Sorge war offensichtlich. Er durfte sie nicht ängstigen, nur weil er seine Grenzen nicht anerkennen wollte.

Schließlich ging er weiter den Hügel hinauf.

Der Friedhof Kirchbergens lag hinter der Kirche. Ernst öffnete das niedrige schmiedeeiserne Tor und schritt hindurch. Elisabeths letzte Ruhestätte befand sich im alten Teil des Friedhofs. Als er ihr Grab erreichte, sah er sich erst einmal um. Er war allein.

Im Laufe der Jahre hatte er sich angewöhnt, nur laut mit Elisabeth zu sprechen, wenn niemand sich auf dem Friedhof befand. Seine Worte galten allein Elisabeth, außerdem wollte er nicht Gefahr laufen, deshalb seltsame Blicke einzukassieren. Viele Menschen verstanden diese Form des Ausdrucks nicht und würden entweder seinen Geisteszustand anzweifeln oder etwas Mystisches dahinter vermuten. Beides war schlichtweg falsch. Sein Gehirn funktionierte einwandfrei, und auch meinte er nicht, auf einer Geistebene ein echtes Gespräch mit seiner Liebsten zu führen.

In seinen Monologen an Elisabeths Grab brachte er nicht mehr als seine Gedanken in spezieller Form zum Ausdruck, teils in Worten, teils im Geiste. Anfänglich hatte er auf diese Weise seine Trauer verarbeitet, später war es zur Gewohnheit geworden.

Herr Lindenborg öffnete das Säckchen und entnahm einige Kerzen, die er auf dem Vorsprung ihres Grabsteins verteilte. Während er sie anzündete, sagte er leise: »Entschuldige, dass ich dir erst jetzt die Kerzen bringe, aber ich hatte so viel um die Ohren.« Er setzte sich auf die Umrandung des Grabes.

»Ich habe dir doch erzählt, dass ich die Texte dieses lieben jungen Mädchens gelesen und nachgegrübelt habe, was ich bloß tun könnte. Schon als Kind habe ich sie ins Herz geschlossen, und auf einmal liegt ihr Schicksal in meinen Händen. Es wäre mir nicht möglich gewesen, diese in den Schoß zu betten und nichts zu unternehmen.« Er lächelte versonnen.

»Weißt du, was ich getan habe? Ich habe diesen jungen Mann kurzerhand angerufen und zu mir bestellt. Ein Nein hätte ich nicht gelten lassen. Es war genau so, wie ich es längst vermutet hatte. Dem armen Jungen ist es keinen Deut besser gegangen als ihr. Aber ich kann dir sagen, er war eine sehr harte Nuss. Ich musste mir den Mund fusselig reden, bis er mir überhaupt einmal zugehört hat. Diese jungen Leute sind so stur. Waren wir gleich?« Wieder lächelte er.

»Ja, zumindest du bist über alle Maßen starrköpfig gewesen. Du würdest dich wundern, woran ich mich noch erinnern kann. Wo war ich stehen geblieben? Ja, genau. Endlich hat er mir zugehört, war aber noch lange nicht bereit, meinen Worten zu vertrauen. Erst als ich ihm mehr offenbart habe, als ich eigentlich wollte – ich möchte dir gar nicht erzählen, was ich ihm alles verraten habe –, hat er sich geöffnet. Von diesem Moment an ist eine Wandlung vonstattengegangen, wie sie extremer nicht sein könnte. Herzerwärmend, kann ich dir nur sagen. Seine verbissene Miene ist einem hoffnungsvollen Lächeln und schließlich einem Freudestrahlen gewichen. Und als das Eis erst geschmolzen war, hat er nicht genug bekommen können von meinen Worten, die Katrins Gefühle beschrieben haben. Endlich hat er mir dann die bedeutsame Frage gestellt: *Herr Lindenborg, was soll ich jetzt tun? Bitte helfen Sie mir.* Kannst du dir das vorstellen? Du kennst mich nur als jungen Mann, wissbegierig und voller Ideen, aufbegehrend und im Geiste heißblütig. Dass ich einmal zum weisen Alten werde, hätten wir wohl beide nicht gedacht.« Ernst lachte und rieb sich die Hände.

»Mit einem ernsten Blick habe ich ihm geantwortet: Mein lieber Junge, ich habe da eine Idee …«

Kurz schloss Ernst die Augen, dann beugte er sich über das Grab und blies die Kerzen aus. »Es hat lange nicht geregnet und ich möchte nicht schuld sein an einem Brand. Ich bin müde, und werde jetzt nach Hause gehen. Die Kerzen lasse ich hier. Beim nächsten Besuch zünde ich sie wieder an.«

Noch ganz in seine Gedanken vertieft, stand Ernst auf. Katrin hatte selbst den Anstoß für seinen Geistesblitz gegeben, als sie von ihrem Hundewunsch erzählt hatte. Handelte es sich nicht um den märchenhaftesten Neubeginn einer Beziehung, den man sich nur vorstellen konnte: Der verloren geglaubte Geliebte steht mit einem entzückenden Welpen vor seiner Angebeteten, die das Tier überglücklich entgegennimmt, während er sie in seine Arme schließt und innig küsst.

Allein die Vorstellung trieb Ernst Lindenborg Tränen der Rührung in die Augen. Es war das gute Ende und zugleich der

Beginn einer wunderbaren Liebesgeschichte, und dieses Mal hatte er Amor spielen dürfen.

Oh ja, dachte er mit einem versonnenen Lächeln, es war schön, am Leben zu sein.

Lesejury